三島由紀夫文集 7

豐饒之海四部曲（一）

春雪

三島由紀夫　著
唐月梅　譯
楊照　劉黎兒　導讀

木馬文化

三島由紀夫文集 7

豐饒之海（一）

春雪

作　　者　三島由紀夫
譯　　者　唐月梅
總 編 輯　汪若蘭
電腦排版　辰皓國際出版製作有限公司
封面構成　李淨東
書衣設計　李東記
社　　長　郭重興
發行人兼
出版總監　曾大福
出　　版　木馬文化事業股份有限公司
發　　行　遠足文化事業股份有限公司
地址　231台北縣新店市中正路506號4樓
電話　02-22181417
傳眞　02-86671065
email: service@sinobooks.com.tw
法律顧問　華洋國際專利商標事務所　蘇文生律師
郵撥帳號　19588272 木馬文化事業有限公司
客服專線　0800221029
印　　刷　成陽印刷股份有限公司
初版四刷　2006年1月
定　　價　300元
ISBN 986-7897-30-7

國家圖書館出版品預行編目資料

春雪／三島由紀夫著；唐月梅譯. --初版.
--臺北縣新店市；木馬文化, 2002〔民91〕
面；　公分. --（三島由紀夫選集：7）
（豐饒之海四部曲：1）
ISBN 986-7897-30-7（平裝）
861.57　　91016560

謎樣的解謎之書

楊照

1

「豐饒之海」是三島由紀夫最後一部作品。一九七〇年十一月二十五日，三島由紀夫將「豐饒之海」第四部《天人五衰》最終章的全部稿件交給了「新潮社」，隨後就在中午偕同「楯之會」同志前往東京市谷陸上自衛隊東部方面總監部，發動了他切腹自殺的驚人之舉。

因爲這樣的時間緊密前後連接，我們很自然地會將「豐饒之海」看作一部「解謎之書」。裡面應該最清楚記錄了三島走向切腹終局的過程，閱讀「豐饒之海」應該可以讓我們重建三島決定自殺的來龍去脈。

用這種「解謎」的態度來讀「豐饒之海」，我們會驚訝地發現，「豐饒之海」所能提供的線索竟然如此稀少且薄弱，甚至在許多地方出現了令人困惑的衝突矛盾。

從三島之死去看「豐饒之海」，最引人注意的，顯然會是其中的第二部《奔馬》。在《奔馬》裡，不只有以阿勳切腹自殺做結尾的情節，而且小說背景拉到戰前三〇年代，追索了當時熱切渴望還原「純粹日本」之美的一群年輕人的活動，以及他們對於時局的看法，對於死亡——尤其是切腹自殺——一種近乎絕對的終極嚮往。

《奔馬》的小說中，有一份關鍵文件，就是主角阿勳所耽讀的《神風連史話》。因爲受到《神風連史話》

的感染影響，讓少年劍道高手阿勳走上了以暗殺、死亡來效忠天皇的不歸路。事實上，這部小說的第九章整章篇幅，三島由紀夫都拿來登載想像中的這本《神風連史話》，明顯可見他要藉此一虛構再造的明治時期文本，來完整陳述切腹自殺一事意義的企圖。

「神風連」舉事，如同兒戲，而且註定失敗。他們堅持只用傳統武士刀，絕對不被西方現代武器漬染他們的純粹精神；能夠號召到的同志只有不到兩百，面對的敵人兵力超過兩千。更糟的是，他們甚至沒有得到自己篤信的神意認可，幾次尋求「宇氣比」，都未獲有正面肯定答覆。起事其實是在明治九年「廢刀令」頒佈下，不得不勉強發動的。因爲一旦「廢刀令」確切執行，不只是他們心中的大和精神代表被剝奪了，他們未來武裝起事將更不可能。

所以《神風連史話》眞正的焦點，與其說在於起義舉事，不如說是醞釀起義敗亡的反應。起義混戰一夜，其實並未對當時強烈西化的明治日本社會有任何影響，所以書中也無從讚頌這些烈士們的歷史功蹟，反而是長篇累牘地記載事敗之後，他們如何一個個選擇了切腹或刺喉自殺的命運。

換句話說，起義相形根本不重要，只是個序曲、甚至只是個藉口——引發自殺悲壯美感的藉口。

我們在此似乎看到了小說與現實連結的靈光乍現。我們想起了一九七〇年十一月二十五日當天，「楯之會」進入自衛隊挾持長官要求自衛隊員集合聆訓的過程。同樣也像是一場必敗的鬧劇。三島由紀夫向自衛隊員訓示「天皇精神」時，根本不是個英雄式的戲劇性場面。任他鼓足中氣放大音量，大部分的自衛隊員還是聽不清楚他在說什麼，當然也就完全不可能被他感召，認同他、參與他了。更糟的是，這些自衛隊員沒聽幾句就開始不耐鼓噪，四下叫喊一些嘲諷、辱罵三島的話，場面一片混亂，別說莊重，連基本秩序都幾乎無法維持。

三島由紀夫只好匆匆結束演說，退回室內切腹，由弟子森田必勝持武士刀替他砍頭。前面的混亂、狼狽，一如《神風連史話》裡所描述的起義經過，其無意義、無結果亦一如神風連的行為行事。

把《奔馬》讀成是三島切腹的預備告白的話，我們似乎可以這樣解釋：三島由紀夫就像小說中的飯沼動一樣，抱持著一種至高至極的神聖天皇信念。天皇最大的本質，不在政治、不在社會、甚至也不在歷史上，而在於其絕對超越性。天皇的存在保證了世俗一切之上，一股超越價值的存在。從「神風連」到小說裡的飯沼動到三島由紀夫本人，都相信這種超越價值的必然與必要，也都憂心悲慟於天皇超越價值的淪陷與貶抑。他們都覺得必須採取行動來挽救被異質與世俗侵擾的天皇價值，但是不管採取什麼樣的行動，這行動本身卻也是對於「絕對」的一種僭越，也是在「絕對」面前的一種冒犯，所以做完了之後，做的人必須切腹自懲，以維護自己心目中此一絕對價值的絕對超然性。

這套論理，落在天皇已經淪夷的現實中，就會變成其實是藉著切腹的非常之舉，以切腹之決然意志與犧牲與悲壯之美，來喚醒漸被遺忘了的天皇價值，來抬高漸被拉低下降的天皇位置。

《奔馬》似乎指點了我們：儘管有那麼多表面的聲音與情緒，眞正核心動作是切腹，而眞正核心關懷，不是天皇，是超越神聖性的價值。三島想要護衛的，似乎是一種不被世俗意念與動作所牽絆影響，高於一切卻又籠罩一切的價值，只有這個價值的存在，才能保障人能在世俗功利之外，去追求、去肯證美的必要，也才能保留美的思量不被排除、不被犧牲。

然而這樣的「解謎」讀法，卻會碰到至少兩個嚴重的問題。第一個嚴重問題是：《奔馬》並不是以飯沼動的觀點書寫的。《奔馬》主調甚至不是完全同情、認可阿動的。《奔馬》被包裹在「豐饒之海」似眞似假的「四世輪迴」故事架構裡，無可避免必須透過高度理性的法官本多繁邦的旁觀眼光來觀察敘述，本多雖然對輪迴的可能大感眩惑，卻始終以理性秩序之光照徹了阿勳思想中許多幼稚、荒誕的部分。

小說中，本多讀完阿勳借給他的《神風連史話》之後，立刻寫了一封長信給阿勳，信中有這麼幾句關鍵的話：

「……《神風連史話》是一個已經結束的悲劇，也是個幾近藝術作品的完整政治事件，更是個出自人類天眞意念的寶貴實驗，但美如夢境的故事斷不可與今日現實錯亂混淆。

「故事的危險性在於抹殺了矛盾。……這本書只顧執守事件核心的純眞，卻犧牲了外在脈絡，更忽略了世界史的觀照，也未曾探索被神風連視爲敵人的明治政府的歷史必然性。……當時的日本，無論何等不切實際或激進的思想，竟都有一絲實現的可能，即使是彼此相反對立的政治思想，都同樣發自於樸實與純眞，這種背景截然異於目前政治體制堅固的時代……」

如果三島眞的認同、認可飯沼勳，那本多繁邦這番眞誠懇切的話，從何而來？小說後來還出現了鬼頭槙子爲愛而做僞證想替阿勳脱罪的情節，在槙子僞證下，阿勳必須、也的確否認了自己的純眞意志。這一段寫來，我們也讀不出三島有任何反諷或譴責的意味。

更嚴重的第二個問題是：《奔馬》並不是三島赴死前的最後作品。《奔馬》完成於一九六八年中，離三島自殺還有兩年多。這兩年多的時間中，一面積極參與「楯之會」的活動，三島一面快速熱切地書寫「豐饒之海」的第三、第四部。如果切腹已經是三島的中心信仰的話，爲什麼《曉寺》與《天人五衰》中，完全不見這個主題的延續，反而一轉轉向了深祕卻又宏闊的佛教唯識哲學，以及帶著虛無意味的眞僞輪迴思辯中呢？

2

在日文原版文庫本的〈解說〉中，佐伯彰一曾經提過一個重要的看法，認爲「『豐饒之海』是一部企圖與近代小說的大前提與基本常識，正面切入對抗的作品；也可以說是三島式的雄壯反小說嘗試。」而據村杉剛的回憶，「豐饒之海」寫作念頭的起點，應該是昭和三十八年（一九六三年）的秋天，三島由紀夫自述：「我正計畫在明年寫一部長篇小說，可是，沒有形成時代核心的哲學，如何寫成一部長篇呢？我爲此遍索枯腸，儘管現成的題材多得不勝枚舉。」

將這兩個意見並列，我們也許可以這樣看：三島由紀夫矢志要寫一部突破自己過去成就的長篇小說，尤其是要超越自己之前努力創作卻未受好評的《鏡子之家》，他受著龐大的壓力，外在的與內在的、社會的與創作自我的壓力，必須讓這下一部作品能夠承載、彰顯「時代核心的哲學」。而他找到的一條路，似乎就是「挑戰小說的前提與常識」。

這裡所說的「小說」，指的當然是西歐近代小說。一種以個人爲單位，展現爲各式各樣自我完成的文體形式。這個文類的核心原型，就是「成長小說」(Bildungsroman)，追索人在時間裡，如何經歷變化。「成長小說」集中記錄從少年演化爲成人的過程，然而由「成長小說」擴大，這個文類也嫻熟地糅入了其他不同的階段變化，從青年到壯年、壯年到中年、中年老化、以迄死亡的籠罩；從婚前到婚後、從組織外到組織內、從家庭裡到家庭外……

這個文類傳統著重個人、著重時間。三島由紀夫於是在「豐饒之海」裡設計了一個二元的結構，試圖藉對照對比來突破西歐近代小說的既有框架。

本多繁邦在小說裡不只是扮演「理性」的角色，他還擔負了作爲近代小說原型的「對照組」功能。四部小說緩緩開展，從明治時代一直走到二次戰後，本多繁邦從二十歲的少年，變成了八十歲的老人，這一部分，一階段一階段的人生變化，記憶與現實的纏結、生命情調或沈緩或劇烈的轉折，都是符合西歐近代小說路數的。不只如此，以本多爲中心的這一部敘述，又被包裹在日本近代歷史大衝擊的外在社會因素裡，《春雪》裡寫了日俄戰爭後貴族的沒落；《奔馬》記載了軍國主義的湧動；《曉寺》則處理日本向南洋前進的經驗；《天人五衰》又將背景設在戰後荒蕪荒亂的條件下。這些綜合集中起來，給了「豐饒之海」明確的「大河小說」(roman fleurre)身份。

不過，以本多繁邦和日本近代歷史串接的敘述之流，卻在小說裡不斷被侵擾、甚至被取代了。侵擾、取代的，是四個縱情燃燒、彗星般的角色。用佐伯彰一的話說：「憑著浪漫的決定截斷時間、超越時間——書中盡是懷著這種希冀的主人翁，一部接一部登場。」《春雪》裡的松枝清顯、《奔馬》裡的飯沼勳、《曉寺》裡的月光公主以及《天人五衰》裡的阿透（安永透），他們輪番接近生命不同階段中的本多，擾亂了本多的生活，同時也擾亂了小說的時間連續性、因果性，打破了小說的「前提與常識」。

這四個角色不只是以他們狂暴的個性、極端的行爲、天眞得幾近非理性的堅持，將本多與日本歷史推向小說的背景；更重要的是，貫串著這四個角色的，是極神祕、極爲東方的輪迴紐帶。許多線索提示著本多，相繼出現的這些人，他們不是個別的偶然，而是輪迴下返轉出世的必然。

三島由紀夫似乎就是要用印度東方哲學裡最核心卻也是最神祕的輪迴，來挑戰近代小說的「前提與常識」。輪迴雖在時間裡，卻又不能跟理性時間產生穩定關係。輪迴每一階段有其化身的個人，然而階段與階段間的清顯、阿沼和月光公主，究竟是一還是多，無從探求更不會有答案。

在這樣的對比設計下，而有了「豐饒之海」令人眩目，既大量吸收近代小說滋養、卻又明顯與近代小說大異其趣的傑作。

而且三島由紀夫的挑釁還不僅止於此。前面提過，在《奔馬》裡，他硬是在小說敘述中穿插了近百頁的另一份文本——完整的《神風連史話》。到了《曉寺》，三島由紀夫又用了相當大的篇幅，詳細記載本多對於轉世輪迴的研究。從西元前五世紀希臘祕教開始，跳到十七、八世紀的義大利修道士，再拉回印度佛教，從轉世輪迴學說內在的論理矛盾，再帶出了最複雜、最艱難的唯識哲學。

三島由紀夫借本多繁邦的口氣如此讚歎：

「……唯識論乃曾否定『我』與『靈魂』的佛教，它以周延縝密的理論克服了輪迴轉世的『主體』，理論上，它是個高聳得足以令人目眩且深具自信的宗教性建築物，它那無與倫比而複難的哲學成就，正如曼谷的曉寺憑藉黎明的涼風以及微光盈斗的悠閒時間，貫穿淡藍色的晨空此一大空間……」

換句話說，在此一瞬間，小說《曉寺》的主角不是任何一個人，而是深奧繁雜的唯識哲學。三島由紀夫動用了一切文學技藝，長篇地解說什麼是唯識論，唯識哲學的精義爲何。

在小說敘事中插寫完全缺乏人物、場景、情節的抽象哲理思辯，在近代小說的「前提與常識」下，當然是犯規的。更驚人的是，如果認眞看待本多所習得、所相信的唯識論，那麼連輪迴的主體都被取消了。

事實上，唯識論之所以偉大，正在於統合了印度哲學中「輪迴」與「無我」兩支主軸。「輪迴」與「無我」在佛教中同樣重要，然而在論理上卻有著根本的矛盾。如果有「輪迴」，也就假設了從此一世到後一世，某種固定不變的主體。

從人變成狗、豬、蜘蛛、老鼠……不管怎麼變，必定有一種類似於靈魂的東西是世世不變的，要不然如何確認「輪迴」的存在呢？可是一旦承認有從此一世延展到下一世，不滅不變的靈魂，這靈魂也就成了最堅實的「我」，也就嚴重牴觸了「無我」的價值信條。

唯識之美，就在發明了阿賴耶識，以精巧的熏習理論解開了這重矛盾。雖有輪迴，還可「無我」。最深的「我執」中靈魂，透過唯識論的詳密解說，終究被還原爲虛相、爲幻假。

選擇了唯識論爲核心，三島由紀夫拆解了自己辛辛苦苦搭建的輪迴殿堂。「豐饒之海」展現的，不只是近代小說的反逆，甚至是小說本身的反逆。

第四部《天人五衰》，眞正衰老的，不是本多繁邦與久松慶子，而是前面三部維繫著小說熱情的輪迴信念本身。在《天人五衰》中，輪迴思想搖搖欲墜，瀕臨崩塌，儘管本多在阿透身上看到了那三顆黑痣，可是這印記不再能保證阿透是眞正的輪迴產物了，小說深深陷在阿透的「贋品性」困擾裡——阿透很可能是假的，只是本多一廂情願塑造的替代品。如果阿透是假的，那麼輪迴是眞的嗎？從清顯到阿勳到月光公主，他們都是眞的嗎？

3

這些是眞的嗎？會不會有被識破、被拆穿的一天呢？要如何面對那一天，尷尬地發現自己只是個冒牌貨，不是眞品？

在《天人五衰》中，聽了慶子帶有惡意的一番話後，阿透被這樣的疑慮折磨得終於決定自殺。他要用死來證明自己的眞實性，或至少要藉死來阻止人家進一步去探究他所害怕的眞相。

這也許才是「豐饒之海」和三島死亡之謎間，最確切的連繫吧！

如果只看到切腹的形式手段，把飯沼勳當作三島自身的投射，會有許多更核心的問題無從解答；可是換個角度，「說不定三島所認同的竟是那偶然、莫名其妙闖進小說故事裡的安永透？」——這樣的假設想法，卻能夠幫我們帶來大量的光線，照射出幽黯深邃的「豐饒之海」以及三島由紀夫的生命文本。

三島由紀夫一生都在自我證明，證明自己可以做別人不相信他能做的事。反過來看，他也一直都在努力抗拒自己內在某些根本的、本能的質素。

最有名、最清楚的，當然是他陰柔的情性以及孱弱的身體。年輕時代，他的感官如此敏銳、他的品味如此纖細、他的文字如此華麗。然而成名之後，他卻致力於強迫自己撰寫陽剛的文字、不斷嘗試強硬的文類與立場。年輕時代，他的軀體展現著某種奇異的、中性乃至雙性的嬌柔。他對所有激烈流汗的運動，充滿厭惡。他講到劍道時，習慣表現了不屑：「我眞討厭那個！生硬的聲音，不管輸贏都會摀著臉哇哇地叫……眞讓我受不了！」可是中年以後，他卻著魔般苦練身體，強迫自己去參加抬轎活動，抬得幾乎虛脫，他也轉而接觸原本讓他那麼受不了的劍道……

他想要證明他不是個陰柔的人，他要努力拒斥男性男色對他的吸引力，他要依靠自我力量把自己轉化爲男性男色，而不是其對立面。這是三島由紀夫生命後期最大的決心，恐怕也是他最大的痛苦。

換句話說，《春雪》中的松枝清顯、《奔馬》中的飯沼勳，是三島心目中的「應然之我」。熱情磅礴、純粹陽剛的生命光耀。而「豐饒之海」沒有終結在阿勳的切腹，就是因爲除了這白雪瑩亮的「應然之我」

外，三島由紀夫還有不斷舞動的「實然之我」，無法丟棄，甚至無法壓抑。

三島一部分的「實然之我」展現在月光公主身上。似乎是由飯沼勳轉世而成、女同性戀身份的月光公主，具備了強烈的雙性特質。既陰且陽，又男又女，而且天眞又世故、衝動卻狡猾。

到了《天人五衰》，另外一個更沈重的「實然之我」隱約躍動。那就是：這一切的熱情、美好，會不會只是一場辛苦的表演？由本多繁邦指揮導演，誘引安永透去演的一場勉強的戲？會不會只是誤會一場，甚至騙局一場？如果是誤會、是騙局，那麼會不會什麼時候會有眞相大白的一天？

會不會所有這一切，突然被月修寺的住持全部否認、拆穿了呢？「會不會是從來就沒有（松枝清顯）這麼一個人呢？會不會本多先生以爲存在，然而實際上，從一開始時這個人就完全不存在呢？」會不會到頭來，油然而生的是像月修寺的庭園所傳遞出來的感覺呢？「這是個毫不出奇、閒靜明朗的庭園。像數念珠般的蟬鳴占領了整個庭院。除此之外沒有其他聲音，寂寞到了極點。這庭院什麼都沒有。本多覺得，自己來到了既無記憶也沒有任何東西存在的地方。」

寫完《天人五衰》終章最後這幾句話，三島由紀夫就出發赴死了。最後這幾句關鍵的話，在我看來，不是解脫的豁然開朗，而是三島佈下的最後煙幕，他的自我懷疑已經強烈到無可忍受了，但他還是不要讓別人看穿。

看穿他的害怕。害怕自己是個贋品、是個冒牌貨。害怕人家看出來他其實既不陽剛、也不強壯，而且不英勇、不堅毅。解決他的害怕，只剩下一個終極的辦法。那就是在被拆穿前，用可想像的最英勇的行爲，結束自己的生命，以毀滅來凝結形象、阻止變化。

最美好的東西，只能靠毀滅來加以保護。毀滅了，它就不會再變化，它就成了永恆。這不正是三島由紀夫傑作《金閣寺》裡最主要的信念嗎？荒誕卻讓人無法否認的信念。

在自衛隊辦公室切腹的刹那，三島由紀夫把自己幻化成了金閣寺。不再存在的三島由紀夫將留下完美的陽剛、強壯、英勇，不再變動。也從此不會再被拆穿藏在陽剛、強壯、英勇表面下的另一個三島由紀夫。藉著切腹自殺，三島由紀夫希望證明自己確是松枝清顯、飯沼勳與月光公主的輪迴傳人。

可是他畢竟在「豐饒之海」裡留下了恐懼與疑沮的紀錄。之所以如此激切地急於證明，正因爲他害怕自己其實是冒牌的安永透。或者說，自己其實是冒牌的安永透與狡猾蒖蒠的本多繁邦的綜合體。

「豐饒之海」乃「月之海」。是月球上最大一個空闊陰影的名字，名爲「豐饒」，實則乾枯。月球上被命名爲海的地方，本質上也是個冒牌貨，是地球上的海洋概念的贋品替代，也是對「豐饒」的諷刺虛相。

這是三島由紀夫最緊密的心結。也是「豐饒之海」透露的深刻祕密。爲了證明自己的陽剛雄壯，三島由紀夫最終留下了一部驚人傑作，證明了他是二十世紀難得一見的複雜小說天才，眞正的天才。

「豐饒之海」導讀

劉黎兒

「豐饒之海」四部曲是三島由紀夫最後的作品，也是爭議性最高的作品，在國際間亦如此，英語圈在八〇年代便已有翻譯，但德語圈便要等好幾年（德語圈在此之前一直只有《朝騷》），這是各國對於三島的接受程度完全不同，法國算是最喜愛三島的；不過因爲如此，反而導致日本國內認爲三島是西歐人容易理解的日本作家的另一種誤會，對理解三島作品本身會形成一些障礙，「豐饒之海」便是典型的例子。

長年以來，三島由紀夫的作品是被翻譯爲外文的少數日本作家之一，所以在國際間很自動地被認爲是日本文學的代表，但是近年來日本作品被翻譯爲外文的急遽增加，外國讀者已經開始比較能知道日本文學的全貌；在這種情形下，究竟三島文學中哪些是屬於「日本的」、哪些是屬於「三島的」，會愈來愈清晰。因爲三島絕對是具有當代性以及豐富文學性的作家，因此反而是拿掉「日本文學代表」的頭銜，能讓人更輕鬆地將他的作品當作文學作品來閱讀，讀者也才會更細緻地品味「三島」本身，這也是三島所期待的。

此一壯觀的四部曲是三島反小說、對抗近代小說各種前提的一項重大嘗試與挑戰，不過一九八八年德語版出版後，在歐洲對於此一作品的評價非常多樣，基本上都肯定三島對此一大部頭作品所投注的野心、認眞，以及在文學結構上的技巧，但是也有評論家認爲，這不過是三島以歐洲作家爲指標等等。然而最近，從法國開始，連德國等歐洲國家在內，已經不僅從三島的政治立場來看三島，而是從文學層面來了解三島，或試圖去解釋「作爲政治人」的三島的浪漫與挑撥性，因此對於「豐饒之海」，便會特別強調作品文字的「詩意的表現」以及描寫自然之美等。

雖然「豐饒之海」有其高度的文學性，但也因爲是死前最後的一部作品，三島的死法又是如此具有衝擊性，因此不由得讓人想從「豐饒之海」來探索文學之外的傳記側面，這絕對不是三島自己所期待的，當然也不是他所能控制的；三島對於文學作品基本上並未意識到寫實性以及傳記性的問題，他生前的想法是，文學作品如果能在文化的歷史中永遠生存下去的話，那便是藝術作品本身已經達到一個獨立的質的世界，已經完全與作者的生、死無關了！所以「豐饒之海」在剛推出，或是九〇年代之前，或許被認爲是探討三島死之謎的作品，但是九〇年之後，或是今後，在世界或是日本，大家都會認爲「豐饒之海」是《金閣寺》、《假面的告白》、《饗宴之後》等作者的另一部作品。

在「豐饒之海」之前，日本可以說是完全沒有這樣四部曲的全景式文學作品，其後也不是太多見，想起來僅有《人間的條件》、《青春之門》等，到了當代更是少之又少；最近柳美里的《命》，雖然是五部曲，不過也不是這種日本所謂的「大河小說」，以及以大時代爲背景，連續不斷勾劃時代氣氛的變遷。「豐饒之海」是從日俄戰爭之後明治末期的日本現代史分水嶺開始寫，寫到一九三二年太平洋戰爭開戰時，然後又想帶到執筆時的時代，是三島雄心壯志的展現。在作品中扮演記錄、觀察者的第二男主角本多繁邦，最先登場時爲十八歲，在最後的場景中成爲八十歲的老翁，這即是一個縱跨六十幾年的兩代歷史故事；三島也運用日本古典戲劇手法，安排了一個永遠的第三者，冷眼端倪世相，專說「狂言」、警語的角色。

「豐饒之海」在新潮文庫出版時，是由日本著名的文學評論家佐伯彰一寫了序文，指出「豐饒之海」中歷史的、紀年的時間，其實是三島所設計的一個陷阱，甚至可以說是詭計，因爲作者並無意讓時間的流動落定下來，反而是想擺脱時間、超越時間；人愈是寄身於時間，愈是呈現跳躍之空虛感，三島雖然建立了一個六十年的歷史框架，但是非常鬆散，缺乏恆常的時間所需要的節奏感，紀年式的時間其實反而是爲了要超越而設的障礙，主角便以瞬間的、激烈的、戲劇性的決斷來切斬時間、超越時間。除了時間紀實意義不大之外，如三島自己在第一卷《春雪》末尾的註解中也明言，「豐饒之海」是以「濱松中納言物語」爲典型的一個夢幻與轉生的物語，也就是如平安朝般的浪漫到胸頭苦不堪言而且夢幻與現實不分的狀況，主角的「夢」扮演非常重要的角色，甚至主角的轉生也如夢所預言的，是依循夢的指示而達成的成就。

三島在「豐饒之海」前也有許多的作品，如《近代能樂集》也是以古典爲據而寫成的作品，這是三島的專長之一，但是爲什麼是「濱松中納言物語」？或許三島相信純粹的情念是能超越歷史、時間的，也就是「魂」此一美好的東西應該是存在的，這也是對現代科學懷疑「魂」的存在的眼光的挑戰與反彈，這種相信輪迴轉生的意願，是三島在廿歲時便已經展現的。一九四五年時他曾寫過一首輪迴之愛的詩，以及翌年的「盜賊」也是支持「輪迴說」的作品，因此當他邂逅到不大爲一般人所知的「濱松中納言物語」時，他的創作生涯甚至人生等於是找到答案了。

「濱松中納言物語」據松尾聰的考證，是一個描寫沒有血緣關係的兄妹故事，主角的中納言很早便沒有父親，還年輕貌美的母親便讓左大將來自己的地方，左大將有一位絕世美女的女兒大姬，兩人因爲父母的關係而相好，其後將成爲東宮的式部卿宮也愛上大姬並求婚，左大將也決定將女兒許配給式部卿宮。主角的中納言得知兩人要訂婚時，才驚覺自己對於大姬的愛之深，後悔自己的遲疑而坐失良機，他在大姬訂婚後也大膽地與大姬定情私通，然後也對大姬身邊的女人以及宰相之君等均出手，結果讓大姬懷孕，左大將知道，十分狼狽；大姬趁母親監視不注意時將自己的八尺之髮剪斷。如果依三島所說，以此物語爲據的話，則中納言便是「豐饒之海」的松枝清顯，大姬是綾倉聰子，左大將是綾倉伊文，宰相之君是蓼科，不過松枝清顯的母親不是再婚而是自己從小被寄養在綾倉家，與聰子如姐弟般一起長大。因爲松清家是武家出身，因此將清顯的教育委諸倉綾；清顯在倉綾家學到了「優雅」，這與三島的祖母夏子少女時代在皇族的有栖川家渡過學到「優雅」而傳給孫子的三島一樣。

從時間上來看，三島開始動念想寫輪迴轉生物語是一九六四年時的秋天，他的戲曲「戀之帆影」在日生劇場的第二次公演時，便已經表示自己反覆讀了「濱松中納言物語」，想以輪迴轉生來寫小說。「豐饒之海」當然是一部完成度很高的文學作品，但是同時如前所述，很容易被當作是告白自己人生的「私小說」；三島雖然指望自己的作品是不朽的，不過的確「豐饒之海」與其他作品一樣，不免讓人相信這是三島的「私小說」。據說他自己也曾經承認過爲「私小說」無誤，如自己在廿歲時因爲遲疑以及意志薄弱而失去情人，不過在「豐饒之海」中的主角不是因爲意志薄弱，而是因爲小女主角聰子二歲，以及兩小無猜，所以擔心自己會讓聰子看透自己等心理上的遲疑，清顯覺得自己的「優雅」以及「從容自由」都大不如聰子，因此還多少有些自卑，因爲自己從小是爲假貨所包圍，身上流得是純樸剛健的血，這只有自己與祖母見面時才會感到喜悅，平時反而是一種陰影。

這種禁忌的愛情，是日本古典中很傳統的一種，也很適用於明治的宮廷，兩人拼命想突破禁忌而成就愛情，讓《春雪》充滿戲劇性的緊張；三島逝世之後，他寫作「豐饒之海」的創作筆記公佈，其中顯示松枝清顯家是以在東京目黑的西鄉從道的雄壯豪邸爲底版寫的，西鄉家在明治末年也發生過與皇族的妃子候選人的戀愛，雖然《春雪》情節與此有些不同，不過不顧禁忌的精神是相同的。

《春雪》本身是很美的愛情小說，男女主角的初次接吻是在搭乘人力車賞雪時，也是讓人無法忘懷的一景；藉著接吻，清顯大概要將聰子帶到哪裡去，聰子大概都會跟到底吧！

「豐饒之海」是從明治末期的戰爭開始，是實質的戰爭也是「感情的戰爭的時代」，如第二男主角的本多所說的「年輕人的感情在戰場中戰死了」，三島在開卷處也有一段精彩的對於「日俄戰役寫眞集」的描寫，將此一日本達成近代化的「富國強兵」成果的戰役，描寫爲死的季節，這不僅與後來淸顯的死是相對照的，也是很早便預告了四部曲的重要主題「死」。不僅是死，其他在後面三部曲的鋪陳以及展開，都在《春雪》中已經埋下伏筆，文學結構上是很嚴謹，這也是文學技巧優等生三島寫作的一大特徵。

《春雪》可以說是三島集自己靑春與戀愛經驗的大成，淸顯最後想要與墮胎的聰子見面，但是遭拒，在淡淡春雪飛舞時廿歲的淸顯留下「在瀑布下再會」而死去；根據三島自己的說法，四部曲的寫法，是在《春雪》中塡滿火藥，然後在其後各卷中不斷引爆。

第二卷的《奔馬》則是當上法官的本多，而於一九三二年在三輪山的三光瀑布遇到了由淸顯轉生的飯沼勳，勳企圖刺殺財經界領袖，而於事前遭發覺，釋放後獨自去刺殺財界的黑幕藏原，其後自己也切腹自殺。勳原本還是純情的年輕人，在《奔馬》中成了職業右翼，當革新派的步兵中尉問他「你原本期待什麼」時，他說了「太陽……日出的斷崖上……邊拜上升之紅日……俯視炫耀的海，在崇高的松樹樹根……自刃」，勳的計畫是集合廿名同志崛起，爆破變電所以及侵襲財界巨頭三人等，目的在於讓政府發動戒嚴令而樹立維新政府等。這樣的政變計畫，很容易連想到三島死前在陸上自衛隊住屯地的起義；發表後，各界曾作各種聯想，不過三島本人生前表示《奔馬》未遂的政變，並不需非以特定人物爲對象。

勳政變未遂，不過他發現世人對他起義的理解相當極限，世人雖然愛他，但是僅僅解釋爲「赤子之心」，如果世人知道自己思考的純粹性，大概便無法愛自己了。《奔馬》是一九六七年發表的，在發表第三卷《曉寺》的一九六八年時，三島因爲財界不支持其民兵構想而放棄接受財界的支援，然後自己組成一個右翼團體「楯之會」，三島期待當時的學生運動會擴大爲內亂，因此自衛隊出動；自衛隊出動前，自己的

「三島部隊」的「楯之會」有機會出動等，而如果因此發動戒嚴令的話，日本便有修憲的可能。

第三部的《曉寺》是六八年三月寫完的，當時三島正是最忙碌在籌組「楯之會」時，他稱寫完《曉寺》不過是行軍中的一個小休止符，因爲還有最難的最後一卷在等著。《曉寺》分成兩部分，上半部的舞台是在一九四一年的泰國、印度以及戰爭中的日本；四十七歲的本多到泰國去見由動轉世的幼小的月光姬，本多因此在返回日本後研究輪迴轉世以及唯識論，然後面對化爲廢墟的東京，本多期待崩潰更加深化，這也是三島本身的感情相當接近戰爭末期的感情吧！本多可以視爲是三島的分身，代表作者的自我意識以及對萬物的認識。在下半部，寫一九五二年，因爲過了十一年，所以本多已經是五十八歲的初老的男人，他愛慕長大成人的月光姬，偷窺她的蕾絲愛，相信她是清顯、動的轉生，同時對於自己無法擺脫認知的世界而對自己絕望。月光姬廿歲時，在返國後因爲遭響尾蛇咬腿而死亡，但是本多對她的幻想是孔雀明王，孔雀明王正是去蛇毒的佛的化身，因此前三卷的轉生系譜，到此處似乎有一些些不同；原本一直處於客觀的外界本多，在此透過窺視而喪失認知機能。

最後一部的《天人五衰》時，本多已經七十八歲，他收了像是自己雛形的少年安永透爲養子，但是透虐待本多，本多因爲窺視的醜聞遭雜誌報導，遂留下與瘋女結婚的透，來到六十一年未去的月修寺，與聰子再會，但是聰子否定清顯的存在，表示這一切莫非是本多的夢。

三島等於是藉著小說來表達人生虛妄，然後自己是居於不同的次元在與外界奮鬥的。

三島當時在寫第四部時，曾經爲了從加拿大歸國的佐伯彰一舉行洗塵之宴，《春雪》英文版的譯者來問他「東宮」是什麼意思，三島對於連「東宮」爲何都不知道的男人在翻譯自己的作品十分憤怒，因此要求佐伯彰一能找較好的譯者來翻第三、第四卷；想來像三島這樣的文學家都得爲了翻譯的問題而傷腦筋呢！其後大家想起來，爲佐伯洸塵僅是藉口，那其實是三島訣別之宴，或許因爲三島本身預知自己已經相當接近死，因此「豐饒之海」的主題除了「輪迴轉生」、「夢」之外，便是「死」吧！

因爲三島事件，所以「豐饒之海」變成一件謎樣的作品，猜謎的評論家很多，基本上認爲四部曲的前半是心情的純化，描寫生的極限，後半則爲認知者的本多成爲主角，歸結於老醜的毀滅，然後認爲此一結局與三島的死有表裡關係。例如《曉寺》寫完時，三島遭到文壇冷漠的對待讓他絕望等；他的好友佐伯彰一以及村松剛也曾經對談過此一作品，題爲「認識與行動與文學」，論及應該注意的許多要點。松村剛也研究指出，在現代去寫轉生物語的困難與意義，作品構想與內容以及文體等的變化，此一變化與有關安保學生運動的社會變化、以及三島行動軌跡等三者的並行性等。然後《天人五衰》絕非是失敗的作品，而是「與死的淒絕的格鬥」（奧野健二）或是澀澤龍彥的「與虛無主義的淒慘的格鬥」等；澀澤甚至認爲，「豐饒之海」是日本戰後文學最高的成就，他也分析作品的情色與熱情，或是物語理論中的男性原理與女性原理等，也指出三島的行動與文學的兩難。

不過在很早的階段，便已經有評論家純以文學作品觀點來看「豐饒之海」，像渡邊廣士是以日本戰後浪漫主義的命運觀點來看此一作品，認爲三島有超越「無」以及「死」語言領域的取向，三島因爲對於古典的執著，所以「死」反而證明了「豐饒之海」中無疆的現代的空虛；另外，松本徹雖然將三島的生涯也擺到視野內來討論，便認爲《春雪》、《奔馬》雖在虛無之中，但是也展現了不被虛無所侵犯的生的純粹結晶，暴顯三島爲了疏離而痛苦的活地獄狀態。

也有論及「豐饒之海」與三島其他作品的關係，也有從出典的「濱松中納言物語」來對照分析其中的人的流轉、境遇等；也有從透視法的觀點來分析此一作品，認爲作品係以破綻本身來開拓一個無法表象的領域，然後三島藉由自己的死來表象化，這種論法，結果會很重視本多的自我變化，認爲有導致三島切腹的必然性；也有從個別的轉生物語與印度的普遍法則物語的相互隱蔽性來討論的。

因爲「豐饒之海」是小說，因此對於其中的人物也有許多討論，像是從清顯的「優雅」以及勳的「純粋」來討論的；或是認爲清顯以及勳都不是表面所見的熱情的人，而是與本多、透一樣同樣爲內面的虛無所冒瀆，本多後來是因爲面臨死而逆轉爲達到生的頂點等；也有一些人論及「豐饒之海」中的女人，像稜倉聰子是誰？或是從此作品來探討三島作品中的女人。

「豐饒之海」最後，聰子對本多否定一切，說那是本多自己的夢話，所以也有討論轉生本身是本多的錯覺，例如勳可能是清顯的異母弟等，因此究竟哪些轉生是眞的，哪些是假的，這種眞假的錯亂似乎是三島有意的安排；因爲涉及輪迴轉生以及唯識論等，所以也有討論三島與佛教思想關係的，或是三島的世界觀等。佐伯彰一則視「豐饒之海」是一部神話小說，對於最後代表唯識論的聰子否認清顯的存在，有人認爲這是藉由物語的自我否定而凍結作品世界，所以若是勉強想透過日常理論的整合來解釋的話，一定會導致誤解，最後整個物語的閉塞其實是物語全部再折回原點。

因爲三島除了是文學人物之外，在社會、歷史上也有其意義，因此也有分析此一作品中，三島想反射日本近代史的意圖，或是後半執筆時三島的行動軌跡等，也有研究三島與神風連（一八七二年在熊本的復古主義的不平士族集結的政治團體）關係，《奔馬》中的勳爲了神風連而想刺殺財經領袖，所以有看法認爲《奔馬》是神風連史話的解體與再生。

研究「豐饒之海」的作品非常非常多，因爲此一作品除了是集三島美學大成之外，也是一窺三島世界最重要的作品，他的問題意識、世界觀等思想體系幾乎全部包含在內。

春雪

一

同學們在學校裡議論日俄戰爭的時候，松枝清顯詢問他的摯友本多繁邦：「你還記得那時候的情景嗎？」繁邦已經記憶模糊，只依稀記得曾被人帶到大門口去看提燈遊行隊伍。清顯心想：戰爭結束那年，兩人都是十一歲，理應有更多鮮明的印象才是。同學們得意洋洋話說當年的情景，大都是從大人那裡聽來的，只憑添幾分自己的模糊記憶罷了。

松枝家族中，清顯的兩個叔叔就是那個時候戰死的。他的祖母由於兩個兒子陣亡，至今還領著遺屬撫恤金；但是，她並不使用這筆錢，而把它供奉在神龕裡。

也許由於這個緣故，家中現有的日俄戰爭圖片集裡，最能吸引清顯的，就是明治三十七年①六月二十六日拍的，題爲「憑弔得利市附近陣亡者」的照片。

這幀用暗褐色油墨印刷的照片，同其他各種戰爭照片迥然不同；它構圖奇特，像一幅繪畫。無論從哪個角度看，數千名士兵都像畫中人物，排得十分妥當，畫面中央豎立著一根高高的白色墓標，把所有的效果都集中在這上面。

遠景是朦朧而平緩的群山，左側擴展開的原野，徐徐高隆；右側的彼方是一片稀疏的小叢林，伸向布滿黃塵的地平線，而後漸漸消失了。這回代之出現的是向右側漸高聳的成排樹木，樹與樹之間露出一片黃色的天空。

前景的布局是六棵參天大樹，各自保持一定的距離矗立著。這些樹木不知道屬於什麼種類，亭亭如蓋，樹梢的茂葉隨風搖曳，呈現一派悲壯的景象。

原野擴展開去，遠方射出了微光，眼前是一片荒蕪的草叢。

畫面正中，可以看到細小的白色墓標和飄動著白布的祭壇，還有放置在祭壇上的許多花。

此外都是軍隊，簇擁著好幾千名的士兵。近景的士兵全部戴著飄垂白布的軍帽，肩上斜佩著武裝帶，背向觀眾，沒有排成整齊的隊列。隊伍散亂，東一堆西一簇的，士兵們一個個垂頭喪氣。只有左側前方的幾個士兵，猶如文藝復興時期的畫中人物，衝著觀眾露出半邊黯然神傷的面孔。左側靠裡面的無數士兵，滿布在原野上，形成一個巨大的橢圓形，一直延伸到原野的盡頭。士兵人數眾多，當然無法個個識別，只見樹林之間布滿了人群，一直延伸到遠方。

無論近景或遠景的士兵，都沐浴在深沈的微光之中，他們的綁腿和軍靴的輪廓閃爍著亮光；低下腦袋和耷拉著肩膀的輪廓也同樣閃爍著亮光。整個畫面充滿了一種無可言狀的沈痛氣氛。

所有這一切，都朝向正中央小小的白色祭壇、花和墓標，獻上了一顆顆如波浪一般激盪的心。擴展到原野盡頭的這個巨大集團，湧現出一縷縷難以用語言表達出來的哀思，宛如一個巨大的沈重鐵環，慢慢逼向中央。

正是這張陳舊的、暗褐色的照片，勾起了人們無限的悲哀。

清顯十八歲了。

儘管如此，他那顆纖細的心，被束縛在那樣悲傷、憂鬱的思緒中。可以說，養育他的家庭，幾乎沒有給他帶來力量。

他家坐落在澀谷區地勢較高的地方，是一所大宅邸。在這宅邸裡，很難找到一個像他這樣多心事的人。正因爲他家原是武將門第，父封侯爵，幕府末期家道中落，父親有恥於此，遂把幼年的嫡子清顯寄養在公卿家，不然清顯也不至於養成這種氣質。

松枝侯爵的宅邸占澀谷郊外廣大的面積，在十四萬坪②的土地上，屋宇鱗次櫛比。

正房是日本式建築，在庭院的一角上卻興建了一棟由英國設計師設計的壯觀洋房，這棟能穿著鞋子進去的宅邸，據說是包括大山元帥宅邸在內的四大屋宇之一——這就是松枝私邸。

庭院的中心是一泓寬闊的大湖，以紅葉山爲背景，湖裡可以划船，湖中還有一個中之島，湖面漂浮著開花的萍蓬草，湖裡還可以採摘蓴菜。正房的大客廳面向這個湖，洋房的宴會廳也是瀕臨這個湖。

湖邊和中之島到處都配置了燈籠，達二百座之多。島上立著三隻鐵鑄的仙鶴，一隻俯首，兩隻仰天。

紅葉山頂上流瀉著瀑布。瀑布順著數重岩石傾瀉而下，繞著山腹，鑽過石橋下面，注入佐渡的赤石後面的瀑布潭，然後匯入湖中。湖裡還泡浸著菖蒲的根，每逢開花季節，便綻開許多美麗的花朵。湖上還可以垂釣，有鯉魚，也有鰻魚。侯爵允許每年對外開放兩次，讓遠足旅行的小學生們前來參觀。

清顯童年時代，被侍者嚇唬過，最害怕鱉了。有一回，祖父生病，有人送來了一百隻鱉讓祖父滋補，家裡人把牠們統統倒在湖裡放生、繁殖。僕人曾告訴清顯：要是被鱉咬住指頭可就完了，指頭就再也找不回來哩。

院內有幾間茶室，也有大撞球室。

正房後面，由祖父親手種植了絲柏林，這一帶還經常能挖到許多山藥。林間小徑，一條通往後門，一條則爬向平緩的山崗。家裡人稱之為「神宮」的神殿，就落座在寬闊草坪的一角。那裡是用來祭祀祖父和兩個叔叔的。照例置有石階、石燈籠和石牌坊。石階下方的左右兩側，在一般安放石雕獅子狗的地方，置放了一對日俄戰爭中遺留下來的大炮炮彈，全塗上了白漆。

在神殿稍低的地方，還供奉了五穀神，前方有一排美觀的藤羅架。

祖父的忌日是在五月底，每次祭典全家都聚集在這裡，這時節藤花正好盛開，婦女們為躲避烈日，都集攏在藤羅架下；於是，比平日更精心化妝的婦女們白皙的臉上，映著淡紫色的藤花影子，恍如落下了優雅的死影。

婦女們……

實際上，這座宅邸裡住著不計其數的婦女。

不用說，為首的是祖母。祖母卻住在離正房稍遠的隱居間裡，由八個女侍來侍候。不管晴天雨天，早晨母親梳洗完畢，按習慣照例帶著兩名女侍前去向祖母請安。

這位婆婆每回總要對媳婦端詳一番，爾後瞇起慈祥的眼睛說：

「對你來說，這種髮型不太合適。明兒你梳個時髦髮式來看看，肯定會合適的呀。」

於是第二天早晨，母親梳了個時髦的髮型去了，她又說：

「都志子，你畢竟是個古典美人，時髦髮式不合適啊，明兒還是梳個髮髻來吧。」

因此，在清顯的印象中，母親總是在不斷地變換髮型。

宅邸內，梳頭師連同弟子一起成天地忙著給人梳頭，給女主人梳頭就不用說了，還要侍候四十多個女侍的髮式。唯有一回，這個梳頭師關心起男子的髮式，那就是清顯上學習院中等科一年級的時候，爲了去參加宮中的慶祝新年會，並擔任牽裙裾的角色。

「雖說學校規定在校學生要推光頭，可是今天你應召進宮，穿上大禮服，可不能是光頭啊！」

「留頭髮又會挨訓的。」

「不要緊，我給你造個髮型吧，反正要戴帽子。你脫帽的時候，我要讓你比其他年輕人更顯得英俊。」

話雖這麼說，十三歲的清顯，腦袋被剃得光禿禿的一片青痕。儘管梳頭師自誇技術高超，然而他給清顯裝上假髮套時，梳痕有點疼，髮油也滲到皮膚裡，映在鏡子裡的腦袋並沒有變得多麼美觀。

但是，在這次賀宴上，清顯獲得了罕見的英俊少年的稱譽。

明治天皇也曾親駕宅邸一次，那時候爲了接待天皇，在庭院裡舉辦相撲大會，以大銀杏樹爲中心拉上了幔幕，陛下坐在洋房二樓的陽台上觀看相撲。當時清顯被允許進謁，還蒙天皇摸撫了他的頭。打那以後，直到今年新年他爲皇后牽裙裾，四年過去了；清顯心想：也許陛下還記得我的模樣呢。他對梳頭師也這樣說了。

「是啊是啊！少爺的頭曾蒙天皇陛下撫愛過的呀。」梳頭師說著從舖席上向後退了幾步，畢恭畢敬地衝著清顯那還殘留著稚氣的後腦勺，拍手膜拜起來。

牽裙裾的侍童服裝是天鵝絨藍上衣，和一條僅及膝下的短褲，胸前左右各佩帶兩對大白絨球，左右兩邊袖口和褲上也同樣綴著毛茸茸的白絨球。腰間佩劍，腳蹬帶黑琺瑯扣的鞋子和白襪。在飾白花邊的寬領正中，繫了一條白絹領帶。用絹帶繫著插上大羽毛的拿破崙式帽子，吊在背上。新年頭三天裡，挑選出二十多名成績優秀的華族③子弟，輪流牽裙裾。由四人牽皇后的裙裾，兩人牽妃殿下的裙裾。清顯牽了皇后和春日宮妃殿下的裙裾各一次。

清顯在輪流牽皇后的裙裾時，曾隨皇后走過近侍者焚燒麝香的走廊，肅穆地來到了謁見廳。慶宴開始之前，他一直侍立在接受謁見的皇后後面。

皇后風度典雅、聰慧過人，但已近六十高齡。相比之下，春日宮妃卻才三十年華，不論是美貌、氣質，還是婀娜的體態，都像一朵盛開的鮮花。

現在，浮現在清顯眼前的，不是樸素大方的皇后的裙裾，而是妃殿下飛舞著黑斑紋與大白絨球、周圍鑲嵌無數珍珠的裙裾。皇后的裙裾上有四個手環，妃殿下的只有兩個。清顯與其他侍童們反覆多次練習，手持手環，按一定步子走路。對他們來說，這已經沒有什麼困難了。

妃殿下的頭髮烏黑，潤澤發光，盤結的髮髻下方，還垂下一些短髮，掩映著豐潤白皙的脖頸。他還窺見她的正裝禮服覆蓋下的豐盈肩膀。她姿態端莊，果斷地朝前走；身體移動，而裙裾卻沒有擺動。然而清顯已經感到隨著音樂的節奏，那逐漸擴展開來的、美麗而芳香的潔白長裙，宛如山巔的積雪在飄忽不定的雲霧中，忽隱忽現地浮現在眼前。這時候，他有生以來頭一次發現了女人美得令人目眩的優雅的關鍵。

春日宮妃連裙裾上都灑了法國香水，那股芬芳馥郁蓋過了麝香的古雅香味。在走廊半道上，清顯絆了一跤，險些摔倒，這瞬間裙裾被猛然地拉向一邊。妃殿下微微回過頭來，含著典雅的微笑，毫無責怪的意思，望了一眼出醜的少年。

妃殿下並不是明顯地覺察到才回過頭來的。她筆直地站立著，只轉過半邊臉來。這當兒，她臉上浮現出淡淡的微笑，那浮雕似白皙的一邊臉頰上，輕輕地飄忽著鬢髮的髮絲。那對晶亮的黑眸，在她那雙鳳眼眼梢邊上閃爍，像點燃起火一般。端莊的鼻樑，自然給人一種清秀高雅的印象……這瞬間，看到的妃殿下的尊容——那角度甚至不能說是側臉，似是斜斜透視一件純潔的結晶體的斷面——剎時飛起了一道彩虹。

在賀宴上，清顯的父親松枝侯爵親眼瞧見了自己那位被華美禮服裹著的兒子的英姿，不禁沈湎在實現了多年夢想的喜悅之中。此情此景，才眞正把占據侯爵心中的虛榮——不管自己身分多高，甚至可以迎駕天皇到自己宅邸，但總覺得這畢竟是虛空的——無遺漏地一掃精光。從兒子的英姿中，侯爵看到了來日宮廷與新華族的摯密親交、公卿與武士的最終結合。

席間，侯爵聽到了許多對兒子的讚美之辭。他起初很是高興，後來又感到不安。十三歲的清顯實在太美了。同別的侍童相比，即使不偏心眼，清顯的美也是超群出眾的。他的雙頰白裡透紅，眉宇間盪漾著一抹秀氣，那雙依然充滿稚氣的大眼睛，在長睫毛的陪襯下放射出炯炯的黑光，實在豔美極了。人們的讚美之辭，提醒了侯爵，他這才覺察到自己的嫡子那副超人的美貌，似乎是一種無常虛幻的美。侯爵的心頭掠過了不安的心緒；但他畢竟是個樂天派，這種內心的不安很快就消逝了。

毋寧說，早在清顯牽裙裾的前一年，這種不安就深深地埋藏在飯沼的內心裡。飯沼十七歲時寄居在這個宅邸。

飯沼是清顯的貼身學僕[4]，由鹿兒島鄉村中學推薦來到了松枝家。他學業優秀、體格壯實，是少年中的佼佼者。松枝侯爵的祖先被當地看做是豪放的神。侯爵家的生活，只有憑在家裡和學校聽到的，有關侯爵祖先的情況來加以想像。然而，來到這宅邸一年之後，侯爵家的奢侈，所有一切的一切都同他想像的相反。這就刺傷了這位純樸少年的心。

對別的事情，他可以視而不見，唯有對託付給他的清顯，他卻不能這樣。清顯的俊秀、纖弱，以及對事情的感受、思考和關心，一切的一切都使飯沼不太中意。侯爵夫婦對清顯的教育方法也大出飯沼所料。

「即使我成爲侯爵，也絕不這樣教育我的兒子。侯爵對先祖的遺訓，都不知道怎麼想的。」飯沼常常這麼想。

只在祭祖的時候，侯爵才虔誠地執行不誤，平日甚少言及先祖的遺訓。飯沼曾夢想過更多地聽到侯爵談談有關先祖的回憶，那時還多少流露出他對先祖美好的追慕之情。可是，這一年裡，飯沼的這種願望也落空了。

清顯完成了牽裙裾的任務之後，回到家中當晚，侯爵夫婦還在家族範圍內舉辦了宴席，以示慶賀。一個十三歲的少年，竟連鬧帶笑地被強灌了酒，雙頰染上酒氣；到了就寢時間，飯沼一直把他扶到臥室。

少年把身子埋在絹面棉被裡，頭枕在枕頭上，吐著熱氣，從短髮處一直紅到耳根，他那格外單薄的皮膚——甚至可以窺見其中脆弱的玻璃結構似的——浮現出跳動的青筋。昏暗中，他的雙唇也透著丹紅，從嘴裡吐出的呼吸聲，聽起來宛如一首歌，在戲嬉慰藉這個不知人間苦惱與艱辛的少年。

少年長長的睫毛，不時眨巴著的、單薄而嬌弱的、水棲動物般的眼瞼……飯沼望著這樣一張臉，深知不能指望這英俊少年的感激和忠誠的宣誓，而他，今晚完成了最光彩的任務。

清顯又睜開了眼睛，仰望著天花板。他的眼睛濕潤了。飯沼被他這雙濕潤的眼睛一盯視，就感到一切都違反自己的意願。飯沼只有相信自己的忠實了，除此以外別無其他。清顯好像很熱，他舉起光滑、微紅、赤裸的胳膊，交抱著枕在後腦勺。飯沼給他翻上了薄薄的棉睡衣的衣領，說道：

「這樣會感冒的。快睡覺吧！」

「喂，飯沼，我今天做壞了一件事。你答應保密，不告訴我父母，我就跟你說。」

「什麼事？」

「我今天牽著妃殿下的裙裾時，絆了一小跤，妃殿下只微微一笑，寬恕了我。」

飯沼對這種輕浮的語言、這種缺乏責任感，以及那濕潤的眼睛裡浮現的恍惚神情，覺得可憎可恨。

①即公元一九〇四年。

②土地面積單位，一坪爲三・三平方公尺。

③明治二年（一八六九年）把皇族之下、士族之上的貴族稱爲華族。一八八四年，根據華族令，也適用於維新功臣，授予公、侯、伯、子、男爵位，享有特權，成了日本社會身分；一九四七年實行新憲法，這項華族法令予以廢除。

④指寄食別人家代爲照料家務而求學的寄食學生。

二

就這樣度過了十八個春秋的清顯，漸漸發現自己在這個環境中孤立起來，這大概是很自然的事吧。

他不僅在家庭感到孤立。學習院把院長乃木將軍那樣的殉死，作爲崇高的事件向學生灌輸，倘使將軍是病死，就不至於用這種誇張的形式來表現吧。學校強制學生接受這種教育的傳統。清顯厭惡這種生硬的做法，厭惡學校瀰漫著這種樸素而剛健的風氣。

談到朋友，清顯只和同班同學本多繁邦親密交往。當然，很多人都想同清顯交友，但他不喜歡同齡人的鄙俗和幼稚，他的心只被本多那種冷靜、溫和而又理智的性格所吸引。本多唱院歌的時候能避免那種迷人粗獷的感傷，這種表現，在那樣年齡的人裡是少見的。

話雖這麼說，但無論從外表或氣質來看，本多和清顯並不是那麼相似。

本多長相老成，五官平常，毋寧說有點裝模作樣的樣子。他對法律學頗感興趣，平日將不輕易在人前表現的敏銳直觀能力隱藏起來。本多表面上的表現，毫無官能性的東西，然而，他會使人感到有時在心靈深處卻燃起烈火，乃至彷彿可以聽見燃燒柴火的劈啪聲。這種印象往往來自本多的這樣一種表情：他不時眯起輕度近視的眼睛，緊鎖雙眉，總是緊閉的雙唇偶爾才微微張開。

也許清顯和本多原是同根生的植物，而開出的花和葉卻全然不同。清顯將自己的天性毫無保留地裸露出來，這是容易遭受到損傷的；他還讓同自己的行動動機不一致的官能，像沐浴了春雨的小狗那樣，連眼睛鼻子都布滿了雨滴。與此相反，本多早早就洞察人生當初就是危險的，然後選擇了避開過分明亮的雨滴，而把身子畏縮在屋檐下。

但是，他們兩人在世界上卻成了親密的朋友，這倒是事實。他們每天在學校裡照面還嫌不夠，每逢星期天一定到其中一家去度過一整天。當然，清顯家更爲寬廣，散步場所也得天獨厚，本多來的次數多。

大正元年[1]十月，楓葉剛披紅彩時的一個星期天，本多來到清顯家遊玩，並說想在湖上划划船。

往年按慣例，這個季節總有許多客人前來觀賞紅葉。可今年夏天大喪[2]之後，松枝家也停止了往日豪華的交際，庭院比往常顯得清靜多了。

「那麼咱們上船吧。一條船可以坐三個人，讓飯沼來划。」

「什麼呀，怎麼好讓別人划啊。我來划吧。」本多說。

本多眼前旋即浮現出剛才把他從大門口引進這房間裡來的那個青年，他鑲嵌著一雙憂鬱的眼睛，板著一副嚴肅的面孔，默然、執拗而鄭重其事地把本來就不需要嚮導的本多領了進來。

「本多，你討厭那小伙子？」清顯帶笑地說。

「談不上討厭。不過，我總覺得他的脾氣難以捉摸。」

「他在這裡已經待了六年。對於我來說，他的存在就像空氣一樣。我並不認爲我和他脾氣合得來。但他獻身於我，忠於我，且勤奮好學，是個耿直的人。」

清顯的房間是在距離正房稍遠的二層樓上，這裡本來是日式房間，如今卻鋪上地毯和擺設西式家具，是按洋房的樣式布置的。本多坐在外凸的窗口邊上，轉過身子，眺望紅葉山、湖和中之島的全景。湖水平靜，灑滿了晌午的陽光。停放小船的小小湖岔，就在眼前的下方。

本多發現友人的倦怠。清顯對任何事都無意主動率先行動，顯得不感興趣的樣子，唯其如此，有時反而能引起他的興趣來，因此，許多時候總是本多提議，硬拉著他去幹的。

「看見小船了嗎？」清顯說。

「哦，看見了。」本多驚訝地回過頭來……

這時候清顯想說什麼呢？

假如硬要作出說明，那麼他想說，他對任何事情都不感興趣。

他感到自己就像一根扎進這家族那粗指裡的、帶毒的小刺。因爲他已經完全學會了優雅。五十年前，這個樸素、剛健而貧窮的地方武士家庭，轉眼間竟發家致富，成了大戶人家。與清顯出生的同時，這個家族也開始變得優雅起來。但是他像螞蟻預感到洪水之將至一樣，覺得這個家庭與那些本來對優雅有免疫能力的公卿家庭不同，很快就會出現衰落的徵兆。

清顯就是一根優雅的刺。而且他十分清楚，自己這顆討厭馬虎、喜歡推敲的心，實際上是徒勞的，像一棵無根的草。這英俊少年在思考：想腐蝕而未腐蝕；想侵犯而未侵犯。對這家族來說，他的毒素毫無疑問確是一種毒，然而這是一種完全無益的毒。從某種意義上說，這種無益就是自己誕生的意義。

清顯感到自己存在的理由，就是一種精妙的毒。這種感覺同他十八歲的高傲態度是緊密地聯繫著的。他決心使自己美麗而白嫩的手不會磨出水泡，不會玷污自己的生涯；就像一面旗幟僅僅爲風的存在而存在。對自己來說，唯一的眞實就是：想到無止境、無意義的死而活著，見到行將衰微而燃燒起來，只是爲了沒有方向也沒有歸結的「感情」而活著……

因此，現在他對任何事物都不感興趣。就說船吧，對父親來說，這小船是他從外國買來的，樣式時髦，塗上青白兩色的油漆；對父親來說，這就是文化。文化就是有形狀的物質。

可是，對自己來說，那是什麼東西呢？是船嗎？……

本多到底是本多，他憑天生的直感，十分理解清顯在這種時候突然陷入沈默的感情。他和清顯雖是同齡，可他已是個青年，是個決心好歹要做個「有用的」人的青年。他已經選擇好了自己的道路。他明白對清顯多少要寬容些、馬虎些，採取這種巧妙的粗心態度，是容易被友人所接受的。清顯的胃口能夠容納多得驚人的人工誘餌；包括友情在內。

「聽說你開始搞什麼運動？你又不是讀書讀多了，可你那副樣子困頓不堪，就像讀破了萬卷書。」本多直言不諱地說。

清顯不聲不言，微微地笑了笑。他確實沒有讀書，而在頻繁地做夢；每晚做了不計其數的夢，甚至超過讀萬卷書。他確是讀書讀累了。

……昨夜畢竟是昨夜，他夢見了自己的白木棺材。這口棺材安放在裝有大窗戶的、空盪盪的房間正中央。窗外是一片黎明前的昏暗，呈藍紫色。小鳥的啁啾，劃破了昏暗寂靜的天空。一個年輕的女子，披著又黑又長的頭髮，伏在棺木上歔欷不已，抽搐著她那纖細而柔弱的肩膀。他想窺視一下這女子的容顏，卻只能看到她那潔白、掛滿憂愁的前額。在這白木棺材上半覆蓋著一塊巨大的豹斑紋的毛皮，毛皮邊緣飾有無數的珍珠。拂曉時分，那不透明的光澤都集中在成排的珍珠上。房間裡飄盪著一股西方香水味，像是熟透了的水果味；它代替了焚香。

清顯呢？他從半空往下看，確信自己的屍骸就躺在棺材裡。他雖是確信，可無論如何也想瞧上一眼，以便確認一下。然而，他的存在就像早晨的蚊子，只是在空中暫時收起了翅膀，絕對窺視不到已經被釘上的棺材內部。

……他焦灼萬分，被驚醒了。於是，他就把昨夜的夢悄悄地寫在夢的日記裡。

最後他們兩人走到了船邊，把纜繩解開。遠望湖面，一半披上紅色的紅葉山倒映在湖中，把湖水染得紅彤彤的。

剛上船時，船身搖搖晃晃。這盪漾，喚起了清顯對這個世界不安定的、一種更加眞實的感覺。瞬間他心潮激盪，起伏不已的心緒彷彿鮮明地映在潔白的小船船邊上。他變得快活起來了。

本多將木槳頂在岸邊的石頭上，把小船划到寬闊的湖面去。緋紅的湖水被劃破了，陣陣的漣漪就這樣擴大了清顯的精神恍惚。深沈的水聲，恍如從咽喉深處發出的粗獷聲音。他感到自己十八歲這年秋天某日午後某時的確是一去不復返了。

「咱們划到中之島去看看好嗎？」

「那裡什麼也沒有，去了也沒意思。」

「還是划過去看看嘛。」本多划著船，不由高興地說。他那股高興勁，同年齡是相稱的，不愧是個少年，他的聲音是那樣的活潑。清顯聽見了遠方中之島那邊的瀑布聲，他凝神望著沈澱和紅色的反射而看不太清的湖面。湖裡的鯉魚游來游去。他早已知道水底的某塊岩石後面有鱉，心中隱約喚起了童年時代的恐怖感，而後又消失了。

天氣晴朗，陽光灑落在他剛剪短了頭髮的細嫩脖頸上。這是一個寂靜的、無事的、富貴榮華的星期天。儘管如此，清顯覺得，在這個像灌滿水的皮袋一般的世界底層，開了一個小小的洞穴，他彷彿從那裡聽見「時間」的水滴在一滴滴落下來的聲音。

他們兩人把船划到了在青松叢中屹立著一棵楓樹的中之島，登上了石階，走到放置三隻鐵鶴的圓圓草坪處；兩人先是坐在兩隻仰天長嘯的鐵鶴腳下，隨後仰臉躺了下來，望著晚秋的明朗天空。短草扎著兩人穿著衣服的脊背，清顯感到格外地痛；本多卻產生這樣一種感覺：彷彿把必須忍受的最甘美、最爽快的苦楚，鋪墊在脊背下。於是，兩人的眼角裡映現了兩隻鐵鶴，它們長年累月經受風吹雨打，還被鳥糞弄髒了白羽毛；而它平穩地伸展著的脖頸曲線，隨著浮雲的飄動，也在微微地晃動。

「這是多麼美好的一天啊！像這樣無所事事，這樣美好的日子，也許一生當中沒有遇上幾回吧。」本多彷彿預感到什麼，脫口說出了這麼一句。

「你是說幸福嗎？」清顯問道。

「我沒有這麼說呀。」

「沒說就好。我很害怕。我不能說出像你那樣大膽的話。」

「你一定野心很大，有野心的人總是帶著悲傷的樣子。你究竟還想要什麼呢？」

「要一件有決定意義的東西。可是，那是什麼東西，我也不清楚。」清顯疲倦地回答。

清顯是個異常俊美、萬事都處在未定狀態的年輕人，他和本多是這樣的親密。可是他的任性，卻不時被本多銳利的分析能力和充滿自信的話語，以及活像個「有爲青年」的樣子所攪擾，他感到十分煩惱。

清顯突然翻過來，趴在草地上，抬頭遠望湖對岸正房大廳的前院，在鋪滿白沙礫的地上，間隔安置了一塊塊踏石，一直排到湖邊，這附近有更複雜的湖岔，好幾道橋飛架其間。他看到那裡有一群婦女。

(1) 即公元一九一二年。

(2) 指天皇或皇后駕崩，國人爲之服喪。

三

清顯捅了捅本多的肩膀，示意讓他瞧瞧那邊。本多扭過頭來，從草木之間，把視線投在湖對岸那一群人的身上。他們倆像年輕的狙擊兵，就這樣在窺視著。

平日，母親高興的時候，總是要帶一幫人散步的。按慣例，除了母親以外，只有貼身的女侍們，可今天這群人中卻夾雜著老少兩位客人的姿影，她們尾隨母親之後。母親、老太婆和其他婦女的穿著都很樸素，只有那個年輕女客身穿淺藍色刺繡和服，無論在白沙礫上、還是在湖畔，她那身絹繡衣裳都閃爍著冷冰冰的光澤，宛如黎明時分天空的顏色。

從湖那邊傳來了一陣陣笑聲，像是在留意自己腳下不規則的踏石，這笑聲向秋空流去。這種過分清脆的笑聲，含有某種矯揉造作。清顯本來就討厭這宅邸內的婦女們矯揉造作的笑聲。可是清顯也知道，本多像一隻雄鳥在聆聽雌鳥的鳴囀，眼裡閃耀著光輝。他們倆的胸脯壓斷了不少在晚秋變得又乾又脆的草莖。

清顯相信，只有那個身穿淺藍色和服的女子是絕不會發出那種笑聲的。婦女們從湖畔踏上通往紅葉山的小徑，特地要走渡過幾道橋的難行的路。主人拉著客人的手，昂然地邁步行走。這群人的身影便從這兩人的視線裡消失，隱沒在草叢中了。

「你們家婦女眞多啊！我家淨是男人。」本多爲自己的熱心辯解。說罷站了起來，靠在西邊那棵松樹後面，眺望著婦女們難以前進的情景。紅葉山的西側山間洼地十分開闊，因此九段的瀑布傾瀉到四段是在西側，之後引入佐渡的靠石下的瀑布潭裡。婦女們正在瀑布潭前跨著踏石向前走。那裡的紅葉格外鮮豔，連第九段小瀑布的白色飛沫也隱藏在樹叢之中。附近的水盡染成暗紅色。清顯遠眺那位身穿淺藍色和服的女子扶著女侍的手，正邁過踏石；她低著頭，露出了白皙的脖頸。清顯看到這種情形，不禁回想起難以忘懷的春日宮妃殿下那豐潤而白嫩的脖頸。

走過瀑布潭，小徑有一段很短的平坦的路，其邊緣就是水邊，從這裡岸上最靠近中之島。清顯專心地把視線一直追蹤到那裡，從身穿淺藍色和服女子的側臉，他認出是聰子的側臉，有點沮喪了。這以前自己爲什麼沒有覺察到那人就是聰子呢？爲什麼還確信不疑地認定那是一位素不相識的美貌女子呢？

對方已經打破了自己的幻影，自己也就沒有必要藏身了。他一邊拂去沾在裙褲上的雜草，一邊站起身來，從松樹的枝椏下完全現出自己的身影，然後呼喊道：

「喂！」

清顯驟然快活起來。本多一驚，探出了身子。他的友人被夢驚醒時就會變得快活起來的，假如本多不了解友人的這種天性，他就會認爲自己被友人搶先一步，這是無疑的。

「那是誰？」

「是聰子。以前曾讓你看過她的照片吧。」清顯輕聲地說出了她的名字。對岸的聰子的確是個絕代佳人。然而，這個少年佯裝堅決不承認她的美。爲什麼呢？因爲他十分清楚，聰子是喜歡他的。

清顯有個不好的傾向，那就是他輕蔑愛慕自己的人，豈止輕蔑，甚至近於冷酷呢。這一點，本多早就觀察出來，再沒有誰比本多更了解這位朋友的了。本多估計，清顯這種倨傲，就是他十三歲那年知道別人對自己的俊美喝彩以後，好像黴菌一樣從心底悄悄地培育起來的。那是一種銀白色的黴菌花，一接觸它，彷彿就會響起鈴聲。

實際上，作爲朋友，清顯波及友人的危險的侵擾，也正是來自這點吧。希望做清顯的朋友的人最終還是失敗了，爲此而遭他嘲笑的同班同學，恐怕不在少數。對他這種冷酷的毒素，本多一人能夠獨善其身地與他相處，這種實驗成功了。也許是誤解，他嫌惡那個有一雙憂鬱眼睛的學僕飯沼，因爲他正是從飯沼的臉上，看到了司空見慣的失敗者的面影。

……本多沒有見過聰子。聰子的名字，他也是從清顯的談話中知道的。

綾倉聰子的家是羽林家二十八家之一，源於號稱藤家蹴鞠之祖的難波賴輔，從賴經家分出來的第二十七代，後當上侍從，遷居東京，住在麻布的舊武士宅邸裡。這家世代以擅長吟詠和歌及踢圓球[1]而聞名，嗣子在幼年時代就被賜封爲從五位下[2]，一直晉升到大納言[3]。

松枝侯爵憧憬著自己家譜上所缺乏的風雅，以爲至少要給下一代那種大貴族優雅的影響，於是他徵得父親的同意，將年幼的清顯送到了綾倉家寄養。就這樣，清顯沾染了公卿的家風，並受到比他大兩歲的聰子的鍾愛。清顯上學以前，聰子成了清顯唯一的姐姐，也是唯一的朋友。綾倉伯爵言談帶有京都口音，誠然是一位溫柔的人。他點教幼年的清顯學習和歌和習字，綾倉家至今依然保留著王朝時代玩雙六盤[4]的遊戲直到深夜的習慣。勝者獲得皇后下賜的點心。

特別是持續至今的伯爵的優雅熏陶，讓清顯自十五歲就列席每年正月由宮中御歌所舉辦的歌會。起初，清顯覺得這不過是盡義務罷了，可是隨著年齡的增長，不知不覺間感覺變了，企盼著去參加年初這令人留戀的優雅的歌會。

聰子今年已二十芳齡。從清顯的相簿可以詳細地了解她成長的足跡，裡面有聰子和清顯小時互相親吻的姿影，乃至最近她列席五月底的「神宮」祭祀的倩影。二十歲，已過二八妙齡了，可是聰子還未結婚。

「她就是聰子嗎?那麼，受到大家照料的、身穿灰色短和服的老太婆又是誰呢?」

「啊，那是……對了，是聰子的大伯母。她是一位住持尼，她戴上古怪的頭巾，差點認不出來了。」

那確實是一位稀客，肯定是第一次前來造訪的。倘若是聰子自己來，母親不至於這樣接待她吧。可是，月修寺的住持尼來訪，那就得接待一番，於是這才想到領她們參觀庭院的吧。對了，準是住持尼難得上京，聽子才把她帶到松枝家來觀賞紅葉的。

清顯寄養綾倉家時，也定會受到這位住持尼的疼愛。不過那時候的事，清顯已了無印象。他只記得念中學的時候，住持尼上京，綾倉家就款待她。清顯只見過她一回。儘管如此，這位住持尼慈祥、高尚的氣質、白皙的面孔、言談溫柔、態度和藹，帶有一種凜然的氣勢，這些都給清顯留下難以忘懷的印象。

……岸上的人聽見清顯的呼喊聲，都一起停住了腳步。兩個年輕人便從中之島的鐵鶴旁邊，穿過茂密的草叢，像海盜似地突然出現了。她們大吃一驚。這種情景，兩個年輕人看得清清楚楚。

母親從腰帶裡抽出一把小扇子，指了指住持尼，向清顯做了一個表示要尊敬的樣子。清顯在島上深深地鞠了一躬，本多也仿效鞠了一躬。住持尼還了禮。母親打開扇子，招呼他們。這時候，扇面上的金色映上了紅葉，被染得紅彤彤的。清顯曉得，必須敦促友人把船划到對岸去。

「聽子絕不放過任何機會，總是想方設法到這家裡來。大伯母來訪是最好的藉口，這個很自然的機會被她利用了。」清顯即使在幫本多忙解開纜繩，也不忘帶著責備的口吻說。當時，本多就懷疑，清顯說什麼要去給住持尼請安，那樣焦急著要到對岸去，這分明是一種自我辯解的表白嘛，不是嗎？他對友人穩健的操作頗感焦慮，急不可待地用他白嫩纖細的手指幫忙解開了粗纜繩，瞧他這副可憐相，就足以引起本多的懷疑了。

本多背向對岸把船划了過去。隨著船身的移動，紅色水面反射的光映紅了清顯的臉。他顯得很興奮。他的視線卻神經質地避開本多的目光，一個勁兒地投向對岸，或許是出自男人成長期的一種虛榮心，他不想讓本多察覺自己對那女子的這顆心最脆弱部分的反應吧。聰子非常了解自己的童年時代，並曾從感情上完全支配了自己。那時候，說不定連自己肉體上哪怕長一朵白蔥花般的蓓蕾，也是會被聰子發現的。

小船抵達對岸時，清顯的母親對本多的辛勞慰問說：

「啊，本多划得眞好！」

清顯的母親是一張瓜子臉，配上略帶憂傷的八字眉，即使是笑也帶上幾分悲愁，這不一定是多愁善感的天性的表露吧。她這個人既現實又感覺遲鈍，她把自己培養成這樣一種習慣：對丈夫馬大哈的樂天主義的放蕩行爲，都能容忍。這樣一個母親，是絕對不可能深入了解清顯那種細膩的心理的。

清顯從船上登上岸來，聰子的目光一刻也沒離開過他；清顯的一舉一動，她都看在眼裡。根據一般的看法，她那雙剛強而明亮的目光，是爽朗而寬容的。清顯對她卻總是畏縮三分。從她的眼神中，清顯總感到她的目光含有批評的意思，這也是難怪的吧。

「今天住持尼光臨，又可以聆聽到難得的宣講佛法，我愉快地等著聽吶。我早就想陪她看看紅葉山，今天來到這裡卻聽見一聲粗野的怪叫，實在令人吃驚。你們剛才在島上幹什麼呢？」

「心不在焉地仰望著天空唄。」清顯對母親的問話，故意回答得像謎一般撲朔迷離。

「瞧什麼天空呀！天空有什麼可看的？」

母親對肉眼看不見的東西是無法理解的，她對自己的這種天性並不覺得不好意思。清顯覺得，這似乎是母親唯一的優點。這樣一位母親，有心聆聽宣講佛法，其志可嘉，可未免有點滑稽可笑。

住持尼恪守客人的身分，聽著他們母子倆的這番對話，臉上只露出謙恭的微笑。

清顯故意不瞧聰子，聰子卻直勾勾地盯視著清顯那些又黑又粗的亂髮的光澤。這些亂髮是飄在清顯那俊美而光潤的臉頰上的。

就這樣，人們一起搭伴攀登上山路，一邊讚賞紅葉，一邊傾聽樹梢上小鳥的啁啾鳴囀，猜測著那是什麼鳥，好不快活啊。兩個年輕人無論怎麼放慢腳步，很自然地總還是走在前頭，把簇擁著住持尼的婦女們拋在後面。本多抓住這個機會，第一次提到了聰子的事。他讚揚聰子的美貌時，清顯神經質地冷冷回答了一句：

「你眞的這麼認爲嗎？」

不消說，倘使本多說聰子醜陋，恐怕就會馬上損傷清顯的自豪感。顯然，清顯想到，不管自己關心或不關心她，她總是與自己有關，她必須是美的。

一行人好不容易才來到瀑布口下面，從橋上仰望著第一段的大瀑布。母親正在衷心地期待初次看到這種狀觀景象的主持尼的讚賞時，清顯卻發現了這天格外難忘的不吉利東西。

「怎麼回事？瀑布口的流水怎麼那樣子岔開的？」

母親也發現了。她打開了扇子，遮擋住透過樹叢縫隙灑落下來的陽光，仰望著瀑布。爲了使瀑布傾瀉下來時顯出千姿百態，造園山石的布局格外講究。正因爲這樣，在瀑布口的正中央不可能讓流水岔開得如此不像樣子。那裡確實有一塊突出的岩石，可是這也不可能把瀑布的姿態攪亂成這個樣子呀！

「怎麼回事？像是有件什麼東西堵在那裡……」母親帶著困惑的表情對住持尼說。

住持尼好像當場看到了什麼，她只是默默地微微笑了笑。清顯覺得必須如實地把在那裡所看到的都傾說出來；可他又擔心一說出口，會不會使大家掃興，因而他又躊躇起來。再說，他知道大家也看見那個東西了。

「那不是一隻黑狗嗎?腦袋耷拉了下來。」聰子直言不諱地說。

聽她這麼一說,大家好像這才了解了眞相,便喧嚷起來了。

清顯的自負心受到了損傷。聰子以乍看不像女孩子的勇氣,指出那是不吉利的狗屍。她那天生甜美的聲音,明白事情輕重、適度的爽朗性格,準確而直率的態度,顯示了可以感觸到的優雅。它就像裝在玻璃容器裡的水果,新鮮而水靈,這使清顯爲自己的躊躇而感到羞愧,並且懼怕聰子那股教育者的力量。

母親當場命女侍把玩忽職守的造園師叫來,同時一味向住持尼表示不體面的道歉。住持尼卻出於慈悲,提出了一個奇怪的建議:

「大概是有什麼緣分才叫我遇上這種事的吧。趕緊把牠埋葬,做個墳墓,爲牠祈禱冥福吧。」

這隻狗恐怕早就受傷或生病了,想在有水源的地方喝口水,不愼失落溺了水,屍骸順流而下,堵在瀑布口的岩石上吧。本多爲聰子的勇氣而深受感動。他看見了瀑布口上澄明的天空飄動著薄薄的白雲,倒懸在半空中的黝黑的狗屍,沐浴著清涼瀑布的飛沫,光溜溜的狗毛都濡濕了,狗張大嘴,狗牙潔白,口腔紅黑色。看起來這一切都是近在咫尺。

在場的人們,由觀賞紅葉轉而話說葬狗,變得快活起來了,女侍們的言談頓時活躍起來,其中隱藏著浮躁的情緒。一行人在橋對面那間涼亭歇息,這間涼亭是仿照觀瀑布的茶室的樣子興建的。造園師急匆匆地跑過來,一味致歉,而後他爬上危險的陡峭山岩上,把濡濕了的黑狗屍體抱了下來。她們在那裡等候,一直等到造園師找到了適當的地方,挖了個洞穴把狗屍埋掉才作罷。

「我去摘些花來。清顯先生能幫個忙嗎?」聰子預先就制止了侍女的幫助。

「給狗還獻什麼花呢？」清顯勉強應了一句，逗得大家都笑了。這時，住持尼已脫下了短和服外褂，露出罩著小袈裟的紫色法衣。人們覺得這樣一位尊敬的人的存在，眼看著不吉利即將消除，哪怕是發生微小的倒霉事，也能融化在燦爛光明的天空中。

「這隻狗多有造化啊。能得到您爲牠祈禱冥福，來世定能投胎做人啦。」母親也帶笑地說。

聽子走在清顯前面，沿著山路而行，她目光尖利，發現了遲遲不開的龍膽花，並把它摘了下來。清顯則除了枯萎的野菊花以外，什麼也沒有映入他的眼簾。

聽子漫不經心地彎下腰，把花摘了下來。她那淺藍色和服的下擺略微叉開，使她的腰身顯得豐滿，這和她那苗條的身軀很不相稱。清顯覺得自己那透明、孤獨的腦海裡，湧起了浪濤，把沈積在海底的沙子都掀動起來，把水攪渾了。他多少有點厭惡。

聽子摘完了幾株龍膽花，驀地挺起身來，望著別的地方，把尾隨而來的清顯擋住了。清顯平素不敢望一眼聽子，如今她那懸直的鼻樑和美麗的大眼，距他太近，夢幻似朦朦朧朧地浮現在他的眼前了。

「假使我突然不在了，清顯，你將會怎麼樣呢？」聽子壓低嗓門快口說了一句。

---

①昔日日本皇家貴族的一種遊戲。

②、③從五位、大納言均爲日本舊時的官位。

④兩人對坐玩的一種遊戲。

四

誠然，聰子素來就有這種毛病，故意說些聳人聽聞的話。

可這次看樣子她並不是有意玩弄把戲，從一開始就讓聽者感到放心，毫無惡作劇的意思。她說這句話的時候，像要坦白特別重大事情一樣，是非常認眞、充滿悲愁的。

清顯雖很熟悉她，但最終也不得不反問道：

「你說不在，這是什麼意思？爲什麼？」

這種反問，說明他表面佯裝漠不關心，其實孕育著一種不安的情緒；這種反問，正是聰子所希求的。

「原因我不能說。」

就這樣，聰子給清顯那顆宛如玻璃杯中的清水的心，滴了一滴墨汁。他是沒有時間防備了。

清顯以銳利的目光盯著聰子。聰子總是這副模樣；她總是事先不打招呼，突如其來地就給他帶來莫名的不安。這成了使他怨恨她的根源。眼看著這滴墨汁在他心中難以抗拒地擴散開，水漸漸染上了暗灰色。

聰子的眼神帶著幾分憂傷，顯得有點緊張，有點顫慄了。

折回來的時候，清顯的情緒變得非常低落，大家也爲之震驚。這件事又成了松枝家許多婦女傳話的材料了。

……清顯這顆任性的心，具有一種不可思議的傾向，那就是自己讓腐蝕著自己的不安情緒增長起來。

倘使這是戀情，有這麼大的吸引力和持續性，那是多像青年人啊。然而，他的情況卻不是這樣。聰子知道，與其說他愛一朵美麗的鮮花，毋寧說他更愛長滿了刺的暗淡的花種子，他正躍躍欲試，也許聰子因此才播下了這顆種子。清顯已經給這種子澆水，讓它萌芽，一心等待著它最終在自己的心田上繁茂起來，此外別無他求，他已經不再關心其他什麼了。他目不斜視，只顧培育不安的情緒。

她給他帶來了「興趣」，後來他就一直甘願當不愉快的俘虜。聰子給他這種未解的謎，他感到非常惱火；同時他自己當場沒有咬住不放，非把謎底解開不可，所以他對自己這種優柔寡斷也是十分氣憤的。

同本多兩人在中之島草坪上歇息的時候，他曾說過：「要一件有決定意義的東西」；他雖不能確實知道那是什麼東西，然而，眼看即將到手的閃閃發光的「有決定意義的東西」，卻被聰子那淺藍色和服的袖子遮擋了，又把他推回到未解的泥沼中去。清顯動不動就這麼想。其實，這種決定性的東西，也許只不過是在伸手夠不著的遠方閃爍著的光芒而已。可是，爲什麼在差一步就能到達的地方，卻被聰子阻擋了呢？清顯不時這樣想。

使他更惱火的，是所有能解開這謎底和消除不安情緒的途徑，都已經被他自己的驕矜堵住了。例如，被人家詢問時，他只能採取反問的形式回應一句：

「你說不在，這是什麼意思？」

這句反問，結果只能招來聰子懷疑他對她的關心程度了。

「怎麼辦呢？我該怎麼做才能使人相信，同聰子沒有任何關係，我的舉止只是我自己抽象的不安表現。」

清顯不知這樣思考過多少回，可是這種思緒老是在自己心中盤旋。

每逢這種時候，平日他所討厭的學校就成了他散心的場所。午休時間，他總是和本多在一起。他對本多的話題感到有點厭倦了；因爲本多自從上次在清顯家正房的客廳裡，和大家一起聽了月修寺住持尼宣講佛法以後，全身心都被佛法吸引住了。那時候，清顯心不在焉，充耳不聞，現在本多卻把當時聽過的佛法，按自己所理解逐條作了解釋，灌進清顯的耳朵裡。

佛法在清顯這顆容易沈湎於夢幻的心靈上，卻沒有投下絲毫的影子，反而在本多這樣合理的頭腦裡，形成了新的力量，這是很有意思的。

原來奈良近郊的月修寺，在尼庵中是個少有的法相宗寺廟，它的理論教學可能把本多深深吸引住了；但住持尼的宣講本身，是爲了引導人們進入唯心的大門，特意深入淺出，引證了一些淺顯易懂的插話。

「住持尼說過，從掛在瀑布口的狗屍，她想起了這次的宣講佛法，對吧？」本多說，「住持尼這次宣講佛法，無疑是從對你們一家的慈祥關懷出發的。她那種夾雜著貴夫人語調的古式京都話，輕柔得像微風吹拂帷幕一樣，隱約現出一種無表情的淡淡的色彩斑斕的神情，這大大有助於加強宣講的感化力量。

「住持尼宣講的，是有關唐代一個名叫元曉的男子漢的故事。他爲了探求佛道而跋涉名山高岳，天黑了，他就露宿在墳冢之間。夜半醒來，口渴便伸手去舀身邊水坑的水喝。他覺得從來沒有喝過這樣清澈、冰涼而甘美的水。他喝罷就又入睡了。早晨一覺醒來，晨曦照亮了昨夜喝水的地方，想不到那竟是淤積在骷髏中的水，元曉頓時一陣嘔心，終於把水都吐了出來。於是，他便悟到一個眞理，那就是：心生則種種法生，心滅則與骷髏無異。

「然而我感興趣的，是悟道之後的元曉，還能不能再次喝同樣的水，而由衷地感到清澈和甘美呢？純潔也是這樣的啊，你不覺得嗎？一個女子不管多麼墮落，純潔的青年都可以從她身上體會到一種純潔的愛情。但是，一旦青年知道了她是個極端無恥的女人，知道了自己那純潔的心象只不過是隨意描繪出來的世界，自己還能夠從她身上體會到純潔的戀情嗎？假使還能夠的話，你不覺得這是非同凡響的嗎？假使能夠把自己心靈的本質同客觀世界的本質牢固地結合在一起，到了這種程度，你不覺得這是非同凡響嗎？難道這不正是親手掌握了打開世界祕密的鑰匙嗎？」本多這麼說。

本多知道自己還沒有接觸過女人。清顯也是如此，他無法反駁本多這種奇妙的議論。不過，不知爲什麼，實際上這個任性少年的心，與本多不同，他感到這正是自己生來就掌握的打開世界祕密的鑰匙。他無法知道這種自信是從哪裡產生的。他感到天生好做夢，性格非常高傲，同時也容易落入不安、命運注定的美貌等等；這些東西就像一顆寶石，深深地鑲嵌在自己柔軟的肉體深處，既不疼痛也不臃腫，且發出清澄的亮光，也許他因此而具有類似病人的驕矜吧。

清顯對月修寺的來歷，並不感興趣，也不去了解。本多與月修寺毫無緣分，反而從圖書館把它的來歷調查清楚了。

這座寺廟建於十八世紀初，比較新穎。第一百一十三代東山天皇的女兒爲了悼念年輕駕崩的父皇，一心入清水寺信仰觀音菩薩，她對住持老尼所宣講的唯心論興致極濃，後來逐漸深深皈依法相的教義，削髮爲尼。她回避了原有的皇家寺廟，新開創一座學問寺，這就成爲現在月修寺的開山鼻祖。法相尼庵的特色依然保持至今，但歷代皇家寺廟的傳統在前一代就絕跡了。聰子的大伯母雖有皇家的血統，卻成爲最初的臣下住持尼……

本多突然從正面問道：

「松枝，你近來怎麼搞的？我說什麼，你都心不在焉。」

「哪兒的話。」清顯被突然一問，含混其詞地回答了一句。他用純眞而明亮的目光望了望他的朋友。友人知道了自己傲慢，自己也不感到難以爲情，倒是害怕友人了解到自己的苦惱。

清顯知道，這時他若敞開胸懷，本多就會魯莽地闖進自己的心房，這種作爲無論是誰都絕對不能容許的。這麼一來，清顯很可能轉瞬間就失去唯一的摯友。

但是，這時候，本多馬上理解了清顯的內心活動。他知道要繼續維持他同清顯的友誼，就必須捨棄卑俗的關係。不應不留心地觸摸剛塗上油漆的牆而留下手痕。必要時，連友人的死的痛苦也要視而不見；特別是，倘若這是一種特殊的死的痛苦，通過隱藏才能達到優雅的話。

這種時候，清顯的眼睛便露出一種切實懇求的目光，本多很喜歡這種目光。那目光是在示意：希望讓一切都停留在朦朧的美的岸邊……當友誼瀕臨破裂邊緣的冷峻狀態時，當友情處在討價還價的無情對峙時，清顯第一次成了懇求者，本多成了審美的欣賞者。這才造成兩人默默對峙的狀態，這才是人們給這兩人安上友情這個名字的實質。

五

約莫過了十天，父親侯爵偶爾早歸，難得父子三人共進晚餐。父親愛吃西餐，因此在洋房的小餐廳用餐，侯爵親自到地窖酒庫挑選了葡萄酒。他把清顯帶去，細心向他點教擺滿酒庫的名葡萄酒的品種，諸如吃什麼菜喝什麼酒合適、這種葡萄酒除非皇宮來人否則不飲用，如此這般地指點了一番。父親教給清顯這類無用的知識，這種時候，父親比什麼都顯得更加愉快。

喝飯前酒的時候，母親神采飛揚地談起她前天帶了一個小馬夫，趕著一輛套獨馬的馬車到橫濱去採購的情況。

「連橫濱人對洋裝打扮也感到稀奇，眞令人吃驚啊。一群骯髒的孩子一邊嘴裡喊著『洋妾[1]、洋妾』，一邊追隨在馬車的後頭吶。」

父親暗示要帶清顯去參觀比叡號軍艦下水典禮，他當然是看透了清顯會拒絕才這麼說的。

然後父親和母親苦思苦慮尋找共同的話題，清顯都看在眼裡。這時候，不知怎地竟談起三年前清顯滿十五歲慶賀「夜月」時的事來。

那是一種古老的風俗，陰曆八月十七日晚要在庭院裡放置一個盛滿水的新盆，讓夜月映入水中以作供物。傳說，十五歲這年夏天，倘若夜空陰沈，就將一生遭逢噩運。

聽了父母的話，清顯心中清楚地浮現出當夜的情景來。

在布滿露珠、蟲聲唧唧的草坪正中，放置了一只盛滿了水的新盆。清顯身穿帶家徽的裙褲，站在父母中間。人們特意把燈火熄滅，庭院四周的樹叢、對面屋頂的青瓦，以及紅葉山等錯落有致的景色，都集中倒映在圓盆的水面上。那個明亮的絲柏木盆的盆緣，意味著這個世界的終結，從那裡意味著另一個世界的開始。正因爲懸著慶賀自己十五歲卜吉凶問題，清顯感到自己的靈魂彷彿被赤裸地置在布滿露珠的草坪上。自己的心扉就在盆緣的內側敞開，而自己的外表則是在盆緣的外側裸露……

沒有人發出聲音。庭院裡的一片蟲鳴，從來就沒有這麼清晰。目光只顧傾注在木盆中。起初盆裡的水是黑色的，月亮鎖在海藻般的浮雲裡。那海藻漸漸順水漂動，月亮隱約透出微光，旋即又消失了。

不知等了多久，盆中那像凝固了的朦朧昏黑的水面，突然間被一輪小小的明月劃破了，圓月投影在水面的中央。人們歡呼雀躍。母親如釋重負，這才搖了搖扇子，驅趕衣服下擺周圍的蚊子，說：

「太好了。這孩子運氣好啊！」

而後接受了眾人異口同聲的祝賀。

清顯害怕仰望懸掛在天空的月亮的原象。他只是凝視金貝殼般的月亮，沈在圓圓水形的自己內心深處、極深處。就這樣，他終於感到個人內心捕捉到了一個天體；他的靈魂的捕蟲網，捕捉到了光閃閃的金黃色的蝴蝶。

但是，這靈魂的網眼太大，一度捕捉到的蝴蝶會不會很快又飛掉呢？十五歲的清顯過早地擔心會得而復失，擔心得之快失之也快，這種心理形成了這個少年的性格特徵。一旦獲得了月亮，今後倘若生活在沒有月亮的世界裡，那是多麼可怕啊！縱令他怨恨月亮……

即使少了一張紙牌[2]，也會給這個世界的秩序帶來某種不可挽回的影響。特別是清顯害怕喪失秩序的一小部分，正像鐘錶欠缺了一個小齒輪一樣，整個秩序都動彈不了而緊鎖在靄霧中。爲了尋找那張丟失了的紙牌，不知將消耗我們多少精力，最終豈止是喪失一張紙牌的問題，也可能因爲這張紙牌而引起一件爭奪王冠般的世界大事。他的感情不由自主地起伏翻騰，他無法控制了。

……在回憶十五歲那年八月十七日晚上的「夜月」時，不知不覺地又聯想起聰子的事。清顯覺察到時，不禁愕然。

這當兒，身穿涼爽的仙台高級絲織裙褲的侍者，響起衣服的窸窣聲，走來報告已備好飯菜了。侯爵父子三人走進餐廳，就坐在飾盤前；這些飾盤都是在英國訂製，各帶著美麗的家徽。

清顯從小接受父親嚴格教導就餐的禮儀。母親至今還不習慣吃西餐，而清顯使用刀叉的動作卻瀟灑自如，合乎規矩。父親至今還保留著剛回國時的那種嚴格作風。

進餐開始，侍者一上場，母親就立即用恬靜的口吻說：

「聰子這孩子也眞不好辦啊。聽說今早她派人去回絕了。看樣子她很快就完全下定決心了。」

「那孩子也二十歲了吧。再任性，就嫁不出去罷。我們費心也白搭。」父親說。

清顯側身傾聽。父親毫無顧忌地接著又說：

「是什麼原因呢？也許是覺得身分不相稱？可是，綾倉家儘管是名門，如今逐漸沒落了；對方既然是個內務省的秀才，前程似錦，還求什麼門第呢。應該高高興興地答應才是啊。」

「我也這樣想。這樣一來，我也就不想去照拂她了。」

「不過，清顯受過那家的關照，也有這份情，我們總應爲他們家的復興著想，盡一點力呀。我們無論如何也要想方設法說服她，讓她不要拒絕才好啊。」

「還有什麼妙策嗎？」

清顯聽著他們的講話神采飛揚。於是這謎完全解開了。

「假使我突然不在……」聰子這句話原來是指自己的婚事。那天她的心情是：偶爾吐露一下自己將答應這椿婚事，以此來刺探清顯的態度吧。假如像母親剛才所說的，十天之內她就正式回絕了那椿婚事，那麼其理由清顯也是一清二楚的；那是因爲聰子深深地愛著清顯的緣故。

因此，清顯的世界重新晴朗起來，不安情緒消失了，就如一杯清澄的水。他終於回到了這十天來自己想回到、而又不能回到的和平的小庭院裡，可以舒舒心了。

清顯感到難得的極大幸福。這種幸福無疑是來自自己的明晰的重新發現。一張被隱藏起來的牌，重新回到了自己的手中，全副牌就齊整了……紙牌只不過是紙牌……給人帶來一種無以名狀的明晰的幸福感。

至少在眼前的這瞬間，他成功地驅散了「感情」的愁雲。

……然而，侯爵夫婦並不敏銳地察覺到兒子這種突然的幸福感，他們隔桌而坐，只顧彼此凝望著對方的臉。侯爵望著妻子那張略帶憂傷的八字眉的臉。夫人則只顧望著丈夫那張剛毅的紅臉；丈夫本來就很有活動能力，一旦安閒下來，馬上會感到整個皮下像針扎似的疼痛。

這樣乍聽起來，雙親的對話顯得熱烈的時候，清顯就總是覺得雙親都在例行某種儀式。他們的對話就像按順序恭恭敬敬地奉獻的玉串[3]，連光潤的楊桐葉子也要經過一番精選。

自少年時代起，清顯就不知見過多少次這種類似的場面；它既沒有出現白熱化的危機，也沒有出現感情的高潮。儘管如此，母親清楚地知道其後接踵而來的是什麼；侯爵也十分明白妻子了解這一點。那就像每回垃圾掉落在瀑布潭之前，是連在手上，掛著一副什麼也沒有預感到的面孔，滑落在倒影著藍天和白雲的平靜水面上。

果然，侯爵用過晚餐，就匆忙地喝了杯咖啡，然後說：

「喂，清顯，打場撞球怎麼樣？」

「那麼，我也該退席了。」侯爵夫人說。

今晚這種誑騙絲毫也沒有損傷幸福的清顯的心。母親回到正房裡，父子走進了撞球室。

這儘管是一間有名的模仿英國用木板鑲牆的房間，但牆上卻掛著祖父的肖像畫和巨幅日俄戰爭海戰圖的油畫。畫格拉德斯通肖像畫的英國肖像畫家約翰·米列斯卿的門生，訪問日本期間繪製了一幅巨大的祖父肖像畫，在微暗中浮現出祖父身著大禮服的姿影；它的構圖簡樸，寫實的嚴謹性和理想化結合得天衣無縫。這種描繪方法，巧妙地將作爲維新的功臣而受到世人敬仰的祖父那種不屈的風采，以及臉頰長瘊子、令家屬感到慈祥的、可愛的神態，巧妙地融合在一起。每次從老家鹿兒島來了新的女侍，必定被帶到這些肖像畫前面，讓她們瞻仰膜拜。祖父臨死數小時之前，沒有人走進這房間，也不是由於吊繩陳舊，不知怎地，肖像畫突然落在地板上，發出驚人的響聲。

撞球室裡並排擺放著三張撞球桌，都是用義大利大理石做桌面的。這家沒有人玩日清戰爭時期介紹進來的三球擊法，父子也都玩四球的。侍者早已擺上紅白各兩球，分別放在左右兩側，間隔一定的距離，爾後遞給侯爵和他兒子各自的球桿。清顯一邊用由義大利的炭酸石灰塊擦球桿尖，一邊盯著球台。

在綠色呢絨上，紅白兩色的象牙球，像海螺伸出觸角，悄悄在圓影的邊緣上閃閃爍爍地露了出來。對於這些球，清顯毫不關心；彷彿球白天在一條人影稀疏的陌生道路上突然出現，他眼前呈現了一種異樣的無意義的東西。

平時，侯爵對英俊的兒子這種漠不關心的眼神，很是憂慮。就是像今晚這樣最幸福的時刻，清顯的眼神也是如此。

「最近，兩個暹羅王子要來日本學習院留學，你知道嗎？」父親說出了他想起來的話題。

「不知道。」

「大概同你年齡差不多，我告訴外務省了，請他們到我們家來待上幾天。最近，那個國家的奴隸已經獲得解放，還興建了鐵路，看樣子執著追求進步。你也應該做好準備，與他們交往。」

父親說罷，彎腰朝向目標，以他那過胖的、如豹一般的、虛假的精悍勁，捋了捋球桿。清顯把視線投在父親的背上，突然泛起一絲微笑。如同讓紅白兩色象牙球輕輕地親吻一樣，想讓自己的幸福感和未知的熱帶國家在內心裡，互相輕輕地觸摸。於是，他感到他的幸福感水晶般的抽象性，接受了那意想不到的熱帶叢林光燦燦的綠色的反映，驀地成了活生生的斑斕色彩。

侯爵的球技高超，清顯本來就不是他的對手。各自打完了最初的五球之後，父親迅速離開球桌，說了一句清顯意料之中的話：

「我這就去散散步，你怎麼辦？」

清顯沒有回答。於是父親又說了一句意料之外的話：

「還是像小時候那樣跟我走到大門口吧。」

清顯吃了一驚，把炯炯發光的黑色眸子朝向父親。侯爵至少也要讓兒子一驚的做法獲得了成功。

父親的外妾就住在門外幾家房屋中的一家。這些房子中的兩間，是西方人居住，庭院的圍牆上開了好幾扇小板後門，都是對著邸內的，所以西方人的孩子自由地走到宅邸裡玩耍，只有外妾這間的小板後門上了鎖，鎖也早已鏽住了。

從正房的門到大門距離約八百多公尺。父親去外妾家時，總是牽著童年的清顯的手，在這塊地方上散步，一直走到門前分手，才讓侍者把清顯帶回邸內。

父親因事外出必定乘坐馬車，而徒步去的地方是固定的，在清顯幼小的心靈裡，覺得父親總是讓他陪同前往，使他感到很不自在；本來為了母親，也有義務把父親拉回到母親身邊，然而他自己對此無能為力，十分惱怒。這種時候，母親自然不希望清顯陪同父親去「散步」，可父親卻更加緊緊地拽住他的手走了出去。清顯覺察到父親暗地希望自己背叛母親。

在十一月的寒夜裡散步，這是多麼不正常啊。

侯爵命令侍者幫他穿上外套。清顯也從撞球室裡走出來，穿上了帶金扣的學校制服。按規矩外出「散步」，侍者應距主人十步遠的後面相隨，這時他手裡已捧著一包用紫色布皮包裹的禮物在等待著。

月光清亮，風在林子的樹梢上怒吼。父親對隨後而來的侍者山田那幽靈般的身影毫不留意，清顯卻放心不下，僅回頭一次看了看。這麼大冷天，山田也沒穿大衣，只穿了平時那件帶家徽的裙褲，手戴白手套，捧著紫色包袱。山田的腿腳有點毛病，步履踉蹌地跟在後面走著。他的眼鏡反射著月光，恍如兩小片白霜。這漢子終日沈默寡言，無比忠實，他體內究竟纏繞著多少生鏽的感情發條，清顯不得而知。不過，比起總是快活而有教養的侯爵父親來，倒是這形似冷若冰霜、遇事漠不關心的兒子，更能諒察別人的內心感情。

貓頭鷹在鳴叫，松樹樹梢在沙沙作響。在清顯那雙喝點酒就直發熱的耳朵聽起來，那些聲音十分悲壯，彷彿是從「憑弔陣亡者」的圖片上傳來的、隨風搖曳著茂葉的樹叢的沙沙聲。在寒氣逼人的夜空底下，父親在幻想那深夜裡等候著他的溫馨、濕潤、微紅的嘴唇上露出了迷人笑影，而兒子卻只充滿著死的聯想。

酒醉的侯爵拄著手杖一邊走，一邊敲擊著小石子，他冷不防地說道：

「你好像不太愛玩吧。我在你這般年齡，玩過好幾個女人吶。怎麼樣，下次我帶你去，叫多點藝妓來，偶爾為之，玩個痛快嘛。這樣吧，你也可以帶幾個要好的同學一起來。」

「我不要。」

清顯全身戰慄，不由地說了這麼一句。他戛然止步，彷彿腳步被釘子釘在地面上，不能動彈了。說也奇怪，就因父親這麼一句話，他的幸福感完全破滅了，就像一只玻璃瓶掉落在地上完全粉碎一樣。

「你怎麼啦？」

「就此失陪，請歇息吧。」

清顯回過身子，急步向比點燃微暗燈火的洋房大門更遠的、從樹叢中流瀉出燈光的正房大門折回去。

那天晚上，清顯度過一個難以成眠的夜晚。父母的事，絲毫也沒有浮現在他的腦海裡。

他一心考慮要報復聰子。

「她勾引我陷入她設下的無聊陷阱已經十天了，把我折磨得多麼痛苦啊。她的目的只有一個，就是讓我心緒不定，痛苦地折磨我。我必須對她進行報復。然而，我沒有把握能否像她那樣施展詐術，採取不懷好意的方法來折磨她。怎麼樣才好呢？我覺得最好的辦法就是也學父親那樣，讓她知道我是極端卑視女人的。不論直接談或寫信，難道就不能使用些冒瀆的話，讓她受到難堪的打擊，叫她受不了嗎？過去我的心腸太軟弱了，總是不能公開對人表露自己內心的想法，太吃虧了。恐怕只讓她知道我對她是漠不關心還不夠；這樣做，會給她留下種種隨意臆測的餘地。我要冒瀆她！這是必要的。我要污辱她，叫她再也站不起來！這是必要的。到那時候，她才會後悔不該折磨我。」

清顯心裡這麼嘀咕，可他左思右想，總也想不出一個具體的方案來。

寢室裡，床周圍安放著一對六折屏風，上面書寫著「寒山詩」。腳下的紫檀木百寶架上，擺飾著一隻停落在棲木上的鸚鵡青玉雕。他本來對新流行的羅丹[4]和塞尚[5]並不感興趣，毋寧說那種趣味是被動的。

他用迷濛的眼睛凝望著鸚鵡，只是鸚鵡翅膀上細膩的雕紋都浮現了出來，在煙霧似的綠韻中充滿了透明的亮光，鸚鵡就這樣只留下了朦朧的輪廓，行將融化似的。他對這種異常的樣子驚訝不已。他感覺到的，是月光從窗簾邊上的縫隙偶爾透視進來，只傾注在青玉雕鸚鵡身上。他猛地把窗簾拉開，只見月兒當空，月影鋪滿了床上。

月光慘白，顯得朦朦朧朧。他想起聰子身上穿著的閃耀冷光的絹和服，在月光中，如實地看到了聰子那雙近處看令人著迷的美麗大眼睛。風已經停息了。

清顯覺得體內猶如生起一團火，熱得甚至感到耳鳴，他把毛毯掀開，解開了睡衣的鈕扣，敞開胸懷。這不全是由於暖氣的關係，所以他還是覺得體內燃燒著的火焰燃遍了全身，倘使不是沐浴在冰冷的月光之下，就無法再忍受下去。他終於把睡衣半脫下來，裸露著上半身；他悶悶不樂地把困倦的脊背轉向月光，把臉伏在枕頭上。顳顬依然熾熱地忒忒跳動。

清顯就這樣將皙白、平滑的脊背裸露在月光下。月影在他那細嫩柔軟的肌膚上畫上了微微的波紋。這不是女性的肌膚，而是一個成熟小伙子的肌膚，表明它洋溢著一種模糊的嚴肅性。

特別是月光正好深深地照射在他左腋下的腹部周圍，傳遞著胸肌微微的起伏波動，突現出那令人目眩的皙白肌膚。那裡長著三顆不顯眼的小黑痣；這三顆小黑痣像犁頭星座，沐浴在月光下失去了它的影子。

---

① 這是咒罵日本女人給外國人做妾的話。

② 日本紙牌，以日本字母爲序，每張印有一首詩。

③ 玉串，是用楊桐樹小枝纏上白紙條，作敬神用。

④ 羅丹(Francois Auguste René Rodin, 1840–1917)，法國雕刻家。

5 保羅・塞尚(Paul Cézanne, 1839-1906)，法國印象派畫家。

六

一九一〇年，暹羅國國王拉瑪五世傳位六世治理國家，這次來日本留學的一個王子，就是新王的弟弟，也是拉瑪五世的兒子。他的稱號是帕拉翁昭，名字叫巴塔納迪多，英語敬稱是：希思・海涅斯・巴塔納迪多。

和巴塔納迪多同來的另一位王子，兩人同是十八歲，但這位王子是拉瑪四世的孫子，是與他很要好的堂兄弟，稱號是蒙昭，名字叫庫利沙達。平時巴塔納迪多殿下叫他的暱稱是「庫利」，庫利沙達殿下不忘對嫡系王子的敬重，將巴塔納迪多殿下尊稱作「昭披耶」。

他們兩人都是虔誠的佛教徒，而日常服裝卻都是英國派的，講一口漂亮的英語。新王擔心年輕的王子們太歐化，就計畫讓他們留學日本，王子們並無異議。昭披耶只有一件悲傷的事，就是必須同庫利的妹妹別離。

這對年輕人之戀，堪稱宮廷裡吐妍的花，他們兩人感情甚篤，相約昭披耶留學歸來就結婚，所以對未來也不會存在什麼不安。然而，巴塔納迪多殿下啓程時流露了悲傷情緒，從不易外露激情的本國人的習慣來看，這未免有點奇異了。

航海生活，加上堂弟的安慰，多少治癒了年輕王子別離的悲傷。

清顯把這兩位王子迎到自己家中時，這兩人給他的印象是：臉色淺黑，充滿朝氣，毋寧說是過分快活。王子們在寒假前這段時間，只到學校參觀參觀，即使在轉年入學，但正式編班學習，也得在掌握日語、習慣日本的環境之後，從春季新學年開始了。

洋房二樓的套房劃作兩位王子的寢室，因爲洋房安裝了從芝加哥進口的暖氣設備。在同松枝全家共進晚餐之前，清顯和客人彼此都有點拘謹，用過晚餐之後，只剩下年輕人了，氣氛頓時融洽起來，王子們拿出了曼谷金壁輝煌的寺廟等美麗的風景照片讓清顯觀賞。

清顯發現，兩位王子雖是同齡，但庫利沙達殿下身上還留有任性的孩子氣痕跡，而巴塔納迪多殿下則富於幻想，這一素質和自己是相同的。他覺得很高興。

他們拿出來的許多照片裡，有一張是以瓦特・波之名而爲人所知的、收有巨大臥佛釋迦的僧院的全景照；這張照片經過人工著色，色彩十分精美，看上去僧院就如在眼前。照片是以飄浮的積雲、熱帶熾烈的蔚藍天空爲背景，點綴著椰樹茂葉的婆娑姿影，這座美不勝收的金、白、紅三色僧院聳立在其間。一對金色門神守護著僧院的大門。廟宇鑲嵌金邊的朱紅門扉、潔白的牆壁和成排的白色大柱，一直到頂都垂下了纖細的金色浮雕，這些浮雕逐漸集中到屋頂和房檐上，那裡彷佛被金色和朱紅色煩雜的浮雕所包圍，最後在中央的頂部形成三層寶塔，光燦燦地直聳蔚藍的天空，這種造型給人一種和悅的感覺。

對這種美的讚嘆，清顯喜形於色，兩位王子很是高興。於是，巴塔納迪多殿下以他敏銳的鳳尾紋稍長的目光——這目光同他那柔和的圓臉很不協調——凝望著遠方似地說：

「我格外喜歡這座寺廟，這次來日本的航海途中，不知多少回夢見過這座寺廟了。我夢見那金色的屋頂在夜間的海面正中央浮上來，爾後整座寺廟也漸漸全部浮現上來，這時候船在前進，所以看到寺廟全貌時，船總是在遠方。沐浴著海水浮現上來的寺廟閃爍著星光，看起來宛如夜間在遙遠海邊的天空升起一輪新月。我站在甲板上向它合掌膜拜。這個夢是不可思議的，在那麼遙遠而且又是夜間，連金色和朱紅的細膩浮雕，也一個個清晰地呈現在我的眼前。

「我就把這些情況告訴庫利，還說那寺廟彷彿追隨到日本來了。庫利卻揶揄我，帶笑地說：追隨而來的恐怕是別的回憶吧。這時我生氣了。現在回想起來，又覺得與庫利抱有同感。

「爲什麼呢？因爲所有神聖的東西與夢和回憶都是由同樣的因素形成，由於時間和空間的關係，與我們相融的東西，也會奇蹟般地呈現在我們的眼前。而且這三種東西共同的特點是：無論哪一種用手都是觸摸不到的。用手觸摸到的東西，一旦遠離它，它就有可能變成神聖的東西，變成奇蹟，變成無可言喻的美的東西。一切事物都具有其神聖性，可是我們的手指觸摸了它，它就變成污濁的了。我們人類是個不可思議的存在，只要用手指去觸摸，就會把東西污損，然而自己又偏偏具備能成爲神聖東西的素質。」

「昭披耶的話雖然不好理解，其實無非就是說別離的戀人的事吧。怎麼樣，把照片給清顯看看吧？」

庫利沙達殿下打斷了他的話頭。

巴塔納迪多殿下的臉上泛起了一片紅潮，由於肌膚淺黑，並不十分明顯。清顯看到他躊躇的樣子，就不強人所難，轉變了話題：

「你常做夢嗎？我也在記夢的日記吶。」

「待我學會日語，請你一定讓我拜讀啊。」昭披耶目光閃閃地說。

清顯這種對夢的執著感情，連對親友也沒有勇氣說出口，如今通過英語，竟輕易地說到對方的心裡，他越發對昭披耶產生了一種親愛的感情。

但是，後來的對話常常停頓下來。清顯從庫利沙達殿下那雙淘氣的滴溜眼珠悟到：大概是由於自己沒有強求看那張照片的緣故吧。也許昭披耶在期待著他的強求呢。

「請讓我看看追隨你而來的夢的照片吧。」清顯好不容易地說了一句。

庫利沙達殿下又從旁打岔說：

「你是要看寺廟那張，還是情人那張？」

昭披耶責備了庫利沙達殿下不該作這種不謹愼的比較，可庫利沙達還是淘氣地伸長脖子，指了指取出來的照片，特意解釋說：

「占托拉帕公主是我的妹妹。占托拉帕就是『月光』的意思呀。平時我們都叫她馨香公主。」

看了照片，清顯沒想到她竟是一位平庸無奇的少女，不免有點失望。這位公主穿著鑲白色花邊的洋服，頭髮上繫著一根白絲帶，胸前搭配著珍珠項鏈，表情有些矯揉造作；如果說這是女子學習院一名女生的照片，肯定誰也不會懷疑的。她那美麗而濃密波滑的黑髮披在肩上，增添了一種情趣；但她睫眉深黛，陪襯著一雙有點嚇人的大眼，加上兩片像炎炎旱季的花朵乾枯得有點翹起的嘴唇，這一切都洋溢著一種彷彿自己尚未覺察到自己的美似的稚氣。當然，這是一種美。這不過像一隻做夢都不曾想到自己還會飛的雛鳥那樣，充滿溫馨的自足罷了。

「聰子勝她百倍、千倍啊。」清顯不知不覺暗自進行了比較，「她動輒就把我的感情追逼到憎惡的境地，這大概是由於她那過於女性的緣故吧。再說，聰子比照片中的公主美得多；而且聰子懂得自己的美。她什麼都知道。最糟的是，連我的幼稚，她也一清二楚。」

看見清顯目不轉睛地凝視著照片，昭披耶覺得自己的情人彷彿會被清顯奪走似的，突然伸出纖細的琥珀色的手，把照片要回來。清顯看到他的手指上閃爍著綠光，這才發覺昭披耶的手指帶了一只華麗的戒指。

這是一只大戒指，一顆約莫二、三克拉的方形祖母綠寶石，鑲嵌在一對精雕細刻的金守護神「雅」的半獸臉上。這麼一件醒目的東西，清顯在這之前居然沒有發現，這充分表明他對別人是漠不關心的。

「這寶石戒指是我的生日紀念物。我五月生，馨香在餞行的時候送給我的。」巴塔納迪多羞答答地做了說明。

「在學習院裡戴這麼華麗的戒指，也許會被人指責和揪下來的。」清顯嚇唬說。

王子用泰國話同庫利認眞地商量起平時應將這戒指藏在哪裡好；可是他又覺得自己不覺間用本國語言談話，有失禮貌，於是表示了歉意，又把剛才商量的內容用英語講了一遍。清顯說：那麼我讓家父給你介紹一家可靠的銀行金庫吧。就這樣，在庫利沙達殿下也拿出他的女朋友的小照片之後，漸漸變得融洽的王子們便要求看看清顯的戀人的照片。

瞬時間，年輕人的虛榮心促使清顯這麼說道：

「日本不習慣互相交換照片。不過，最近一定把她介紹給你們認識。」

……清顯實在沒有勇氣把聰子的照片拿給他們看。這張照片是自己童年時代就貼在相片簿裡的。清顯了解自己長期以來享有英俊少年的美稱，沐浴在人們的讚美聲中，然而十八歲了，至今依然在這宅邸裡過著寂寞的生活。除了聰子以外，他沒有一位女朋友。

聰子是自己的女朋友，同時也是冤家對頭，而不像王子們所說的意思，是由感情甜蜜似膠地凝結起來的木偶。清顯對自己，也對包圍著自己的所有的人都感到惱怒。他覺得連號稱慈愛的父親酒後在「散步」途中所說的那番話，也是對孤獨而富於幻想的兒子充滿了輕蔑和嘲笑。

現在，清顯由於自尊心而拒絕的所有東西，又反過來傷害了他的自尊心。健康的南國王子們那淺黑色的肌膚、閃爍著尖銳像發光的官能刀刃的瞳眸、雖然還是個少年卻長於愛撫的又長又細的琥珀色手指，所有這些東西彷彿都在衝著清顯說：

「啊？像你這樣的年齡，連一個情人都沒有嗎？」

清顯無法抑制自己的情緒，但他還是極力保持優雅的風度，這麼說：

「過些日子，我一定把她介紹給你們認識。」

然而怎樣做才能將她的美，向這兩位異國的新朋友誇耀一番呢？

清顯經過長時間的躊躇之後，終於在昨天提筆給聰子寫了一封狂熱的侮辱信。還有那信的內容，經過多次修改，字斟句酌，帶有侮辱性的內容，字字句句都深深地刻印在他的腦海裡。

「……你的威脅迫使我不得不提筆給你寫這封信，這對我來說是很遺憾的。」信就是這樣開頭的。「你把那無聊的謎，裝作可怕的謎，又不附任何解開謎底的訣竅就交給了我，它使我的手發麻，終於完全變黑了。對你這種做法的感情動機，我不能不產生懷疑。這種做法完全缺乏優雅，更談不上愛情，連一星半點的友情也找不到。依我來看，像你這種惡魔般的行爲，其深刻的動機恐怕連你自己也不知道，可我知道確實有一個明確的目標。但是，看在禮貌的份上，還是不去說它了。

「然而現在，可以說你所有的努力和企圖都化爲泡影了。我懷著極其不愉快的心情（間接地承蒙你的關照），終於跨越了人生的一道門檻；我偶爾陪伴父親到折花攀柳的煙花巷遊樂，通過了這條男人誰都必須通過的道路。說實在的，我同父親給我介紹的藝妓度過了一夜。就是說，在社會道德的允許下，公然享受了男人的樂趣。

「幸運的是，這一夜我整個人都變了。對婦女的想法全變了，我學會了輕蔑和戲弄那種長著一身淫亂肉體的小動物。我覺得這就是那個社會給予我的莫大教訓。過去我無法對父親的女性觀產生共鳴，現在我卻清楚地認識到，不管願意不願意，我的身體裡存在我是父親的兒子這一事實。

「讀到這裡，也許你會抱著明治時代早已一去不復返的守舊想法，爲我的進步而感到高興吧。也許你會暗自竊笑，竊笑我這種內行人對待女性肉體的侮蔑，會變成越發提高外行人對待女性精神的尊敬。

「不，絕不！這一夜（要說進步也是進步吧）使我衝破所有的障礙前進，跑到渺無人影的曠野去了。那裡沒有藝妓和貴婦的區別，沒有外行人和內行人的區別，也沒有未受教育的女人和那伙青鞜社[1]的女人的區別，總之一切區別都沒有了。所謂女人，一切都是欺騙的。

「只不過是具有一身淫亂肉體的小動物而已，剩下的都是化妝，都是衣裳；雖然難以說出口，不過，我現在也把你明顯地劃作她們當中的一員了。請你把從童年時代就認識的、那個少年老成的、純潔的、好對付的、容易充作玩具的、可愛的『清顯』，當作早已永遠死去的人吧……」

……兩位王子對清顯夜未深卻匆匆說了聲：「請歇息吧」，就出了房間，似乎感到很奇怪。當然清顯的風度儼然紳士派頭，乍看他笑容滿面，保持著應有的禮貌；他十分仔細地查了兩位客人的寢具及其他用品之後，還聽取客人提出的各種希望和要求，然後很禮貌地退了下去。他從洋房向正房走去，在長長的廊道上一邊跑一邊想：「這種時候，我爲什麼竟沒有一個知心朋友呢？」

途中，他的腦子裡多次浮現過本多的名字，然而本多對友情那種難於取悅的觀念，卻把浮現出來的這個名字又拂掉了。夜風從廊道上的窗邊吹拂而過，一排昏暗的燈火彷彿排列到無盡頭。清顯跑得上氣不接下氣，生怕別人瞧見他這副模樣而遭到責備，便在廊道的一個犄角上停下步來，仍然是氣喘吁吁的。他把胳膊肘靠在連接著萬字形的雕花窗框上，眺望著庭院，極力整理自己的思緒。這不同於夢境，現實是多麼缺乏可塑性的素材啊！這不是模模糊糊、飄飄忽忽的感覺。這種思緒就像一顆黑色的藥丸，凝縮起來，便會立即發揮效力。他必須把這種思緒變成自己的東西；他深深地感到自己無能為力。從置有暖氣的房間裡走出來，迎面撲來廊道上的寒氣，他冷得有些發抖。

清顯把額頭貼在咯咯作響的窗玻璃上，在觀望著庭院。今晚沒有月亮，紅葉山和中之島一片漆黑，只有廊道上昏暗的燈光亮光所及的範圍內，隱約可以看見湖面被風掀起的波紋。他覺得湖裡的鱉好像探出頭來盯視著他，不禁一陣毛骨悚然。

清顯折回正房，剛想走到自己房間裡，可在台階的門框處卻遇見了學僕飯沼，他臉上頓時露出不悅的神色。

「客人都休息了嗎？」

「嗯。」

「少爺這就歇息嗎？」

「我還要學習。」

現年二十三歲的飯沼，是夜大學的最高班生，看樣子他是剛從學校回來，一隻手抱著好幾本書。他那漸漸失去青春光彩又添上幾許憂鬱的臉龐，和那活像巨大衣櫥深暗顏色的肌肉，使清顯望而生畏。

清顯回到自己的房間裡，沒有把暖爐點燃，室內寒氣逼人。他心神不定，坐立不安，腦子裡漸漸消失的思緒，很快又復甦起來了。

「總之，不快點可不行了。難道遲了嗎？我已經給她發過那樣一封信，數天之內必須設法讓她能作爲自己和睦的戀人介紹給那兩位王子；而且要幹得最漂亮，讓社會上的人都覺得這是十分自然的。」

沒時間閱讀的晚報，散亂地放在椅子上。清顯無意間翻閱其中的一張，看見帝國劇場上演歌舞伎的廣告，心頭閃過一道亮光。

「對了，帶兩位王子到帝國劇場去。估計昨天發出的信，聰子還不會收到，也許還有希望。和聰子去看戲，父母親大概不會允許；不過，裝作偶然遇見，還是可以的吧。」

於是他飛出房間，跑下台階，直奔到大門旁，他進電話間之前，悄悄地偷看了一眼透出燈光的大門旁的學僕室。飯沼好像在學習。

清顯抓起電話筒，將電話號碼告訴了交換台。他心情激動，方才的寂寞思緒一掃而光。

「是綾倉家嗎？請問聰子在家嗎？」清顯向聲音熟悉的接話人老太婆問了一句。夜間從遙遠的麻布傳來了老太婆非常鄭重卻又不悅的回答聲：

「您是松枝府上的少爺嗎？很對不起，現在夜已深了。」

「她已經睡了嗎？」

「不……哦，大概還沒睡。可是……」

在清顯強求之下，聰子終於出來接電話了。那清脆的聲音使清顯感到無比的幸福。

「這個時候了，有什麼事啊？清顯！」

「其實，是昨天我給你發了一封信的事。我有個請求，信到達後，請你絕對不要拆開，請你保證立即把它燒掉。」

「可是，還不知道是什麼內容就……」

聰子的作風是，遇事都態度曖昧。乍聽她的語氣十分平靜，可是清顯感到在平靜中已經開始她那老一套的作風，所以清顯著急起來了。儘管如此，在這寒冬的深夜裡，聰子的聲音聽起來宛如六月的杏子，持重、溫馨而成熟。

「所以，請你什麼也不要說了，保證我的信一到，絕對不拆開，立即把它燒掉。」

「好吧。」

「你保證囉？」

「保證。」

「另外還有一個要求……」

「今晚你的要求可不少啊，清顯。」

「我已經買了後天帝國劇場的票子，請你帶蓼科一起到帝國劇場來。」

「喲！……」

聰子的聲音中斷了。清顯生怕聰子拒絕，可他馬上就發覺自己想差了。清顯明白以綾倉家眼前的經濟狀況來說，恐怕一個人兩元五角的費用也不能任意花了。

「對不起，戲票我會給你寄去的。倘使座席安排在一起，難免會遭到世人的非議，所以我安排稍微離開些。我還招待泰國兩位王子去看戲。」

「啊，感謝你的親切關照，蓼科一定很高興的。我將愉快地接受你的邀請。」聰子說。

聰子坦率地流露出她內心的喜悅。

[1] 青鞜社，日本婦女組織，由平塚雷鳥等人發起，成立於一九一一年，主要目的是發展婦女文學和爭取婦女解放運動。

七

本多在學校裡，也接到了清顯約他明日去帝國劇場看戲的邀請，聽說是陪同兩位暹羅王子前往，他多少有點拘謹，但還是高興地答應了。當然，清顯沒有向這位朋友公開說出，自己要在劇場偶然和聰子相遇的安排。

回家用晚飯時，本多把這件事告訴了父母。父親並不認爲所有的戲都是好戲，但他想到兒子已經十八歲，不應太束縛他的自由。

本多的父親是大審院[1]的審判官，居住在本鄉的宅邸。宅邸裡也有爲數眾多的明治式洋房，經常充滿著正直、認眞的氣氛。家中有好幾名學僕，書庫和書齋裡擺滿了書，連走廊上也堆了深色皮書脊燙金字的精裝書。

本多的母親是一位缺少風趣的女人，是愛國婦女會的負責人。她對自己的兒子同一向不積極參加這一活動的松枝侯爵夫人的兒子過從甚密，也無可奈何。

除此以外，她覺得本多繁邦這孩子無論是學校的學習成績、家中的自習，還是身體健康、日常的言談舉止，都是有口皆碑的。所以，不論對自己人還是對別人，她都誇耀自己的教育有方。

這家庭的物品，無論大小巨細，甚至連最小的家具什物，都是具有樣板性的。正門前的盆栽松樹、寫著「和」字的屛風、客廳的成套煙具，或者帶穗子的桌布等自不用說，連廚房的米箱、廁所的手巾架、書齋的筆盤、紙鎭之類的用具，都保持著難以形容的範例形式。

連家中的話題也是如此。朋友家中總有一、兩位老人愛說有趣的故事，諸如透過窗扉可以看見兩個月亮，就高聲叱吒，其中一個月亮恢復狸的原形逃走了，如此等等。說者一本正經，聽者也非常認眞，這種風氣至今猶存。然而，本多家由於家長的要求十分嚴格，即使對老女侍，也是禁止她們說這種愚昧的話。因爲這位家長長年留德學習法律，信奉德國式的理性。

本多繁邦經常將松枝侯爵家同自己家作比較，他發現一些很有趣的現象。松枝家是過西方式的生活，家中的進口貨不計其數，他的家風卻意外地守舊；自己家的生活方式是日本式，精神生活卻更多地傾向於西方式。父親使喚學僕的方法，與松枝家也迥然不同。

這天晚上，本多預習完第二外語法語之後，考慮到早晚要上大學，得事先學點預備知識；再說，爲了滿足自己對任何事情都喜歡刨根問底，就廣泛地翻閱從丸善書店郵購來的法語、英語和德語的法典解說。

打他聽了月修寺住持尼宣講佛法以後，不知怎地，他對一向注目的歐洲自然法思想，就不那麼感到滿足了。從蘇格拉底②開始，經過阿里斯多德③，它牢固統治著羅馬法；在中世紀，通過基督教，精確地加以系統化；在啓蒙時代，又稱自然法時代盛極一時。如今暫時無聲無息，但兩千年的變遷掀起時代思潮的波浪，每回復興都披上新裝，再沒有什麼思想比這種不屈的思想更有生命力了。恐怕在這裡保持著歐洲的理性信仰最古老的傳統。然而，這種思想越頑強地表現，本多就越發覺得這種明朗的人生觀具有一種阿波羅[4]神式的力量，這種力量在近兩千年間總是受到黑暗勢力的威脅。

不，豈止是黑暗勢力，光明也受到更加令人目眩的亮光的威脅，於是，就要不斷排除比自己更加光亮的思想。莫非這種包括黑暗在內的、更加強烈的光明，終於沒有能夠被吸收到法治秩序的世界裡嗎？

雖然如此，本多並沒有被十九世紀浪漫派式的歷史法學派，或是民俗學式的法學派思想所吸引。明治時代的日本所要求的，毋寧說是從這種歷史主義誕生的、國家主義的法律學。而他卻相反，把注意力放在建立法律基礎上的普遍眞理方面；正因爲如此，他關心的是如今不盛行的自然法思想。近來他很想了解法的普遍性所包容的極限。假如法越過被希臘以來的人生觀所制約的自然法思想，邁進更加廣泛的普遍眞理（假設有這種東西），法本身也許就會崩潰。本多喜歡在這樣一個領域裡讓空想插翼翱翔。

這的確是青年人的一種危險思考。但是，羅馬法的世界就像把浮在空中的幾何學式建築物的影子，清晰地投在明亮的土地上。羅馬法的世界在自己現在所學的近代實定法[5]的背後，滿足於屹立不動的姿態，他偶爾也想擺脫迄今明治日本忠實的繼承法的壓迫，把目光投向亞洲其他寬廣而古老的法治秩序方面，這也是很自然的。

恰巧丸善書店送來的L・德隆相的《摩奴法典》[6]似乎包含了回答本多這種懷疑的答案。

《摩奴法典》恐怕是紀元前二百年至公元二百年期間集印度古法典之大成。在印度教教徒中，它至今依然保持著法的生命。這部法典凡十二章二千六百八十四條，內容包括宗教、習俗、道德、法律等渾然一大體系，從宇宙的起源說起，乃至規定盜竊罪和繼承權。亞洲的混沌世界，同基督教中世紀的自然法學那樣秩序井然的大宇宙和小宇宙的相對應體系，的確形成了鮮明的對照。

然而，如同羅馬法的訴訟權是基於同近代的權利概念相反的思想，即沒有權利救濟的地方就沒有權利一樣，《摩奴法典》也是繼有關莊嚴的國王和婆羅門法庭容儀的規定之後，把訴訟事件限定在負債不還等其他十八項目內。

本多覺得連本來是枯燥無味的訴訟法，竟有這樣的內容，諸如把國王通過事實審理，弄清正確與否，比作「如同獵人通過血滴找到了負傷的鹿的窩」；還有列舉了國王的義務，說「恰似因陀羅[7]在雨季的四月裡，讓天降下充足的雨水一樣」，把恩惠都傾瀉在王國的土地上。本多被這部法典獨特的丰采所吸引，繼續讀下去，終於到了不是不可思議的規定，又不是宣言的最後一章。

西方法律的定言命令，歸根到底是基於人的理性；而《摩奴法典》則顯示理性無法估計的宇宙法則，也就是說它很自然地、天經地義地、淺顯易懂地提示了「輪迴」問題。

「行爲產生於身體、語言和意志，也產生善惡的結果。」

「在這個世界上精神同肉體有關聯，有善、中、惡三種區別。」

「人讓精神去承受精神的結果，讓語言承受語言的結果，讓身體去承受身體行爲的結果。」

「人由於身體行爲的錯誤，來世就會變成樹、草；由於語言的錯誤，就會變成鳥獸；由於精神的錯誤，就會降生到底下的階級。」

「對所有的生物，能保持精神、語言、身體的三重抑制、還能完全控制愛慾和憤恨的人，就能獲得成就，即獲得最終的解脫。」

「人正是憑自己的智慧，看清個人靈魂基於法與非法的歸宿，必須經常將意志傾注在獲得法上。」

就是在這裡，也像自然法那樣，法與善業成了同義語；但在悟性方面，它基於難以掌握的輪迴轉生這點上是不同的。從另一方面說，這不是訴諸人的理性的做法，而是一種報應的恫嚇，也許可以說這是一種法理念，比起羅馬法的基本理念來，它對人性更少信賴。

本多對這個問題不想進一步追根問底，也不想沈淪在古代思想的黑暗深處。然而，作爲一個學法律的學生，他要站在確立法的一邊，但他無論如何也不能從對現在的實定法的懷疑和內疚中擺脫出來。在同目前實定法繁鎖的黑框疊印起來的時候，他發現了自然法的神的理性和《摩奴法典》的根本思想，比如有必要經常從更廣闊的視野來展望白天澄明的蔚藍天空，和夜間布滿閃爍星辰的蒼穹。

所謂法律學，確是一種不可思議的學問，它像一張網眼細小的網，連日常細微的行動，也可以一無遺漏地撈上來。最後它還張開自古以來大網眼的大網，連運行的星空和太陽也撈上來，幹著極端貪婪的漁夫的撒網工作。

本多埋頭讀書忘了時間的推移，他覺得自己該睡了。他擔心明天倘若掛著一張睡眠不足的不悅面孔，去出席清顯的招待會就不好了。

他想起一位相貌美得像謎一般的友人，就預料到自己的青春年華太過於呆板，心中不由惶惶不安了。他又模模糊糊地想起另一位學友一番得意的話：那位學友在祇園的茶館裡，曾把座墊捲起當橄欖球，同許多舞妓在客廳裡玩起室內橄欖球來了。

本多還想起今年春上發生的一樁事，這樁事從世人的目光看來算不了什麼，可對本多家族來說卻是一樁驚天動地的大事件。那是祖母十周年忌辰，在日暮裡菩提寺舉辦法事時，前來參加的親戚們在法事結束之後，都順便到本多家裡來了。

客人當中，得數本多繁邦的表妹房子姑娘最年輕、漂亮，且爽朗、快活。在本多家的鬱悶氣氛中，她揚起的一陣陣朗朗笑聲，甚至令人感到不可思議。

雖說是舉辦法事，但人們對死者的記憶早已淡薄，成爲遙遠的過去了。親戚們難得聚集在一起，他們的話語不絕，人們都想談談各自家中新添幼兒的事，而不是追憶死者的往事。

三十多位客人參觀了本多家的一間又一間房間，無論走到哪間房間看見的都是書籍，大家不禁愕然。好幾個人提出要看看本多繁邦的書齋，於是便走了進去，在他的書桌邊轉了一圈，然後陸續離去。最後只剩下房子和本多繁邦兩人了。

兩人在靠牆的長皮椅子上坐了下來。繁邦穿一身學習院制服，房子著一身紫色長袖和服。人們全都離去之後，兩人變得好不自在，房子的朗朗笑聲也消失了。

繁邦本想好好招待一番，讓她看看相簿之類，偏巧他沒有這類東西，而且房子好像突然變得不高興。過去繁邦不喜歡房子過分充滿活力，不斷發出的尖銳笑聲，揶揄自己（自己比她大一歲！）的口吻，以及不夠穩重的舉止。雖然房子身上有一股恍如夏天西番蓮花的濃郁和豔麗，可他暗下決心：自己絕不娶這類女人做妻子。

「眞累啊。繁哥你不累嗎？」

房子說罷，驀地把臉伏在繁邦的膝上。這瞬間，房子繫到胸部的腰帶周圍頓時好像牆壁即將坍塌一樣鬆了下來，繁邦的膝部承受著房子的濃郁芳香的重量。

繁邦感到困惑，他低頭看著沈重、嬌弱的負擔。他覺得那重量從他的膝部漸漸移向大腿。就這樣，持續了相當長的時間，因爲他自己沒有力量去改變這種狀態。房子一度把臉埋在表哥穿著藍嗶嘰褲子的大腿上，似乎無意再挪動了。

這時候，隔扇打開了，母親和伯父伯母突然走了進來。母親臉色刷白，繁邦的心在撲通撲通地跳動。

房子卻慢騰騰地將目光投向他們，然後顯得十分疲憊的樣子抬起頭來說道：

「我累，頭痛得很。」

「喲，那可不好啊。給你吃點藥吧。」愛國婦女熱心負責人，以護士般的仁慈罵說。

「不，還不到吃藥的地步。」

……這段花絮終於成了親戚們的話題，幸虧這些話唯獨沒有落入繁邦父親的耳朵裡；但繁邦遭到了母親嚴厲的訓斥。房子有房子的情況，從此她就再也不能造訪本多家了。

本多繁邦總是念念不忘，自己的膝部經歷過一段溫馨而沈重的時刻。

那是房子的身軀、衣衫以及腰帶的份量全部壓了下來，但不知怎地，繁邦能想起來的，只是那美麗而複雜的頭部的份量。披著女子豐盈黑髮的頭，宛如一具香爐壓在他的膝蓋上，而且他感到這具香爐，透過自己的藍嗶嘰服在不斷地燃燒，恍如遠方失火所感受到的一樣熾熱。這種熾熱究竟是什麼東西呢？房子是在用這具陶器中的火，來傾訴她那股無法形容的熾烈情意。儘管如此，她頭部的重量，又像是某種苛酷的譴責。

房子的眼睛呢？

她側臉伏在他的膝上，他一低頭就能看到她那雙大眼睛。這是一雙容易受傷的、濕潤的、黑溜溜的眼睛。這雙眼睛活似一隻蝴蝶輕盈短暫地在上面停留一樣。長睫毛的眼睛一眨巴，就像蝴蝶在撲翅。眸子恍如翅膀上不可思議的斑紋……

繁邦從來沒有見過這樣一雙眼睛：它是那樣不誠實，那樣近在咫尺卻又那樣冷漠，彷彿馬上就要飛走，帶著一種不安、浮動，像水準器的氣泡那樣，從傾斜到平衡，從精神恍惚到精神集中，不停地來回轉動著。

這絕不是一雙獻媚的眼睛。眼神比起方才笑著說話的時候，更顯得孤獨。那雙眼睛讓人看出：它如實地、無意義地反映出她內心漫無邊際的閃爍和變化。

而且在這裡擴展的困惑的甜美和芳香，也絕不是特意的獻媚。

……那麼，這種幾近無限的長時間無不占據的東西是什麼呢？

(1) 明治時代的最高司法裁判所。
(2) 蘇格拉底（公元前四七〇？～三九九），古希臘哲學家。
(3) 阿里斯多德（公元前三八四～三二二），希臘哲學家。
(4) 阿波羅，希臘神話中的太陽神。
(5) 以立法機關的立法作用、社會習慣、法院判例所形成的法。
(6) 摩努法典(Manu-smnti)，古代印度教著名經典。
(7) 印度吠陀神話的主神，雷神。

八

從十一月中旬到十二月十日，帝國劇場演出的節目，不是有名的女演員，而是梅幸、幸四郎等演出的歌舞伎，清顯覺得最好還是讓外國客人看歌舞伎，於是就選了這節目。但他並不懂得很多歌舞伎；就連

《平假名盛衰記》、《連獅子》等節目，他也是不甚熟悉的。

因此他才邀請本多來。本多利用學校午休時間，去圖書館將這些節目的有關資料都找出來，做好給兩位暹羅王子講解的準備。

不用說，兩位王子觀看外國的戲劇，無非只是出自好奇心。這一天放學後，清顯立即帶本多回家，本多第一次被介紹認識了王子們。本多用英語將今晚要看的劇目內容梗概，向兩位王子說了一遍。看樣子這兩位王子並不那麼熱心。

友人本多這樣忠實和認眞，清顯不由感到一種不安並憐憫一笑。對他們任何一個人來說，今晚的戲本身，不是他們的主要目標。清顯只顧擔心，萬一聰子毀約把信拆開讀了怎麼辦？他也心不在焉了。

侍者來報告說：馬車已經備好了。馬向著冬日黃昏的天空嘶鳴了一陣，吐出了白色的鼻息。冬天馬身的臭氣也變得少了，鐵蹄踏在冰凍的地面上發出的聲音格外清晰。這季節裡，馬的確有一股威嚴驍勇的力量，清顯感到十分高興。疾馳在嫩葉叢中的馬，的確是一匹駿馬；可是馳騁在暴風雪中的馬，如同白雪被北風捲成旋渦，把馬形變成冬天的氣息。

清顯喜歡馬車。特別是他的心忐忑不安的時候，馬車的搖晃可以攪亂他那不安的、獨特的、執拗而正確的旋律。從身邊的馬，他感受到赤裸的馬屁股甩動著尾巴，也感受到怒豎鬃毛和咬牙切齒而吐出帶光澤泡沫的唾液，就立即接觸到這種獸類的力量，它同車內的優雅融合起來了。這就是他所喜歡的。

清顯和本多穿著學生制服和外套，兩位王子卻穿上了毛皮領子大衣，還覺得寒冷。

「我們很怕冷。」巴塔納迪多殿下帶著意外的眼神說，「我曾嚇唬一個去瑞士留學的親戚說，那個國家很冷啊。可我沒想到日本竟也是這麼冷。」

「很快就會習慣的。」和王子們也熟悉了的本多安慰地說。

在穿著無袖大衣的人們穿梭而過的大街上，商店早早地就飄揚著歲暮大賤賣的長條旗子。王子們詢問掛這些長條旗子是不是慶祝什麼節日？

這一兩天，王子們的眼睛裡滲出了幾許鄉愁，連爽朗而多少帶點輕浮的庫利沙達殿下也增添了一種風情；當然他不至於任性到無視清顯的款待。但清顯不斷抱有這種感覺，彷彿他們的靈魂已經脫離了自己的軀體，漂到大洋中去了。毋寧說這是件愉快的事。因爲他認爲，心靈的一切倘使禁錮在現存的肉體裡而不浮動，那麼他是十分鬱悶的。

冬日日比谷護城河邊的黃昏來得特別早，帝國劇場白磚牆的三層建築物已經呈現在眼前了。

一行人到達的時候，第一個新節目已經開演了。清顯看見在距自己斜後方二三排並排而坐的聰子和老女僕蓼科的姿影，便彼此交換了暫短的注目禮。聰子的出現，瞬間她泛起的微笑，使清顯感到一切都得到寬恕了。

這幕演的無非是鎌倉時代的武將們在舞台上跑跑顚顚，在清顯的眼裡卻朦朧地看到他們是在爲幸福而奔波。清顯從不安中獲得了解放的自尊心，使他只看見舞台上反映了自己的光輝。

「今晚，聰子顯得格外的美。她不會不注意化妝就來的，她正是以我所期待的姿態到這兒來的啊。」清顯心裡反覆這樣思想。他感到這種情況是不能回頭看聰子的，而且是會不斷在背後感受到她的美的，這是多麼美好啊！那是可靠、豐富、優雅，一切都是符合存在的神意的。

今夜清顯所要求的，只是聰子的美，這是前所未有的；回想起來，清顯從來沒有想過只是把聰子作爲一個美貌女子來看待。聰子從來也不曾公開攻擊過他，他卻總覺得聰子是帶針的絲綢，是藏著粗糙裡子的錦緞，並且不顧自己的心情如何而繼續愛著自己。他只把她當作靜靜的對象，絕不讓她躺在自己的心中，他嚴嚴實實地緊閉著心扉，不讓她那只顧自身急速上升的朝陽光芒——帶批評性的銳利光芒，從門縫裡透射進來。

幕間休息了。一切事物都在自然地運轉著。清顯首先悄聲地對本多說：碰巧聰子來了。本多把目光掃向後面，顯然他不相信聰子是恰巧來的。清顯看見本多的眼神，反而覺得放心了。這眼神確實雄辯地說明：本多是個不過分要求誠實的友人，這是清顯的理想友情。

人們熙熙攘攘地擁到了走廊上。他們從枝形吊燈下面通過，麇集在窗前，這裡可以眺望眼前正對面的護城河和石牆的夜色。清顯一反常態，興奮得耳朵都發熱了，他把聰子介紹給兩位王子。當然，介紹的時候，態度冷然也未嘗不可，不過從禮貌上說，他也要模仿王子們介紹自己戀人時那種孩子般的熱情樣子。

無疑，他能夠把別人的感情模仿得就像自己的感情一樣，這是由於此刻心胸開闊、態度泰然的緣故。他覺得，自然的感情是陰鬱的，越遠離它就越可以變得自由。爲什麼呢？因爲自己一點也不愛聰子。

恭恭敬敬地退到大柱後面的老女僕蓼科，是決心不對外國人直率地袒露自己的心懷的，這從她把帶刺繡梅花的和服領子緊攏起來就看得出來了。清顯對於蓼科沒有高聲說些感謝招待的話，很是滿意。

王子們在美貌的女子面前，馬上變得快活起來。同時，清顯馬上注意到自己把聰子給他們介紹的時候，他們那副特別的表情。昭披耶做夢也不會想到這是清顯特意模仿自己樸素的感情。昭披耶第一次發現清顯是一個正直大方的青年，對他產生了一種親切感。

聰子全然不會說外國話，但在兩位王子面前，表現得不卑不亢，本多爲聰子這種高雅氣質而深受感動。身穿適體的京都式三重狹袖便服的聰子，在四名青年人的包圍之下，亭亭玉立，有如一枝插花，姿態華麗而又威嚴。

兩位王子相繼用英語詢問了聰子，由清顯充任翻譯。聰子每回答話，都衝著清顯微笑，彷彿在徵求他的同意，由於聰子的微笑出色完成了任務，這又使清顯感到不安。他想：

「她眞的沒有讀那封信嗎？」

不，要是她讀了，就絕不可能採取這種態度。首先，她不可能到這兒來。通電話的時候，信確實還沒到達，但信到達後，她讀沒讀就很難保證了。怎樣問她，才能聽到她「沒有讀」的肯定回答呢？可是清顯無論如何也沒有勇氣去詢問她。他對自己如此懦怯，感到有點惱火了。

他無所謂似地開始注意把聰子的聲音、聰子的表情，同前天晚上她那晴朗的對答聲作比較，看是不是有什麼明顯的變化。他內心又犯猜疑了。

聰子的臉上搭配著一個端莊的鼻子，不高而顯得有點冷漠，卻似象牙雕的古裝偶人，她的側臉隨秋波緩慢地來回傳送，神色時而明朗時而陰翳。在她來說，一般認爲是下流的秋波，稍微來遲了點，她那語尾的聲音流入了微笑之中，微笑的餘波又移入了眼神，就這樣整個表情就包涵在優雅的流動裡，給正在看她的人帶來了喜悅。

兩片薄唇裡也掩藏著優美的鼓起的東西。她笑時露出的牙齒，映現了枝形吊燈的光波。她總是俐落地用纖柔的手，去遮掩從濕潤的口腔內流瀉出來的清光。

王子們過分的恭維，通過清顯的翻譯，使聰子聽起來連耳朵根也都染紅了，但是清顯無法分辨出，在秀髮掩蓋下稍露出來的、水靈靈的嬌嫩耳朵，究竟是害羞才染紅呢，還是耳朵本來就塗抹了胭脂？

然而，她無法遮掩她那瞳眸發出來的強烈的光。這光芒是一種依然使清顯害怕的、不可思議的、具有能射透一切的力量。那就是這果實的核心。

《平假名盛衰記》開演的鈴聲響了。大家回到了各自的座位上。

「我來日本見過的人當中，數她最美了。你多幸福啊！」

他們並肩走過通道進入劇場的時候，昭披耶一邊走一邊悄聲地說。這時他眼睛裡的思鄉愁雲也已被驅散了。

九

學僕飯沼在松枝家已經工作六年，少年時代的雄心壯志也已消失，不再容易動怒了，代之是一種與往昔動怒不同的冷冷的憤懣。他帶著這種憤懣，無所作爲地凝望著自己這種變化。固然這是松枝家的新家風使他發生了這種變化，但眞正的根源卻在於十八歲的清顯。

新年即將到來，清顯將跨入十九歲。倘使他在學習院能以優良的成績畢業，在二十一歲那年秋天，就有指望進入東京帝國大學法學系，這樣飯沼的工作就應告結束。奇怪的是，侯爵對清顯的成績並不嚴格要求。

就這樣任其下去，要進東京帝大法學系是無望的。從只招收華族子弟的學習院畢業出來，要不經入學考試的道路，就只有進京都大學或東北帝大。清顯的成績總是徘徊在中等水平，他對學習並不特別用功，對體育運動也並不十分熱心。假如清顯取得優異的學習成績，飯沼也會因而沾光，也會受到同鄉的讚嘆。起初飯沼頗爲焦急，後來也不以爲然了；因爲不管學習成績如何，清顯未來至少是個貴族院議員，這是明擺著的事。

在學校裡，清顯最親近的同學是成績名列前茅的本多，本多儘管是清顯的摯友，卻沒有給他帶來任何有益的影響，毋寧說本多站在對清顯的讚美者那邊，同清顯交往中繼續阿諛奉承。這使飯沼感到十分惱怒。

當然，這種感情摻雜著妒忌。不管怎麼說，作爲學友，本多可以照樣站在同情清顯的立場上；可是對飯沼來說，清顯的存在本身就是日夜擺在自己眼前的美麗而失敗的證跡。

清顯的美貌，優雅，優柔寡斷的性格，缺乏樸素的氣質，放棄努力、富於幻想的天性，英俊瀟灑，柔弱稚嫩，容易受傷的肌膚，夢幻般的長睫毛，這一切不斷地背叛飯沼往昔美好的企望。他感到這位年輕主人的存在本身，就是不斷向他發出的嘲笑。

這種挫折的怨恨、失敗的痛苦，天長日久持續不斷，便會把人的感情導向類似某種崇拜的境地。因此，每當人們說些近似非難清顯的話時，飯沼就非常生氣。他就是通過自己這種莫名其妙的無理的直感，來理解年輕主人這種難以拯救的孤獨。

清顯所以動輒就企圖遠離飯沼，肯定是看透了飯沼常常過多地表露出這種內心的飢渴的緣故吧。松枝家的許多侍者中，只有飯沼一人的眼睛裡充滿了這種無禮的、明顯的飢渴。有一位來客看見他這種目光，就問道：

「恕我冒昧，那個學僕是社會主義者呀？」

這麼一問，侯爵夫人也揚聲大笑了。因爲她十分了解他的經歷、平日的言行和每天不缺地參拜祖先的情況。

對話的道路被斷絕了的這個青年，每天早晨一定參拜祖先，終於他在內心裡，經常同在這個人世間還不曾見過面的偉大先祖對話起來了。

從前是明顯的憤怒傾訴，後來隨著年齡的增長，就變成不滿的控訴，這是連自己也不知限度的龐大不滿，這種不滿甚至可以把整個世界都覆蓋起來。

清晨，飯沼比誰都早起。洗漱完畢，他穿上藏青碎白花紋的衣服和小倉產的裙褲，向祖先祭壇走去。

飯沼打正房後面的女侍房間門前經過，走上了絲柏林間的小道。霜柱使地面膨脹起來，他的木屐把霜柱踩得七零八碎，那些霜光閃閃的、呈現貞潔的斷面。冬日的朝陽，從絲柏林摻雜著茶色老葉的乾綠葉縫間，像薄紗般地撒落下來。飯沼感到吐出氣息的白色，淨化了自己的內心。小鳥的啁啾鳴囀，從清晨蔚藍的天空不停地落了下來。凜冽的寒氣不斷地襲擊著他胸部的肌膚，他感到心潮澎湃，感到可悲：為什麼不能陪伴少年一起來呢。

飯沼總沒有機會把這種男子的豪爽感情向清顯傾訴，一半是由於他的過失，他沒有力量硬要把清顯拽出來作清晨散步；另一半就是飯沼的過錯了。六年來，他沒有使清顯養成任何一種「良好的習慣」。

飯沼爬上平坦的山崗，走到樹林的盡頭，便是寬廣的枯萎草坪，草坪中央有一條鋪著大粒沙子的甬道。甬道盡處，可以看見祖祠、石燈籠、花崗岩牌坊和石階下左右各一對大炮的炮彈，井然地沐浴在晨光中。早晨這一帶的空氣，與盪漾在松枝家正房和洋房的奢侈氣氛迴然不同，這裡洋溢著清新、純淨的氣氛，讓人們的心情猶如鑽進了一只新白木做的升斗。飯沼從小就在這宅邸裡感受到只有圍繞著死的東西才是美和善。

爬上石階站在神社前，他看見隱約露出紅黑色胸口的小鳥，把灑落在楊桐樹葉上的光輝攪亂了。鳥兒發出打梆子般的叫聲就在他的眼前騰空飛去，好像是一隻鶺鳥。

「先祖在上」，飯沼像往常一樣一邊合十，一邊在心中開始對話。「爲什麼時代會走下坡，落到今天這個地步？爲什麼力量、青春、野心和樸素會消失，變成這樣一個可憐的世界？您殺人，也曾被人殺，您越過了所有的危險，創造出新的日本，登上不愧是創世英雄的寶座，掌握了一切權利，之後無疾而終。您生活過那樣的時代，怎麼樣才能恢復？這軟弱而無情的時代，又要持續到什麼時候？不，難道是現在才剛開始的嗎？人們只考慮金錢和女人。男人忘卻了男子漢應走的道路。純潔偉大的英雄和神的時代，與明治天皇的駕崩一起消失了。像那樣能充分發揮青年才幹的時代，難道就一去不復返了嗎？

「這個時代，到處都是咖啡館，電車上男女學生之間風紀混亂，據說婦女專用車都造出來的這個時代，人們早已失去了竭盡全力工作的熱情。如今只會動動末梢般的神經，動動婦女般纖細的手指而已。

「這是爲什麼呢？爲什麼時代會變成這個樣子呢？純潔的東西爲什麼要來到這個污濁的世界呢？我侍候的令孫，正是這個軟弱時代誕生的，現在我對他無能爲力。事已至此，是否應以死去完成我的職責呢？還是祈願祖先顯靈保佑，特別賜予扶持呢？」

飯沼忘卻了寒冷，只顧熱衷於這心靈的對話。他低頭望了望胸口，只看見自己那藏青碎白花紋的衣襟下，長著男子漢特有的胸毛，他悲嘆自己沒有得到能與純潔的心靈相照應的肉體。另一方面他覺得，清顯具有那樣俊美、潔白、清秀的肉體，卻缺乏男子漢的爽朗而樸素的心靈。

飯沼沈湎在這種認眞的祈禱之中，他的身體也熱乎起來，凜冽的晨風鑽進了他的裙褲裡，頓時胯股間有一種異樣的感覺。他便從神社的地板下面取出了一把掃帚，把周圍瘋狂般地打掃了一遍。

十

新年不久，飯沼被喚到清顯的房間裡來，他發現聰子家的老女僕蓼科已在那裡了。

聰子已經來松枝家拜過年了，今年蓼科獨自來拜年，並送來了商都鮮麵筋，順便悄悄來到了清顯的房間。過去飯沼對蓼科略知一二，但被正式介紹認識還是第一次；他不知道介紹他認識蓼科的理由是什麼。

松枝家的新年是盛大的，從鹿兒島來的幾十名代表來到舊藩主宅邸遺跡的松枝家拜年，松枝把他們請到有格子式黑天花板的大客廳裡，設宴招待他們品嚐星岡的新年佳肴，飯後還端上鄉下人難得嚐到的冰淇淋和白蘭瓜，因此而遠近聞名。今年避忌明治天皇的喪事，只有三人上京來。其中一位同上代人是相識的中學校長，飯沼就是這家中學出身的。侯爵賜酒給飯沼的時候，總是要在校長面前美言一句：「飯沼幹得很出色！」今年照例也如此。校長致謝的話是老一套，就像加蓋圖章一樣。尤其是今年，也許是人數太少吧，飯沼感到這種儀式徒具其表，空洞無物，只像一具形骸。

當然飯沼是照例不會走到拜會侯爵夫人的女主賓席前的，而且，即使是上年紀的女賓，造訪年輕人的書齋也是沒有先例的。

身穿下擺帶黑色家徽禮服的蓼科，正襟危坐在椅子上。清顯勸她喝了一杯威士忌，她有點醉了，在她那梳得整整齊齊的白髮下的京都式濃施白粉額頭上，飛起一片紅潮，恍如雪下的紅梅，露出酩酊的醉色。

談話不時接觸到西園寺公爵的事，蓼科把視線從飯沼身上移開，立即把話題拉了回來。

「據說西園寺先生從五歲起就嗜酒和煙。儘管武士門第教子嚴，可在公卿家，少爺您也是知道的，您從小時起，令尊就什麼也不管了。這也難怪，孩子一出生，就是五等爵位之身，從某種意義上說，就像朝廷寄養的臣下，令尊尊重朝廷，也就不嚴厲對待自己的孩子了。另一方面，關於聖上的事，公卿家庭是守口如瓶，如同諸侯家那樣，家屬之間絕不公開議論聖上的。所以，我們家小姐她們，也是由衷地敬重聖上的。當然，不至於連外國朝廷也敬重吧。」蓼科對款待暹羅王子諷刺了一句，而後又趕緊補充說：「不過我們倒是託了他們的福，才看了一場好久沒有看到的戲，彷彿壽命也延長了。」

清顯任憑蓼科叨嘮。他之所以特地把這個老女僕叫到房間裡來，主要是想解開打那件事以後凝聚在心頭上的疑團。勸過酒後，他匆匆探詢：自己給聰子的信，聰子是否沒有啓封就燒掉了？沒想到蓼科回答得非常清楚。

「啊，是那件事嗎？小姐接了您的電話以後，馬上吩咐我了，第二天信一到，我沒拆就扔到火裡了。您要是爲了這件事的話，那就請放心好囉。」

聽了這番話，清顯豁然開朗，猶如頃刻之間從灌木叢中的小徑走到了廣袤的原野，眼前描繪出各式各樣喜人的圖景。聰子沒有讀那封信，一切都恢復到原來的狀態，僅此而已，可他卻感到眼前彷彿展開了一派新的景象。

正是聰子，她鮮明地邁出一步。她每年都選擇親戚家的孩子在松枝家聚會的日子，前來拜年。那天在二、三歲到二十來歲的小客人當中，侯爵裝出一副是這些客人的父親的樣子。只有這天，他不論對哪個孩子，都很親切地問長問短，和他們談笑風生。聰子跟在一群想去看馬的孩子們之後，由清顯陪同到了馬廄。

掛上稻草繩①的馬廄裡，四匹馬把頭伸到飼料槽裡，忽然急忙抬起頭來，往後倒退了一步，踢了踢板牆，顯出一副勇猛的氣勢，從牠那光滑的背上迸發出一股新年的銳氣。孩子們從馬伕那裡打聽到每匹馬的名字，樂滋滋地緊攥在手裡的半癟糯米點心，對準馬微黃的牙齒扔了過去。馬斜著充滿血絲的眼睛，瞪了他們一眼。孩子們也被當成大人一般看待，他們感到十分高興。

聰子害怕從馬嘴裡流淌出來的長長唾液，她躲在遠處常綠冬青樹的背後。清顯把孩子們託付給馬伕後，來到了她身旁。

聰子的眼睛裡依然留著喝過屠蘇酒後的醉意。她在孩子們歡樂聲中說了以下的一段話，也許是由於酒醉的緣故吧。聰子放蕩的眼睛，馬上捕捉到了走過來的清顯的身影，她有點反常似地說：

「前些日子我愉快極了。你向別人介紹我的時候，簡直把我當作未婚妻似的，謝謝你囉。也許兩位王子會大吃一驚，覺得我原來是這麼一個老太婆。不過，我能經歷這樣一個時刻，就是死也心滿意足了。你有力量能使我感到那種幸福，可是，你總是難得使用一回這種力量啊。我從沒度過這樣幸福的新年，今年準有什麼吉利的事降臨囉。」

清顯不知如何回答才好，最後好不容易才用沙啞的聲音答道：

「怎能這麼說呢。」

「一個人在幸福的時刻，就猶如鴿子從新船下水儀式上的彩球裡騰空飛起一樣，話會隨便脫口而出的呀。清顯，你很快就會明白的。」

聰子再次做了這樣一番熱情的表白之後，插進了清顯最討厭聽的一句話：「你很快就會明白的」。這是多麼自負的預見，多麼倚老賣老的自信啊！……

……幾天前清顯聽了這番話，今天又從蓼科那裡聽到明確的回答，他這顆往日殘留著的陰影如今已被驅散了的明亮的心，充滿新年的吉兆；他一反往常地忘卻了每夜陰暗的夢，傾心於光明的白日夢和希望。於是，他想做一個不符合身分的光明磊落的人，從身邊把陰影和苦惱一掃而光，使任何人都能獲得幸福。要給人施捨恩惠和喜悅，如同使用精密儀器一樣需要熟練。這種時候，清顯卻異乎尋常的輕率。

他把飯沼叫到房間裡來，不僅是出於這樣一種善意，即想讓飯沼看看他那拂去身邊的陰影而顯得明朗的面孔。

幾分醉意助長了清顯的這種輕率。再加上蓼科這個老女僕看起來是鄭重其事、禮儀周全、謙恭謹慎，然而卻像延續了幾千年的老牌娼家的老鴇，在她那一道道皺紋裡鑲嵌著凝結的官能，這種風情就在近旁也寬容了清顯的放肆。

「學習上的事，飯沼什麼都教給我了。」清顯故意對蓼科說，「不過，還有許多事情飯沼沒教給我呢。事實上，還有許多事飯沼也都不會，今後還得請蓼科當飯沼的老師啊。」

「瞧您說的，少爺！」蓼科殷勤地說，「他已經是一位大學生了。像我這種不學無術的人，怎麼敢當呢……」

「所以我說了，學問的事沒什麼可教的。」

「可不能拿老人來開玩笑呀！」

他們無視飯沼的存在而繼續對話。清顯沒有勸坐，飯沼一直在站立著。他的眼睛望著窗外的湖面。這是個陰天。成群的野鴨在中之島周圍浮游，松樹梢上的綠葉也帶著幾分寒色，枯草覆蓋著的中之島恰似披上了蓑衣。

清顯第一次勸坐之後，飯沼才慢慢地落座在一張小椅子上。他懷疑清顯在這之前是否真的就沒有注意到他，說不定清顯要在蓼科面前逞逞威風呢。肯定是那樣子。飯沼倒是對清顯這種新的心理活動感到十分滿意。

「喂，飯沼，剛才蓼科無意間從女侍那裡聽到了一件傳聞……」

「啊，少爺！那個……」蓼科用力揮手加以制止，可是已經來不及了。

「聽說你每天早晨去拜祭祖先是另有目的？」

「另有目的是指什麼？」飯沼頓時神情緊張，放在膝上的拳頭也在顫抖。

「算了，少爺，不要說了。」蓼科說。

老女僕把身子仰靠在椅背上，活像一個倒了的陶偶人。她從內心裡流露出一股不知所措的情緒。但是她卻睜大那雙明顯雙眼皮的眼睛，發出幾道銳利的光芒。她的快樂情緒從裝上不太合適的假牙的嘴角邊鬆弛肌肉上，滲了出來。

「拜祭祖先的路上，要經過正房的後面，當然一定要經過女侍房間的格子窗下。你每天早晨就在那裡同阿峰照面，前天終於從那些格子窗給阿峰遞了情書，是不是？」

飯沼沒等清顯把話說完，就站起身來。他企圖抑制住感情的格鬥，在他那張變得蒼白的臉上表現出來，臉部細膩的肌肉，彷彿全都忒忒地抽動。平日他的臉總是布滿陰影，如今清顯高興地看到了他臉上孕育著暗淡的焰火，彷彿即將炸裂似的。清顯完全知道飯沼痛苦萬狀，但他還是決定把飯沼這張醜陋的臉，看作是幸福的臉。

「請允許我做到今天……」

飯沼說罷，正打算走出房間，蓼科跳了起來，企圖把他攔住。她的動作之敏捷，使清顯也為之瞠目。

裝模作樣的老女僕，瞬間竟露出了豹一般的動作。

「你可不能從這裡出去。要是這樣做，我的處境怎麼辦。我說了些閒話，要是弄得人家的僕人辭職，那麼我也只好離開工作了四十年的綾倉家哩。你可憐可憐我，多冷靜想想吧。知道嗎，年輕人認死理可不好啊。不過，這又是年輕人的優點，也是沒法子啊。」

蓼科一邊抓住飯沼的衣袖，一邊簡明扼要地進行說服，以年長者的平靜口吻責備了他。

這種老練的手法，蓼科這輩子不知使用過幾十遍了。這種時候，她深知在這世界上自己是別人最需要的人；她自信能從內心若無其事地維持這個世界的秩序。這種自信，是從徹底了解事物的不可思議的發生狀況中產生的，諸如在重要的儀式高潮中，不可能綻線的衣裳卻綻線了，理應不會忘記的致辭草稿卻丟失了，如此等等。對她來說，毋寧說這種估計不會發生的事態卻是常態，她把自己難以預料的任務，賭注在一個機靈的彌縫者身上。對這個沈著的女人來說，在這世界上沒有什麼絕對安全的東西。就連萬里無雲的晴空，有時還會出乎意料地閃過一隻燕子，劃破蔚藍的天空呢。

蓼科的彌縫工作做得迅速、熟練，總之無懈可擊。

到了後來，飯沼常常想到，一瞬間的躊躇，往往能使一個人完全改變後來的生活方式。這一瞬間，大概是像一張白紙的明顯折縫，躊躇就有可能把人生永遠包裹起來，原來的紙面變成了紙裡，無疑會變得再也不能露在紙面上了。

在清顯的書齋門口，飯沼被蓼科纏住了。他不知不覺就作了那樣一瞬間的躊躇。他暗自尋思：這下完了。他這顆還很年輕的心中，產生了這樣一種疑問：莫非阿峰嘲笑自己所寫的情書並向大家公開？還是那封信出乎意外地被人看見，使阿峰感到悲傷？這時候，這種疑問猶如破浪的魚背鰭在疾馳而去。

清顯看見飯沼回到小椅子上，不由感到取得了初步的、值得驕傲的、小小的勝利。清顯已經死了這條心，不再對飯沼表示善意了。只顧自己一個人的幸福，隨心所欲地愛怎麼幹就怎麼幹好了。他感到自己此時此刻的確像個成年人，確實有施展優雅的自由了。

「我所以說出這番話，不是要傷害你，也不是戲弄你。我是為了你才同蓼科商量的，難道你不明白嗎？我絕不將此事告訴父親，並努力做到絕不讓它落進父親的耳朵裡。

「今後，關於這件事嘛，我想蓼科定會給我們出點好主意的。對吧？蓼科。在我們家的女僕人當中，阿峰是最標致的一個，正因為如此才有點問題。不過，這個問題就交給我來辦吧。」

飯沼目光炯炯，像個被逼得走投無路的密探，一句不落地聆聽清顯的話，而且自己堅持一聲不吭。這些話的細微處，只要細細琢磨就會湧出無數的不安成分。飯沼不去琢磨，只想把這些話原原本本地埋藏在心靈的深處。

這位比他年小的青年從沒有過如此豁達，侃侃而談，真不愧是個主人的模樣，這是飯沼未曾見過的。的確那也是飯沼所盼望的成果。不過，它來得如此意外，結果如此無情，以致不覺得自己如願以償了。

就這樣飯沼被清顯擊敗了。這簡直同自己內在的情慾被擊敗一樣，他有點納悶了。剛才一瞬間躊躇之後，長期以來自己引以為恥的快樂，突然同光明正大、忠實和誠心聯繫起來了。那裡一定有陷阱、有詐術。但是，從羞得無地自容的屈辱底層，著實打開了一扇小小的純金門扉。

蓼科裝腔作勢，以細柔柔的噪音，隨聲附和了一句：

「一切都聽從少爺的吩咐，您雖然年輕，考慮問題卻非常穩重。」

這句話，飯沼現在聽來毫不稀奇，這是同自己正相反的意見。

「話又說回來，」清顯說，「從今以後飯沼也不必談深奧的話，同蓼科齊心協力幫助我，我將會成全你的戀愛的。讓咱們和睦相處吧。」

1 日本習俗，新年掛上稻草繩，以示祝賀。

十一

清顯的夢的日記。

「近來雖然很少有機會同暹羅王子見面，不知怎地，現在卻夢見暹羅。這也是自己雲遊暹羅的夢……

「自己依舊一動不動地坐在房間中央的華麗椅子上。這夢中的自己總是患頭痛，因爲頭上戴著又高又尖、鑲滿寶石的金桂冠。交錯在天花板的房樑上，棲息著許多孔雀，這些孔雀不時將白色的糞便撒落在我的桂冠上。

「戶外，陽光灼熱。雜草叢生的庭園沐浴在炎陽之下，寂然無聲。要說有聲音，就只有蒼蠅輕輕的振翅聲，孔雀不時改變方向的堅硬腳掌摩擦聲，以及孔雀的開屏聲。荒蕪的庭園被高高的石牆圍了起來；這些圍牆上有寬敞的窗戶，從這裡可以望見椰子樹幹和沈積著紋絲不動令人目眩的白色積雲。

「一抬頭就看見自己的手指上戴著祖母綠寶石戒指，這本來是昭披耶戴的戒指，不知什麼時候竟移到自己的手指上，這構思與一對帶著奇怪金臉的護門神『雅』把寶石圍住一模一樣。

「我凝視著承受戶外陽光反映的這顆濃綠的祖母綠寶石，它沒有白斑也沒有龜裂，猶如霜柱一般晶瑩多芒。看著看著，我發現裡面有一張小巧玲瓏、豔美可愛的女子的臉浮現出來。

「我以爲是站在背後的女人的臉映入其中，回頭一看，背後沒有任何人，祖母綠寶石中嬌小女子的臉若隱若現地在活動，剛才蠻老實的，現在臉上卻明顯地露出了微微的笑容。

「一隻蒼蠅落在我的手背上，我連忙把手一揮，想再仔細瞧瞧戒指，這時女子的臉已經消失了。

「自己無法斷定她是誰，一股無以名狀的悔恨和悲傷之情湧上了心頭，就這樣我醒來了……」

清顯這樣記錄下來的夢的日記裡，不斷加上自己的一套解釋，高興的夢自有高興的夢的解釋，不吉利的夢也有不吉利的夢的解釋，他盡可能喚起詳盡的回憶，把它如實地記述下來。

儘管不承認夢有什麼了不起的意義，但是在他重視夢的想法裡，也許潛藏著對自己的存在產生某種的不安。比較起來，醒來時感情飄忽不定，還遠不如夢更切實些。感情方面沒有人能規定是否是「眞實」，但至少夢是「眞實」的；而且感情沒有形狀，而夢有形狀也有色彩。

在記夢的日記時，清顯的感情未必不能隨心所欲地把對現實的不滿封鎖起來。最近，現實開始以更加隨心所欲的形式表現出來了。

飯沼屈服了，他變成了清顯的心腹，經常與蓼科取得聯繫，企圖安排聰子與清顯幽會。清顯只顧滿足於自己有了這樣一個心腹，他覺得自己的性格大概眞的不需要朋友了吧。於是不知不覺間就和本多疏遠了。本多心中深感寂寞，因爲他認爲自己敏感地察覺到清顯不需要自己，這正是友誼的重要部分，所以他把原來和清顯虛度的時光，全部用在學習上。他博覽了英、德、法語的法律書籍和文學哲學群書，倒不是自己特別想步內村鑒三[1]的後塵，他很欽佩托馬斯·卡萊爾[2]著的《薩托·雷薩圖斯》。

一個降雪的早晨，清顯要上學校，飯沼爲了伺候清顯左右，他來到了清顯的書齋裡。飯沼這種新的卑屈相，完全消除了他平日曾不斷帶著憂鬱的表情和體形給清顯施加的壓力。

飯沼告訴清顯，蓼科來電話說：聰子對今早的雪景頗感興趣，希望和清顯一起乘車賞雪，問清顯能不能向學校請假來接她去？

這種令人吃驚的、任性的請求，清顯有生以來還不曾接受過。他已經做好了上學的準備，一隻手拎起書包，一邊望著飯沼的臉，一邊茫茫然地佇立著。

「你都說些什麼呀。當眞是聰子想起這種事嗎？」

「是，這是蓼科說的，不會錯。」

滑稽的是：飯沼如此斷言的時候，多少恢復一點威嚴，而且露出了一種眼色，示意假使清顯抗拒這種請求，在道德上就一定會遭到指責。

清顯放眼望了望背後庭園的雪景。聰子這種不容分說的做法，與其說傷害了自己的自尊心，莫如說有一種清爽的感覺，那就是用巧妙的手術刀，迅速地把這種自尊的腫瘤摘除掉。這種速度是令人覺察不出來的，是無視自己意志的一種新鮮快感。清顯一邊想「我就按聰子的意思去做吧」，一邊瞥了一眼飄落的雪。雪不算特別大，不致於積雪；這些霏霏細雪，光閃閃地飄落在中之島和紅葉山上，看一眼就印在心中。

「那麼，你就給學校掛個電話，說我今天感冒請假。這件事絕不能讓我父母知道。打過電話，就到人力車站去顧兩個信得過的車伕，讓他們備好一輛雙人乘坐的車子，由兩人來拉。我這就走到車站去。」

「冒雪走去嗎？」

飯沼看見年輕主人的臉頰頓時發熱，飛起了一片紅潮，美極了。他背後的窗外大雪紛紛揚揚，在這種背景的襯托下，紅潮滲到背景裡去，臉頰顯得更有光澤、更豔美了。

飯沼凝望著這位自己親手培育成長的少年，一點也沒有培養出英雄的性格來。目的如何且不管，只見他出發時瞳眸裡燃燒著火的情景，自己就心滿意足了，飯沼自己也感到震驚。在過去自己曾蔑視過的方向，如今清顯正奔走的方向，或許在怠惰之中會潛藏著尚未發現的大義。

1 內村鑒三（一八六一～一九二〇），日本宗教家、評論家。

2 托馬斯．卡萊爾（一七九五～一八八一），英國評論家，歷史學家。

十二

落座在麻布的綾倉家是一座武士門第的深宅大院，長屋門的左右，設置鑲了格子窗的值班室，供門衛使用。這家人手少，長房屋裡似乎無人居住。屋頂上的瓦棱，與其說被雪覆蓋了，莫如說完全按其形狀忠實地將雪悄悄地托起來。

便門那邊，立著一個撐傘人的影子，像是蓼科。車子快到達時，影子迅速消逝，讓車子停在門前等候著的清顯，久久地望著便門，眼裡只映現門洞框裡紛揚的雪花。

過了片刻，用紫色外衣的袖子捂著胸口的聰子，在收攏了傘的蓼科陪同下，低頭穿過便門走了過來。清顯覺得她的姿影，好像將一枝大紫荷花從小茶室裡拽到雪中那樣，華美無比，幾乎令人感到窒息。

聰子登車的時候，確是在蓼科和車伕的攙扶下上了車，半個身子彷彿都漂浮起來了。清顯折開車篷迎她，只見她的領窩和頭髮上落了幾片雪花，她同捲襲進來的雪花一起進到車裡。她那張白皙而光潤的臉上泛起的微笑，使清顯感到彷彿一種什麼東西突然向自己襲來，自己從單調的夢中驚醒了。也許是由於車子不平衡地承受了聰子的重量，車身搖晃了幾下，便加強了清顯這種瞬間的感覺。

那是鑽進車裡來的一堆紫色點燃熏衣香的芬芳，清顯感到，彷彿飄到自己冰冷臉頰的雪花，頃刻間散發出了芳香。由於上車那股勁兒，聰子的臉險些碰到清顯的臉頰，她趕緊正了正身子，可以看出這瞬間她的脖頸變得僵硬，就像白水鳥脖子的筋疙瘩。

「爲什麼……爲什麼突然……」清顯的話有點氣餒了。

「京都的親戚病危，我父母親昨晚乘夜車去京都了。現在只剩下我一個人了，無論如何也想見你，昨晚上我想了整整一夜，今早又是個雪天，所以不管怎樣我們兩人到雪中去吧。這是我有生以來頭一回提出了這樣任性的要求。請你原諒。」她一反往常，用天眞的口吻喘吁吁地說。

人力車隨著拉車人和推車人的吆喝聲在移動。透過車篷的小窺視窗，只能望見紛揚的黃色雪花。車廂裡，昏暗在不斷地搖晃著。

兩人的膝上蓋著清顯帶來的深綠色蘇格蘭方格子圍毯。兩人靠得這麼近，除了幼年時代已被忘卻了的記憶以外，這還是頭一遭。清顯看見，充滿灰色微光的車篷縫隙，時開時閉，雪花不斷地捲襲進來，落在綠色的圍毯上，化成了水滴。這種情景，就像在大芭蕉葉下聽到的飄雪聲音一樣。雪落在車篷的聲音特別響亮，完全把清顯吸引住了。

車伕詢問到哪裡去？清顯答道：

「隨便，只要有路，你就去好了。」

清顯知道聰子也會抱有同樣的心情。於是，隨著人力車把的抬高，兩人的身子稍向後仰，姿勢依然是那樣拘謹，甚至連手也沒有相握。

但是，在圍毯下面，不可避免相互接觸的膝蓋，像雪裡送來了一團火。清顯的腦子裡，又翻騰起了那討厭的疑竇：「聰子眞的沒有讀那封信嗎？蓼科既然說得那樣肯定，大概不會錯吧。那麼，聰子會不會把我當作一個不理解女性的男子來折磨我呢？我該如何才能經受得住這種屈辱呢？原本是那樣地祈望著聰子不要看那封信，然而現在卻覺得寧可讓她看了還好呢。她若是看了，早晨這場飄雪的狂熱幽會，顯然就意味著一個女子對理解女性的男子一種眞摯的撩撥。要是這樣，我也就另有辦法……即使如此，我不理解女性這個事實，是無法隱瞞的啊，不是嗎？……」

在昏暗的小四方形車廂裡，黑暗的搖晃把他的思緒都弄得零零亂亂了，想把視線從聰子身上移開，可是除了移向沾滿雪花的淺黃色賽璐璐的亮窗外，就沒有什麼可望的地方了。他終於把手伸向圍毯底下。聰子的手在等待著他，恍如在溫暖的巢中充滿了狡猾的等待。

一片雪花飄了過來，落在清顯的眉毛上。聰子瞧見，不禁啊地喊了一聲。清顯不由地把臉轉向聰子，他感到有股涼氣撲在自己臉上。聰子馬上閉上了眼睛。清顯面對著閉上了眼睛的臉龐，只有抹上京都口紅的嘴唇映現出微暗的亮光；那臉龐活像指尖輕輕撣了撣的花在搖曳一樣，其輪廓在紊亂地搖晃著。

清顯的心在激烈跳動，他明顯地感到束緊著他的脖頸的制服高領的束縛。再沒有什麼比聰子那文靜緊閉眼睛的白皙臉龐更難理解的了。

清顯感到圍毯下面握著的聰子的手指增加了一點力量，傳來了她的心緒。倘使把這理解爲信號，清顯肯定又要受到傷害，不過清顯被這種輕微的力量所誘惑，自然可以將嘴唇貼在聰子的嘴唇上了。

車子搖晃的瞬間，幾乎把他們兩人合在一起的嘴唇給分開。他的嘴唇和她的嘴唇相吻的地方，很自然地成爲扇軸，於是他們採取了以經得起任何搖晃的姿勢。清顯感到在吻接的這扇軸周圍，徐徐地展開一面非常巨大的、香菸的肉眼看不見的扇子。

這時，清顯體會到了忘我的境界，然而他並沒有忘卻自己的美。自己的美和聰子的美從公平同等地看待的地點出發，肯定可以看到：這時彼此的美猶如水銀般相互交融。清顯悟到：類似拒絕、焦急、刻薄，這些都是同美無關的另一種性質的東西，盲目地自信所謂孤高的個人，這不是在肉體上而往往是容易在精神上產生的一種病態。

清顯內心的不安早已一掃而光，當他明確了幸福所在之後，接吻就越發熱烈和果斷了。隨之聰子的嘴唇也變得更加柔軟。清顯擔心自己整個身心是否會融進她那溫暖的、甜蜜的口腔裡，因此自己的手指也就想去觸摸有形的東西了。於是他從圍毯下面把手抽出來，去擁抱她的肩膀，支著她的下巴頦兒。這時候，手指觸摸到她的下巴頦兒，他感到她的下巴頦兒肌膚是纖細的，骨頭是不堅硬的。他再次明確了在自己之外存在著另一個肉體，這樣他們的接吻就更加融和、更加熱烈了。

聰子落淚了。淚水落在清顯的臉頰上，清顯這才知道。他感到自豪。然而，在他這種自豪感中，絲毫沒有往昔給人施以恩惠時的那種滿足感。聰子的一切，已經沒有年長者那種批評腔調了。清顯爲了自己的指頭接觸到她的耳朵、胸脯，接觸到一處處新的溫柔而激動了。他學會了，這就是愛撫。他把動輒就飛逝的霧靄般的官能，依託並連接在有形的東西上。現在他只顧沈浸在自己的喜悅中，這是他能夠做到的最高的自我放棄。

接吻結束時，他非本願地醒過來，自己還很困頓，卻抗拒不了透過薄眼皮射進來的瑪瑙般的朝陽，內心充滿了沈鬱、依戀的情緒。只有這時候，睡眠的美味才達到頂峰。

一旦嘴唇脫離了接觸，留下來的就是不吉利的靜寂，宛如方才還在美妙地啁啾鳴囀的鳥驀地沈默下來了。兩人紋絲不動，彼此不能看對方的臉了。這種沈默，多虧車身的搖晃，才自然而然地得到了拯救。他產生了一種彷彿要忙著去幹別的什麼事似的感覺。

清顯把眼皮耷拉下來。只見聰子穿著白布襪的腳尖，從圍毯下面戰戰兢兢地微露了出來，活像察覺危險而從綠草叢中窺視四周的小白鼠。雪花輕輕地飄落在她的腳尖上。

清顯覺得自己的臉頰格外的熱，孩子般地伸手摸了摸聰子的面頰。她也同樣火熱。他感到滿足了。只有這裡有夏天。

「打開車篷吧？」

聰子點了點頭。

清顯伸長了手，把面前的車篷摘了下來。眼前的方形車廂充滿雪花的橫斷面，像要倒下來的白隔扇，無聲無息地垮下來了。

車伕發現，就把車子停下。

「沒事，走吧！」清顯喊道。車伕聽到背後傳來了爽朗富有朝氣的喊聲，腰身又動了起來。

「走！只顧往前走。」

車子隨著車伕的吆喝聲往前跑了。

「會被人瞧見的。」聰子那雙濕潤的眼睛盯著車底，皺著眉頭說。

「管它呢。」

自己的聲音充滿了果斷的回響，清顯感到吃驚。他明白了：他現在想面對世界。仰望天空，天空好像雪花狂飛亂舞的深淵。雪直接飄落在他們兩人的臉上，倘使把嘴張開，雪花就會飛進口腔裡。如果兩人就這樣埋沒在雪裡，那該多好啊。

「現在，雪飄到這兒來了……」聰子用夢一般的聲音說。她大概是想說：雪花從她的咽喉落到了胸脯。但是飄雪下降絲毫也不紊亂。這種降雪法，具有儀式般的莊嚴。隨著臉頰的冰冷，清顯感到自己的心也漸漸冰涼了。

恰巧車子在爬坡，這裡是宅邸集中的霞町的坡道，在一片沿懸崖的空地上極目遠望，可以看到麻布三聯隊兵營內的廣場。一片白茫茫的廣場上，沒有士兵的影子。清顯在這裡突然看到一種幻覺：就是那些日俄戰役圖片集裡的、憑弔得利寺附近的戰死者的幻影。

數千名士兵群集在那裡，遠遠地圍著白木的墓標和飄著白布條的祭壇，都把腦袋耷拉下來。這情景與那張照片不同，士兵的肩膀上都落了許多白雪，軍帽的帽舌也都染成了雪白色。在看到幻影的瞬間，清顯想：其實那些人都是死了的士兵。群集在那裡的數千名士兵，不僅是為了憑弔戰友才聚集起來，也是為了憑弔自己才低下頭來的。

幻覺旋即消逝，眼前展現了變化著的景色：高圍牆裡的一棵巨大古松上，懸掛著新繩，把松枝吊了起來，新繩呈現了鮮明的麥色，好不容易把積雪掛住了。沿街整個二樓的毛玻璃窗戶都關得嚴嚴實實，隱約透出了白晝燈火的亮光，這一幕幕情景，透過飛雪呈現在眼前。

「請把車篷放下來吧。」聰子說。

車篷的帷帳一經放下，車廂內又恢復習慣了的昏暗。然而方才的陶醉氣氛卻一去不復返了。

「她是怎樣接受我的接吻的？」清顯又陷入慣常的疑惑之中。「她會不會覺得我忘乎所以、自我陶醉、太稚氣、太不像話了呢？的確，那時候我只顧沈湎在自己的喜悅之中。」

這時聰子說：「該回家了！」這句話確實是合乎情理。

「她又任意發號施令了！」清顯這樣暗自思忖，頃刻間他卻放過了表示異議的機會。假使清顯這時說聲「不回去」，那麼骰子勢必攥在清顯手裡。清顯只是用手去觸摸這個不習慣拿住的沈重骰子，令人感到指尖也是冰冷的，這個象牙骰子還不是屬於他的。

十三

清顯回到家裡，搪塞地說：因爲覺得冷就提前放學回家了。母親到清顯的房間裡探望兒子，她執意要給他量體溫，正在大肆張羅的時候，飯沼來報告說：本多打電話來了。

清顯費了很大勁才阻止母親要代替自己去接電話。他自己無論如何也要去接這個電話，於是家裡人用喀什米爾羊毛毯從後面裹住了他的後背。

本多是借用學校教務課的電話掛來的，清顯的聲音顯得有點不愉快。

「今天有點事，臨時早退離開了學校。上午就沒有上課，這件事對家裡要保密啊。感冒？」清顯一邊留意著電話室的玻璃門，一邊用充滿憂鬱的聲音繼續說，「感冒不算嚴重。明天就能上學，到時再詳細告訴你……本來只休息一天，何必擔心給我掛電話呢。未免小題大作了吧。」

本多把電話掛上，覺得自己一片好心反而遭惡報，滿心委屈，萬分惱火。他對清顯從來沒有這樣惱火過。比起清顯這種冷淡不快的聲調和無禮怠慢的應酬態度來，更重要的是，他的聲音裡充滿了一股非出自本意要朋友爲他保密的遺憾情緒，刺傷了本多的心。迄今本多的記憶裡，自己從未曾強求清顯保密過任何一件事。

本多心情稍冷靜下來後，便反省道：「我也是，人家只休息一天，何必就給他掛電話慰問呢……」這種急性子的慰問，不僅是出於友誼的細膩感情，而且是由於他被一股無以名狀的不吉利的思緒所纏繞，才在休息的時間，從落滿雪花的學校操場跑去借用教務課的電話。

從早晨起，清顯的座位一直空著。這情景給本多帶來了一種可怖感，彷彿早先可怕的事情如今呈現在他眼前了。清顯的桌子靠近窗邊，窗外的雪光，從正面映射在這張新塗青漆的、古舊的、磕碰得傷痕累累的桌子上。桌子恍如蒙上白布的坐棺……

回到家後，本多的心依然鬱鬱寡歡。這時，飯沼來電話提出要求說：清顯對剛才發生的事非常抱歉，今晚將派車來接你，你能來一下嗎？飯沼這種低沈而生硬的聲調，使本多更加不快，他一口回絕說：待清顯上學後，屆時再慢慢談吧。

清顯從飯沼那裡聽到了這樣的回覆，苦惱萬分，彷彿眞的生病了。於是，深更半夜，清顯本來沒什麼事，卻把飯沼喚到房間裡來，對他說：

「都是聰子不好。眞的，女子會破壞男子之間的友情啊。如果不是聰子一大早提出那種任性的要求，何至於使本多那樣惱火呢。」

飯沼聽後大吃一驚。

深夜雪停息了。翌日是個大晴天。清顯不顧家裡人的勸阻，上學去了。他希望比本多先到學校，以便主動向他請早安。

然而，一覺醒來，接觸到這光燦燦的清晨，清顯的內心裡喚起一股按捺不住的幸福感，他把本多又當作另一個人了。本多進來的時候，清顯向他微笑，本多也若無其事地報以恬淡的微笑。在這之前，清顯本想把昨天早晨發生的事向本多和盤托出，現在他改變了主意。

本多報以微笑，卻不想說話。他把書包放在桌屜裡後，走到窗邊，眺望著雪過天晴的景色。看了看錶，大概是看準了距上課還有半個多鐘頭吧，他轉身就走了出來。清顯自然緊跟在他的後面。

木造二層樓房上的高中科教室旁邊，修建了一座以亭榭為中心、幾何學式布局的花壇，花壇盡頭是懸崖，懸崖下是一片名叫洗血池的沼澤地，四面環繞叢林，闢了一條小徑通向叢林。清顯心想：本多不至於下到洗血池吧。剛化雪的下坡小徑多難走啊。果然本多在亭榭停下了腳步，他拂去落在椅子上的雪花，坐了下來。清顯從白雪覆蓋著的花圃中間，走到本多身邊。

「幹麼跟著我？」本多說著，瞇起眼睛望了望清顯。

「昨天都是我不好。」清顯直率地道了歉。

「算了，你是裝病吧？」

「嗯。」

清顯走到本多身旁，同樣把落雪拂去，坐了下來。

雪光耀眼，瞇起眼睛凝望著對方，可以使感情的表層鍍上了金，有助於立即消除不愉快的情緒。站著可以透過掛滿雪花的樹梢縫隙望及沼澤地，可是一坐在亭榭裡就看不見了。從校舍的房檐、亭榭的屋頂、四周的叢林，都一齊傳來了清脆的融雪的滴水聲。以不規則的凹凸不平地覆蓋著四周花圃的白雪，表面已經凍結、下沈，恍如一塊粗糙的花崗岩橫斷面，反射出細密的光。

本多原來以爲清顯肯定會向自己坦白心中的秘密，但又不能承認自己在等待他的坦白。一半是希望清顯什麼也別對自己說，一半是忍受不了友人像施以恩惠似地將祕密告訴自己。於是，本多主動繞彎子說：

「前些時候我就個性問題做了一番探索，我想，自己至少要在這個時代、這個社會、這個學校裡做一個非同凡響的人，你也是這樣吧。」

「那是啊。」清顯勉強地、有氣無力地回答了一句。這種時候，他更加飄逸著他那獨特的天眞。

「然而，再過一百年會怎麼樣呢？不管我們願意不願意，都會被捲入一個時代思潮之中。只能這樣看待，別無他法囉。美術史各個時代的不同樣式，無情地證明了這點。在一個時代的樣式中生活，誰都不能不通過這個樣式去看待事物。」

「可是，現在的時代有什麼樣式嗎？」

「你只是想說明明治的樣式已經快消亡是嗎？但是，人生活在一種樣式中，是絕對看不見這種樣式的；所以我們肯定也是被這種樣式所包圍。就像金魚生活在魚缸裡，牠自己不能自覺一樣。

「你只生活在感情的世界裡，在別人看來，你正在發生變化，你自己也認爲自己是忠實於個性而生活的吧。不過，沒有任何東西足以證明你的個性。同時代人的證言一句也沒有。也許你的感情世界本身就表現了時代樣式的最純粹形式……可是，這也是沒有任何東西可以證明的。」

「那麼，什麼才能證明呢？」

「時間。只能是時間，時間的流逝，把你我也包括在內，我們在不覺之間，殘酷地把時代的共通性都拽了出來……於是把我們完全都混在一起，當作『大正初年的青年，是這樣地思考問題、這樣地穿著、這樣地說話的』。你很討厭劍道部那幫傢伙吧？心中充滿了蔑視那幫傢伙的情緒吧？」

「嗯。」清顯應了一聲。一股通過褲腿漸漸鑽了進來的冷空氣，使他心情很不痛快。在緊挨亭榭的欄杆旁邊，正是白雪滑落後的山茶樹的樹葉，耀光閃閃，豔麗奪目。清顯把視線投在晶瑩的輝光上，說：

「嗯。我很討厭那幫傢伙，很蔑視他們。」

如今，本多對清顯這種有氣無力的答應，不感到吃驚了。於是，他接著又說：

「那麼，再過幾十年你和你最輕蔑的那幫傢伙，倘若都被混在一起同等看待，你想像這種情景會怎樣，那幫傢伙粗笨的腦筋，感傷的靈魂，喜歡用文雅的語言罵人的狹隘心胸，欺侮低年級生、瘋狂崇拜乃木[1]將軍、每朝以打掃明治天皇御植的楊桐樹四周作為妙不可言的樂趣的神經……把這樣一伙人同你的感情生活，都草率地一包在內，同樣看待。

「於是，在這基礎上，如今我們生活的時代概括的眞實，就輕易地被捕捉住了。就像剛剛被攪混的水平靜下來，旋即在水面上鮮明地泛起油的彩虹一樣。不錯，我們的時代的眞實，要在我們死後才容易分離，這是誰都看得一清二楚的。這個所謂的『眞實』。一百年之後，人們才會明白它完全是一種錯誤的想法，我們就將被當作一個時代具有某種錯誤思想的人，包括在人們的這種概觀中去。

「你認為這種概觀中，以什麼作為基準呢？是這個時代的天才的思想嗎？是偉大人物的思想嗎？不對。後來給這個時代下定義的標準，就是我們和劍道部那幫傢伙的無意識的共通性，也就是我們最通俗的最一般的信仰。所謂時代，總是被包括在一種愚神信仰之中的。」

清顯不知道本多究竟想談什麼。但是聽著聽著，他感到心中多少也有一種思想的幼芽在萌動。

二樓教室的窗口，可以望見幾個學生的腦袋。其他教室緊閉的窗玻璃上，反射著耀眼的朝陽，映現出天空的蔚藍。這是早晨的學校景象。清顯把這同昨天飄雪的清晨相對比，感到自己已從昨天那種官能的黑暗動搖中，本非所願地被拉到現在這明亮雪白的理性庭園裡。

「這就是歷史吧。」清顯說。每次發表議論的時候，他總無遺憾地感到自己的腔調顯得比本多幼稚得多，但他還是想擠進本多的思考中。「那麼說，不管我們想什麼，希望什麼，感慨什麼，都絲毫動不了歷史的一根毫毛囉。」

「對啊。正如西方人總是以爲拿破崙的意志推動了歷史一樣。人們總是以爲。是你祖父他們的意志創造了明治維新。

「可是，果眞是這樣嗎？歷史曾有過哪一次是按人們的意志爲轉移的嗎？看到你，我總不免會這樣想：你既不是偉人，也不是天才，你卻具有異樣的特色。在你的身上，完全缺乏意志。一想到這樣一個你和歷史之間的關係，我就總感到饒有興味。」

「你在嘲諷我嗎？」

「不，不是嘲諷。我是在思索有關干預完全無意志的歷史的事。例如，倘使我抱著某種意志……」

「你確是抱著意志的啊。」

「倘使我抱著要改變歷史的意志，那麼我就要獻出我的一生，拿出全副精力和全部財產，努力按照自己的意志去扭轉歷史。同時，也要攫取能實現這個目的的盡可能高的地位和權力。即使如此，歷史也未必按照我的意志發展成美滿的形狀。

「百年、二百年或者三百年之後，也許歷史突然和我毫無關係，呈現出正是我的夢、理想和意志所追求的模樣。也許歷史就會採取正如我在百年前、二百年前夢寐以求的形狀出現。以我的眼睛認爲的美和微笑，冷淡地在鳥瞰我，在嘲諷我的意志。

「這就是人們常說的所謂歷史吧。」

「這不是一個時機問題嗎？不是時機終於成熟了嗎？不說一百年，就說三十年、五十年，這種事也將會經常發生的。也許歷史採取這種形式出現的時候，你的意志也就喪失，然後變成一根肉眼看不見的、潛在的細絲，幫助了歷史的成就。倘若你一次也沒有獲得在這個世界上生存的機會，那麼，即使你再等幾萬年，歷史也不會採取這種形式出現的。

對這些抽象的話，清顯毫無親切感，就好像自己的身體在冷颼颼的森林中，隱隱地冒出一股熱氣。多虧本多，他才體驗到這般興奮。對清顯來說，這種愉快始終是非本意的。不過，環顧了枯木落在覆蓋著白雪的花圃上的長長影子，和充滿清脆滴水聲的茫茫大地之後，清顯覺得，本多雖一邊直觀了自己昨天的記憶中那股熾熱而豔美的幸福感，一邊卻又明顯地無視這種幸福感，他十分高興，感到這是似雪一般潔白的裁決。這時一大堆雪從校舍的屋頂上滑落了下來，屋頂上露出了亮亮晶的黑色瓦片。

「到那時候，」本多接著又說，「一百年後，假使歷史採取我所想像的形式，你把它叫做什麼樣的『成就』呢？」

「那無疑是一種成就吧。」

「那麼是誰的呢？」

「是你的意志唄。」

「別開玩笑。那時候我早已歸天。剛才我也說過了嘛。那是在和我毫無關係中發展起來的。」

「你不認爲那是歷史的意志成就嗎？」

「歷史有意志嗎？把歷史擬人化總是危險的啊。依我的想法，歷史是沒有意志的，同我的意志又是毫無關係。因此，結果並非是從任何意志產生的，這種結果絕不能說是『成就』。證據就是，歷史的虛假成就，從轉眼的瞬間就開始崩潰了。

「歷史總是要崩潰的；同時，它又在準備下一個徒有虛名的結晶。歷史的形成和崩潰，彷彿只具有同一的意義。

「這種事我很清楚。但我和你不同，我不能不做一個有意志的人。就說意志吧，它也許是我被強制的性格的一部分。這確實的事，對誰也不能說的。但是似乎可以說，人的意志在本質上是『企圖與歷史發生關係的意志』；我並不是說，它是『與歷史發生關係的意志』。意志與歷史發生關係幾乎是不可能的事，它只是『企圖發生關係』而已。這又是所有意志都具備的宿命。當然，意志是不願承認一切的宿命。

「以長遠的目光來看，所有人的意志都將遭到挫折，不能如願以償，這是人之常情。這種時候，西方人是怎樣考慮的呢？他們認爲『我的意志就是意志，失敗是偶然的』。所謂偶然，就是排除所有因果規律、自由意志所能承認的唯一非業[2]目的性。

「因此，西方的意志哲學不承認『偶然』就不能成立。所謂偶然，就是意志最後逃遁的場所，是賭博的勝敗……沒有這個，就無法說明西方人的意志一再受挫折和失敗。我認爲這種偶然，這種賭博，才是西方的神的本質。既然意志哲學最後逃遁的場所是作爲偶然的神，那麼就只有這樣的神才能鼓舞人的意志。

「假若這個偶然都全被否定了，將會怎麼樣呢？假若任何勝利和失敗都被認爲沒有任何偶然的作用餘地，又將會怎麼樣呢？這樣一來，所有自由意志逃遁的場所就會喪失殆盡。沒有偶然的存在，意志就將失去賴以支撐自己身體站立的支柱。

「你試想想這種局面好囉。

「那裡是白晝的廣場，意志獨立站立，佯裝著依靠自己力量站立，且其自身也有這樣的錯覺。在灑滿陽光沒有花草樹木的大廣場上，它所擁有的只是自己的影子。

「這時候，萬里無雲的晴空，不知從哪裡傳來了震耳的轟鳴。

「偶然死了，偶然這個玩意兒是沒有的。意志啊！從此你就永遠失去自我辯解了吧。

「聽到這聲音的同時，意志的軀體也在開始衰頹、開始融解。肉體腐爛脫落，眼看著骨頭裸露，流出透明的漿液，連這骨頭也開始軟化、融解了。意志用雙腳牢固地踩踏著大地，然而這種努力絲毫無濟於事。

「充滿白光的天空，發出可怕的聲音崩裂了。正是在這時候，必然之神就從裂縫中探出頭來……

「……無論如何，我也只能這樣想像著必然之神的面孔是可怕的，是不吉利的。這肯定是我意志的性格弱點。但是，倘使毫無偶然，意志也就變得無意義，歷史也就變成只不過是因果規律隱約可見的大鎖上所長的鐵鏽，干預歷史的東西就變得只有一個，那就是光輝的、永遠不變的、美麗粒子般的無意志作用。只有在那裡，人的存在才有意義。

「你不會懂得這些。你也不會相信這種哲學。恐怕你稀里糊塗只相信自己無個性，勝過相信你自己的美貌、變幻無常的感情、個性和性格。對吧？」

清顯無法回答，又不覺得自己是受了侮辱。於是他無可奈何地微笑了。

「對我來說，這就是一個最大的謎。」本多嘆息地說，這種真摯的樣子顯得近乎有點滑稽。這種嘆息在朝陽中形成一道白氣飄逸起來。清顯望著望著，覺得它彷彿以一種摯友對自己關心的朦朧形式表現出來。他心裡暗暗地增強了自己內在的幸福感。

這時候，上課鈴響了，兩個青年站了起來。有人從二樓的窗口把堆積在窗邊的雪團，投擲在他們兩人的腳旁，濺起了閃亮的飛沫。

①乃木，即乃木希典（一八四九～一九一二），日本陸軍大將。

②業，佛語，本來的意思是行爲，與因果關係結合，由行爲帶來結果的潛在力量，行爲必有善惡、苦樂的果報，其影響力被認爲是業。

十四

父親把書庫的鑰匙交給了清顯。

松枝家正房朝北角落上的一間房子，是很少有人光顧的。父親侯爵是個不讀書的人，卻將從祖父那裡繼承的漢文書籍，還有出自知識的虛榮心而從丸善書店購來的大批洋書，以及別人贈送的各種圖書，都收藏在這書庫裡。清顯入大學預科的時候，父親像是把知識的寶庫移交給兒子一樣，鄭重其事地把書庫的鑰匙交給了兒子。只有清顯一人隨時可以自由進出書庫，那裡還有與父親很不相稱的許多古典文學叢書和兒童讀物全集。出版這些書的時候，出版社贈送全套叢書，交換條件是要父親提供他穿大禮服的照片，撰寫簡短的推薦文章，以及松枝侯爵用泥金寫的薦言。

但是，清顯這個人也沒有充分使用這個書庫，因爲他喜歡夢想，超過愛好讀書。

飯沼每月向清顯借一次鑰匙，開書庫打掃衛生。對他來說，光是上一代人留下的這些豐富的漢文書籍，他就感到這個書庫是這宅邸裡最神聖的房間。他把這書庫稱爲「御文庫」，光嘴上說一聲這個名字，就充滿一種敬畏之念。

清顯和本多取得和解的當天晚上，在飯沼上夜校之前，他把飯沼叫到房間裡來，一聲不吭地把鑰匙交給了他。每月打掃書庫的日子是固定的，而且都在白天進行，飯沼有點詫異：爲什麼在這個意外的日子，且又是在晚上把鑰匙交給自己呢？鑰匙宛如一隻被揪了翅膀的蜻蜓，黝黑地躺在質樸的厚掌心上……

很久很久以後，飯沼還不知多少次回想起這一瞬間的往事。

那鑰匙多麼像隻裸露的、被揪了翅膀的蜻蜓，以一種殘酷的姿勢躺在自己的掌心上。

他久久地思索著這件事的意義，百思不得其解。好不容易在清顯說明之後，他不禁義憤填膺，氣得渾身發抖。與其說是對清顯動怒，莫如說是任意生自己的氣。

「昨天早晨你幫我逃學，今天輪到我來幫你逃學吧。你裝著上夜校，走出家門，然後繞到後面，從書庫旁邊的木門走進家裡，用這把鑰匙打開書庫，在書庫裡等著就行。不過，絕對不能點燈。從裡面把門反鎖起來就安全了。

「蓼科經常教給阿峰一些信號。蓼科給阿峰掛電話說：『聰子小姐的香袋什麼時候能做好？』這詢問就是一個信號。阿峰做香袋和別的小手工藝品是個行家能手，大家都拜託她做。那麼，安排聰子也拜託她繡個金線香袋，打電話催促一下，是不會有任何不自然的。

「阿峰一接過這種電話，掐算好你下夜校的時間，她就去輕輕敲書庫的門，那就是要見你啦。這時間正是晚飯後，人聲嘈雜，阿峰三、四十分鐘不在場，誰也不會注意的。

「蓼科的意見是，你和阿峰在外面幽會反而危險，很難辦到。因爲女侍外出必須找各種藉口，反而會引起懷疑。

「我覺得這也合理，沒有同你商量，就自作主張，給你安排了。阿峰今晚已經接到蓼科的信號電話。你一定要到書庫去，不然，阿峰就太可憐啦！」

聽到這裡，飯沼被逼得走投無路，他的手在顫抖，鑰匙差點兒從手中掉落下來。

……書庫裡非常寒冷。窗上只掛著細白布簾，後院的燈光隱約地透射進來，昏暗得連書名都看不清楚。書庫裡充滿一股霉味，彷彿冬天裡蹲在淤積的臭水溝邊上。

但是，飯沼基本上把什麼書放在哪個書架上都記住了。上代人幾乎讀破了的線裝書《四書講義》，整個書套全沒有了。《韓非子》、《靖獻遺言》和《十八史略》也擺在那裡。過去掃除的時候，他偶爾翻開的一頁上有賀陽豐年的《高士吟》。他還知道有和漢名詩選鉛印本。他打掃的時候，這篇《高士吟》最能安慰他的，是如下的詩句：

一寶何堪掃
九州豈足步
寄語燕雀群
可知鴻鵠路

他很熟悉這首詩。清顯知道他很崇拜「御文庫」，特意安排這裡作爲他們的幽會地點……對了，剛才清顯在敘述這親切的計畫時，話語裡就含有讓人立即可以領會的冰冷的陶醉。清顯希望事情的結果是：由飯沼用自己的手，去冒瀆這個神聖的場所。回想起來，打英俊少年時代起，清顯經常無言威脅著飯沼的就是這股力量。冒瀆是快樂的。必須讓飯沼把自己最珍視的東西，由飯沼自己去冒瀆它，這時這種快活就宛如把一片生肉纏在獻神的潔白紙幣上一樣的快樂……自從飯沼屈服之後，清顯的這股力量變得無比強大。但使他難以理解的，是在所有世人看來，清楚的快樂越是美好而純潔，飯沼的快樂就越發增添污穢罪過的重量。這麼一想，他就更明顯地看到自身的卑賤。

書庫的天花板上傳來了耗子慌忙逃竄的聲音，還有受壓抑般的叫聲。上個月大掃除時，將許多除鼠的帶刺栗子外殼放在天花板上，還是沒有多大效果……飯沼突然想起他最不願回憶的事，全身不寒而慄。

每次看見阿峰的臉，眼前便掠過一個污點般的幻影，即使想拂除也拂除不掉。過一會兒，阿峰溫馨的身軀即將來到這黑魆魆的房間裡，到時必定會擋住這種思念。恐怕清顯早已明白了，只是嘴上不說。飯沼以前也知道，不過他絕不對清顯提及罷了。在這宅邸裡，這件事算不上什麼嚴格的祕密，他也就越發感到這是難以忍受的祕密。他深感苦惱，就像腦子裡總有一群骯髒的老鼠在亂竄……侯爵早已染指阿峰。現在偶爾仍……他想像著老鼠那雙布滿血絲的眼睛，和牠們絕對的悲慘。

天氣格外寒冷。平時早晨去參拜祖先廟，再冷也能挺起胸膛走。現在他只覺得一股冷氣從他的脊背悄悄爬了上來，好像將膏藥貼在他的肌膚上一樣，弄得他渾身顫抖。阿峰一定會裝作若無其事的樣子，相機離開坐席。

等候的時候，飯沼心頭湧上一股迫切的慾望，各種討厭的想法、寒冷、悲慘和霉臭，這一切都使他心潮起伏。他感到這一切如同臭水溝的垃圾，觸犯了他的小倉產裙褲之後緩緩地流去了。他覺得「這就是我的快樂！」一個二十四歲的男子漢，這年齡的男子漢正適合獲得任何榮譽、適合於幹任何輝煌的行動。

傳來了輕輕的敲門聲，他霍地站了起來，身體猛撞在書架上。他打開了門鎖，阿峰側著身子溜了進來。飯沼反手把門鎖上，然後抓住阿峰的肩膀，魯莽地把她推到書庫的深處裡去。

不知怎地，這時候飯沼的腦子裡，浮現出一堆骯髒殘雪的顏色，那就是剛才他從書庫後面繞過來時，看到書庫外側牆上被耙拉在一起的那堆髒雪。而且不知爲什麼，他偏偏就想在同那堆髒雪僅一牆之隔的角落裡侵犯阿峰。

飯沼由於幻想而變得殘酷起來，另一方面又深深地可憐阿峰，他之所以越來越殘酷，心中似乎隱藏著一股對清顯進行報復的情緒。他發現這種情緒時，就變得更加殘忍了。沒有發出一點聲音，時間也很短暫，阿峰就聽任他的擺布了。對她如此溫順地就屈服了，飯沼感到這是和自己同類者的溫柔而周密的理解，把他的心刺傷了。

但是，阿峰的溫柔未必來自那裡。怎麼說呢，阿峰本是個活潑開朗的姑娘，對阿峰來說，飯沼沈默寡言中帶著恐怖的色彩，慌亂而尖硬的指尖，都只能使她感到是一種拙笨的誠實。這場面竟如此可憐，這是做夢也沒有想到的。

阿峰突然感到被掀起的衣服下擺底下一陣冷颼颼的，彷彿接觸到一塊黑魆魆的冰冷鋼板。在昏暗中，她抬頭仰望，看見擠滿暗淡金字書脊和套裝書的書架，從四面八方向自己壓將過來似的。必須從速。在她不曉得的地方，做好周到的準備，就得迅速將身子藏在這細小的時間縫隙裡。不管心情有多麼壞，她總使自己的存在與這縫隙適應得恰如其分，她知道，只要在那裡溫順敏捷把身子藏起來就可以了。她的身體小巧玲瓏、豐滿成熟，皮膚細柔光潤，她所盼望的，只是一個能與這些相適應的小小墳墓吧。

若說阿峰愛飯沼，一點也不言過其實。人家追求她，她也能深深懂得追求她的人的優點，而且不同其他女侍一起輕蔑地譏諷和笑話飯沼。阿峰以自己的女性感情，直接去感受這個長期以來受到摧殘的男性。

她突然覺得，眼前呈現廟會一片光明而熱鬧的景象。乙炔燈強烈的光和臭氣、汽球、風車，以及形形色色的糖果光彩，在黑暗中浮現爾後又消失了。

……她在黑暗中醒過來了。

「為什麼把眼睛睜得這麼大？」飯沼以焦急的聲調說。

一群老鼠又在天花板上亂竄起來。腳步聲是那樣細碎而飛快，老鼠亂作一團，宛如在遼闊原野的黑暗中，從這個角落疾竄到另一個角落。

十五

按老規矩，寄到松枝家的信件，總得先經過侍者山田的手，把它整整齊齊地放在描金花紋的漆盤裡，然後由山田親自分送給各位主人。聰子了解了這種情況，很注意這點，就決定讓蓼科傳遞，親自將書信交給飯沼。

忙於準備畢業考試的時候，飯沼接到了蓼科交給他的信，他萬無一失地把信送到清顯手裡。聰子的情書內容是：

想起那個雪花紛揚的清晨，以及晴空萬里的翌日，我心中依然不斷地飄著幸福的雪花。那一片片的雪花都聯繫著你的面影，我思念你，甚至希望能生活在三百六十五天天天都下雪的國家。

如果我們生活在平安時代，你將會贈詩給我，我也將會賦詩回贈。我幼年就學了和歌。可是在這種時候，我卻沒能寫出任何一首和歌，足以表達我的心境。我感到震驚。也許是由於我缺乏才氣的緣故吧。

我提出了那樣任性的要求，你欣然答應了，我很高興。請你不要以爲這是我的喜悅的全部。這如同你以爲我是個想思慕就思慕你才感到高興的女子一樣。這是最痛苦的。

最使我感到高興的，是你那顆善良的心。你看透了隱藏在我這任性的願望底層無可奈何的心情，你什麼也沒有說就帶我去賞雪了。你這顆善良的心，使我實現了隱藏在我內心深處最羞恥的夢。

清顯，回想起那時的情景，我現在彷彿還感到又羞恥又高興，以至全身顫慄。在日本，把雪的精靈叫做雪女。我記得，在西方的傳說故事裡，似乎是指年輕美貌的男子。我的主觀印象是你那副身穿莊重制服的英姿，正像誘拐我的雪的精靈，我融化在你的俊美中，就這樣融解在雪地裡凍死了，我感到也是幸福的。

……信的最後一句話是：

切盼閱畢付諸一炬

這封信，直到最後一行也是洋溢著綿綿的情意。然而，清顯覺得信的行文十分優雅，但在一些地方卻表現出迸發似的官能性，他不禁爲之一驚。

讀完信後，讀的人欣喜若狂。過了一會兒，他又覺得她的優雅，就像學校的教科書。聰子似乎教會了他：眞正的優雅是不怕任何淫亂的。

如果說出現賞雪的早晨那種事，證實了兩人是彼此相愛，那麼每天都想見見面，哪怕是幾分鐘，這恐怕是很自然的吧？

清顯卻沒有動這樣一份心。猶如迎風招展的旗幟，只是爲了感情而生活，很奇怪，這種生活方式竟容易使人逃避自然的發展趨勢。爲什麼呢？因爲自然的發展趨勢給人這樣的感覺：它會使人受到自然的牽制，而遇事總討厭被人牽制的感情，此後就想擺脫出來。這樣，反而會束縛住自己本能的自由。

清顯所以暫時一段時間不會見聰子，並非出於克制自己，更不是像戀愛的人們那樣，熟知愛的法則。從某種意義來說，這是由於他滯澀的優雅，也是由於同虛榮心接近的未成熟的優雅所致。聰子的優雅所具有的自由，甚至達到了淫亂的地步，因此他感到妒忌和自卑。

如同水倒流回它熟悉的水路一樣，他的心又開始愛起痛苦來了。他極端任性，同時又好作嚴格的夢想，他對這種想見而又不能見的無可奈何的狀態，毋寧說是感到焦躁，他討厭起蓼科和飯沼多管閒事的引導來了。他們的活動可以說是清顯純潔的感情之敵。清顯感到彷彿從自己的純潔感情中，編織出來咬噬自己身心的苦痛和想像力的苦惱，這傷害了他的自尊心。戀愛的苦惱本來就應該是多彩的編織物，他這小小的家庭作坊裡，卻只有純白一色的絲線。

「我的戀愛總算發展到高潮的時候，他們究竟想把我帶向何處呢？」

但是，一旦把所有的感情都規定爲「戀愛」的時候，他就不得不重新變得難以取悅了。

一般少年不免要爲初吻的回憶而陶醉，甚至忘乎所以。可是，對這位爲愛情過於魂牽夢縈的少年來說，初吻的回憶越發成了刺傷自己的心的事件了。

那瞬間，的確閃爍著恍如寶石般的快樂；也只有那瞬間，深深地鑲嵌在他的記憶裡，這是無容置疑的。四周是曖昧的深深地鑲嵌在他的記憶裡，這是無容置疑的。四周是曖昧的占卜，在茫茫的灰色雪地中央，一縷縷飄忽不定的情思，不知從何處開始也不知何處終止，只覺得當中確有一顆明亮的紅寶石。

這種快樂的記憶和心靈的創傷越發背道而馳，他感到苦惱。到了最後，他又把這種思緒納入早已熟悉的，令人心情暗淡的記憶中；也就是說，他把那個初吻，當作是從聰子那裡得到的、一種莫名其妙的屈辱記憶。

他想寫封盡量冷淡的回信，好幾次寫了又撕，撕了又寫；終於寫成了一封自信像冰一樣的情書傑作。擱筆的時候，他發現自己不知不覺間竟以上次的那封彈劾信作爲前提，採用了盡知天下女人的男性的文體。這個瀰天大謊，這回可使自己吃盡了苦頭。所以清顯又重寫，他把男子平生第一次嚐到初吻滋味的喜悅心情，都如實地寫了出來，寫成一封充滿稚氣的、熱情洋溢的信。他閤上眼睛，把信裝在信封裡，伸出美麗而光潤的淡紅色舌尖，把信封封口上的膠水舔濕。那是一種淡淡的、甜絲絲的藥水味。

十六

松枝宅邸本來是以紅葉而出名的，櫻花也有其獨特的美。直到正門八百多公尺遠的林蔭道上，許多櫻樹混雜在松樹裡。特別是從洋房二樓的陽台上眺望，林蔭道上的櫻樹和相連前院大銀杏樹的幾棵櫻樹，以及圍繞著丘陵草坪——昔日清顯慶賀「夜月」的地方——的櫻樹，還有那與湖相隔的紅葉山上爲數不多的櫻樹。一展望，這些景色盡收眼底。許多人盛讚這裡比起在遍地種著櫻樹的庭園裡賞花，別有一番情趣。

春夏兩季，松枝家照例要舉行三大儀式：三月的女兒節、四月的賞花節和五月祭祀先祖的「神宮節」。自先帝天皇駕崩以來還不到一年，今年春上決定女兒節和賞花節只在內部舉行，婦女們的沮喪就非同一般了；因為前一年冬天她們就開始為女兒節和賞花節下功夫做準備，還不斷地傳聞將邀請當年最紅的餘興藝人來表演，這一切不時激起她們等待春天的心潮。取消這種儀式，也就等於廢止了春天。

尤其是鹿兒島式的「女兒節」，通過應邀來訪的西方客人的宣傳，早已名揚外國。其聞名度使得在這季節裡來訪的西方客人，甚至要託人求情才能受到招待呢。一對牙雕古裝偶人①那副春寒般的臉頰，在燭光的照耀、紅地毯的映襯之下，顯得更加冷若冰霜。可以窺見這道白光，投射在由衣冠束帶和十二單衣②裏著的偶人細長的脖頸子上。這上百舖席寬的大客廳裡，全鋪上了紅地毯，從方格子天花板上吊下了不計其數的精緻繡花球，到處張貼著風俗人物的貼花。據說每年二月初，一位名叫鶴的貼花老名人上京精心致力於製作貼花，她有句口頭禪，動不動就說：「悉聽尊便。」

送走了華麗的女兒節，又迎來了賞花的季節。當然，賞花並不大肆張揚，但可以預想到會比起初下達的通知要華美得多。因為洞院宮已經非正式表示要蒞臨參觀。

侯爵好講排場，由於顧忌世人的耳目正在感到沮喪的時候，當然欣快接受洞院宮的來訪。這位相當於天皇的堂兄弟，敢冒清規，於居喪期間外出，侯爵也就有名目布置得排場些了。

前年洞院宮久治王殿下，也曾碰巧作為皇室代表前去參加暹羅國拉瑪六世的加冕典禮，同暹羅王室的交誼較深，侯爵也就決定把巴塔納迪多殿下和庫利沙達殿下都請來。

一九〇〇年奧林匹克運動會時，侯爵在巴黎，有機會接近洞院宮，給他當嚮導尋花問柳。回日本後，洞院宮經常喜歡同他交談彼此投緣的話，諸如「松枝，有三鞭酒的噴泉那家非常有意思哩。」

賞花日期定在四月六日，剛過了女兒節就得著手籌備，松枝一家的生活也繁忙起來了。

清顯無所事事地度過了春假，父母勸他去旅行，他也毫無興趣。儘管不那麼頻繁地會見聰子，卻也不願離開聰子所在的東京，哪怕是暫時的。

他以充滿預感的可怕心情，迎來了緩緩而至的冷徹春天。在家中他百無聊賴，就去造訪平素不大踏足的祖母的養老之地。

他所以不常去造訪祖母的養老所，理由是祖母總是改不了把他當作小孩看待的脾氣，以及祖母動輒就數落起母親來。祖母常常擺出一副嚴肅的面孔，生就男性的肩膀，顯得十分強健。祖父辭世之後，他就不願在社會上露面，過著彷彿一心只盼死的生活。她常常只吃一丁點食物，卻反而變得更加硬朗了。

老家一來人，祖母從不忌諱誰，就用鹿兒島腔說了起來。而同清顯的母親和清顯談話，她則使用多少帶楷書式的生硬的東京腔，這種腔調在「力」字上缺少鼻音，聽起來更覺得生硬了。聽到祖母這般說話，清顯覺得是祖母有意保持這種腔調的，這無形中斥責了他的輕浮，因爲他輕易地發出東京腔的鼻音。

「聽說洞院宮殿下要光臨賞花，是吧？」在被爐邊上取暖的祖母，迎接清顯之後，劈頭就問了一句。

「嗯，有這麼回事。」

「我還是不打算出席。你母親來邀我，可我早已是深居簡出的人，我這樣會更舒坦些。」

然後祖母擔心清顯虛度光陰，便規勸道：學點輕鬆的擊劍怎麼樣？她埋怨地說：把原有的練武場破壞之後就在那裡蓋起了洋樓，打那時候起，松枝家就開始行衰運了。清顯心中對祖母這個意見是贊成的，因爲他喜歡「衰運」這個詞兒。

「你叔叔他們還活著的話，你父親也就不能這樣放肆囉。我覺得招待皇家，浪費錢財，除了出出鋒頭以外，沒什麼可取嘛。一想起沒有享受過榮華富貴就戰死了的兒子們，我就實在沒有心情同你父親他們在一起娛樂了。就說遺屬撫恤金吧，喏！還是原封不動地擺在神龕上，沒有動用嘛。一想到這是兒子們所流的寶貴的血的補償，是天皇恩賜的錢，哪能忍心去花它呢。」

祖母喜歡念這套倫理道德經，可她的吃穿乃至零用錢、使喚女侍，一切都是侯爵無微不至的關照。清顯往往懷疑祖母自己是鄉下人，是不是不好意思，才回避同那些洋氣十足的人交際吧。

清顯只有同祖母相會的時候，才擺脫了自己和包圍著自己的所有虛僞環境，接觸到最親近、最質樸而又剛健的血液，所以他覺得十分愉悅。毋寧說，這是一種帶有諷刺意味的愉悅。

祖母那雙粗大的手是這樣，那副恍如用粗線條一筆畫下來的臉龐是這樣，那張嚴肅的嘴唇線條也是這樣。不過，祖母不僅淨講些固執的話，她還突然用伸在被爐裡的腿碰了碰孫子的膝蓋，揶揄地說：

「你一來，這養老所的婦女們就頓時熱鬧起來了，眞不好辦哩。在我的眼裡，你還是個乳臭未乾的孩子，可在她們的眼裡就不一樣囉。」

他凝望著那張懸掛在牆壁橫木上兩位叔叔身穿軍服的照片，它已模糊不清了。他覺得那軍服和自己之照片，卻使自己感到自己和照片之間的距離竟是這麼遙遠。清顯帶著交織微微不安和傲慢的心情，想道：

或許我這個人天生就是在流淌感情的血，而絕不是在流淌肉體的血吧。

緊閉著的拉窗上，灑滿了陽光。六鋪席寬的起居室裡，溫暖得讓人感到拉窗紙恍如白色的半透明繭衣，人在其中沐浴著透射進來的陽光。祖母突然開始昏昏欲睡。在這明亮的房間裡，清顯默默地靜聽著掛鐘清晰的「滴答」聲。祖母稍耷拉下腦袋就進入夢鄉了。她那散亂著染髮黑粉的束髮髮際下，露出了豐厚而光澤的前額。似乎還可以看出，前額上還留下她六十年前少女時代在鹿兒島灣上被夏日曬黑了的痕跡。

他想到海潮的後浪推前浪，想到時間長河的流逝，還想到自己終究也會變老……忽然他難過得幾乎窒息。他從未渴望過得到老年的智慧，總是想著如何才能在年輕時代就結束自己的生命而不致於痛苦。這樣一種優雅的死，猶如把脫下的華麗絲綢衣裳亂扔在桌面，不覺間滑落在黑暗的地板上一樣。

……死的想法第一次鼓舞了他，他突然想見聰子，哪怕只見一面……

他給蓼科掛電話以後，便急匆匆地去會見聰子。他感到聰子現在的確還活著，她年輕而美麗。自己現在也活著。這種感受，使他覺得異常幸運，彷彿在危難中適時地保住了自己的生命。

聰子藉口散步，在蓼科的陪同下，到麻布宅邸附近的一個小神社院內與清顯幽會。聰子首先對清顯邀請她賞花表示了謝意，看樣子她相信邀請自己賞花是出自清顯的意旨。清顯卻依然缺乏坦率的精神，自己第一次聽說這件事，卻佯裝早就知道，他曖昧地接受了聰子的道謝。

①原文作「内裡雛」，即照日皇皇后的模樣製作的古裝偶人。

②十二單衣，是日本一種古時貴族婦女的禮服，因套十二層單衣而得名。

十七

松枝侯爵經過反覆琢磨，才把陪同洞院宮夫婦共進晚餐的人數，從邀請的賞花客名單中壓縮到最低限度，最後計有：兩位暹羅王子、像家屬一樣親密的常客新河男爵夫婦、聰子及其雙親綾倉伯爵夫婦等。新河財閥現在的戶主萬事以英國人爲樣板，他夫人最近又同平塚雷鳥[1]等人過從甚密，成爲「新女性」的資助者，自然增添了異彩。

下午三點，兩殿下駕臨，他們在正房一間房間休息過後，被引去參觀庭園。五點鐘，化妝元祿賞花舞的藝妓們，以遊園會形式接待了他們。隨後觀賞手舞。日暮時分又把他們引進洋房，獻上餐前酒。晚餐畢，作爲第二個餘興，專門雇來了放映師，爲他們放映新到的西方電影。之後就告結束。這個方案是侯爵和山田管家一起反覆商量才落實下來的。

關於選什麼電影片，侯爵傷透了腦筋。招待會的法國片是由法國著名女喜劇演員嘉布里艾爾·羅斑努主演，她的演技非凡，知名度高，這無疑是一部品質很好的片子，不過它似乎大掃了難得賞花的興。從三月一日起，淺草電氣館改爲專門放映西方片的電影館，放映了《失樂園的惡魔》，轟動一時。可在這種場合即使讓他們觀看這樣的東西，也沒多大意思；再說，妃殿下和婦女們大概不愛看德國武打片，最後還是求其穩妥，挑選了英國赫普窩斯公司製作的、根據狄更斯原作改編的五、六卷戀愛故事片。這些片子有些陰鬱，卻是雅俗共賞，並帶有英文字幕，估計客人們會歡喜的。

遇上下雨怎麼辦呢？在正房大客廳觀賞櫻花不夠豐富多采，就決定先在洋房二樓上雨中賞花，然後欣賞藝妓們表演手舞，接著端上餐前酒和正餐。

籌備工作從在湖邊搭臨時舞台開始。從綠草如茵的山崗上，可以鳥瞰湖邊的舞台。假使晴天，洞院宮殿下會要求到處觀賞櫻花，所以他巡遊所經之路，都得張掛紅白相間的布幕，其範圍要大大超過一般的設想。洋房內部各處還要插上裝飾的櫻花，餐桌的裝飾需要精心布置，讓它恰似春天的田園。光是這些活計，就需要相當的人手。臨近遊園會前夕，梳髮師及其徒弟們之忙碌是無法形容的。

幸好這天是個晴天，有哪天能比得上這天呢。這天春光特別明媚，陽光普照大地。起初以爲太陽不露臉，不久又露了出來。清晨還帶點寒意。

闢出正房一間平日不使用的房間，充作藝妓們的化妝室，把所有的梳妝台都集中在這個房間裡。清顯出於好奇，走去窺視這房間，立即被女侍頭攆走了。不久，這間打掃得乾乾淨淨二十舖席寬的房間，便迎來了一群婦女。房間四周圍上屛風，放滿了座墊。友禪染花綢鏡罩掀起了一角，鏡面清晰，熠熠生輝。還沒有蕩出一點脂粉的香氣，他想像著半小時之後，這兒會驟然嬌聲四起，宛如自己所有似的，一會兒將衣裳脫掉，一會兒又把衣裳穿上。這種想像反而大大地擴展了預感的絢麗，比起庭園用新木料搭成的臨時舞台來，這裡是個更充滿芳香、更絢麗的馬廄。

兩位暹羅王子的確是沒有時間觀念，清顯才通知他們用過午餐馬上就來，所以他們一點半鐘就到達了。兩位王子是身穿學習院的制服前來的，清顯不禁一驚，但他還是首先把他們領到了自己的書齋裡。

「你那位標緻的情人來嗎？」

一跨進房間，庫利沙達王子就用英語大聲問道。

謹愼的巴塔納迪多王子責備堂兄弟的冒失，並用不熟練的日本話向清顯致歉。

清顯說她今天確實會來，並請求他們在洞院宮殿下和他的雙親面前，最好不要提及這個話題。兩位王子面面相覷，有點驚愕，好像不理解清顯和聰子爲什麼至今還不公開他們的關係。

一度幾乎被鄉愁所弄垮的兩位王子，現在已基本習慣日本的生活。也許是他們身穿制服前來的關係吧，清顯對他們抱有一種與親密無間的同學一樣的感情。庫利沙達王子出色地表演了模仿學習院院長的動作，逗得昭披耶和清顯都笑了起來。

昭披耶站在窗邊，眺望著庭園裡與平時異常的景致，那裡處處都張掛著紅白相間的布幕在迎風招展。昭披耶用擔心的語調說：

「今後會眞正暖和起來的吧。」

王子的聲音裡蘊含著對夏日灼熱的憧憬。

清顯被他的聲音所吸引，從椅子上站起身來。這時，昭披耶揚起清徹的少年般的喊聲。他的堂兄弟庫利王子也驚訝地站了起來。

「是她！這就是清顯讓咱們不要提及的那位美人。」

昭披耶瞬間脫口而出的依然是英語。

正是聰子的姿影，她身穿長袖和服，同雙親一起沿著湖邊向正房走過來。從遠處可以窺見她那身著淡紅色的美麗衣裳，配上恍如春天原野上的筆頭菜和嫩草般的底襟花樣，還可以望見在她那波滑的黑髮下，若隱若現地露出了白皙面頰上的明朗表情。她在用手指指著中之島的方向。

中之島上沒有懸掛紅白相間的布幕，卻隱約可見通向遠方紅葉山的小徑上張掛著的布幕，倒映湖面的影子就像一盤紅白的乾糕點。

清顯產生一種錯覺，彷彿聽見聰子甜美而柔潤的聲音。當然聲音不可能透過緊閉著的窗扉傳送進來。一個日本少年和兩個暹羅少年摒住氣息，臉併臉地貼在玻璃上凝望著。清顯覺得不可思議。與這兩位王子在一起，也許是受到王子們熱帶感情的感染吧，自己也輕易地相信了自己的熱情，彷彿可以直率地表白這種感情了。

現在他可以不猶豫地對自己說：我愛她！而且是瘋狂地愛著她！

聽子繞著湖邊走，她的臉並不一定是朝著這窗戶，然而他看到她興高采烈地向正房走去，清顯就覺得得到了慰藉，因爲他幼年時期，由於未能盡情地看到春日宮妃回頭青睞的側臉而深感遺憾。這種遺憾，於六年後的今天才得到了彌補。他覺得自己遇上了最美好的瞬間。

這是時間結晶體的美麗斷面，它彷彿改變角度，讓自己在六年後清楚地看到它最美的光彩。他看到聽子的笑影，在春天不時陰暗下來的陽光中盪漾；那雙美麗的手，恍如白色的弓，敏捷地舉到唇邊，將嘴角遮掩住了。她那婀娜的身姿，猶如一首弦樂響徹四方。

十八

新河男爵夫婦簡直是恍惚和狂躁的巧妙混合體。男爵對妻子的言行不聞不問，一切都漠不關心；夫人則不顧別人的反應如何，說起話來總是沒完沒了。

在家裡這樣，在大庭廣眾之下也是如此。總是茫然若失的男爵，偶爾也曾對別人作過警句詩式的辛辣批評，但絕不冗長和敷衍；夫人則費盡唇舌也沒將自己的話說清，未能給人描畫出任何一個鮮明的形象。

他們以自己是日本第二輛英國羅斯洛伊施牌高級轎車的買主而得意洋洋，並引以自豪。男爵用罷晚餐，經常穿著一件絲綢吸煙服，在家中休息，充耳不聞夫人沒完沒了的絮叨。

夫人把平塚雷鳥一派的人請到家裡來，召開「天火會」的每月例會，名字取自狹野茅上娘子[1]的名詩

---

[1] 平塚雷鳥（一八八六—一九七一），日本評論家、婦女運動領導人。

句。每回聚會都趕上雨天，報紙就揶揄這個會是「雨日會」。夫人對帶思想性的事一無所知，她看見這些婦女理智的覺醒，就猶如發現母雞產下嶄新的三角形雞蛋，激動地凝望著她們。

這對夫妻應邀參加松枝侯爵家的賞櫻會，感到半困惑半高興。困惑的是，他們知道這個會開下去一定變得無聊；高興的是，他們能夠在這個會上無言地顯示自己地道的西方派頭。而且這豪商之家，同薩長[2]政府繼續維持著彼此合作的關係，從父輩起，對鄉下人潛藏的一種內在的輕蔑，成了他們新的頑強不屈的優雅核心。

「松枝家又要招待皇族，大概要請樂隊奏樂歡迎吧。因爲這家人把皇族的出行，看作是舞台上的節目。」男爵說。

「我們總是不得不把自己的新思想隱藏起來。」夫人附和說。「不過，隱藏新思想佯裝糊塗，不是也挺有意思的嗎？悄悄混在這幫老古董當中，不是也蠻有趣的嗎？瞧松枝侯爵對待洞院宮有時畢恭畢敬，有時又裝裝摯友的樣子，簡直像一場滑稽戲嘛。我們穿什麼西服好呢？白天去總不能穿夜禮服，倒不如穿下擺帶花的和服去更合適。那麼，就讓京都的北出趕緊染篝火觀櫻圖案的下擺吧。不知怎地，對我來說，穿下擺帶花和服總覺不合適，這畢竟只是自己覺得不合適，其實是很合適呢，還是別人也覺得確是不相稱呢？我無論如何也無法弄清楚。你覺得怎麼樣？」

……當天，侯爵家通知說：請在洞院宮殿下駕臨之前先到會場，新河男爵夫婦卻有意比通知到達時間晚到五、六分鐘。當然，這距洞院宮殿下到達時間尚有十分鐘左右，男爵對這種鄉土做法，很是惱火。

「說不定皇家馬車的馬，途中中風了呢。」男爵下車伊始就諷刺地說。

但是，不論說什麼諷刺話，男爵都是採取英國式的風度，面部無表情，只是喃喃自語，誰也沒聽見他說什麼。

來人緊急報告說：「皇家馬車已經進了侯爵家的大門。」主人方面立即趕到正房門口列隊迎接。馬車的車輪軋著砂石道上的碎石到達松樹掩映下的大門口，清顯看見馬從鼻孔吐出粗氣，挺起了脖頸，恰似洶湧浪頭剛推到高峰，旋即又炸開白色的浪花，那灰白色的鬃毛倒豎起來了。這時，只見車廂上的金色家徽，濺上了些許春天雪化了的泥漿，家徽恍如在金色的旋渦中靜靜地盪漾。

洞院宮殿下的黑色小禮帽下，可以看見漂亮的半白鬍子。妃殿下跟隨他的後面步入大廳。從大廳門口直到講台鋪了一長條白布，讓他們穿著鞋子直接登上講台。當然，鄭重致辭之前，在通過大廳的時候，他們只是微微點頭致意。

在清顯的眼裡，交替映現出妃殿下那雙在白色衣服下擺薄紗下的黑色鞋尖，如同在擴展開的餘波泡沫間時隱時現的馬尾藻，實在優雅極了，使得清顯不敢特意抬頭仰望她那副上了年紀的尊容。

客廳裡，侯爵向兩位殿下一一引見了當天的客人，他們當中，只有聰子一人是殿下初次見面的。

「這麼標緻的小姐，怎麼不早讓我見呢。」殿下對綾倉伯爵抱怨地說。

這瞬間，在他身旁的清顯感到一陣微微的顫慄爬上了他的脊背。因爲清顯覺得在並排而坐的人眼裡，聰子宛如一個華麗的鹿皮球[3]，行將被高高地踢起似的。

洞院宮同暹羅交往頗深，兩位暹羅王子剛到日本就很快受到他的接待，所以他們見面很快就談笑風生，洞院宮問學習院的學友們對他們是否親切。昭披耶臉上泛起微笑，真誠而有禮貌地答道：

「大家如十年知交，事事都親切地幫助我，我沒有什麼不方便的。」

清顯聽了這番話，覺得有點滑稽可笑。清顯知道這兩位王子除了自己以外，沒有稱得上朋友的朋友，迄今他們基本上還沒在學校露臉呢。

新河男爵的心如銀似的，儘管特地擦亮了才出門，可是一來到人群中，立即就蒙上一層無聊的鏽。這樣的接待，光聽說都覺得耳朵生鏽……

最後，客人們在侯爵的引領下，尾隨洞院宮，浩浩蕩蕩地步入賞花的庭園。按日本人的習慣，客人彼此是不輕易混雜在一起，妻子往往是跟隨著丈夫的。男爵陷入茫然若失的狀態，早已引起人們的注目。他看準與前後的人拉開一定的距離之後，對妻子說：

「侯爵自從到國外留學以後，就變得時髦起來了，聽說取消了妻妾同居，在外面租了間房，把小老婆遷出去了。那兒距正門約九百來公尺，也就是說他已經時髦了九百來公尺。五十步笑百步，無疑是爲這種人而造出來的諺語吧。」

「既然是新思想，不徹底實在不行哩，就像咱們家，完全學歐洲的生活習慣，不管社會上怎樣議論，不論受到邀請或是夜間短暫外出，必須夫婦同行……瞧！湖面上倒映著對面山上的兩三棵櫻樹和紅白相間的布幕，眞美啊。我的下擺帶花的衣裳，你覺得怎麼樣？今天在眾人面前，我的服裝最講究，而且花樣最新穎、最大膽。如果從湖對岸眺望湖面上的我的倒影，一定很美。我在湖岸這邊，不能同時分身到湖岸那邊，這是多麼不隨心啊，對吧。你不覺得是這樣嗎？」

新河男爵總感到自己經受了這種高尙的一夫一妻制巧妙的考驗（本是自願這樣做的），而且他率先經受比別人早百年的思想磨難，自己是樂於忍受的。男爵本來對人生就不追求感激，無論多麼難以忍受的艱苦，只要沒有感激情緒介入的餘地，那就是時髦和有氣派。

山崗上的遊園會會場裡，柳橋的藝妓們打扮成各種各樣的角色，諸如跳元祿賞花舞的武士、女俠、奴僕、盲藝人、木匠、賣花人、陶瓷器販、小伙子、姑娘、村姑娘、俳句家等，列隊迎候客人。洞院宮衝著身旁的松枝侯爵，露出了滿意的微笑。兩位暹羅王子則喜洋洋地拍著清顯的肩膀。

清顯的父親在全力接待殿下，母親在一心接待妃殿下，往往剩下清顯和兩位王子在一起。藝妓們圍攏在清顯周圍。爲了照顧日語尚未能運用自如的王子們，清顯煞費苦心，無暇顧及聰子了。

「少爺，請到這邊來玩一會兒，今天單思病的人一下子增多了，置之不理可是太殘忍哩。」打扮成俳句家的老藝妓說了一句。

年輕的藝妓和裝扮男性的藝妓，從臉頰直到眼皮底下都塗得紅撲撲的，彷彿連笑的表情都令人神魂顛倒。臨近黃昏，涼意襲人，清顯覺得這股眞摯友情的晚風，彷彿在他四周立起兩對由刺繡了花紋的絲綢和塗上白粉的肌膚製作而成的六折屛風，擋住一切襲來的寒意。

他還覺得藝妓們的笑語歡聲，多麼像一盆盛滿溫度適中的洗澡水，她們就沈浸在其中啊！她們繪影繪息的手指動作、白皙光滑的喉嚨，活像安上了精緻的金屬合頁，恰如其分地點頭，避開別人的揶揄，瞬間眼神呈現戲耍的憤怒，嘴邊總是掛著微笑的表情，突然認眞聆聽客人說教時的熱情，稍稍舉手掠髮時的寡歡，剎那間的茫然神態……不覺間，清顯在這個千姿百態中加以對比起來。這是藝妓們頻送的秋波，和聰子獨特的秋波迥然不同。

這些婦女們的秋波，確是靈敏而快活的。唯有傳送秋波是獨立的，好似煩人的羽蟲，過多地在盤旋飛翔，有點討人嫌一樣。這絕不像聰子那種優雅有節奏的秋波。

遠遠望去，可以望見聰子的側臉，她正與洞院宮在談論什麼。在淡淡的夕陽輝映下，她的側臉恍如遠方的水晶、遠方的琴聲、遠方山上的襞皺，遠方的距離釀成了充滿幽玄的氣氛；而且，以漸漸增添暮色的樹林間隙上空爲背景，猶如黃昏時分的富士山一樣，具有分明的輪廓。

……新河男爵同綾倉伯爵作了簡短的交談，兩人身邊都有藝妓伺候，但他們簡直沒把藝妓放在眼裡。在櫻花花瓣飄落一地的草坪上，一瓣髒了的花瓣掉落在倉伯爵的琺瑯鞋尖上，沐浴在夕陽映照之下。男爵把視線落在綾倉伯爵那雙像是女人小鞋似的鞋子上。這麼說來，伯爵拿著玻璃杯的手，就像偶人的手，又白又小。

對這種衰亡了的血，男爵感到妒忌。他還感到伯爵極其自然的、含著微笑的茫然狀態，同自己的英國式的茫然狀態之間，形成一種和別人之間不能形成的對話。

「在所有的動物裡，最可愛的還是嚙齒目動物。」伯爵突然說了一句。

「嚙齒目啊……」男爵這麼說，但他心中沒有浮現出任何的概念。

「兔子、豚鼠、松鼠就是這一類。」

「您飼養這些動物嗎？」

「不，沒有飼養。飼養這些動物，家中會有一股臭味。」

「這麼可愛，您也不飼養嗎？」

「首先，它們不會唱歌。我們的家法規定，但凡不會唱歌的動物一概不放在家中。」

「是嗎？」

「雖然不飼養，但我覺得毛茸茸的、戰戰兢兢的小動物比什麼都可愛。」

「那是啊。」

「不知爲什麼，越可愛的東西臭味就越大。」

「可以這麼說吧。」

「聽說新河兄長期旅居倫敦……」

「在倫敦，喝茶的時間，侍者總是要挨個徵求意見，問你先要牛奶還是先要茶？其實摻和在一起都是一樣的嘛。可是對每一個人來說，先斟牛奶還是先斟茶，是比國家的政治更加緊急而重要的問題……」

「我聽了一番很有意思的談話。」

藝妓沒有插嘴的機會。兩人說是來賞花，看起來他們的腦子裡一點也沒有花的事。

侯爵夫人陪伴妃殿下，妃殿下喜歡長歌，精通三弦，侯爵夫人就把伴奏員、柳橋有名的老藝妓請到身邊來，與妃殿下周旋。侯爵夫人談到有一回去參加親戚的訂婚典禮，在慶典會上，有人用鋼琴和三弦合奏了一首《松綠》的曲子，大家聽了都很高興。妃殿下興致勃勃地說：我也希望參加這種活動呀。

侯爵不時發出大笑聲。洞院宮為了保護自己精心蓄留的鬍子，避免大笑，只是克制地笑了笑。打扮盲藝人的老藝妓向侯爵耳語幾句之後，侯爵就向客人招呼說：

「諸位，賞花舞的餘興表演現在開始，請大家到舞台前邊來……」

這本應由管家山田來司儀，主人卻突然剝奪了他的權利，他眼鏡後面的眼睛眨了眨，馬上暗淡下來。每次他遇到不測的事態，都是掛著這副唯一的表情，這是誰都不知道的。

自己一概不摸主人的東西，主人也不應該染指自己的東西，不是嗎？去年秋上，曾經發生過這樣的事情：外籍房客的孩子跑進宅邸裡撿橡子玩。山田的孩子們也來了，外籍孩子想把橡子分給山田的孩子，可是孩子們卻堅決不願接受。因為山田平日嚴格訓誡他們：絕不許拿主人的東西。孩子們這種待人接物的態度，引起了外籍孩子父母的誤解，向山田提出了抗議。山田看見自己的孩子們那副反正要挨訓的老實面孔，和抿著嘴唇彬彬有禮的樣子，知道是怎麼回事了，就大大地表揚了他們一番……

……瞬間山田想起了這椿往事，有點傷心，拂起和服裙褲，不順心地邁開了他的步子，急忙跑到客人中間，趕快把客人請到舞台前面去。

這時，湖邊四周圍著紅白相間布幕的舞台裡，傳出了敲梆子的聲音，響徹四方，劃破了空氣，彷彿揚起了一陣新木屑似的。

(1) 狹野茅上娘子（生卒年未詳），日本奈良時代（七一〇—七八四）的詩人。
(2) 薩長，即薩摩和長門兩地的簡稱。
(3) 供踢球用，踢球是日本古代貴族的一種遊戲。

十九

賞花舞的餘興節目演完之後，在薄暮中，客人們被領到洋房裡，這短暫的時間，清顯和聰子得到了單獨會面的機會。慰勞演出的客人們和藝妓們又再次混雜在一起，沈浸在一片陶醉的氣氛中。距掌燈還有一段時間，這是一段微妙的、人聲雜沓的、充滿歡樂和不安的時間。

清顯目視遠方。他知道聰子在自己後邊保持適當的距離，順利地隨後而來。山崗上的兩條路，一條通向湖邊，一條通向正門，紅白相間的布幕一直掛到兩條路的岔口，那裡正好聳立著一棵大櫻樹，遮擋住人們的視線。

清顯首先把身子藏在布幕後面，眼看就能見面了，聰子卻被陪伴妃殿下遊紅葉山回來的女官們攔截住了。女官們是從湖這邊走上來的。事到如今，清顯不便走出來，只好獨自在樹下等候聰子相機脫身，除此以外別無他法。

孤身一人的時候，清顯這才抬頭仔細地仰望著櫻樹。

櫻花簇簇，盛開在簡素的黑枝丫上，宛如潔白的貝殼一無間隙地生存在岩礁上一樣。晚風把布幕吹鼓起來了。首先招風的是下邊的枝丫，隨著花枝像喃喃細語似的搖晃，伸展在枝頭的花簇也猛烈地搖曳著。花是素白的，只有一簇簇蓓蕾呈粉紅色。就是在花的素白中，仔細一看，花蕊部分的星形卻是茶紅色的，好像鈕扣正中的縫線，一絲絲地繫得牢牢固固的。

雲彩、黃昏的藍天相互交融，顯得十分稀薄。花與花也混成一片，劃分天空的輪廓是模糊的。似乎融合在茫茫的暮色中，令人強烈地感到枝丫和樹幹的黑色越發濃重了。

黃昏的天空和櫻花，每一秒每一分地越來越親近了。看著看著，清顯整顆心都被鎖在不安的思緒中。這時候，清顯以爲布幕又被風吹鼓起來，卻原來是聰子沿著布幕輕盈地走了出來。清顯握住聰子的手。這是被晚風吹得冰涼的手。

清顯剛要和聰子接吻，聰子顧慮附近有人而拒絕了。與此同時，她想保護自己的衣裳免受櫻樹樹幹上的青苔弄髒；因爲櫻樹樹幹上長滿了青苔，恍如撒上了粉末一樣。就這樣，清顯一把將她擁抱了過來。

「清顯，放開我！你這樣做只能讓我感到難過。」聰子低聲地說。

從她的聲調判斷，她顯然是生怕周圍的人看見。清顯有點不滿，埋怨她亂了方寸。

此刻清顯希望他們倆在櫻花樹下，獲得達到幸福頂峰的保證。不安定的晚風，加劇了他的焦躁情緒，這也是事實。不過，聰子和自己都想確認一下，這瞬間兩人別無他求，確實是沈醉在無上的幸福裡。哪怕一星半點，聰子只要露出不願意的樣子，他也受不了。他就像一個很嫉妒的丈夫，總是吹毛求疵地埋怨妻子爲什麼不跟自己做同樣的夢。

聰子半推半就，卻閉上眼睛偎依在他的懷裡。她實在美豔到了極點。她那副由無數微妙線條構成的臉型，不知怎地，在端莊中總覺充滿奔放的熱情。在夕陽下，他焦急地想判明，她微翹的唇端是在欷歔還是在微笑？此刻連她鼻翼的陰影，都使他感到預兆著傍晚的昏黑迅速降臨。他看了看聰子那半掩在黑髮中的耳朵，只見她耳垂微紅，耳朵的形狀著實精緻，猶如夢中裝著小佛像的小巧珊瑚龕。昏黑的暮色已經深深地占領了她的耳朵深處，那裡彷彿藏著什麼神祕的東西。莫非是藏著聰子的心？抑或聰子的心是藏在微張的嘴唇後面，藏在露出閃亮潤澤牙齒的內面？

清顯苦苦沈思：我該怎樣才能滲透到聰子的內心裡呢？聰子彷彿要避免清顯更緊盯著自己的臉，就突然主動把臉湊過來和清顯接吻了。清顯把一隻手繞到她的腰間，指尖已經感受到她的溫熱，宛如沈浸在群花凋零的溫室內的溫馨裡，一個勁兒地嗅著那芳香，想像著若是被香氣窒息了該有多好啊。聰子一聲不響。清顯仔細地凝視著，自己的幻想幾乎達到了美的勻稱的境界。

脫離了嘴唇的接觸之後，聰子的大髮髻依然埋在身穿制服的清顯懷裡。清顯在髮油芳香瀰漫之下，眺望著布幕那邊可以望及的、帶著銀色的遠方櫻花，他感到可憂的髮油香氣和晚櫻的香氣是一樣的。遠方的簇簇櫻花，在夕陽殘照下，像豎起的羊毛，密密麻麻，帶著近乎銀灰的粉白色，下面的深層隱藏著淡淡不吉利的紅色，恍如給死人整容的胭脂紅。

清顯突然發覺聰子的臉頰已被淚水濡濕了。他不幸的探索心，分不清這是幸福的眼淚，還是不幸的淚珠。現在立即占卜是否爲時尚早？聰子把臉離開了他的胸懷，她不去揩拭眼淚，卻帶著突然改變了的尖利目光，滔滔不絕生硬地說：

「小孩兒，清顯你還是個小孩兒。你什麼都不懂，什麼也不想懂啊。我早就應該不客氣，把一切都教給你就好了。你自以爲很了不起，其實你還是個小孩兒呢。眞的，我應該更多地照顧你，教你就好囉。可是，已經晚了……」

話音剛落，聰子一轉身就躲到布幕的另一邊了。留下來的，只有心被刺傷了的年輕人。

到底發生什麼事了呢？剛才她淨是縝密地羅列了深深刺傷他的語言，把箭頭對準他最薄弱的部分，集中了對他最有效的毒素。從某種意義上說，也是傷害了他的語言的精華。清顯首先應該注意到這種毒素的精煉程度非同尋常，首先應該思索爲什麼能夠獲得這種純粹惡意的結晶。

然而，他的心在加速跳動，手在顫抖，覺得委屈而噙滿眼淚，同時又無比憤怒，始終站立著。他無法站在這種感情之外去思索任何一個問題。要他帶著這種感情在客人面前露臉，並以泰然自若的神情參加直至深夜結束的晚會，這是世界上最最困難的事了。

二十

宴會順利進行，沒有出現任何紕漏，一切圓滿結束了。侯爵辦事確實大刀闊斧，他自己很滿意，客人們當然也很滿意。這是無疑的。對他來說，侯爵夫人的價值，最輝煌的就是在這樣一瞬間。從以下的問答就可以了然。

「兩位殿下始終是興高采烈哩。你覺得他們會滿意而歸嗎？」

「這還用說。妃殿下說了，打前天子駕崩以來，今天是頭一次過得這樣愉快啊。」

「這樣說雖有點不夠謹愼，但是確有實感。儘管如此，遊園會從下午一直開到夜半，時間拖得太長，客人們不感到疲勞嗎？」

「哪兒的話。你安排的計畫這樣周密，不同樂趣的節目一個接一個，很有步驟、很順利地進行。客人們哪兒有工夫顧得上疲勞啊。」

「放電影的時候，沒有人打瞌睡嗎？」

「沒有。大家都睁大眼睛，看得興致勃勃呢。」

「聰子眞是個溫柔的姑娘，電影的確打動她的心了，只有她一個人在落淚。」

放電影的時候，聰子毫無顧忌地哭了。打開電燈以後，侯爵這才發現她在哭泣。

清顯勞頓不堪，回到自己的房間裡去。然而，睁著兩眼，難以成寐。他把窗戶打開，覺得從黑暗的湖面上，探出了無數青黑色的鱉在張望著他……

他終於按鈴把飯沼叫來。飯沼已從夜大學畢業，晚間一定在家裡。

飯沼踏進清顯的房間，看見這位少爺的臉充滿了激憤與焦躁。他立刻明瞭了一切。

近來，飯沼逐漸變得善於察顏觀色；過去，他全然沒有這種本領。尤其平日常常接觸清顯，對清顯的表情變化，如今已經摸透了，猶如觀看萬花筒，對各式各樣纖細的玻璃碎片組合，他都能看得一清二楚。

結果，飯沼的心和嗜好也產生了變化。過去，他把年輕主人那張耽於苦惱和憂鬱而弄得憔悴了的臉，看作是怠惰而軟弱的靈魂表現，產生一種厭惡感；如今，飯沼卻甚至把它看作是一種饒有風趣的優雅。

誠然，幸福和喜悅，對於清顯那副帶著憂鬱的美貌，是太不協調了；要提高他那種典雅的，毋寧說是悲傷和激憤。而清顯表現激憤和焦躁的時候，一定和一種無依靠的天眞重疊一起表現出來。本來就白皙的臉頰變得更蒼白，那雙美麗的眼睛泛起了血絲，兩道長長的眉毛緊蹙起來，呈現了失去重心而打晃的靈魂的渴望、企圖依靠某種物體的渴望，盪漾著一種荒蕪中的樂觀氣氛，猶如荒野上飄盪的歌聲。

清顯一直沈默不語。飯沼便一屁股坐在椅子上，近年就是清顯不勸坐，他也自動坐下來。他拿起清顯放在桌面上的今晚宴席菜譜讀了起來。飯沼知道，這份菜譜上的菜餚，自己在松枝家即使再待幾十年，也是絕不會有機會嚐到的。

大正二年①四月六日賞櫻會晚宴菜譜

一、清燉元魚
二、清蒸芙蓉雞沫
三、奶油鱒魚
四、牛里肌燴蘑菇
五、鵪鶉燜蘑菇
六、烤羊里肌芹菜
七、冷凍水晶鵝肝
菠蘿汁酒
八、鬥雞燒蘑菇
九、奶油龍鬚菜

奶油扁豆
十、西式奶油糕點
十一、兩種冰鎮水果及雜果。

……清顯盯著始終在閱讀菜譜的飯沼，他的眼睛裡時而露出蔑視的光芒，時而流露哀求的神態，總是沈不住氣。飯沼在等待他開口。飯沼的感覺遲鈍，客客氣氣，清顯感到十分惱火。假使飯沼忘掉主僕差別，像兄長那樣把手搭在清顯的肩膀上探問一下，也許就會很容易地聊起來吧。

清顯沒有發現坐在那裡的漢子已經不是原來那個飯沼了。從前的飯沼只會拙笨地壓抑住自己澎湃的熱情，如今他能以溫柔體貼的心情去對待清顯，並闖入了他本來就很陌生的纖細感情世界。從前他是不懂得去染指那些不習慣的事物的。

「現在你也許不會了解我此刻的心情。」清顯終於開腔了，「我受到了聰子嚴重的侮辱。她說話簡直不把我當作成年人，把我過去的所作所爲，都說成是愚蠢的孩子行徑。不，她眞的是那樣說了。她精心選擇了我最討厭的薄弱環節向我進攻，我對她的這種態度，實在太失望了。這樣看來，觀賞雪景的那天早晨，我對她那樣百依百順，卻被她當作玩物來玩弄了……關於這件事，你有什麼線索嗎？比如你有沒有從蓼科那裡聽說什麼……」

飯沼尋思片刻，說：

「哦，沒想起說過什麼。」

飯沼思索時間未免過久，這種不自然的間隔，就像一條長蔓纏住了變得敏感起來的清顯的神經。

「騙人。你準知道什麼。」

「不，我什麼也不知道。」

他們這樣爭論中間，飯沼把本來不準備說的話，都統統抖落出來了。就算飯沼了解別人的心理，可他對此反應並不敏感，壓根兒不知道自己的話會給清顯的心帶來多麼沈重的一擊。

「我是聽阿峰說的。這個祕密，阿峰只對我一個人說，她要我絕對保密，不向任何人談。可是，這件事與少爺有關，也許還是說出來好。

「在親屬賀年會上，綾倉家的小姐到這裡來過了對吧。每年這一天，侯爵老爺對親戚家的孩子，不論是誰都是和藹可親地同他們攀談問題，商量問題的。那時候，侯爵老爺開玩笑似地問小姐：

『你有什麼事要和我商量嗎？』

「小姐也開玩笑似地回答：

『有，有件很重要的事情要和您商量，那就是有關叔叔的教育方針問題，我想請教請教。』

「為了慎重起見，我就說了吧。這些都是侯爵老爺的私房話。我這麼說，未免太那個（飯沼是滿懷憤恨說出了這番話的），但這確是侯爵對阿峰說的私房話。阿峰把這些話原原本本地都告訴了我。

「於是，侯爵興致勃勃地說：

『所謂教育方針是指什麼而言？』

「小姐說：『據清顯說，叔叔曾親自帶他去尋花問柳，進行過實地教育，清顯也就學會玩了；他自認為已經成了男子漢而盛氣凌人，叔叔眞的對他進行這樣不道德的實地教育了嗎？』

「她就是用這樣的口吻將確實難以啓齒的事，都滔滔不絕地提出來了。

「侯爵聽了仰臉哈哈大笑起來，說：『這眞是個尖銳的提問啊。簡直像矯風會(2)的人嘛，好像站在貴族院的講壇上進行質詢演說似的。假使像清顯所說，倒也罷了，可有些地方我需要解釋一下，其實，這種教育被他本人完全拒絕了。他不像我，就是那樣一個不肖之子，晚熟而潔身自好。我確實勸誘過他，不過我剛一張口，他就當場拒絕，並氣沖沖地走開了。情況就是這樣，他對你卻硬裝門面，自吹自擂，倒是很有意思哩。不過，再怎麼說關係密切不用客氣，也不該向大家閨秀談煙花巷的事啊。我不記得曾教過他當這樣的男子漢呀。我馬上把他叫來，訓他一頓吧。這樣那小子也許會發憤起來，說不定反而想去體會一下尋花問柳的滋味呢。』

「小姐費盡唇舌，阻止了侯爵老爺這種輕妄的舉動，侯爵老爺還保證把這件事當作耳邊風，可做過保證無論如何也不應對別人說呀，後來老爺還是悄悄地告訴了阿峰，一邊說一邊高興得大笑起來，據說他要求阿峰保密呢。

「阿峰畢竟是個女人，心裡有話憋不住，她只對我一個人說了。她嚴肅地叮囑我，要我嚴格保密。我說：這事關係到少爺的名譽，你洩漏出去的話，我就和你斷絕往來。她被我這種意想不到的認眞態度所懾服，我想阿峰也絕對不會洩漏的。」

聽著聽著，清顯的臉色越發蒼白，過去在深霧中到處碰壁的事，如今霧散天晴，呈現出一排玲瓏的白色圓柱，所有現象的模糊輪廓都變得清晰了。

首先，聰子一直否認拆過清顯發出的那封信，實際上她看過了。

當然，這封信多少給聰子帶來些許不安。在親屬的賀年會上，聰子從侯爵的嘴裡弄清了這件事是個騙局以後，便神采飛揚，陶醉在她所說的「幸福的新年」之中。那天在馬廄前，聰子突然熱情奔放的坦白，其緣由就顯而易見了。

正是聰子放下心來，才敢那樣大膽邀請清顯去賞雪。

光憑現象看，是無法理解今天聰子的眼淚和無禮的責怪的，現在有一點很清楚，就是聰子一貫騙人，始終暗自輕視清顯。不管如何辯解，她以折磨人爲快的心理來接觸清顯這個事實，是誰也不能否認的。

清顯尋思：「聰子一方面責怪我像個孩子，一方面又希望我關在家裡，永遠像個孩子，這是無容置疑的了。這是多麼奸猾啊。有時候，她像個可靠的女人十分幽雅，可心中忘不了輕侮我，捉弄我，表面卻又佯裝恭維我。」

憤怒之餘，清顯刻意忘卻了事情的起因，全在於那封虛假的信，一切都是從清顯首先騙人開始的。

清顯把任何事情都盡量同聰子的背信棄義聯繫起來，因爲她傷害了清顯的自尊心，這是站在少年和青年苦悶的交接線上的男子漢最爲重要的自尊心。成年人看來，或許會認爲這自尊心是雞毛蒜皮的無謂小事（父親侯爵的笑就很好地說明這個問題），可是再沒有什麼比與這些小事有關的某個時期男人的矜持，更纖細、更容易受損傷的了。聰子知不知道這點呢？她採用了最最不體貼人的方法，把它蹂躪了。羞愧之餘，清顯覺得自己好像生病了。

飯沼目不忍睹地凝望著清顯蒼白的臉色和沈默的表情，卻還沒覺察到自己給清顯帶來了創傷。長期以來，這個美貌少年一直在傷害飯沼。飯沼卻沒有任何要報復的企圖，也不知道趁機打擊他；而且，飯沼從未像現在這瞬間那樣可憐過這個垂頭喪氣的少年。

飯沼心裡還浮現了一種樂觀的想法：是不是把他扶起，抱到床上，倘使他哭泣，大概自己也會流下同情的眼淚吧。不一會兒，清顯把頭抬起，臉上露出了渴望的神色，沒有一點操心的淚。他的眼睛透射出冷漠的光，一下子把飯沼的幻想打破了。

「明白了。我要睡覺，你走吧。」

清顯也從椅子上站起來，一直把飯沼推到門口那邊了。

① 即一九一三年。

② 矯風會即基督教婦女矯風會的簡稱，主張禁酒。

二十一

第二天，蓼科多次給清顯掛電話，清顯都不出來接。

蓼科喚來飯沼，拜託說：請一定轉告少爺，小姐有事，無論如何她也要跟少爺直接談。飯沼不肯轉達，因爲清顯早已嚴格地交待過了。在蓼科撥來的無數回電話中，有一回是聰子親自出來拜託飯沼，飯沼還是堅決回絕了。

連日來電話頻頻掛來，這件事引起侍者們的私下議論。清顯還是拒絕接電話。蓼科終於找上門來了。

飯沼走到昏暗的內門廳去接待蓼科。飯沼身穿小倉裙褲，端正地坐在門廳前的舖板上，這是一種決不讓蓼科走進房間的架勢。

「少爺不在家，不能見你。」

「不可能不在家吧。你硬這樣阻攔我，那麼就請叫山田出來。」

「叫山田出來也沒用，少爺絕不肯見你的。」

「那麼，就請你讓我進屋，我一定要直接見他一面。」

「房門上了鎖，絕對進不去。你要進屋那是你的自由，不過，你是帶著祕密使命來的，要是讓山田知道，張揚出去，傳到侯爵老爺的耳朵裡，我可就不管了。」

蓼科不言聲，惡狠狠地盯著飯沼的臉。即使在昏暗中，也能看見這張臉浮現出滿是凹凹凸凸的酒刺。明媚的春光灑落在門口五葉松的葉尖上，閃爍著晶瑩的光。在這種亮光之下，飯沼眼裡的蓼科那張皺巴巴的老人臉，施了一層濃厚的白粉，活像一個小皺紋畫般的人物。她那雙深深凹陷在雙眼皮下的眼睛，發出兇惡而憤怒的光芒。

「好吧。就算是少爺的命令，你的傳話這般生硬，會帶來什麼後果，大概你已經有充分的心理準備了吧。過去我也為你辦過許多好事，這緣分就到此為止了。少爺那裡怎麼樣傳達，就隨你的便了。」

……四、五天後，聰子寄來了一封厚厚的信。

往日顧忌山田，信總是由蓼科直接交飯沼，再由飯沼轉到清顯手裡的。可是這回，信是堂堂正正地放在山田雙手捧著的泥金花紋漆盤上，遞給了清顯。

清顯特意把飯沼喚到房間裡來，讓他看了看那封沒有啓封的信，然後叫他把窗戶打開。清顯當著飯沼的面，把信扔進火盆裡，付諸一炬。

飯沼望見清顯白皙的手躲開閃爍著的小火苗，在挑動被厚厚一疊信紙壓著的即將熄滅的火種，火種宛如小動物在桐木的火盆裡輕輕地四下跳動。他好像親眼看見了一種微妙的犯罪，假使自己幫忙可能還會燃燒得更巧妙，但又怕遭到清顯的拒絕，所以沒有幫上他的忙。清顯把自己叫來，顯然只是為了找個見證人而已。

清顯難免被煙熏了，從他眼裡滴落了一滴淚珠。這是飯沼過去希望得到的嚴厲訓育和理解的眼淚。可是，如今飯沼眼前所看到的清顯，被火灼熱了的流淌在臉頰上的美麗淚珠，已經不是飯沼的力量所引起的了。不知爲什麼，在他的面前，飯沼無論何時何地都感到自己是無能爲力的。

……一星期過後，一天父親侯爵很早就回到家裡，清顯難得在正房的日本間和雙親共進晚餐。

「時間過得眞快，你明年將得到恩賜的『從五位』，這樣就得讓家裡人都稱你爲『五位少爺』啦。」侯爵神采飛揚地說。

清顯心中卻在詛咒著。來年自己行將迎接成年，十九歲，對人的成長，竟感到如此困倦，如此疲憊，他懷疑起自己這種心情是不是深深地受到了聰子的影響。童年時代，掰指掐算地祈盼新年的到來，急不可待地盼望自己早日成年，現在清顯早已沒有這種心情了。他冷漠地聽著父親的談話。

平日三個人一起進餐的時候，母親從不洩漏任何事情，她的臉上鑲嵌著略帶悲愁的八字眉，對待丈夫、兒子，溫文爾雅，體貼備至。侯爵氣色紅潤，他故意破例顯示出高興的樣子，他們一邊維護固有的角色，一邊進餐。父母輕輕地交換了目光，甚至談不上是眼神。清顯卻馬上發現，他深感驚訝，還不至於令人懷疑這是夫婦間有什麼默契吧。清顯先望了望母親的臉，母親有點畏怯，她說話也有些零亂了。

「……我說，也許你不願意聽，不過也不是什麼不好聽的話，我只是想問你，你有什麼想法？」

「什麼？」

「其實，又有人給聰子做媒了。今回這門親事相當不容易，往後就不能輕易地拒絕囉。聰子的心思一向捉摸不定。看樣子眼下她對這門提親，也不會像過去那樣不顧情面，一概拒絕。她的雙親也很高興……

於是，我們就想到你，你和聰子兩小無猜，關於她將要結婚的事，你沒有什麼異議吧？在這裡，你心裡怎麼想就怎麼說好囉。如果有異議，那就在父親面前如實地把自己的心情談出來吧。」

清顯沒有放下筷子，臉部沒有露出任何表情，他即時回答說：

「我沒有異議，這件事跟我毫不相干嘛。」

沈默了片刻，侯爵方寸不亂地用高興的口吻說：

「哦，現在還可以挽回。打個比方來說，假如你對她還有點意思，那你就直說吧。」

「我對她沒有什麼意思。」

「所以我說的是假如嘛。既然沒有意思，那就好辦。長期以來我們曾受到她家的照顧，今回這門親事，我們要在力所能及的範圍內鼎力相助，能辦的就辦，能幫的就幫，得費點心才是……就這樣吧。下個月又是先祖的祭日，這門親事進展順利的話，聰子也將忙碌起來，說不定今年不能來參加祭典吶。」

「既然如此，爲什麼不從一開始就不邀請聰子來參加呢。」

「眞令人吃驚啊！我還不知道你們的關係竟如此水火不相容。」

侯爵說罷放聲大笑起來，這話題至此告一段落。

對清顯的雙親來說，清顯的存在簡直像個謎，他的心思難以捉摸，他和雙親之間的感情，總存在隔閡，雙親雖然想探尋清顯的感情軌跡，卻總捉摸不透，以致死了心，不再想探尋了。如今，侯爵夫婦還有點埋怨綾倉家對清顯的教育，因爲自己的兒子從小就寄養在他們家。

難道我們一向憧憬的公卿家的優雅，僅僅是意味著這樣的意思不堅、撲朔迷離、難以捉摸的嗎？遠看即令很美，近瞧兒子所受教育的成果，就覺如同在他的身上安了一個謎。縱令侯爵夫婦心裡有種種嚮往和意圖，卻只是南國式的鮮明單調色彩。然而清顯心裡卻像穿上了古代婦女多層衣衫的色調，赤黃色中的紅色又融進了小竹的萬綠叢中，分不清什麼屬於什麼色。僅是特意地忖度兒子的心，就夠使侯爵困頓；光是看見兒子對任何事物都漠不關心，以及冷漠沈默的美姿，也就夠使侯爵疲憊的了。侯爵尋遍了自己少年時代的回憶，也找不到自己爲不安定的心事所苦惱的記憶，它竟如此曖昧不清，看上去似盪起一片漣漪，可底流卻是如此清澄透徹。

過了片刻，侯爵便說道：

「換個話題吧，我想最近就把飯沼辭掉。」

「爲什麼？」

清顯第一次露出少有的驚愕神色，這確是意外的衝擊。

「我覺得你受他照顧的時間夠長了，再說你明年也將成人，他也已經大學畢業，這是最好不過的時機了。直接的原因，就是我聽到了有關他的一些令人不愉快的傳聞。」

「什麼傳聞？」

「他在家中幹出了不軌的行爲。據實說吧，他跟女佣阿峰私通。要是在古時，他就該由我親自來斬首吶。」

聽到這番話的時候，侯爵夫人卻出奇地平靜。無論從哪個角度來說，她在這個問題上都是站在丈夫一邊的。清顯再次問道：

「這傳聞是從誰那裡聽說的？」

「管他是誰呢。」

清顯腦海裡頓時浮現出蓼科的面容。

「若是古時，主人得親自將他斬首，可是現在就不能這樣做。再說，他是老家推薦來的人，而且那位中學校長每年照例要來賀年，有了這種關係，我想悄悄地讓他離開這個家，以免毀了他的前途。我還想兩全其美，有名有實地來處理這個問題，把阿峰也辭掉，如果他們兩人有意思，讓他們結爲夫妻也好。我今後還打算給飯沼謀個出路。總之，讓他們離開我們家，而又不讓他們有任何怨言，這是最上策。他長期照顧你，這是事實。念他這點，我這樣處理是不會有什麼差錯的。」

「這樣對待他，眞是做到了仁至義盡……」侯爵夫人說。

……這天晚上，清顯與飯沼照過面，可他什麼也沒有說。

清顯躺在床上之後，頭枕枕頭，百感交集。他知道自己現在眞正是孤立無援。若說朋友，就只有本多一人了，不過對本多，又不能毫無保留地把事情的原委坦白出來。

清顯做了一個夢。他覺得這個夢是所有夢當中最難把它記在日記裡的。這夢是那樣的盤根錯節，是那樣的錯綜複雜。

夢中出現了各式各樣的人物。夢中忽兒出現像是雪中的三聯隊兵營的廣場，本多就在那裡擔任軍官；忽兒雪地上飛來了成群的孔雀，兩位暹羅王子站在聰子的左右，給她戴上一頂垂著長長纓絡的黃金桂冠；忽兒又出現飯沼和蓼科爭吵的場面，兩人糾纏不清，一下子掉進了萬丈深淵，阿峰乘著馬車前來，侯爵夫人出來恭迎，忽然間清顯自己盪著木伐，在無邊無際的大海上漂流……

清顯在夢中尋思，由於陷入夢境太深，夢甚至溢到現實領域中來。夢泛濫了。

二十二

洞院宮的第三王子治典王殿下，今年二十五歲，剛晉升近衛騎兵大尉。他天生英俊，氣度豪邁，是父王最期待的王子。因此在選妃問題上，他不聽取別人的意見，別人給他介紹各種候選人，他都不中意，歲月就這樣流逝了。在父王、王妃爲此而苦惱的時候，松枝侯爵邀請他們參加賞花宴，很自然地就給他們引見了綾倉聰子。兩位殿下非常滿意，示意要一幀聰子的照片。綾倉家馬上將聰子的一幀正裝照片獻上。治典王殿下看了這幀照片，不像平時那樣說幾句辛辣的話，而是看得入了神。這樣一來，儘管聰子已經二十一歲，可年齡上也不算問題了。

爲了報答綾倉家過去照顧自己兒子的恩情，松枝侯爵早就有意幫助扶持和振興家道中落的綾倉家。最快的捷徑就是與皇家攀親，哪怕不是直接攀上皇族也好。綾倉家本是公卿門第，這樣做也是無可厚非的；只是在這種情況下，需要有人做後盾。對綾倉家來說，一想到能否出得起一筆龐大的陪嫁錢和嫁妝，以及將來過節過年給皇家僕人、侍者無窮無盡的送禮，也就感到頭昏腦脹，因爲綾倉家實在付不起這筆費用。這一切松枝家都準備給予關照。

聰子以冷漠的目光，望著自己周圍忙不迭地進行這一切的工作。四月份難得有個晴天，在灰暗的天空下，春天的氣息越來越淡薄，預兆著夏天即將到來。她透過街門漂亮的武士宅邸內部構造樸實的房間落地窗，在眺望拾掇得不甚整齊的寬闊庭院，她發現茶花早已凋謝，從又黑又硬的葉叢中吐出了新芽；石榴樹帶神經質的刺的細小枝葉尖端上，也露出了微紅的新芽。新芽都是直立的，看上去整個庭院彷彿都踮起足尖來伸展腰身似的。庭院變得高了幾分。

聰子明顯地沈默下來，常常落入沈思。蓼科爲此費盡了心思，另一方面，聰子卻又順從父母，什麼事情都按照他們的吩咐去辦，不像從前那樣提出異議，所有事情都微笑地接受。就這樣，在這一切都順從的典雅帷幔後面，卻隱藏著無限的寂寞心緒，猶如最近陰沈沈的天空。

五月裡的一天，聰子接到一張請帖，邀請她參加假座洞院宮別墅舉行的茶會。按往年慣例，這時候，松枝家祭祀先祖的請柬該送到，眼下聰子最急切盼望得到的這張請柬卻沒送來，送來的卻是由洞院宮家事務官帶來的請帖，他若無其事地遞給副管家之後就走了。

表面上這一切都是自然發生，其實是在暗地裡祕密而精心地策劃的。寡言少語的父母，也伙同這些人在聰子站著的地板周圍，悄悄地畫了許多複雜的咒符，企圖把聰子封鎖起來。

洞院宮家的茶會，綾倉伯爵夫婦當然也受到邀請，不過讓洞院宮家派馬車來接反而顯得小題大作，所以他們借了松枝家的馬車前往。明治四十年興建的別墅坐落在橫濱郊外，這麼段旅程，要不是去參加茶會，恐怕就可以稱得上是一次罕見的全家旅行，一起愉快地遊山玩水了。

多日來這天難得放晴，伯爵夫婦爲這一吉利的預兆而感到欣喜。一路上刮著強勁的南風，沿途到處可見鯉魚旗迎風招展。根據孩子多少，就懸掛多少鯉魚，大黑鯉和小緋鯉相間，掛上五尾看了有點令人膩味，迎風招展的鯉魚旗也並不顯得好看，然而伯爵靠在馬車窗邊，卻舉起皙白的手指，數了數靠山邊那戶人家懸掛的鯉魚旗，竟達十尾之多。

「多麼熱鬧啊！」伯爵帶笑地說。

這句話在聰子聽來，感到這是一句粗俗的開玩笑的話，與父親的身分是極不相稱的。

嫩葉的長勢驚人，山巒從黃綠色到墨綠色。在湧出各種綠色中，特別是楓樹嫩葉的光灑落在樹蔭底下，映得地面一片紫黃色。

「喲，有點塵土……」母親說。

她突然把視線落在聰子的臉上，當她用手絹去揩拭塵埃時，聰子冷不防地向後躲閃了一下，臉上的塵埃也同時消失了。母親這才曉得原來是玻璃窗上的一點污跡，擋住了陽光，投影在聰子的臉上。

聰子莞爾一笑，她並非對母親這種錯覺感興趣。只有今天母親才這樣注意觀察自己的臉，她討厭把自己當作饋贈的紡綢品一般來檢驗。

她們怕風把頭髮吹亂，將車窗緊閉，車廂裡熱得就像個火爐，車身不停地搖晃。四周一片綿延不斷的插秧前的水田裡，倒映著長滿嫩葉的群山……聰子不曉得自己急盼著的未來是什麼。一方面她被危險的焦急心緒所侵擾，顯得異常大膽，要讓自己流入無法逃脫的深淵；另一方面，她彷彿還在等待著什麼。現在還來得及。還來得及。宛如期望在危急關頭送來一道赦免令，同時又憎恨所有的希望。

洞院宮別墅落座在可以鳥瞰大海的高崖上，是一座具有宮殿式外觀的洋房，外帶一條鋪砌大理石的台階。綾倉一家受到事務官的迎接，他們從馬車上下車的時候，俯瞰停泊著各式各樣船隻的海港，發出了驚嘆聲。

茶會設在朝南的寬闊廊道上，這裡可以眺望遼闊的大海。走廊上擺設了許多熱帶植物，枝繁葉茂。入口處擺著一對護門的巨大新月型象牙，這是暹羅王室饋贈的禮品。

兩位殿下就在這裡迎接來賓，並愉快地勸坐。侍者端上了英國式的茶，盛在鑄有菊花家徽的銀器裡。長條桌面上還擺著一份份薄薄的三明治和西式糕點、餅乾一類的食物。

妃殿下談起前些日子賞花很有意思，還提起搓麻將和詠長歌的事。伯爵對沈默的女兒美言了一句。

「小女還是個孩子，還沒讓她打過麻將呢。」

「噯喲，我們一空閒，就成天搓麻將吶。」妃殿下邊笑邊說。

這樣，聰子就不便說出自己在家中玩古老的「雙六」，這是用十二個黑白子玩的遊戲。

今天洞院宮身穿普通西服，心情顯得特別舒暢。他陪同伯爵站在窗邊，指著海港的船隻，像給孩子講解似地說：那是英國貨船，叫閃光甲板型船；那是法國貨船，叫遮浪甲板型船等等，以顯示他的知識。

看樣子在當時的氣氛下，兩位殿下似乎有點爲難，不知談什麼話題才好。不論是談體育或談酒，哪怕其中一樣能找出共同語言就好了。可是，綾倉伯爵卻十分被動，只是笑容滿面地充當聽者。在聰子看來，再沒有比今天更感到從父親那裡學來的這份優雅太不中用了。伯爵談話，平時總要穿插一些與話題無關的、逗趣而卻很有風格的笑容，今天他顯然是有所克制。

過了片刻，洞院宮看了看錶，突然想起來什麼似地說：

「今天正好治典王可以向部隊請假回來，我這孩子看上去是一身武將骨氣。不過，請不要介意，他的本性還是善良的。」

話音剛落，就聽見正門一陣喧囂，傳來了王子回邸的聲音。

響起了佩刀和軍靴聲，治典王殿下身穿威武的軍服出現在走廊上，他向父親行了個舉手禮。這瞬間，聰子不禁感到這是一種不可言狀的空有其表的威風，而她十分明白，洞院宮顯然是很喜歡王子這種威武的，這位年輕王子一切都按照父王的願望行事。這也是因爲他的哥哥格外柔弱，健康欠佳，父王老早就感到失望了。

治典王殿下這副姿態，當然也掩飾了他初次見到美麗的聰子那份難爲情的樣子。不論是寒暄的時候還是寒暄過後，殿下幾乎沒有直視一眼聰子。

王子的身材雖不太高，體格倒蠻壯實。洞院宮瞇起眼睛端詳著兒子，覺得他遇事機敏，孤高而有意志，年輕而有威嚴。他所以有這種風采，乃是要一改眾人的印象。據說，是由於外邊盛傳父王洞院宮雖然儀表堂堂，舉止非凡，內心深處卻缺乏堅強的意志。

至於興趣，治典王殿下喜歡搜集西方音樂唱片，綾倉一家一談及這件事時，妃殿下就說道：

「你放一張來聽聽好嗎？」

「嗯。」

治典王殿下應了一聲，便走進室內放留聲機的地方，聰子的視線不由地追蹤而去，王子邁著大步跨過走廊和房間交界處的時候，只見剛剛擦亮的黑色長統軍靴上，反射著從窗戶投來的閃爍白光，明晃晃的，顯得十分平滑。連窗外的蔚藍天空也因閃閃爍爍，恍如藍色而光滑的陶片。聰子輕輕地闔上眼睛，等待著開始播放音樂。等待的時候，不安的情緒在心中投下了濃重的陰影，連唱針落在唱盤上的微弱聲音，她聽起來也像是響雷在她耳邊轟鳴。

……此後，她和王子之間若無其事地只談了兩三句話，傍晚時分，綾倉一家便告辭了洞院宮家。一星期之後，洞院宮家的事務官來訪，同伯爵進行了長談。結果決定履行手續，正式向宮內省的宗秩寮[1]提出徵詢意見書。聰子偷看了這份文件。文件內容如下：

宮內大臣閣下　敬啓者

有關治典王殿下與從二位勛三等伯爵綾倉伊文的長女聰子結婚事宜。

雙方商定成親，今呈上文書徵詢尊旨。專此叩上。

洞院宮府事務官　山内三郎

大正二年五月十二日

三天後，宮內大臣發來如下通知：

關於通知洞院宮府事務官事

洞院宮府事務官

治典王殿下擬與從二位勛三等伯爵綾倉伊文的長女聰子結婚事宜。

雙方商定成親並徵詢本省意見一事，本省已同意。

專此奉覆

宮内大臣

大正二年五月十五日

就這樣，徵詢宮內省意見的手續已經完畢，隨時都可以奏請敕許了。

1 宗秩寮，掌管皇族、皇族會議、王族、公族、華族、爵位等有關事務部門。

二十三

清顯已經是學習院高等科的最高班生。明年秋天即將升入大學。一些人在一年半以前就開始複習，準備入學考試了。本多沒有這樣做，清顯頗爲欣賞。

經乃木將軍之手恢復的全體學生住校制度，是作爲校方的一條原則嚴格執行的。不過，對病弱的學生也允許通勤，像本多和清顯那樣，按家長的方針不讓住校，也要持有相應的高級醫師診斷書。他們報了個假病名，本多是心臟瓣膜症，清顯是慢性支氣管炎。他們兩人經常相互嘲弄各自的裝病，本多裝作心臟病喘不上氣，清顯則佯裝乾咳的樣子。

任何人都不會相信他們有病，他們本來也大可不必裝病。不過，只有監武課裡幾個日俄戰役倖存下來的下士官例外，他們在監武課上，總是形式上不懷好意地將兩人當作病人看待。教練每逢訓示，總要指桑罵槐地譏諷一番，說什麼病弱之徒連住校生活都過不了，還能指望他們在國家危難之秋爲國效勞嗎？云云。

暹羅王子們住校了。清顯很同情他們，時不時地帶些禮品到宿舍看望他們。王子們與清顯之間的友情甚篤，他們一見到清顯，就連連訴苦說，他們的行動如何不自由。快活而冷酷的寄宿生未必就是王子們的好友。

長期以來清顯忽視友人。如今又像厚著臉皮的小鳥飛了回來，本多依然若無其事地歡迎他。看樣子本多轉眼間就忘卻了清顯以往把他拋諸腦後這件事了。新學期伊始，清顯整個人遽然變了，變得帶著一種空虛的快樂和爽朗。本多覺得可疑。關於這個問題，他當然不便探問，清顯什麼也沒有告訴他。

現在，清顯覺得就是對摯友也不要交心，這是唯一明智的做法。多虧自己這樣做，所以用不著擔心了，在本多眼裡，自己再也不是任憑女性愚弄的傻孩子了。清顯知道，這種安心是促使自己現在在本多面前顯得如此自由而爽朗的原因。清顯認爲，自己這種不想給本多以幻滅感的心情，以及自己這種在本多面前要成爲一個自由者、解放者的心情，足以彌補其他無數冷淡疏遠的做法，這是自己對本多最好的友誼的證明。

毋寧說清顯對自己的爽朗也感到驚愕。打那以後，父母完全以恬淡的態度，把洞院宮家和綾倉家攀親的進展情況告訴了他，諸如連那個好強的姑娘在相親席上都變得拘謹起來，連話都說不出來了云云。他們說這番話時，覺得挺滑稽。不用說，從他們的話裡，清顯是無法領會到聰子的悲傷。

想像力貧乏的人，可以很自然地從現實的事象中發揮自己的判斷力。可是想像力豐富的人，則反而要在那裡立即築起想像的城，緊緊關閉那稱得上是窗的窗，讓想像插翅翱翔，清顯就是具有這種傾向的人。

「剩下的就等敕許了。」

母親這句話總是在清顯的耳邊回響。在敕許這個詞的後面，他彷彿如實地聽到了自己咬牙切齒地卸下金鎖的響聲，那扇門是在一條又寬又長的黑漆漆的長廊前方，門上鎖著一把小小的卻很牢固的金鎖。

清顯迷離恍惚地注視著自己，自己聽了父母談論這個情況之後，居然能如此泰然自若。他認識到自己是個硬骨漢，既不憤怒也不悲傷，這種認識是靠得住的。他心想：「我是個比自己想像還要更難以受到傷害的人啊。」

過去，他覺得父母的感情是粗線條的，是疏遠的。現在，他卻把自己放在他們的純正血統中，並爲此而感到高興。他是屬於傷害人的血統，而不是屬於容易被人傷害的一類。

日復一日，聰子的存在距他越來越遙遠，用不了多久她就會達到遙遠而不可及的世界。想到這裡，他就覺得湧上一股妙不可言的快感。宛如目送著給餓鬼布施的燈籠投影在水中，乘夜潮遠遠飄去，心中暗暗祈盼它儘可能遠去，越遠去就越發確實證明自己的力量。

然而，此時此刻，在這廣大的人世間卻沒有一個證人來證明他這番心緒。這就使清顯讓自己的心情輕易地變得虛僞了。「少爺的心情我很了解，包在我身上啦！」平時說這種話的「心腹」們的視線，也從他的身上移開了。更令他感到莫大喜悅的，是能擺脫蓼科這個大騙子，還能擺脫飯沼這個親密無間的忠實貼身奴僕。所有的煩惱都在這裡拂淨了。

清顯認爲飯沼受到父親仁慈的驅逐，這是飯沼自食惡果，這種想法保護自己冷酷的心，還多虧蓼科保證「絕不把這件事告訴令尊」，並且她始終沒有爽約，清顯太高興了。他想道：這一切都是這顆水晶般的、冷淡、透明而帶有稜角的心的功德啊！

飯沼快將離開這個家的時候，到清顯的房間裡來告別，並且痛哭了一場。清顯從他的眼淚裡領略到了各種各樣的含意。他覺得飯沼一味在強調他對自己的忠實，他感到有點不快。

當然飯沼什麼也沒有說，只是在抽泣；他想用沈默來向清顯傳達點什麼。對清顯來說，七年來同飯沼朝夕相處，是從感情上或記憶上都模糊不清的十二歲那年春天開始的，只要追憶，那裡就一定有飯沼的存在。飯沼幾乎陪伴了清顯的整個少年期，他好像是落在清顯身邊的一個影子、一個身穿骯髒藏青地碎白花紋衣衫的人投下的濃重黑影子。對飯沼這種無法容忍的不滿、憤怒和否定，清顯越是佯裝漠不關心，就越是沈重地壓在清顯的心頭。另一方面，多虧飯沼那雙暗淡憂鬱的眼睛裡潛藏著這些東西，清顯少年時期才得以避免本是難以避免的不滿、憤怒和否定。飯沼所追求的東西，始終只在飯沼的心中燃燒，他對清顯越寄予期望，清顯就越發遠離他，也許這是一種自然的發展趨勢吧。

清顯把飯沼完全當作自己的心腹，將他沈重地壓下來的力量化爲烏有的時候，也許清顯早已從精神上朝著今天別離的方向邁出一步了呢。這主僕之間彼此本來就不應作這樣的理解。

清顯帶著憂鬱的心情望了望垂頭喪氣地佇立在那裡的飯沼，只見他那藏青地碎白花紋和服的胸前，隱隱約約地露出了夕照映射下的零亂胸毛。這厚實而沈重的令人膩煩的肉體，保護了他的強制性忠實。他的肉體本身就充滿了對清顯的責難，連射在長滿污穢酒刺的凹凸臉頰上的夕照，也閃爍著在泥濘上的光似的，以一種目中無人的光彩，述說了信賴他並與他一起離開這個家的阿峰的存在。這是多麼不禮貌啊！少爺被女人拋棄，獨自一人留下來，學僕卻相信女人，並按照她的吩咐洋洋得意地離開這裡。而且飯沼還把今天這場別離，看作是他絕對忠實的佐證。他這副深信不疑的樣子，使清顯感到焦躁不安。

然而，清顯卻持貴族的態度，以顯示其流露出冷若冰霜的人情。

「這麼說，你離開這裡不久，就要同阿峰成親囉？」

「嗯，承蒙老爺讓我們這樣做。」

「到時候通知我，我要給你送些禮物。」

「謝謝。」

「安居下來以後，來信告訴我地址，說不定我會去看你呢。」

「如蒙少爺肯光臨，我再高興不過了。總之，我的住處肯定是又髒又小，恐怕無法招待。」

「這個就不必客氣囉。」

「是，讓您這麼一說……」

飯沼說著又哭了起來。他從懷裡掏出一張粗糙的再生紙擤了擤鼻子。

他覺得從清顯嘴裡吐出的一言一語，確實恰如其分，都是在這種場合下應該說的。那些話一如他想像的，流暢地吐露了出來，不帶任何的感情，這反而使人深受感動。多愁善感的清顯，如今因爲需要，也學會了心理上的政治學；這種政治學，必要時對自己也是應該適用的。他覺得他自己學會了穿上感情的鎧甲，並把鎧甲擦得鋥亮。

這個十九歲少年沒有痛苦也沒有煩惱，他已經從所有的不安情緒中解脫出來了。他覺得自己是一個冷酷的萬能人，彷彿某種事已明顯地結束了。飯沼離去以後，他透過敞開的窗戶，眺望著被嫩葉掩映的紅葉山在湖面上的美麗投影。

窗邊的欅樹枝繁葉茂，嫩葉蔥蘢，不探出頭是望不見第九段瀑布傾瀉入瀑布潭的景象的。湖面上和湖畔相當大一片覆蓋著淺綠色的蒓菜，眼前還沒出現萍蓬草的黃花，但透過大廳前面彎彎曲曲的小石橋縫隙，卻可以看見花菖蒲蒼翠而尖利似劍的葉叢中，點綴著紫色、白色的花。

清顯把視線投在一隻吉丁蟲上，這隻蟲先落在窗框上，然後又慢慢地爬進室裡來。吉丁蟲披著綠色和閃閃金光的橢圓形甲冑，伸出兩道紫紅色的鮮豔觸角，緩緩地一步步向前蠕動著鋸齒般的細腿。牠把凝聚在全身上的沈靜光彩，放在流動不息的時間裡，顯得多麼沈重，多麼滑稽。看著看著，清顯的心被吉丁蟲深深地吸引住了。就這樣吉丁蟲把牠閃光的姿影，一點點地向清顯移動過來。牠這種毫無意義的移動，彷彿教給清顯如何做才能美妙而光輝地度過時光，這種時光在每一瞬間都會無情地改變現實的局面。他自己的感情鎧甲怎麼樣了？有沒有力量像吉丁蟲的甲冑那樣，發出自然而美麗的光彩？而且有沒有力量向所有外界進行嚴肅的抵抗？

此時此刻，清顯感到周圍繁茂的樹木、蔚藍的天空、雲彩，一處處房頂的脊瓦，所有這一切都圍繞著這隻吉丁蟲、伺候這隻吉丁蟲。現在吉丁蟲恍如成爲世界的中心，成爲世界的核心。

……今年祭祀先祖的氣氛，與往年不同。

第一，往年每到這祭祀，飯沼就早早把祭壇和椅子都打掃乾淨，今年飯沼不在了，這些工作便落在山田的肩上。讓山田承擔起過去不是自己份內的、而且一直是年輕人負責幹的工作，他滿心不高興。

第二，沒有邀請聰子參加。這只不過是應邀來參加祭祀的親朋戚友中少了一個吧，何況聰子又不是眞正的親戚。另外也沒有一個頂替聰子的美貌女客。

神靈彷彿也覺察到這種變化，有點不高興似的，今年祭祀中途，天空陰沈下來，傳來了一陣陣雷鳴。婦女們聆聽神官念祈禱文時，擔心下雨，心情平靜不下來。幸虧身穿緋紅裙子的巫女繞場給大家斟神酒的時候，天空放晴了。強烈的陽光，照射在耷拉著頭的婦女們的領窩上，領窩露出的白色貯水井般濃抹白粉的脖頸，冒出了汗珠。藤架上深深地落下了一串串的花影。坐在後排列席的人，受到了這花影的餘蔭。

這種每年舉行對先祖表示敬意和哀悼的祭典，其氣氛漸漸淡薄了，如果飯沼在場，他一定會感到惱火的。特別是從明治大帝駕崩以來，明治的帷幕早已被收藏起來，先代人距離現今的世界越來越遙遠，變成同這個世界毫無關係的神靈了。參加的人當中有先代人的遺孀，也就是清顯的祖母；還有幾個上了年紀的，這些人哀悼的眼淚也早已乾涸了。

舉行冗長儀式的過程中，婦女們竊竊私語聲一年比一年高，侯爵也不敢加以斥責。不知怎地，他自己現在也感到這種祭典是個負擔，希望能把祭典辦得輕鬆些，不要那樣沈悶。侯爵一直注視著一副琉球人長相的巫女，她濃妝豔抹，格外醒目。舉行儀式的時候，她那雙又黑又亮的眸子投影在素陶酒杯中的神酒裡，把侯爵都弄得魂牽夢縈了。儀式一結束，他就急匆匆地走到嗜酒的海軍中將的表弟身邊，像是扯些猥褻的話。中將頓時發出尖銳的笑聲，引起全場人的注目。

侯爵夫人不動一點聲色，她知道自己這副八字眉的悲傷型面孔，是最適合這種儀式的氣氛。

至於清顯，他敏銳地感覺到這裡飄盪著這樣一股濃厚的氣氛，即婦女們有的相互竊竊私語，有的一點點地失去了謹慎，有的一家人乃至婢女都聚在這五月底的藤花架蔭影下，還有的連名字都叫不出來，她們毫無表情，不帶一絲悲傷的情緒，只因讓她們來聚會她們就來聚會了；不久她們又各自離去，一張張神情恍惚、恍如白晝月亮的白臉上，充滿了不可思議的、沈重而積澱的不如意。這顯然是婦女們的氣味，聰子也是屬於這個行列的。這種氣味，即使手持獻神的楊桐玉串——玉串纏上素白的紙幣，數枚重疊的光滑深綠色樹葉——畢竟也難以祓除不祥的。

二十四

一種失落的安心感在撫慰著清顯。

他的心總是在這樣搏動著，與其說是陷入失落的恐怖中，莫如認爲是在現實中早已失落了。

他失去了聰子，這是件好事。不久他連原先的那種憤怒也鎮定下來，感情也被巧妙地節約掉了。他宛如點燃的蠟燭，是那麼明亮而熾熱，然而點燃的蠟身卻漸漸消融；蠟燭熄滅以後，在黑暗中是孤獨的，然而它不必擔心自己的身體會再融蝕。他這才懂得孤獨就是休息。

季節臨近梅雨期了。清顯像康復期的病人提心吊膽，不注意保養身子，早就想試試自己是否眞的做到不動心，他特意引起對聰子的回憶。他把相片簿拿出來，觀看了昔日的照片，內中有一張是幼年時代的身影，他們胸前掛著白色圍巾，肩併肩地站在綾倉家的槐樹下。自己幼年時代身量比聰子高，清顯也就感到很滿意了。擅長書法的伯爵曾熱心地教他們書寫發源於藤原忠通①的法性寺流派的古老日本式書法，有時爲了讓寫膩了的他們兩人打起精神來，伯爵還讓他們按照《小倉百人一首》和歌集，各自互相書寫一首。這些書法至今還保存下來。清顯寫的一首是源重之②的「風吹浪擊傷岩石，破碎心靈猶沈思」；聰子在旁邊寫上大中臣能宣③的「皇城衛士焚火光，夜燃晝熄思更旺」，乍看，清顯的字跡顯得稚嫩，而聰子的字體卻舒暢精緻，令人想像不到是出自孩子的手筆。清顯成人以後也很少去觸摸這書卷軸，因爲在那裡他發現了聰子比他早一步成熟和自己未成熟，這種隔閡使他感到異常淒愴。然而，此時他平心靜氣地觀賞，他感到：儘管自己的手跡很稚嫩，但在這拙劣的書法中卻躍動著男兒的血氣，它與聰子那種暢流不息的優雅恰恰形成鮮明的對照。不僅如此，就這樣，一憶起無所畏懼地將蘸滿墨汁的筆端，落在金箔粉末中配以小松枝的漂亮用紙上時，當年的所有情景就切切實實地浮現在腦海裡。那時候，聰子留著濃密又長又黑的瀏海髮，弓著身子伏在書卷軸上習書法；由於過分熱心，披肩的黑髮像雪崩似地往前耷落下來了，她仍然用那隻纖細的手緊緊握住筆桿子。從頭髮的縫隙可以窺見她那可愛沈靜的側臉，一排潔白光亮的小前齒，緊咬著下唇。她雖還是個小女孩，可那副高高的鼻樑已經長得輪廓分明。清顯百看不厭地飽覽了一番。接著空氣裡盪漾著一股憂鬱而暗淡的墨香，那筆端掠過紙面時發出恍如風吹小竹葉的沙沙聲，那帶著海與山的奇怪硯台名稱，從沒有興起任何波浪的海邊迅速深陷海底。這一切都不見了，只見墨黑的沈澱，墨的金箔脫落亂散在上面，恍如月影散射的光，那是永恆的夜之海……

「我甚至可以這樣天眞地緬懷往昔哩。」清顯落入沈思，他覺得非常自豪。

清顯連做夢也沒有出現過聰子。夢中一個像是聰子的姿影一閃現就立即轉過身走了。於是夢中常常出現光天化日之下的大街，看不見一個人影。

……在學校裡，巴塔納迪多王子託清顯辦一件事，希望清顯把他存放的戒指拿給他。

兩位暹羅王子在學校的評價不能說是很好。主要原因是他們的日語還未能運用自如，學習受到了影響，那也是無可奈何的事。因而他全然不領會朋友們友好的開玩笑，起初大家為他們焦急，後來只好對他們敬而遠之。兩位王子總是微笑相迎，竟被一些粗暴的學生看作是一種莫名其妙的姿態。

據說這兩位王子住進學校宿舍，是外務大臣的考慮。清顯聽聞舍監爲接待這兩位客人費盡了苦心，給他們以準皇族的待遇，安排住在特別房間，睡床也是高級的。舍監全力以赴，努力讓他們和其他寄宿生和睦相處。然而，天長日久兩位王子彷彿被鎖在唯有他們兩人的城堡裡，很多時候連朝會和體操也未能參加；這樣一來，無形中越發加深了他們同寄宿生之間的隔閡。

由於各種各樣的原因糾纏在一起，才落到這樣一種局面。一方面他們來日本以後不到半年，就想讓王子們適應用日語聽課，這準備時間是不夠充裕的。而且準備期間，兩位王子也不是那麼勤奮好學，在更應大放異彩的英語時間裡，無論是英譯日還是日譯英，都讓兩位王子無所措手足。

巴塔納迪多王子寄存在松枝侯爵那裡的戒指，收藏於侯爵在五井銀行的私人金庫裡，清顯一定要借用父親的印鑑才能把它取出來。傍晚時分，清顯又返回學校到宿舍去造訪王子。

這天是乾梅雨，天悶熱而陰鬱。就是在這樣一個日子裡，王子們那麼期待的光輝燦爛的夏天，雖已近在眼前，手卻夠不著。這樣令人無精打彩的日子，彷彿也在描繪出王子們的焦躁情緒來。他們的宿舍是粗糙的木板平房，深深地隱掩在密林蔽蔭的地方。

體育場不時響起練習橄欖球的叫喚聲。清顯討厭這種發自年輕人喉嚨裡的「理想主義者」的聲音。精暴的友情、新的人間主義、無止境的時髦打扮和俏皮話、不厭其煩地歌頌羅丹的天才和塞尙作品的完美……這些只不過是與古劍道的嘶喊相對應的新型體育叫喚聲罷了。他們的喉嚨總是充血的，由於年輕而散發著一股青桐葉的芳香，高高戴著一頂唯我獨尊的無形古式禮帽。

兩位王子就是夾雜在這樣新舊兩種潮流之中，而日語又不能運用自如，他們怎樣才能打發這種不稱心如意的日子呢。清顯想到這些，就不禁同情起他們來。如今他已經從一種憂慮中擺脫出來，變得自由自在，心胸也開闊了。雖說兩位王子住的是特別高級的房間，可是他們的名牌卻掛在簡陋而昏暗的走廊盡頭的一扇舊門邊上。清顯來到這裡，在門前停下腳步，輕輕地敲了敲門。

出來相迎的兩位王子，一看見清顯就馬上擺出一副像是要擁抱的樣子。他們二人當中人品好的，是非常認眞而又常愛做夢的巴塔納迪多王子，也就是昭披耶，清顯很喜歡他。不過最近連那個輕浮而愛吵鬧的庫利沙達王子，也變得沈默起來了。他們兩人總是躲在房間裡悄悄地閒聊，大多數是用母國的語言。

房間裡除了床、桌和西服櫃以外，連件像樣的擺飾都沒有。建築物本身就洋溢著當年乃木將軍的兵營的趣味。護牆板上是白色的牆壁，白牆上置個小小的木架，上面擺放了一尊王子朝夕都要膜拜的金色釋迦佛，只有這尊佛像放出了異彩。窗戶兩側都掛上收攏的被雨水濺髒了的窗簾。

在傍晚的昏黑中，兩位王子明顯曬黑了的臉，只有微笑地露出的白牙齒格外顯眼。兩人勸清顯在床邊坐下，就立即催問了戒指的事。

這只鑲嵌著由一對半獸型面孔的金色護門神「雅」保護的祖母綠寶石戒指，實實在在地放出了和這個房間很不協調的光輝。

昭披耶揚聲歡笑，把戒指接了過來，旋即戴在他那只柔軟的淺黑色手指上。這手指纖細而充滿彈力，彷彿專門爲了愛撫才給他製造的，這手指恰似一道熱帶的月光從門扉的細縫，將它的足跡深深地伸進嵌木細工的地板裡。

「就這樣，月光公主馨香，好不容易又回到我的手指上來了。」昭披耶略帶憂傷地嘆息道。

庫利沙達不像以前那樣揶揄昭披耶了，他打開西服櫃的抽屜，把精心藏在幾件襯衫之間自己妹妹的照片取了出來。

「儘管是自己妹妹的照片，在這學校裡，如果把它擺在桌面上，也是會被別人取笑的。所以，我們就把馨香的照片小心地藏了起來。」庫利沙達王子用幾乎是哭訴的口吻說。

過了片刻，昭披耶坦白地透露，月光公主已經兩個月沒有來信了，雖然向公使館打聽過，但依然杳無音信，她也沒有給她的兄長庫利沙達來信報平安，假若是生病或是發生什麼事，當然會來電報通知的。昭披耶難以忍受地想像著：假若是發生了連對哥哥也要隱瞞的變化，那就除非是暹羅宮廷急於搞什麼政治結婚了。

想到這些，昭披耶就心煩意亂了。明天是否會來信呢？就算來信，是否會寄來什麼不吉利的信呢？他滿腦子裡淨是充塞著這些事情，也就無心學習了。王子思緒萬千，這時候唯一的精神寄託就是索回月光公主餞別時饋贈的那只戒指，以便讓自己的遐思馳騁於那彷彿是密林在朝霞下溶化了的濃綠色祖母綠寶石的領域之中。

此時昭披耶像是忘卻了清顯的存在，他把藏著祖母綠寶石戒指的手，伸到放在桌面上月光公主的相片旁，他這樣做似乎是企圖帶來這樣一瞬間：即想把隔著時空的兩個實際的存在凝結為一體。

庫利沙達王子擰開了吊在天花板上的電燈，昭披耶手指上的祖母綠寶石，便在相框玻璃板上反射出綠光，恰巧在身穿白色花邊服的公主左胸上鑲嵌了一塊昏暗的四角形綠色影子。

「瞧！怎麼樣？」昭披耶用英語操著夢囈般的口吻說，「她有一顆簡直像是綠火般的心，不是嗎？酷似一條又細又長的綠蛇，以樹上藤蔓似的姿態，盤纏在密林不計其數的枝丫上。也許她就是具有這樣一顆放射冰冷綠光的、帶著細微裂痕的心。也許她在當初溫柔餞別的時候，就期望我能理解她這樣的寓意。」

「哪會這樣呢，昭披耶。」庫利沙達王子機靈地攔住了他的話頭。

「庫利，你別生氣，我絕沒有侮辱你妹妹的意思，我只是在說：『情人』的存在是多麼不可思議啊。

「我覺得她的照片只是把她照像時的姿態記錄下來，而她的餞別禮物綠寶石，卻忠實地反映出她此時此刻的心，難道不是嗎？在我的記憶裡，相片和寶石、她的姿影和她的心，本來就是各自分隔開來的，現在卻是這樣地融合在一起。

「在情人面前，我們再沒有比把她的姿影和她的心分開來考慮更愚蠢的了。也許此刻我縱令離開了實在的她，卻覺得反而比相逢的時候，更能看到月光公主是一個統一的結晶體。既然別離是痛苦的，那麼相逢也可能是痛苦的；倘使相逢是歡樂，那麼分別哪有說高興就不行的道理呢。

「對吧？松枝。我想探索一下戀愛這玩意兒，如何像魔術一般地把時間和空間貫穿起來，其祕密究竟在什麼地方？就是在她面前，也未必就迷戀她的實體，而且她那美麗的姿影，是實際存在的不可或缺的形式，所以隔著時間和空間的話，也可能會成爲雙重的疑惑，也可能是相反成爲近兩倍的實際存在……」

王子哲學性的思辯不知有多麼深奧，清顯卻並不認眞傾聽。王子的話，倒是有些地方能引起各種各樣的聯想。清顯相信，此刻對於聰子來說，自己是「接近兩倍的實際存在」，而且確實知道自己迷戀的並不是她的實際存在。這有什麼證據證明呢？倒是自己動不動就陷於「雙重的疑惑」，不是嗎？於是自己迷戀的果然是她的實際存在……清顯半無意識地輕輕搖了搖頭。有一回他突然又想起曾經做過這樣一個夢：從昭披耶的祖母綠寶石戒指裡出現了奇妙的美貌女子的臉，那女子究竟是誰呢？是聰子？還是未見過面的月光公主？抑或是另一個？……

「話說回來，夏天什麼時候才到啊？」庫利沙達王子說。

庫利沙達王子憂心地眺望著窗外籠罩在茂密林木中的黑夜。在密林彼方的一棟棟學生宿舍，燈火閃爍，若隱若現。大概是晚飯時間到了，宿舍食堂附近響起一陣陣嘈雜聲。還不時傳來走在林間小徑上的學生吟詠詩歌的聲音；這種粗魯而又不認眞的吟詠調子，惹得其他學生哄然大笑。兩位王子緊鎖雙眉，彷彿害怕隨著黑夜的降臨魑魅魍魎就會出現……

……就這樣清顯把戒指退還給他，這件事不久竟成了引起一件不愉快事件的根源。

幾天後，蓼科掛來了電話。女僕傳達了，清顯卻沒有去接這個電話。

第二天又來了電話，清顯還是沒有接。

這件事，在清顯心裡只占據一個小小的位置，他暗自規定，聰子的事姑且不論，只對蓼科的非禮就深感惱火。一想到那個騙人的老婆子恬不知恥地又想來行騙，就不由得怒火塡膺，把自己不接電話而帶來些許的惆悵巧妙地拂除了。

過了三天，氣候進入梅雨季節，連日綿綿陰雨，下個不停。清顯一從學校回來，山田就畢恭畢敬地把來信放在盤子上送到清顯的手裡。清顯看了看信封的背面，只見上面迤邐地寫著蓼科的名字，不禁一驚。封口經精心的封貼，從觸摸的手感來看，他知道在體積不小的雙重信封中裝了一封信，所以他特地當著山田的面，把厚厚的一封信撕成無數的碎片，並命令山田把它拿去扔掉。因爲他擔心，假使扔在房間的紙簍裡，自己難免不會把撕成碎片的紙屑撿起再拼在一塊。山田什麼也沒說，他那眼鏡後面的眼睛閃爍出驚異的目光。

又過了數天。這期間，清顯感到自己撕碎了那封信之後，精神負擔越來越沈重，他不由地生起自己的氣來。他發現自己爲了這封早已與己無關的信，心都被撕碎了。要是那樣還好，甚至還摻雜著後悔當時沒有堅決把信拆開，這是難以忍受的。當時他之所以把信撕碎扔掉，的確是出自堅強的意志力量，可是隨著時間的推移，他重新考慮，又覺得這恐怕只是一種怯懦的做法吧。

他用手撕毀那封不顯眼的白色雙重信封的信時，手指觸到其中似有用柔軟而堅韌的麻絲抄上圖案的紙，就感到有一種執拗的阻力。其實那不是用麻絲抄上圖案的紙，而是他若不振起更堅強的意志力量，就無法撕毀這封信，因爲這種阻力是隱藏在他的心底。這大概是一種什麼樣的恐怖吧？

他不願意再爲聰子的事而煩惱。他不願意讓她那種帶有高度不安成分的香氣之迷霧籠罩自己的生活。他好不容易才使自己的頭腦恢復清晰……不管怎麼說，撕毀那封厚信時，他感到彷彿是在撕裂聰子那白皙而失去光澤的肌膚。

梅雨過後，天空放晴。一個相當悶熱的周末下午，清顯從學校回到家裡，正房的門口人聲嘈雜，他們在做家中的馬車出車的準備，僕人們把體積很大用紫色布包裹的禮物，搬上了馬車。每次上馬車的時候，馬都動了動耳朵，從污穢的臼齒縫裡流下了帶有光澤的唾沫。強烈的陽光照在馬的青鬃毛上，恍如塗抹了一層油，在濃密的鬃毛之下，浮現出靜脈的起伏。

清顯正要邁進門廳，趕巧碰上母親從裡面走了出來，她身著帶有家徽的三層禮服。

「我回來了。」清顯說。

「哦，你回來了。我這就要到綾倉家去祝賀。」

「祝賀什麼？」

母親一向是不願意讓僕人們聽到重要的事情，所以她把清顯拉到門廳放置傘架的昏暗一角上，壓低嗓門說：

「今早，敕許終於下來了，你也一起去祝賀嗎？」

在兒子回答去或不去之前，侯爵夫人看到兒子聽罷她的話，眼睛裡掠過了一道陰鬱的欣喜閃光。夫人急於出門，無暇去探索兒子這種目光具有什麼意義。

她跨過門檻，又回過頭來，掛著一副憂傷的八字眉說了這麼一句。這句話說明，她從這一瞬間絲毫沒有了解到什麼。

「祝賀歸祝賀嘛。即使感情破裂，這種時候也還是應該坦誠地祝賀啊。」

「您去吧，拜託囉。我就不去了。」

清顯站在門口目送著母親的馬車遠去。馬蹄踢散了路上的沙子，發出恍如淅瀝瀝的雨聲。帶有松枝家金色家徽的馬車，通過門口的五葉松的樹間，活潑地搖搖晃晃遠去了。主人出門後，侍者們如釋重負。清顯深切地感到自己背後彷彿發生了無聲的雪崩，他回首張望了一眼主人不在而顯得空盪盪的宅邸。侍者們耷拉下眼簾，一聲不響地等待著他走進屋裡。清顯感到自己現在確實掌握了能夠思考某種大事的本領，並且用它來充實這莫大的空虛。他連瞧都不瞧一眼僕人們的臉，就大踏步地走進屋裡，急忙沿著走廊走去，恨不得儘早閉居在自己的房間裡。

這時候，他的心在燃燒，胸口在奇異而激烈地跳動。他在凝視著「敕許」這兩個尊貴光燦燦的大字。敕許終於下來了。蓼科頻繁的電話和寄來的厚信，無疑是一種焦躁的表現，那是想在敕許下達之前作最後的努力，以謀求得到清顯的寬恕，還清良心上欠下的這筆債。

這一天留在家裡，清顯委身於想像力，任憑想像的翅膀自由翱翔。外界的任何事物，他都沒有看見，往昔靜寂而明晰的心鏡已經被打得粉碎，一陣陣熱風把心靈的碎片也吹得零零亂亂，且沙沙作響。平日他的些許熱情，一定會伴隨著憂鬱的影子，如今這個影子在激越的熱情中卻片鱗隻爪也沒有了。如果說有類似的感情的話，那麼首先最相似的東西，恐怕只能說是欣喜了；然而人的感情裡，再沒有比這種毫無道理的激烈欣喜更令人害怕的了。

假使要問什麼東西讓清顯欣喜，那就是不可能的觀念。絕對不可能。猶如琴弦被銳利的刀切斷似的，他被敕許這把光閃閃的刀切斷琴弦迸出聲響的同時，維繫在聰子和自己之間的情絲也切斷了。打幼年時代起，他就沈溺在重複的優柔寡斷的情緒之中，悄悄地做一夢，悄悄地期待著的事態就是如此了；當年手牽皇妃衣服下擺時，抬頭望見皇妃那雪白脖頸在昂然拒絕的無以類比的美，正是源於他的這種夢。那時無疑已經預示了他這種期望的結果。絕對不可能。這正是清顯自己由於一味忠實於這種曲折的感情，而給自己招來的事態。

然而，這種欣喜究竟是什麼呢？他無法把自己的視線從這種欣喜、陰暗、危險、可怕的形象中移開。對自己來說，唯有一件最眞實的事，那就是自己爲既沒有方向又沒有歸結的「感情」而活著……假使這種生活方式最終把他引導到這欣喜漩渦黑暗的深淵前面，那麼最後就剩下投身到這個深淵裡了。

他又一次把幼年時代和聰子相互習字時寫的《百人一首》拿出來欣賞，他把身子湊近卷紙上，想嗅一嗅十四年前聰子焚熏的芳香是否猶存。於是一種深切的、在世上是無力的同時又是奔放不羈的舊感情，在一陣從遙遠飄來的略帶霉味的芳香中又復甦了。他清清楚楚地憶起了當年玩「雙六」時獲勝，由皇后賜給糕點，她用小牙齒咬了咬融化了的菊花瓣紅色變得更紅，然後白菊冰冷的雕刻般的稜角，從舌尖接觸到的味道像甘泥濘似的……那一間間昏黑的房間裡，擺設著從京都拿來的皇宮式的秋菊屛風；寂靜的夜晚，黑髮映襯下的聰子的小小呵欠……這一切都盪漾著一種寂寞的優雅。

於是，清顯感到自己一點點地把身子向連瞧都不敢瞧一眼的某種觀念靠了過去。

[1] 藤原忠通（一〇九七—一一六四），日本平安朝末期的詩人、書法家。

[2] 源重之（？—一〇〇〇），日本平安朝中期的詩人。

[3] 大中臣能宣（九二一—九九一），日本平安朝中期的詩人。

二十五

……清顯心裡湧起一陣高音喇叭似的響聲。

「我在熱戀著聰子。」

清顯有生以來第一次產生了這樣的感情，無論從哪個角度看，這無疑都是戀情。

他想：「所謂優雅就是觸犯禁忌，而且是觸犯至高的禁忌。」這種觀念第一次教會他肉慾，這是長期以來抑壓著的眞正肉慾。回想起來，他淨是游移不定的肉慾，無疑在悄悄不斷地尋求這樣強烈觀念的支柱。爲了找到眞正適合自己使命的東西，他費了多大的努力啊！

「現在我才是眞正地愛著她。」

爲了證明這種感情的正確性和眞實性，光憑那已經變成絕對不可能的事就足夠了。

他無法平靜，從椅子上站起來又坐下。他過去總是感到自己充滿不安和憂鬱的情緒，現在他卻深深感到自己充滿了青春的活力。自己曾認爲受到悲傷和敏銳的感情所折磨，這一切原來都是一種錯覺。

他打開窗戶，眺望著日光閃爍的湖面，深深地吸了一口氣，櫸樹嫩葉的芬芳撲鼻而來。紅葉山一邊的天際，蟠捲著各種形狀的雲朵，使人感到一種不愧是夏雲的充滿光的量感。

清顯的雙頰在燃燒，眼睛在炯炯發光。他變成了一個新人。不管怎麼說，他已經十九歲了。

二十六

……他在熾熱的夢幻中消磨時光，一心等待著母親的歸來。他覺得母親在綾倉家待久不合適。他終於不等母親歸來，就脫下制服，穿上飛白花紋夾襖和裙褲，讓侍者備好了馬車。

他乘馬車到了青山六丁目，就特地下車倒乘剛通車的六丁目・六本木間的市營電車，最後在終點站下了車。

通往鳥居坂的拐角處聳立著三棵大櫸樹，這是六本木名稱的由來。市營電車通車後，樹下依然掛著「人力車候車站」的大字招牌，與從前別無二致。木樁豎立，頭戴圓頂草帽、身穿帶字號的藍色半截外衣和細筒褲叉的車夫們在那裡等候顧客。

他呼喚了其中的一個車夫，首先給他格外多的賞錢，讓他趕緊拉到近在咫尺的綾倉家。

松枝家的英國產馬車是進不去綾倉家的長屋門的。倘使馬車停候在門前，左右兩扇門都敞開，就證明母親還在綾倉家；假若門前沒有馬車，門緊閉著，就說明母親早已經告辭了。

清顯乘坐的人力車走過門前時，只見門是緊閉的，門前留下了四道來去的車轍。

清顯讓人力車折回鳥居坂附近，自己留在車廂裡，讓車夫把蓼科叫來。等候這段時間，車廂裡是最好的隱蔽所。

蓼科遲遲才出來。清顯從車篷的縫隙看見夏天的太陽漸漸西斜，宛如豐盈的果汁，把森林的嫩葉和枝梢都照得明晃晃的。他還看見鳥居坂附近紅高牆的另一邊，屹立著一棵巨大的橡樹，探出嫩葉茂密的樹冠，宛如白色的鳥巢，戴著無數帶點紅暈的白花。此情此景喚起了他觀賞朝雪的回憶，激起了一股無以名狀的感動。但是，此時此地要強行會見聰子不是上策。他有著一股明顯的熱情，所以覺得沒有必要使感情如此奔放。

蓼科跟著人力車夫穿過便門走出來了，她一眼看見掀開車篷的清顯的臉，頓時茫然地呆立不動了。

清顯拉住蓼科的手，強要她上了車。

「我有話，找個不顯眼的地方去吧。」

「您雖有話……可這麼突然……松枝太太剛剛回去……再說今晚還要準備舉行家慶，我也很忙。」

「行了，你快點讓車夫走吧！」

清顯抓住蓼科不放，蓼科只好說：

「請去霞町，從霞町三號附近，再繞到三聯隊的正門，那裡有一段斜坡路，就在斜坡路上下車。」

人力車跑開了。蓼科一邊神經質地將兩鬢的短髮攏了攏，一邊直盯視著前方。清顯第一次同這個抹上一層厚白粉的老太婆靠得如此的近，油然生起一股厭惡的情緒，但也是第一次感到她簡直是個侏儒般的矮小女人。

蓼科喃喃自語，這聽不清的聲音隨著車身的搖晃，波浪起伏地重複了好幾遍：

「已經晚了……一切都晚了……」

或者：

「這之前，哪怕有隻言片語的回音……可是……」

清顯不言聲，沒有反應。良久，快到目的地時，蓼科介紹這地方的情況說：

「我有個遠親在這裡經營簡易公寓，專門租給軍人的，地方差些，可廂房總是空著，可以放心交談。」

明天是星期天，六本木一帶將不同往常，變成鬧哄哄的軍人市街，前來會面的軍屬偕同身穿卡其色軍服的軍人將充斥於市；不過，星期六白天還沒有出現這種景象。看樣子人力車是在這繞著圈子走，清顯感到車子跑過的地方，都是那天早晨賞雪時經過的，當時也曾下過這條坡道。這時候蓼科讓車子停了下來。

眼前出現一棟二層樓房，座落在坡路下方，既沒有像樣的大門也沒有門廳，卻有一個圍上板牆的相當寬闊的院子。這是一幢簡陋的建築物。蓼科從圍牆外瞧了瞧二樓，似乎沒有人在，邊上的玻璃窗全關閉著。一排六扇落地玻璃窗的龜甲形格子玻璃，全部都是透亮的，卻看不見屋內，粗劣的玻璃面上扭曲地反映著黃昏的天空。對面那家的房頂上，一個在幹活的匠人身影，宛如水中的人影，也歪斜地反映在玻璃上。日暮的天空，猶如傍晚的湖面，帶上憂傷、歪扭而濕潤，也映現在玻璃上。

「當兵的，一回來就吵死人。當然囉，這裡只是租給將校級軍官的。」

蓼科說著，拉開了旁邊張貼著鬼子母神符的細格子門，向屋裡招呼了一聲。

一個頭髮斑白、身量魁梧的初老漢子迎了出來，用帶點沙啞的聲音說：

「哦，是蓼科嗎，請進來吧。」

「可以借用一下廂房嗎？」

「可以，可以。」

三人穿過後面的走廊，走進了四鋪席半的廂房。大家坐定以後，蓼科說：

「我們說說話就告辭。再說，同這麼一位英俊的少爺在一起，說不定別人會說什麼閒話呢。」

蓼科忽然變得輕佻，她既不是衝著老主人也不是面對清顯，說了這麼一句不得體的話。房間裡拾掇得格外整潔，半舖席寬的壁龕裡，懸掛著窄幅書畫，還有隔扇；從外觀來看這軍人公寓似是簡易的建築物，然而，實際上與此印象迥然不同。

「您有什麼話要說呢？」

房主一退下，蓼科馬上問道。清顯默不作聲。她毫不掩飾心中的氣憤，再次問了一句：

「究竟有什麼事？偏偏又挑上今天這個日子。」

「正因爲是今天這個日子我才來。希望你幫個忙，設法讓我見見聰子。」

「您說什麼呀？少爺，已經晚啦……眞的，事到如今，還有什麼可說的呢。從明天起，一切都得聽從官廳的安排。早知今日，何必當初呢。她左一次右一次地給您掛電話，還給您寫信，您卻一概不予理睬。事到如今，還有什麼可說呢。這玩笑也未免太過分了。」

清顯望著蓼科那抹上一層厚白粉的、青筋暴露的兩鬢周圍，十分威嚴地說。

「這還不都賴你嗎？」

清顯指責蓼科是瞪著眼睛撒謊，其實她早讓聰子讀了自己的信，以及多餘的告狀，使自己失去了心腹飯沼。蓼科終於哭著低下頭來道歉。也許是假哭吧。

蓼科掏出懷中的白紙揩了揩眼淚，眼圈的白粉脫落了，露出一副明顯的老相，反而讓人窺見她那被磨擦紅了的高顴骨上的皺紋，恍如抹過鮮豔口紅後皺巴巴的薄紙。蓼科抬起哭腫的眼睛，仰望著上空說：

「眞的是我不好。我知道現在已經追悔莫及，再怎麼道歉也白搭了。不過，與其向少爺表示歉意，倒不如向小姐表示才是。我未能把小姐的心情如實地傳達給少爺，這是蓼科我的過錯。我出於一片好心，從中斡旋，反倒落得一身埋怨。您想想，小姐讀了您那封信之後，是多麼苦惱啊；而且，她在少爺面前還要絲毫不露聲色，做出的努力，多麼令人欽佩啊。我出了一個點子，她採納了，就是在新年親戚賀年會上，她向老爺直截了當地詢問過後，又是顯得多麼輕鬆啊。打那以後，她日夜都在想念您，終於下定決心，不顧女子家的羞怯，在一個下雪的早晨，主動邀您一起去賞雪。當時她感到活在人世間是多麼幸福啊，連做夢也呼喚您的名字吶。誰會料到在侯爵老爺的斡旋下，皇家竟登門求婚。小姐知道這事之後，就把一切希望寄託在少爺的決心上，指望少爺做出裁斷；可少爺您卻置若罔聞，一聲不吭。後來小姐的苦惱和痛楚，眞是說也說不盡的啊。敕許眼看就要下來的時候，她還說，她多麼希望能向少爺傾訴自己最後的一線希望，一再給少爺打電話，少爺您也不接，只好用我的名義給少爺寫了封信，然而這最後的希望也落空了。小姐打算從今天起就死了這條心，偏偏這個時候，少爺又這麼說，眞是令人憐惜啊。少爺是知道的，小姐從小就接受尊重和順從父母旨意的教育，到這個時候，她也不能動心了……一切都晚了。假如少爺無法消氣，就拿我來出氣好囉，哪怕打我踢我都無所謂……反正我是無能爲力了。晚了。」

聽蓼科訴說這番話的時候，清顯的心宛如被鋒利刀刃般的喜悅所割裂，同時又感到在那裡沒有任何一個未知數，這一切的一切，自己心中都明白，只不過是再複述一遍罷了。

他覺得自己身上產生了一種往日未料到的犀利智慧，並且已經具備了一種力量，足以打開這周密地緊逼過來的世界。他那雙年輕人的眼睛在閃閃發亮。心想：「她把我先前要求她撕毀的那封信全讀了，所以這回反過來，對了，我要好生利用那封撕得粉碎的信來作文章。」

清顯默然地盯視著滿臉白粉的小矮個老太婆蓼科，她又用白紙絹輕輕揩了揩紅紅的眼角。薄暮已經逼近室內，看上去她那聳肩倘使大把一抓，彷彿骨頭就立即咯咯作響，變得粉碎了。

「現在還不晚。」

「不，晚了。」

「不晚。假若我讓皇家看看聰子給我寫的最後那封信，你估計情況會怎麼樣呢？那封信是敕許下來之後寫的呀。」

這句話使蓼科仰著的臉頰頓時漲紅了。

此後沈默了好一陣子。正屋二樓的住戶回來了，他擰開電燈，燈光投射在窗戶上，遠遠望去隱約可見卡其色的軍服褲子。牆外傳來了豆腐販的喇叭聲。梅雨季節的夏天，觸及肌膚的感覺，就像法蘭絨似的，黃昏薄暮，漸漸地擴展開去。

蓼科反覆喃喃自語地說了些什麼。她好像是在說：「所以我制止了，可是……我儘管勸告不要這樣做……」她大概是在忠告清顯不要再給聰子寫信吧。

清顯一直保持沈默。這沈默使他有機會操握勝劵，就像一隻無形的野獸在漸漸抬起頭來。

「好吧！」蓼科說，「就讓您們再見一次吧。但是有個條件，要把那封信還給我。」

「可以。不過光見面還不夠，屆時請你回避，一定要眞正讓我們兩人單獨會面。信事後再退還給你。」

最後，清顯說了這麼一句。

二十七

……過了三天。

雨繼續下個不停。清顯放學回家時，在制服上披了件雨衣，就向霞町的公寓走去。因爲他接到通知：

現在伯爵夫婦不在家，聰子只有這個時候才能出來。

即使走進了廂房，他身穿制服，顧忌別人發現，所以連雨衣也沒有脫下來。老主人一邊向清顯勸茶，一邊說：

「來到這個地方，一切儘管放心好了。對我們這些遁世的人，可不必有什麼顧忌。那麼，請慢慢談吧。」

主人退下，前些日子透過窗戶可仰望正房二樓的廂房窗戶，今天掛上了遮眼的簾子。爲了不讓雨水飛濺進來，廂房的窗子也關得嚴嚴實實。室內相當悶熱。清顯無所事事，打開放在小桌上的盒子，只見盒蓋內側的朱漆早已黏滿了水珠子。

……隔扇的另一邊，響起衣服的窸窸窣窣聲，還有聽不清楚的悄悄會話聲，清顯知道聰子已經來了。

隔扇打開了，蓼科三指著地跪坐施了個禮。她的白眼珠一翻，一聲不言就把聰子送進屋裡來，旋即將隔扇關上，她在籠罩著濕氣的白晝昏暗中，從隔扇邊上像烏賊似地一閃即逝了。

眼下聰子端坐在清顯的面前。她低垂著頭，用手絹掩住了臉，一隻手擱在舖席上，半扭轉著身體。她低頭時，髮際下那白皙的脖頸，恍如山巔上的小湖浮現了出來。

雨水敲打在房頂的聲音，彷彿直接籠罩著他們的身心。清顯和她默默地相對而坐，他幾乎不相信這樣的時刻終於到來了。

正是清顯把聰子追到了一句話也無法說的境地。她已經沒有閒情用年長者的語氣來訓戒清顯，只顧在默默地抽泣。對清顯來說，聰子現在這副姿態是最好看不過的了。

這不僅是她穿著一身深淺有致的紫色夏裝和服，像奢侈的獵獲物，而且是因爲她身上充滿了一種獨一無二的美，這種美是禁忌、絕對不可能的、絕對拒絕的。聰子的確必須這樣美！正是聰子自己不斷背負這副姿態，一直在威脅著他。請看看吧，只要她希望這樣，她就能變成那樣的神聖，那樣的美麗，那樣的禁忌。她總是喜歡以這種態度體貼對方，而又輕蔑對方，不斷地扮演著一個假姐姐的角色。

清顯所以能堅決退避而不去學尋花問柳，無疑是由於他心目中早就把聰子看作是最神聖的存在，他在透視，同時預感到她存在的神聖核心，宛如在透視蠶繭，看守著微青的幼蛹在成長一樣。這種感情，出自清顯那顆純潔的心，只有在這種時候，他才能衝破禁錮著他的若隱若現的悲傷世界，看到瀰漫著誰也不曾見過的完美無缺的曙光。

童年時代，綾倉伯爵就在他幼小的心靈上培育了優雅的情操。他感到如今這種優雅的情操，在人世間變得很嬌弱，同時也變成一根兇殘的絹帶在絞殺著他自己的純潔；不僅絞殺著他的純潔，也絞殺著聰子的神聖。長期以來，從不曾了解這根光澤絹帶的用途，如今才眞正明白了如何使用它。

毫無疑問，他在愛慕她。於是他膝行靠近聰子身邊，把手搭在她肩上。她堅決地拒絕了。但通過手觸的感覺，他更加愛這種拒絕。這是一種大型的、典禮式的、可以等同於我們所在世界那樣巨大而壯麗的拒絕。這個優美而充滿魅力的肩膀上，壓著敕許的沈重負擔；所以她反抗，她拒絕。然而，這種反抗和拒絕，給他的手帶來溫熱，燒毀他的心，這正是神佛的靈驗。聰子那向前蓬起的整齊頭髮梳痕上，瀰漫著芬芳的漆黑光澤，一直透到她的髮根。他瞅了一眼她的這些頭髮，彷彿自己已迷失在月夜籠罩下的森林中了。

聰子的淚珠從臉頰滾落下來，捂在臉上的手絹都濕透了。清顯把自己的臉靠在聰子的臉頰上，聰子左右擺動著臉，作出了無言的拒絕。然而這種擺動法太天眞了，他知道她的拒絕不是由衷的，而是來自遙遠的地方。

清顯推開她的手絹，想親吻她。這曾在飄雪的早晨祈求過他親吻的柔唇，如今卻一味地拒絕、拒絕；到了最後，她把臉背了過去，像一隻睡眠的小鳥，把嘴唇緊緊地壓在自己的和服領子上，一動不動了。

雨聲越來越激越了。清顯緊抱住她的身軀，凝視著她，在揣度著她的堅固。和服領子和夏薊繡花襯領整齊地交疊著，露出了一點肌膚；這肌膚像倒扣的山形，也像神殿的一扇門扉，整齊地緊閉著。繫到胸部的寬幅硬腰帶的中央，嵌著一顆金扣，猶如掩蓋釘子的裝飾鐵片，在閃閃發光。他感到從她那和服袖根下的開口處和袖口，溢出了一陣陣誘人的肌膚芳香，隨著微風拂面而來。

他把摟在聰子背上的一隻手鬆開，緊緊抓住她的下巴頦；下巴頦嵌進清顯的手指間，像一顆象牙棋子。她滿面熱淚，美麗的鼻翼在搧動。於是清顯可以使勁地親吻她的嘴唇了。

突然間，聰子的心活像打開了爐門，火勢越發猛烈，升起了一股不可思議的火焰，她的雙手變得自由，推開了清顯的臉頰；這雙手又想把清顯的臉頰拉回來，她的嘴唇再也離不開被拉回來的清顯的嘴唇了。在她拒絕的餘波影響下，濡濕了的嘴唇左右移動。清顯的嘴唇陶醉在這絕妙的膩膩潤潤中。就這樣，那堅固的世界，像一塊方糖泡在紅茶中，全融化了。由此而產生的甘美和融解便開始了。

清顯不知道怎樣才能解開她的腰帶。她背後那堅固的鼓結仍然拂逆著清顯的手指。他亂解一氣，聰子的手繞到背後，強硬地抵制著清顯的手的動作，卻反而微妙地助了他一臂之力。兩人的手指在腰帶周圍煩瑣地糾纏在一起，轉眼帶扣被解開了，腰帶發出輕微的響聲，迅速向前彈開了。這時，腰帶彷彿是自動鬆開似的。這是一種複雜不可收拾的暴亂起點，如同所有衣服都起來叛亂一樣，清顯急於鬆開聰子胸前的衣服，可是許多帶子或緊或鬆地繫著。她胸前被保護著的白色倒扣的山形帶著芬芳，展現在他的眼前。

聰子沒說一句話，更沒吐出一個不字。無言的拒絕和沈默的誘導就變成無法分辨的東西了。她無限地誘導、無限地拒絕。只是，清顯覺出同這種神聖、這種不可能作鬥爭的力量，不僅是自己一個人的力量。

那是什麼呢？清顯清楚地看到了聰子閉上眼睛的臉，泛起一陣陣紅潮，放蕩的身影是零亂的。清顯只覺有一種微妙的充滿羞澀的壓力，壓在支撐她後背的自己的掌心上。而她好像不可抗拒似地仰躺了下來。

……兩人躺在舖席上，仰望著天花板，聆聽激越的雨聲。他們倆的心在激烈地跳動，總也平靜不下來。清顯豈止不疲倦，反而陷入興奮的狀態中，不肯承認事情已經結束。一股依依的情緒，明顯地在他們兩人之間飄盪，猶如日暮時分籠罩著房間的陰影越發濃重一樣。他彷彿聽到隔扇外面隱約傳來了老人咳嗽的聲音，剛想坐起，就被聰子悄悄地拽住肩膀制止住了。

終於聰子在沈默中克服了這種留戀的心情。這時，清顯才體會到按照聰子的誘導動作的愉悅。事情過後，他對她的一切都可以寬恕了。

清顯的青春活力，又馬上從死裡復甦，乘上了聰子那平穩的感情雪橇；他這才領悟到接受她的誘導時，竟能如此化險爲夷，展現一派柔和的風光。太熱了，清顯早已把衣服脫掉。他感到肉體的堅實，確如壓著水和藻類的抵抗而前進的採藻船船底一樣堅實。聰子臉上沒有泛起絲毫的痛苦，就像微光的照射，只露出若隱若現的微笑。清顯沒有絲毫懷疑，他心上的所有疑團都消散了。

……事情過後，清顯把姿容紛亂的聰子摟在懷裡，臉頰貼緊她的臉頰。他發覺她的淚珠流淌下來了。他相信這是幸福的熱淚。同時，這流淌在雙頰上的熱淚，絕不意味著剛才他們自己做過的事是一種不可挽回的罪過。但是，這種罪過的思緒卻使清顯內心鼓起了勇氣。

聰子拿起清顯的襯衫，開口說出第一句話：

「諾，別著涼囉。」

這是一句催促的話。清顯正想把襯衫一把抓過來，聰子卻輕鬆地拒絕，將襯衫捂在自己的臉上，深深地吸了口氣，然後才還給了他。白色襯衫被她的淚珠微微濡濕了。

待清顯穿上制服，打扮完畢，聰子擊了擊掌，把清顯嚇了一大跳。蓼科故弄玄虛，等了許久才把隔扇打開，探出頭來說：

「是叫我嗎？」

聰子點了點頭，用視線指了指散亂在她身邊的腰帶。蓼科把隔扇關上，連瞧也不瞧清顯一眼，便默默地從舖席上膝行過來，幫聰子穿好衣裳，繫上了腰帶；然後將房間角落上的梳妝鏡台拿過來，給聰子梳理頭髮。清顯百無聊賴，感到就像死了一樣。房間裡已經點燃了燈火，兩個女人像舉行儀式似的，梳髮就花了好長時間。這段時間裡，他變成了一個毫無用處的人。

梳妝完畢，聰子低垂著頭，美極了。

「少爺，我們該告辭啦。」蓼科代替小姐說，「我們履行諾言了，從今以後，請少爺把我們小姐忘了吧。希望少爺也實現諾言，把那封信還給我們。」

清顯盤腿而坐，他默然不響，沒有作答。

「那是您保證過的，請把那封信交出來吧。」蓼科又說了一遍。

清顯還是沈默不語，只顧凝望著坐在那裡的聰子。聰子打扮得十分豔美，頭髮紋絲不亂，彷彿什麼事都不曾發生過似的。她驀地抬起眼來，她的視線與清顯的視線碰在一起了。這一刹那，掠過了一道清澄而激烈的目光，清顯明白了聰子的決心，獲得了勇氣，於是說道：

「還不能把信還給你。我還想這樣見面呢。」

「瞧您說的，少爺！」蓼科的話裡迸發出了怒氣，「您考慮過後果沒有？怎麼說話這樣任性，竟跟孩子一樣……那樣子會招來多可怕的後果。到時身敗名裂，可不單是我蓼科一個人啊。」

「算了吧，蓼科。在清顯少爺痛痛快快地把那封信還給我們以前，只好就這樣同他再見面囉。假使你眞的想救我，那麼能夠拯救你我的，除了這條路以外別無他途了。」

聰子制止蓼科的聲音，竟是那樣的清澈，連清顯聽了也覺得彷彿是從另一個世界傳來的聲音，感到一陣戰慄。

二十八

本多覺得清顯來訪，同他這樣長談是十分難得的，所以他不僅請母親準備晚餐，還打算取消當天晚上備考學習的時間。清顯的來訪，使這樸素而沈悶的家庭也增添了一種熱鬧的氣氛。

白天，太陽恍如白金始終在雲層中燃燒，天氣悶熱，黏黏糊糊的。晚上依然是悶熱不堪。兩個青年人挽起碎白點花紋布單衣的袖子，在談天說地。

清顯到來之前，本多早就有了一種預感。他同友人並排坐在靠牆的皮長椅上閒聊的時候，感到現在的清顯同以前的清顯簡直判若兩人。

本多頭一次看到他的眼睛如此坦率地在閃耀著光芒。這是一雙不折不扣的青年人的眼睛。本多竟不覺地依戀起友人以前那雙略帶憂鬱、動不動就垂下眼簾的眼睛來。

儘管如此，友人將這般重大的祕密，毫無保留地坦白說了出來，這使本多感到幸福。長期以來本多企盼的就是這種坦白，然而本多一次也未曾強求過他這樣做。

回想起來，倘使這祕密只是屬於心靈上的祕密，清顯是連朋友也都會隱祕的，而這祕密成了名譽問題和罪過的時候，清顯才爽快地公開出來。對站在聆聽一方的本多來說，卻覺得受到無上的信賴，他再沒有比這更感到高興的了。

或許是出於無奈，在本多眼裡，清顯特別地成熟起來了，他身上那種優柔寡斷的美貌少年的風采已經淡化了。在這裡說話的，是一個戀愛中熱情的青年，過去在他的言談舉止裡所看到的非本願和不確實，早已被拂除得一乾二淨了。

清顯的臉頰也泛起了紅潮，潔白的牙齒在閃閃發光，說起話來儘管有點羞怯，聲音卻鏗鏘有力；他的眉宇間總是蘊含著一種威嚴的氣勢，成了一幅年輕人熱戀的無可挑剔的畫像。事情往往是如此，對於他最不相稱的東西，說不定就是他的自我反省。

大概是清顯的話結束得太快，難怪它使本多吐露出這樣一些前言不符後語的話。

「聽了你這番話，不知怎地，我心裡總不以爲然啊。記得有一回，我們在議論了日俄戰爭的事之後，曾到你家去，你讓我看了日俄戰爭圖片集。你說，你最喜歡其中名叫『弔祭得利寺附近的戰死者』的一張；這是一張奇怪的照片，簡直像經過一番出色導演的群眾場面。記得當時我還對你這個討厭硬派的人說過此不可思議的話。

「但是，現在在聽你敘述的時候，不知怎地，那一片被黃塵籠罩著的原野卻浮現在我的腦海裡，它同這美麗的戀愛故事重疊起來了。」

本多常常熱衷於羅列一些意思含糊、熱情洋溢的話，同時帶著讚嘆的心情，在凝望著清顯犯禁超越法律準則，他爲自己竟有這種感情而感到驚愕，因爲他自己是個早就下決心使自己成爲遵守準則的人。

這時，兩名侍者把晚餐端上來。這是母親的關懷，爲了讓這兩個知心朋友毫無顧慮交談，她才讓侍者把晚餐送到這裡來的。各人的食案上都備了酒，本多一邊向清顯勸酒一邊酬酢地說：

「家母擔心：你吃慣了山珍海味，對舍下的飯菜不知合不合口味。」

看起來清顯確是吃得很香，本多十分高興。兩個年輕人默默地在用餐，房間裡盪漾著一陣健康的愉快情趣。

……飯後愉快地度過了一段沈默的時間，本多在想：不知爲什麼自己對清顯這個同齡人這番戀愛的告白，沒有忌妒也沒有羨慕，心頭反而充滿了幸福感呢。這種幸福感猶如雨季的湖水，不知不覺間漫到湖邊的庭院裡來，浸潤著他的心田。

「那麼你今後打算怎麼辦？」本多問道。

「還能怎麼辦呢。我這個人難得開始邁步，不開始則已，一開始就絕不半途而廢。」

過去，這種回答在清顯那裡，做夢也是期待不來的。本多不禁瞠目結舌。

「那麼，你打算同聰子結婚嗎？」

「那可不行。敕許令已經下來了。」

「你不打算縱令冒犯敕許令也要同她結婚嗎？比如兩人私奔國外，然後結婚。」

「……你還不了解情況。」

清顯沒把話說完就沈默下來，他的眉宇間，這才漾起今天第一次看到的昔日那種朦朧的憂傷。儘管本多也許不想看到它而開始特別的追究，既然看到也就看了，在本多的幸福感中，也投下了一種模糊不安的陰影。

清顯那張工藝品般俊美的側臉，就像是經過精心挑選、然後採用微妙而精巧的線條勾勒出來的。本多一邊望著清顯這副側臉，不禁感到顫慄，他在思考：清顯希求於未來的，到底是什麼呢？

清顯換了個座位，品嚐飯後水果草莓，他將胳膊肘支在本多那張平時都是擺得整整齊齊的書桌上，以胳膊肘爲支點，讓轉椅輕輕地左右轉動著，他那微微袒露的胸口和臉部，不斷變幻著各種角度，他右手則拿著牙籤將草莓一個個往嘴裡送。這種不拘禮節的舉止是違背了他家的嚴格家風的。草莓上的砂糖掉落在他那裸露的白淨胸口上，他不慌不忙地拍了拍。

「喂，當心招螞蟻！」本多嘴裡含著草莓帶笑地說。

清顯已帶微微的醉意，他那張平素白皙的臉泛起淡淡的紅潮。他坐著的轉椅驀地轉過了頭，他放下那兩隻白裡透紅的胳膊，身體微妙地彎弓起來了。這副姿態，恍如這個年輕人在無意中忽地遭到一種莫名的痛苦所襲擊一樣。

誠然，清顯那雙鑲嵌在微彎眉毛底下炯炯有神的眼睛，充滿了幻想。本多明顯地感到，這雙眼睛閃爍著的亮光，絕不是對未來的嚮往。

本多一反往常，不想向對方發洩這種殘酷的焦灼，他越發感到自己將不得不用自己的手，去破壞剛才那種幸福感。

「那麼，你打算怎麼辦？你考慮過事情的後果嗎？」

清顯抬起眼來注視著本多。本多從未曾見過他的眼睛如此光耀，卻又如此暗淡。

「什麼後果，沒有必要去考慮嘛。」

「不過，包圍著你和聰子的現實都是逐漸在謀求歸結的啊。你們倆總不能像蜻蜓之戀，飄忽在空中、靜止在空中呀。」

「這我知道。」

清顯只說了這麼一句就緘口不語了。他的視線若無其事地掃視了房間的每個角落，然後落在蟠曲在書架下和紙簍旁的小小陰影上；這陰影隨著夜色的降臨，恰似某些情念，不覺間滲進這簡樸的學生式書齋裡，並悄悄地蹲了下來。清顯那兩道黑眉毛就像兩道緩緩的流線型，清秀而流麗，恍如這些陰影集中成弓形的流水線。這是兩道從感情思念中產生、又集中了感情和思念的眉毛。這兩道眉毛保護著動輒暗淡、不安的眼睛，又忠實地追隨著眼睛所向的地方，像一個端莊的侍從那樣只顧在扈從。

本多恨不得咬一咬牙，就把剛才一直盤旋在腦際裡的想法和盤托出。

「剛才我的話有點奇怪吧？聽了你和聰子的事之後，我就聯想起日俄戰爭的圖片來。

「想想那是爲什麼呢？倘使牽強附會地解釋，就是這樣子。

「那壯烈的戰爭年代，也隨同明治時代一起結束了。當年的戰爭故事，早已成爲監武課倖存者講述的功名故事，或成爲農村爐邊閒聊者的得意之談了。再也不會聽到許多關於年輕人奔赴戰場、戰死戰場的事了吧。

「但是，行動上的戰爭結束之後，現在取而代之的，是感情上的戰爭的開始。這場肉眼看不見的戰爭，感覺遲鈍的傢伙簡直就感覺不到，甚至無法相信它的存在吧。然而，這種戰爭的確是開始了。爲這場戰爭特別挑選出來的年輕人，無疑已經開始戰鬥了。你確實是其中的一個。

「這同行動上的戰爭一樣，一些年輕人還是會不斷地戰死在這種感情的戰場上的。也許你就是其中的代表之一，這是我們時代的命運……所以你下定決心，要在這場新的戰爭中決一死戰，對吧？」

清顯沒有作答，只露出了一絲微笑。窗外忽然刮進來一陣潮濕而沈重的風，預兆著天要下雨了。涼風掠過他們微微汗濕的額頭，就像一把涼刷子刷了過去似的。本多暗自思忖：清顯所以不作答，乃是因爲問題不說自明毋需回答呢，還是因爲自己這番話過於輝煌，說到他的心坎上，他無法回答？二者必居其一。

二十九

三天後，趕巧學校休課，上午本多就回家了；於是，他同家中的學僕一道去地方法院旁聽。這天一大早，雨淅淅瀝瀝地下個不停。

父親是大審判官，他即使在家裡也是相當嚴厲的。兒子十九歲，進大學之前就努力學習法律。他覺得兒子有出息，自己後繼有人，頗感欣慰。過去，審判官是屬於終身職務，可這年四月間，法院體制改革，兩百多名審判官奉命停職或退職，本多大審判官抱著與不幸的舊友們共命運的心情，也提出了辭呈，但未獲批准。

這件事卻成爲心情上的一大轉折，父親對待兒子的態度，加入了酷似上司對待接班人那樣的厚愛情誼，表現得特別寬宏大度。本多從未曾感受過父親這種新的感情，他爲了不辜負父親這份厚愛，決心全力以赴地努力學習。

父親之所以允許這位尚未成人的兒子前來法院旁聽，也是基於這種新的變化。當然，他沒有讓兒子旁聽自己的司法審判，而是讓兒子和家裡學法律的學僕一道進出法院，去旁聽其他民事刑事案件的審判。

父親表面上的理由始終是，要讓這個只通過書本對法律學產生興趣的兒子繁邦，接觸一下日本司法審判的實際，學習法律實際業務的一個側面。然而父親的眞正意圖無疑是，讓這個感受性稚嫩的十九歲兒子開開眼界，經受一下考驗，了解了解暴露人世間種種世相的刑事案件的事實審理過程，以便能從中確實有所收穫。

這是一種危險的教育法。但是，年輕人通過怠惰的風俗和歌舞音樂，只訴諸於年輕稚嫩的感受性，只吸收可口的東西，就容易被這些東西整個同化；而比起這種危險來，在法院裡至少能使人如實地感受到法律秩序的眼睛，是在嚴厲地盯著人們的。這種教育理應產生效果，眼前一種不定形的、熱乎乎的、不潔淨的、黏液一般的人的情念，眼看著通過冷酷的法律結構，被一一處理成菜餚而會師於廚房，理應獲得技術教育上的利益。

本多急匆匆地向刑事第八部的小法庭走去，他知道陰暗的法院走廊有點亮光，就是外面在下雨，雨水澆灑著荒蕪了的中院的綠茵。他覺得這座建築物彷彿把犯人的心都澆鑄了進去，它代表著理性，的確太陰鬱了。

直到本多在旁聽席上坐下來，這種陰鬱的感覺依然存在著，急性子的學僕迅速把本多帶到席位上，他彷彿忘卻了本多公子的存在，只顧自己聚精會神地注視著帶來的審判實例集。本多不愉快地瞥了學僕一眼，然後他又把視線移向審判官席、檢察官席、證人席、律師席的空座上。那些空椅子呈現了雨天的潮濕跡象，這回他如同在凝視自己心靈的空虛畫像一樣。

他只顧用年輕人的目光凝望。彷彿凝望本身就是天生帶來的使命。

本來，本多繁邦性格爽朗，他確信自己是個有爲的青年，可是自從聽了清顯的那番告白之後，竟起了奇異的變化。與其說是變化，毋寧說這是兩個朋友之間產生的一種不可理解的顛倒現象。長期以來，他們各自珍重地保護著彼此的性格，從不企圖給對方施以任何影響；不料三天前，清顯好像把自己的病治癒卻把病菌傳染給別人似的，在友人的心靈上留下自躬反省的病菌之後就離去了。這病菌立即迅速繁殖。如今令人感到，本多比清顯具有更多這種自躬反省的素質。

這種症狀，首先表現在莫名的不安上。本多尋思：

「清顯今後究竟怎麼辦呢？自己身爲他的朋友，難道就只能茫然地聽任事態的發展？這樣行嗎！」

在等候下午一點半開庭的時候，他的心早已遠離行將看到的審判，一味追逐探索著這種不妥的去向。

本多心想：

「應該忠告和規勸自己的朋友不要那樣做才好，難道不是嗎？

「過去，自己連朋友的痛苦都視而不見，只注視著他的優雅，並且確信這是自己的一份友情，如今他已經把所有的一切都坦白出來了，難道自己就不應該看在情分上管管閒事，努力把他從逼近眼前的危險中拯救出來嗎？縱令這樣做的結果，會遭到清顯極大的怨恨，甚至會遭到絕交，這也是不應後悔的。十年、二十年後，清顯終將會理解自己的這番心意的，哪怕這輩子都得不到他的諒解，那又何妨呢。

「的確，清顯是在朝著悲劇的方向發展。這固然是一種美，然而我能眼看著他爲了掠過窗際那瞬間的鳥影的美，而斷送自己的人生，還置之不顧嗎？

「對，自己從今以後必須閉上眼睛，投身到平庸的蠢人的友情中去，不論會遭到多大的怨恨，也要對他那種危險的熱情潑潑冷水，傾盡全力去阻撓他企圖成全自己的命運。」

……這麼一想，本多的腦子頓時發熱，他無法再在這裡一聲不響地等待與己無關的審判開庭。他恨不得立即跑到清顯那裡去，傾吐衷腸，促使清顯回心轉意。然而眼下不能這樣做。於是，一陣焦躁的情緒便轉變成一種新的不安，在燃燒著他的心。

本多清醒過來後，發現旁聽席已座無虛席，他這才明白學僕爲什麼要那樣早來占位置。看樣子，坐在旁聽席上的，有法律系的學生，也有不起眼的中年男女，還有許多套著臂章的新聞記者，他們顯得非常忙碌的樣子。這些人當中好多是出於好奇才到這裡來的，可他們卻偏偏裝出一副謹嚴的模樣，有的蓄留髭子，有的煞有介事地搖著扇子，有的用長長的小拇指指甲搔著耳朵，把硫黃般的耳垢掏出來以消磨時光。如今，本多越發看透了這幫子自以爲「我們決不擔心會犯罪」的人的醜惡面目了。自己至少也要努力做到不像那幫子人才是。光線透過因下雨而緊閉著的窗戶，單調地射了進來，投在旁聽席上的人們身上。那光線恍如一道道白色的灰，只有法警警帽那黑色帽遮的光澤格外惹人注目。

人群中響起了一陣嘈雜聲，被告出庭了。身穿藍色囚衣的被告，由法警押到被告席上就座，旁聽的人爭著一睹被告的面孔。本多的視線被他們擋住，他只從人牆的隙間隱約看見一張略胖的白臉，臉上輪廓分明地鑲嵌著酒窩。似乎是個女囚，只窺見她那梳著兵庫型髮髻的後腦勺，和動不動就抽縮著卻又不令人感到過分緊張的豐滿肩膀。

律師也已出席，只等待審判官和檢察官出席。

「就是那個人吶。少爺，誰會相信她是個殺人犯呀。常言道：人不可貌相。確是這樣啊。」學僕咬著本多繁邦的耳朵悄悄地說了一句。

……審判按既定程序進行，從審判長訊問被告姓名、住址、年齡和籍貫開始。場內鴉雀無聲，連書記員忙不迭地記錄的筆尖的沙沙聲也清晰可聞。

被告起立，流利地答道：

「東京市日本橋區濱町二條五號，平民，增田富。」

她的聲音低沈，幾乎聽不清楚，旁聽的人擔心聽不見往後的重要訊問，不約而同地向前探出身子，用手兜著耳朵來聽。被告說到年齡的時候，不知是不是故意，猶疑了一下，在律師催促之下，她才醒悟過來似的，略略提高嗓門回答說：

「快到三十一歲。」

這時，她回過頭來，看了看律師。這瞬間，人們可以瞥見披散在她臉頰上的短短鬢髮，和那雙淒涼的眼睛。

站在那裡的，是一個小巧玲瓏的女人。在旁聽人的眼裡，她活像一隻半透明的蠶，即將被抽出無法想像的複雜壞絲來。連她輕輕地轉動一下身子，都會讓人想到濡濕囚衣腋下的汗珠、不安的悸動而使乳頭閃爍的乳房，以及遇事感覺遲鈍卻有點冰涼而豐滿的臀部。她的肉體就是從那裡吐出無數的壞絲，終將把她自己封鎖在壞繭裡。在肉體與罪惡之間，竟存在著如此美妙而精緻的呼應……這正是人世間所追求的東西，人一旦被拋入這場熱烈的夢中，就會在那裡產生愛和慾望，這一切都是造成惡的原因，也產生了惡的結果，是瘦女子也好，胖女人也罷，她們的姿容本身就是罪惡的化身；甚至令人聯想到滲在她乳房表面的汗珠也是……於是旁聽人一個個地接受她那肉體的罪惡——無害的想像力的媒介體，沈浸在歡快之中了。

本多覺得自己的空想，不由也讓年輕的他捲進了旁聽人的想像中，但他有點潔癖，拒絕了這種想像，只顧傾聽被告回答審判官的訊問所作的陳述，向事件的核心探索下去。

女囚絮絮叨叨地說明，而且往往語無倫次，但聽下去會立即明白，這是一樁殺人案，是由於盲目墮入一系列的熱烈情網中才導致這悲劇的結局。

「你什麼時候開始和土方松吉同居？」

「哦……我忘不了，那是去年六月五日。」

「我忘不了」這句話引起了旁聽人的發笑。法警立即命令大家肅靜。

增田富本是一家飯館的女侍，後來與廚師土方松吉過從甚密，爾後照顧起新近喪妻的鰥夫松吉的生活，去年開始就成立了家庭，松吉卻不肯讓她入戶口。兩人同居後，松吉越發好嫖，去年底他又同在濱町街另一家叫岸本飯館的女侍勾搭，在她身上花了許多錢；這女侍叫阿秀，芳齡二十，卻很會用甜言蜜語哄騙人。松吉經常不著家。今年春上，阿富特地把阿秀叫出來，求阿秀還回自己的男人，卻遭到阿秀的冷淡對待；阿富不知如何是好，一氣之下，就把阿秀殺了。

這案件是市井司空見慣的三角糾紛，沒有任何獨特的東西。不過，在事實審理進入細微的地方，卻出現了許多想像不到的細枝末節。

女犯有個八歲的私生子，在與松吉同居之前，這孩子原先寄養在農村的親戚家中，她爲了讓孩子在東京受義務教育，才把孩子接到身邊，並以此爲契機，下決心同松吉建立家庭關係；沒想到有了一個孩子的母親，竟不由自主地被引向殺人的道路。

審訊進行到女犯開始陳述當天晚上的殺人情景了。

「不，那時候阿秀倘若不在就好了。她不在，也許不致於釀成那樣的事。我誘她出來去岸本的時候，假使她感冒躺在床上就好了。

「使用的凶器是一把切生魚片的菜刀。土方松吉這人具有手藝人的氣質，他身邊有好幾把自家用的得心應手的好菜刀，他常說：『這對我來說好比是武士的刀』，決不讓女孩子去觸摸，而珍惜地親自把它磨得鋥亮。因爲他和阿秀的事，我開始吃醋以後，他大概覺得危險吧，就不知把這些菜刀藏到哪兒去了。

「對他的那種考慮，我感到惱火，有時開玩笑地嚇唬他說：『沒有菜刀，我還有別的刀子嘛。』松吉很久不回家，有一天，我打掃壁櫥，無意中發現了一包菜刀。令人吃驚的是，這些菜刀大多都已經生鏽，光看看這些鏽就知道松吉對阿秀的迷戀了。我手持菜刀，不由全身顫慄起來。這時孩子正好回家，我的頭腦總算冷靜了一來，心想：倘使我把松吉最珍惜的切生魚片的菜刀拿去給磨刀匠磨亮，或許松吉會感到高興的吧。這大概就是一種爲人妻子的心情。於是我用布包將菜刀包好，剛想出門，孩子就問：『媽媽，上哪兒去？』我回答說：『有點事要到那邊去一趟。好孩子，乖乖看家啊。』孩子卻又說：『您不回來也沒關係，我要回鄉下念書了。』我覺得有點蹊蹺，便追問下去，原來，街坊的孩子嘲笑她說，你母親糾纏你父親，被你父親拋棄了。這些話一定是從街坊家長那裡傳出來的。孩子大概在想：與其同一個被人譏笑的母親共同生活，不如同農村去和養父母一起生活更令人懷念。我不由得火冒三丈，動手打了孩子，並且不顧孩子號啕大哭就飛出家門了……」

阿富繼續陳述說：這時她心中已沒有阿秀，一心只想痛痛快快地把菜刀磨亮就出門了。

磨刀舖早已有生意，十分繁忙，阿富只好坐等催促，約莫過了一個鐘頭，好不容易才把菜刀磨好。她走出店門，卻不想回家，晃晃悠悠地向岸本飯館走去。

岸本飯館那邊，阿秀隨便請假到處遊玩去了。到了下午趕巧阿秀回到飯館裡來，老板娘就責備了阿秀。這事與松吉有關，阿秀哭著向老板娘賠不是，事情這才告了結。這時阿富正好來訪，阿富對阿秀說：

「到外面來一下好嗎？我有話跟你說。」出乎意料，阿秀竟痛快地答應出來了。

阿秀早已換上侍客的服裝，打扮得十分漂亮，她腳蹬木屐，邁著高級妓女的八字形步伐，有點渾身無力似搖搖晃晃地走著，還在輕佻地說：

「剛才，我向老板娘保證來著，她叫我往後斷絕同男人的來往。」

阿富心中不由充滿喜悅。阿秀卻爽朗地笑了起來，冷不防地推翻了以前的全部講話，說了一句：

「可是，恐怕我連三天也熬不過去啊。」

阿富極力控制住自己的感情，盡量擺出一副作姐姐的姿態，邀阿秀到濱町河岸的壽司[1]鋪喝杯酒。阿秀卻只露出一絲冷笑，保持沈默。阿富帶著幾分醉意，像演戲般地裝作低頭請求的樣子。阿秀公然把頭扭向一旁，不予理睬。一小時過去了，戶外變得昏暗了。阿秀說了聲：「再待下去又要挨老板娘責備，我該回去了。」就站了起來。

後來她們兩人爲什麼又輾轉到濱町河岸邊的空地上，徘徊在夕照中呢？這點阿富也記不清了。從推理的角度來看，可能阿富想強行把要回去的阿秀留住，就這樣自然而然地信步朝這方向走去的吧；不管怎樣，阿富並不是從一開始就帶著殺人的動機引誘阿秀到那兒去的。

經過三言兩語的爭執之後，阿秀沈浸於殘留在河面上的餘暉之中，露出成排潔白的牙齒帶笑地說：

「再談也白搭。你那樣糾纏不休，難怪松吉討厭你。」

阿富在法庭上陳述說，這句話起了決定性作用，她當時的心情是這樣的：

「……聽了這句話，血液頓時衝上了我的腦門。嘿，還有什麼可說的呢。正好一片黑沈沈，我只覺得自己像個嬰兒想要什麼東西似的，悲傷得難以忍受，連一句申訴也沒有，心如火燎，只顧大哭，拚命地捶手跺足，無意中這雙捶著的手竟解開了包袱，抄起菜刀，揮舞了起來。在黑暗中，阿秀的身體就撞上來了。我就只能這樣陳述了。」

……本多和其他旁聽者聽了這段話，彷彿眼前鮮明地呈現了一種幻覺：一個嬰兒在黑暗中悲傷地手舞足蹈的樣子。

增田富講到這裡，雙手捂住臉嗚咽起來。從後面看，只見她那穿著囚衣的肩膀在抽搐著，她的勻稱身軀反而顯得令人悲憐了。旁聽席上的空氣，由開始時那種明顯的好奇漸漸轉變成另一種氣氛了。

細雨綿綿，窗戶白濛濛的，造成場內的光線充滿了沈痛的氣氛，彷彿只有位居中心的增田富才是代表活著、呼吸著、悲傷和呻吟著的人的所有感情；可以說只有她具備了感情的權利。方才人們凝望著這個微胖、汗涔涔的三十歲女人的肉體，現在他們卻摒住氣息凝視著一種情念在活動的情景，它突破了人的肌膚，活像一隻鮮蝦在活動。

人們把她全身都看遍了。人的眼睛所看不見的犯罪行爲，如今就這樣地借著她的軀體來表現，公開顯露了比善意和道德更爲明晰的罪過的特質。比起舞台上甘心讓觀眾欣賞的女演員來，增田富更可以讓人們盡情地觀看。從某種意義上說，猶如將這個世界的全部，作爲觀賞者的世界任對方觀賞一樣。看來她身邊的律師，也很難幫上多少忙。矮小的阿富身上，沒有裝飾任何一根簪子、任何一顆寶石，也沒有穿著惹人注目的華麗衣衫，她只是一個女犯人，光這點就足夠了。

「這，倘使日本實施陪審制度，大意的話，這案子還有可能被判無罪哩。對一個嘴巧的女人，眞是拿她沒辦法啊。」學僕又悄悄地對本多繁邦說。

繁邦不禁想道：人的熱情一旦順著它的規律而激發，是誰也制止不了的。以人的理性和良心作爲當然前提的現代法律來說，這種理論是絕對不能接受的。

另一方面，繁邦也這樣想：自己開始認爲這場審判與己無關而出席旁聽，可是現在的的確確並非無關；相反地，增田富在眼前迸發出來的所謂紅色熔岩般的情念，終於成爲一種可以藉助的東西，以發現不同它相接觸的自己。

天仍下雨，陰陰沈沈，雲彩分散之後，空際明朗，轉瞬間下個不停的雨變成了毛毛細雨。太陽透過窗玻璃上的雨滴一齊放出閃閃爍爍的光，恍如一幅幻影。

本多希望自己的理性就像那樣的光芒永遠閃亮，然而自己常常又不能拋棄容易被強烈的黑暗所吸引的天性。那種強烈的黑暗只是一種迷惑；不是任何別的東西，而是一種迷惑。清顯也是一種迷惑。而且這從生命的深處震撼著的迷惑，其實未必就是生命，而是同命運聯繫在一起的東西。

本多原想向清顯提出忠告，現在他卻想等候一段時間再說了。

⑴食品名，糖、醋拌魚肉、青菜或海苔，捲上米飯做成的飯糰。

三十

臨近放暑假，學習院發生了一樁事件。

巴塔納迪多王子的祖母綠寶石戒指丟失了。庫利沙達王子吵吵嚷嚷，說是盜竊事件，所以問題就鬧大了。巴塔納迪多王子責怪堂弟的輕率，他希望不要張揚出去，然而這位王子在內心裡也持有同樣的看法，相信這是一起盜竊事件。

學校方面針對庫利沙達王子的吵鬧，作出了理所當然的反應。斷然地回答說：學習院裡絕對不可能發生什麼盜竊事件。

發生了這場糾紛之後，王子們越發思念故鄉，終於發展到希望回國。造成兩位王子和學校當局的正面衝突，還在於發生了以下的事件。

舍監誠懇地聽取了兩位王子的陳述，發現兩位王子的證詞多少有點出入。他們原先說，傍晚在校內散步後回到宿舍，然後去吃晚飯，再返回自己的房間時，就發現戒指丟失了。這期間，庫利沙達王子說，堂哥是戴著戒指出去散步的，吃晚飯的時候，把戒指留在房間裡，吃晚飯這會兒工夫就被盜了。而巴塔納迪多王子本人回憶這段情景，卻變得曖昧不清，說出去散步的時候確實是戴著戒指，可吃晚飯的時候，是不是把戒指留在房間裡則已經記不清了。

這是弄清丟失還是被盜相當重要的關鍵，所以舍監詢問了王子們散步的路線，最後查明：那天黃昏非常美，兩位王子越過禁止入內的天覽台的欄柵，在草坪上躺了一段時間。

舍監調查這個情況時，正是一個悶熱的下午，雨在停停下下，下下停停。舍監立即打定主意，催促兩位王子和自己一道去尋找，並說他們三人要找遍天覽台的每一個角落。

天覽台在演武場一角的小塊高地上，四周環繞草坪。這是紀念明治天皇御覽學生們演武訓練的地方。這學校除了祭祀天皇御手栽種楊桐樹的御楊桐壇以外，這裡就是最神聖的地方了。

在舍監的陪伴下，兩位王子今天公然跨越欄柵，登上了天覽台。草坪被小雨濡濕了，要查遍五、六十坪高地的每一個角落，不是一件容易的事。

他們三人都認爲，光在兩位王子躺下交談的地方尋找是不夠的，所以就從三方角落一無遺漏地分頭查找了一遍，稍又下大了的雨敲打在他們的脊背上，他們扒拉著一株株的草根。

庫利沙達王子顯露出了些許牴觸的表情，一邊發牢騷一邊尋覓。因爲溫厚的巴塔納迪多王子是找自己的戒指，所以他很耐心，從高地一角的斜坡上仔細地尋找了一遍。

對兩位王子來說，如此仔細地觀察一塊塊草坪，這還是頭一回。雖說可以依靠那黃金的護門神「雅」的閃閃的光來尋找，可祖母綠寶石的色澤卻同草色完全相似，不容易辨別。

雨水沿著制服的立領一直滲到脊背上，兩位王子眷戀起本國雨季的溫暖雨水。看上去草根的淡綠色，彷彿也承受著陽光的照射，其實空際的雲層聚得濃濃密密。濡濕了的草葉縫間冒出雜草的小白花，在雨點敲打下都耷拉著腦袋，然而帶著花粉的花瓣則保持著乾燥的光澤。偶爾，一些長得較高的叢雜花草透過鋸齒形的葉子投下了影子。儘管他們明知戒指不會落在這種地方，但還是伸手撥開葉子，只見小甲蟲正躲在葉子下避雨。

王子們的眼睛過分靠近青草了，以致映現在他們眼中的草葉漸漸變得巨大，他們又想起了故國雨季密林繁茂的妙狀。在草縫間，他們看見忽然閃耀的積雲在擴展開去，半邊天呈現蔚藍，半邊天卻變得陰暗，令人聯想到震耳的雷響將轟隆隆地捲滾而來。

現在王子如此熱心探尋的，已不是那只祖母綠寶石戒指了。他是在捕捉月光公主那無法捕捉的失落姿影，這姿影彷彿被一株株青草的綠色所遮掩。王子找得有點不耐煩，心情也變得焦灼，幾乎哭了出來。這時候，身穿運動服的運動部一伙人，把毛衣搭在肩膀上，撐著雨傘，剛要擦身而過，他們望見這種情景，就停下了腳步。

丟失戒指的傳聞早已擴散開了。然而，男人戴戒指本身就被認爲是一種柔弱的習慣，很少人對丟失戒指和王子們熱心尋找這件事，寄予好意和同情的。同學們知道了王子在雨中低頭尋找的是那只戒指以後，對聲稱戒指是被盜的庫利沙達就懷恨在心，他們都異口同聲地對他們投以惡言冷語。

但是，舍監的身影還沒有跳入他們的眼簾。當他們看到舍監就站在那裡時，不禁大吃一驚，舍監以令人害怕的溫和態度，剛脫口說出希望大家幫忙找找，他們就立刻默默地背過身子一哄而散了。

兩位王子和舍監三人已向高地中心相互靠攏在一起，他們開始感到希望落空了。這時，雨已停息，陽光微弱地灑落下來。下午接近黃昏的斜陽，把濡濕了的草坪照得閃閃發亮，草坪上的草葉尖映出了複雜的玲瓏剔透的光影。

巴塔納迪多王子發現一株草下，無疑躺著祖母綠寶石帶著斑斕的綠光。王子用濡濕了的手撥開那株草，那裡只有散落在泥土上的光澤和映在草根上的金黃色，沒有戒指的影子。

……清顯後來才聽說這場徒然尋找戒指的故事。舍監這種做法，固然是有其誠實的一面，然而不可否認也使王子們蒙受了無辜的屈辱。結果王子們以此爲契機，拾起行李，搬出宿舍，住進了帝國飯店。他們對清顯坦率地說：打算近日無論如何也要返回暹羅。

松枝侯爵從兒子那裡聽說了這件事，十分痛心。倘使熟視無睹，就這樣讓王子們回國，將會給王子們的心靈造成無可挽回的創傷，給他們留下終生懷恨日本的印象。侯爵想嘗試調解學校和王子們的矛盾，可是王子們的態度十分頑固，眼下這種勸解不會有什麼效果。於是侯爵想出了一個辦法，最重要的就是設法先推遲王子們的回國時間，讓他們的情緒緩和下來再說。

這時正是暑假即將來臨。

侯爵也同清顯商量，決定等一開始放暑假，就邀請王子們到松枝家的海濱別墅，讓清顯陪他們一起度假。

三十一

清顯徵得父親的同意，同時也邀請了本多。初夏的一天，包括兩位王子在內的四個年輕人，乘上火車從東京啓程了。

往常松枝侯爵到這座鎌倉別墅來的時候，町長、警察署長以及許多人都到車站迎接，從鎌倉站直到長谷的別墅，一路上還要鋪撒由海岸邊上運來的白沙石。但是這一回，侯爵事先向町政府打過招呼，要把這些年輕人當作學生來看待，儘管他們有些人是王子身分，也絕對不要搞什麼歡迎的儀式。所以，他們四人才能從車站坐上人力車，輕鬆愉快地到達別墅。

登上鬱鬱蔥蔥的迂迴山路，走到盡頭，眼前便出現了別墅的巨大石門。門柱上雕刻著「終南①別墅」

的字樣，這是以王摩詰⑵的詩題命名的。

這座日本的「終南別業」占地一萬多坪，占了整個一塊谷地。幾年前上一代人修蓋的芭茅屋頂的房子已毀於火，侯爵隨即在這廢墟上建起了一座日西合璧、擁有十二間客房的宅邸，把從陽台往南伸展的整個院落改建成西式的庭園。

從南面的陽台，可以望見正面遠處的大島，在夜空下的噴火，恍如遠方的篝火。穿過庭院行走五、六分鐘，就可以到達由比海濱。侯爵曾從這個陽台上，用望遠鏡眺望侯爵夫人在洗海水浴的情景，以此作樂。但是，這種情景同布在庭院到海濱之間的田園風光很不協調，於是繞著庭園的南端，開始種植松林，以便遮擋住田園的風光。待到松林蘢翠的時節，從庭園眺望，可以即時和海連接起來，卻反而會失去使用望遠鏡的樂趣。

這裡夏日風光之壯麗是無以類比的。這塊谷地形同扇狀展開，右方的稻村海角和左方的飯島，宛如同庭園東西走向的山脊連結起來，視野所及天空、地面和兩個海角抱擁著的海，給人以這樣的感覺：彷彿這一切都在松枝家的別墅領地之內。侵犯這一領地的，只有自由自在飄浮的雲影、偶爾掠過的鳥影，以及在海面上航行的小小舟影。

因此，布滿奇姿雄態的雲彩的夏季，將這座扇形的谷地作觀眾席，寬闊的海面作舞台，人們就宛如身臨亂雲飛舞的劇場。侯爵指責過設計師不同意在露天陽台上拼木片圖案，還駁斥說：「船甲板不也是木片拼湊的嗎？」特別是清顯，曾在這個用堅固的麻栗木拼成方格花紋圖案的陽台上，整天地在觀賞海上雲彩的微妙變化。

那是去年夏天的事了。

一團團像攪出凝固鍾乳液般的積雲，凝聚在海面上空。深沈的陽光一直照射到這些積雲雲鬟的深處，這陽光離出了含陰影的部分，越發顯出一種倔強的氣氛；但是雲谷之間的光線在沈悶而停滯的部分，彷彿在假寐，這個世界的時間遠比別的世界的時間走得更緩慢。厚厚的雲層染上了陽光的部分，反而像是一種悲劇性的時間，一直在迅速地飛逝。這兩個世界都是無人的境界。所以在這境界裡，不論是假寐也罷、悲劇也罷，簡直是同一性質的嬉戲。

清顯凝眸觀望時，雲朵毫無變形，目光稍一移動，雲朵卻已經在變形；原先是壯麗的雲彩，不知什麼時候竟亂得恍如初醒的亂髮。清顯凝神望著望著，雲朵紊亂，卻是紋絲不動，他不禁呆然了。是什麼東西鬆開了呢？清顯感到精神鬆弛了，那個充滿陽光的、繃得緊緊的、白色堅固的形態，瞬息之間竟完全沈溺在最糊塗的柔弱感情中，而且解放了似的。不久浮雲又凝聚起來，給庭園投下不可思議的陰影，恍如千軍萬馬向庭園衝了過來。這時候，沙灘和田園首先籠罩上陰影，陰影從庭園的南端一直向這邊鋪展過來。模仿修學院離宮修剪得整整齊齊的楓樹、楊樹、茶樹、絲柏、丁香花、滿天星、厚皮香樹、松樹、黃楊樹、羅漢松密密麻麻地屹立在庭園的斜坡上，在強烈的陽光照耀下，閃爍著猶如鑲嵌工藝似的樹葉尖的色彩。可是，頃刻之間也被陰影所籠罩，連蟬聲也像發喪似的陰鬱。

斜陽的夕照格外的美。一到黃昏，從這裡極目遠眺，所有的雲朵彷彿都預感到自己不久將在黃昏夕照中被染得絢麗多彩，呈現出紅色、紫色、橙色、淡綠色。雲朵著色之前，一定由於緊張而變得蒼白……

「多麼美的庭園啊！日本的夏天如此的美也眞沒想到啊！」昭披耶目光閃閃地說。

再沒有什麼比站在陽台上的這兩位王子的褐色肌膚，能同這派自然風光相襯得如此協調。今天，他們的心情是明朗而愉快的。

清顯和本多感到陽光委實太強烈，然而兩位王子卻感到陽光溫煦而適當。他們兩人在日光下也不覺得厭倦。

「游泳過後休息一下，我陪你們去參觀庭園吧。」清顯說。

「不用休息了。我們四人都是這樣年輕、這樣精力充沛，不是嗎？」庫利沙達說。

清顯想道：對這兩位王子來說，也許「夏天」的月光公主、祖母綠寶石戒指、朋友、學校都更爲重要。看樣子夏天可以彌補王子們的任何欠缺，治癒他們的任何悲傷，補償他們的任何不幸。

清顯不由地想像著尚未嚐受過的暹羅的盛暑，頓時覺得自己彷彿也陶醉於豁然開闊在自己這些人周圍的炎夏裡。蟬聲在庭院裡旋盪，冰冷的理智就像冷汗般地從額頭蒸發出來。

四個年輕人就這樣從陽台上走了下來，走到寬闊的草坪中央，集聚在日晷的周圍。

日晷上雕刻著「1716Passing Shader」[3]的字樣。這古老的計時器，將蔓草花紋的青銅針——形似伸長脖頸的鳥，正好固定在西北和東北之間、羅馬數字十二的地方。針影已接近三點了。

本多用手指擺弄了一下日晷字盤的「S」字附近，他本想探問王子們暹羅的正確方位在哪裡，但又怕無端勾起他們的鄉愁，也就作罷了。爾後他無意識地背向太陽，用自己的影子遮擋住日晷，將指著三時的針影完全消失了。

「對。就這樣擋住才好。」昭披耶帶著責怪的目光望著日晷說，「要是能整天這樣做，就可以把一天的時間完全消去囉。我將來回國的話，也要在院子裡製作一個日晷，如果遇上非常幸福的一天，我就讓佣人從早到晚用身子遮擋住日晷，阻止時間的推移。」

「那麼佣人非中暑死掉不可。」本多說著移開了身子，讓強烈的日光再次照射在字盤上，重新恢復了三點的銅針影子。

「不，我們國家的佣人就是整天曬太陽也無所謂。日光的強烈程度，大概相當這裡的三倍吧。」庫利沙達說。

清顯想像著：曬得發亮的褐色肌膚，無疑是將那昏暗涼爽的陰影藏在體內了。他們彷彿憑藉這樣的肌膚在自身的樹陰下憩息吧。

……清顯突然向王子們流露了在後山散步的樂趣，所以本多也顧不上揩拭汗珠，非得跟隨大夥登上後山不可。清顯過去對任何事物都提不起勁來，今天竟如此興致盎然，率先登山。本多看見他這種勁頭，不禁驚嘆不已。

攀到山脊的時候，只見松林在最大限度地孕育著海風，由比海濱一帶也閃閃發光，登山冒出的汗珠很快就被吹乾了。

四個青年恢復了少年時代的活潑，在清顯的率領下，踏著幾乎長滿山白竹和羊齒的山脊小道前進。走著走著，清顯這雙曾踏毀了去年落葉的腳，驀地停了下來，他用手指著西北方向，高聲喊道：

「瞧，只有從這裡才能看見。」

其他年輕人立即駐足，透過樹縫鳥瞰展現在眼下的貼鄰山谷的景象，發現門前町那些錯錯落落、鱗次櫛比的房屋中，矗立著一尊大佛像。

從正面可望見大佛圓勻的背部，衣裳的褶襞是粗線條的。他們窺見佛像的側臉，以及從圓勻肩膀上平緩地飄流的衣袖流線另一面的少部分佛胸，而太陽卻把青銅佛像的圓勻肩膀照得閃閃的。另一面的寬闊胸部是平坦的，太陽灑下了白晃晃的光。在已經西斜的夕照下，青銅佛像的一圈圈螺旋髮，輪廓分明地浮現了出來。兩邊耷拉著長長的耳垂，看上去宛如熱帶樹木上低垂的不可思議的長長乾果。

本多和清顯在眺望這景物時，兩位王子驀地在地上跪了下來。這種行動使他們震驚不已。兩位王子毫不顧熨得筆挺的潔白亞麻布褲子，就勢跪在堆積著濡濕了的竹子落葉上，面向遠方沐浴著夏日陽光的露天佛像合掌膜拜。

清顯和本多輕率地交換了一下目光。這種信仰早已遠離他們兩人，在他們日常生活的哪個角落也尋覓不到了。王子們這種禮拜是值得欽佩的，他們當然無意嘲笑，但他們彷彿感到過去一直認為同樣的學友，如今突然飛向無論觀念或信仰都不同的另一個世界去了。

⑴ 即終南山，中國陝西西安南部秦嶺山脈的一個山峰。

⑵ 王摩詰（七〇一——七六一，一作六九八——七五九），原名王維，我國唐代詩人、畫家。

⑶ 英語：日晷。

三十二

四人環繞後山，踏遍了庭園的每個角落，心情總算平靜下來。他們在海風穿堂而過的客廳裡小憩，打開了檸檬汽水的瓶蓋，這是從橫濱運來在井水裡冰鎮過的。他們很快就恢復了疲勞，急於趁太陽西沈之前到海邊去，各自做好了準備。他們和本多一身學習院式裝束，頭戴麥秸草帽，兜上紅色兜襠布，披上縫著鋸齒形針腳的白棉布游泳衣，露出了脊背和胳肢窩。他們兩人在等待動作遲緩的兩位王子換裝。不一會兒，兩位王子出現了，他們穿的是英國制橫格游泳褲，從肩膀起露出了曬成茶褐色的肌肉。

本多和清顯是莫逆之交，可清顯從未在夏季邀請本多來過這座別墅。只有一年的秋天，本多曾應邀來撿栗子，可以說除了幼年時代他曾與清顯來過位在片瀨的學習院游泳場以外，一起到海裡去游泳還是頭一遭，而且那時候兩人還不是像現在這樣格外親密的朋友。

四人從庭園一直跑下去，穿過庭園盡頭還很稚嫩的松林，再越過相連的田園來到了沙灘上。

游泳之前，清顯和本多忠實地做了準備體操。兩位王子望著他們做操捧腹大笑。從某種意義上說，這含有一種輕微報復性的笑，報復他們只顧遠眺佛像而沒有跪坐下來。在王子們的眼裡，像這樣近代化的、只為自己而戒律的舉止，就是在社會上無疑也是滑稽可笑的吧。

但是，這樣的笑聲正說明王子們的心情舒暢。清顯很久沒有見過異邦的友人這麼爽朗的模樣了。他們在水中嬉戲了一陣之後，清顯忘卻了主人角色應盡的款待義務。他們兩人一組，分別躺在沙灘上，王子們操本國語，清顯他們操日語在相互交談。

落日籠罩在薄雲中，失去了方才的強烈勢頭。然而，對肌膚白皙的清顯來說，這樣的夕照特別合適。他讓只兜著一條濕漉漉的紅色兜襠布的身軀，舒坦地仰躺在沙灘上，閉目養神。

本多則盤腿坐在他的左側，只顧默默地面對著大海。海面上風平浪靜，那微波盪漾的景色卻牽縈了他的心。

他的視線同海面幾乎是同樣高度，但奇怪的是，眼前的大海已經到了盡頭，從那裡開始緊接著陸地。

本多將乾沙從這隻掌心倒到那隻掌心上，沙子灑落完，雙掌變得空空如也。這時，他又狂熱地重新抓起一把沙子，他的目光和心靈都被那大海吸引住了。

眼前就是大海的盡頭。如此一片茫茫的大海，如此充滿活力的大海，就將在眼前結束了。對時間也罷，對空間也罷，再沒有什麼比站在這種境界中更感到神祕的了。一想到置身於大海和陸地如此壯麗的境界裡，心也就像站在巨大的歷史瞬間上，這是一個時代變遷到另一個時代的歷史瞬間。難道不是這樣的嗎？本多和清顯生活著的現代，無非也就是一個浪潮退去，成了一個岸邊、一種境界，僅此罷了。

……大海就將在眼前結束。

極目遠望波濤的盡頭，這才明白那是經歷了不知多麼漫長歲月的努力之後，現在才在那裡悲慘地結束了。於是環繞著世界的整個海洋規模、一種雄偉的企圖，也即將會徒勞地結束了。

……儘管如此，那是一種多麼恬靜而優雅的挫折啊。海浪最後那小小餘波的邊緣，頓時失去了紊亂的感情同平滑如鏡面的濡濕了的沙灘渾然一體，水面上只留下一層淺淺的泡沫，浪身大致已經潛跡海底了。

數數海面上無數將要濺開的白浪，掀起足有四、五級台階高的浪頭，總在同時扮演著各自的角色，不斷地在重演昂揚、頂峰、崩潰、融和、退去的角色。

快要粉碎的波浪，露出了黃綠色的平滑浪腹，它是一種擾亂、是一種怒吼。這種怒吼，漸漸地只成了一種呼喚；這種呼喚，最好又變成了喃喃細語。一匹強壯的白色奔馬，變成一匹奔騰的小白馬，不久馬身便從強悍的橫隊中消失，最後只見踢起腿的白色馬蹄子留在海岸邊。

從左右粗暴地展開的扇形上，互相侵犯的兩座浪頭的餘波，不知不覺地融入了鏡面般的沙灘裡。這時候，鏡中的映象在活潑地躍動著。那裡騰起的白浪，像沸開的水，映現在銳利的縱長形上，看起來像是閃閃發光的霜柱一樣。

退下去的波浪的彼方，作爲千重浪中後浪推前浪地向前湧去的一個波浪，它沒有朝向白色平滑的背面退下去。無數的浪濤都咬牙切齒地向著這邊洶湧過來。然而，只要把視線移向遙遠的海面，就會感到剛才那些看起來是強有力的海岸邊的波浪，實際上只不過是實力衰微的擴展開來的浪沫罷了。海漸漸由近及遠伸向海面，變得濃重了，汀線的海的衰微成分被濃縮了，漸漸被壓榨，以致壓成濃綠色的水平線，受到無限煎熬的碧綠，形成了一種堅硬的結晶。儘管裝飾著距離和寬闊，然而這種結晶才眞正是大海的本質。這種稀薄而匆忙的波濤，幾經重複運動到最後，就凝結成那種碧綠的結晶，這就是海……

……

想到這裡，本多覺得心力交瘁了，他以爲清顯打剛才就沈入睡鄉，不覺把視線移在清顯的睡態上。清顯那白皙而優美的身軀，同只兜著一塊紅色兜襠布的身軀，形成了鮮明的對比，微微起伏的白腹同兜襠布上方的肌膚，沾滿了已經乾涸的沙粒和貝殼的細碎片在閃閃發光，濃淡有致。清顯無意中舉起左胳膊枕在後腦勺，比起左側腹隱約可見的像櫻花蓓蕾般的奶頭來，本多更注意外側那平時總被上半截胳膊遮掩的部位，那裡有三顆極小的黑痣聚攏在一起。

肉體的特徵眞是不可思議，相處多年卻第一次發現的這些黑痣，使本多感到彷彿是朋友不小心而公開了自己的祕密。致使他不好意思直視它。本多一闔上眼睛，眼瞼裡反而鮮明地浮現出：在放射著強烈白光的黃昏天空中，那三顆黑痣恍如三隻遠處的鳥影。不一會兒，它們撲打著翅膀漸漸飛近，畫出三隻展翅的鳥形彷彿向頭上逼將過來。

本多又睜開眼睛，只見清顯從端莊的鼻翼發出鼾聲，微微張開雙唇，露出了潤澤而潔白的閃亮牙齒。

本多的視線又移到清顯液下的黑痣上，這回他覺得那三顆黑痣就像鑲嵌在清顯白嫩肌肉裡的沙粒。

現在呈現在本多眼前的乾涸沙灘，到了盡頭，靠近海濱了。沙在這裡那裡都承載著乾白沙的碎白點花紋。天色一片漆黑，那裡卻刻出了淺淺波紋的浮雕，小石、貝殼、枯葉等活像成了化石全被鑲嵌進去；就連最細小的石子，也將從那裡退去的海水痕跡，變成扇形向海的方向擴展開去。

其實不僅是小石、貝殼和枯葉，就連被海浪打上來的馬尾藻、小木片、稻草、桔子皮等等，也都那樣地被鑲嵌進去。所以清顯結實而白皙的側腹肌膚，也鑲嵌著極微細的黑色沙粒，這是完全有可能的。

本多覺得清顯委實可憐，心想：能不能在不弄醒他的情況下，設法給他除掉那些沙粒呢？凝神觀察的時候，只見這些微小的沙粒隨著胸部的起伏而抖擻地躍動。看上去，這些沙粒無論如何也不像是無機物，而是清顯的肉體一部分，就是說令人感到它就是黑痣而不是其他別的什麼。

不知怎地，本多覺得這些沙粒簡直是破壞了清顯那肉體的優雅。

也許從肌膚感應到本多過分強烈地凝視著自己，清顯突然睜開眼睛，視線與本多的視線正好相遇。他仰起頭來，追望著困惑的友人的臉，說道：

「你能幫我忙嗎？」

「嗯。」

「我到鎌倉來，表面上是爲了陪同王子們遊玩，其實是爲了製造我不在東京的輿論。你知道嗎？」

「我早就估計到你這一手了。」

「我想撂下你和王子們，時不時悄悄回東京去。我三天不見她，就忍受不了。我不在，在王子們面前請你幫我敷衍一下。萬一東京家裡來電話，你就使出你的本領爲我掩飾吧。今晚我就要坐末班火車三等車廂去東京，明早再搭頭班車回來。拜託你啦。」

「好的！」本多用力應了一聲。

清顯湧上一種幸福感，伸出手同他相握了一下，接著又說：

「有栖川宮殿下的國葬典禮，令尊也參加吧？」

「嗯，大概會吧。」

「殿下逝世挑了個好時候啊。聽說殿下去世，昨天洞院宮家的訂婚儀式好歹總得推延了。」

從摯友這句話裡，本多聽出清顯的戀愛都與國事有關，他再次切膚地感到這種戀愛的危險性。

這時候，兩位王子神采飛揚，一起跑了過來，打斷了他們兩人的對話。庫利沙達氣喘吁吁地操著蹩腳的日語說：

「你們知道剛才我和昭披耶談論什麼了嗎？我們談論了輪迴轉世的問題吶。」

三十三

兩個日本青年聽了這番話，不由地面面相覷。浮躁的庫利沙達向來就無心對聽者察顏觀色。這半年來，備受異國種種情況所苦的昭披耶，一談到這個問題時，他那白皙的臉頰雖不致於漲紅，但他心裡明白，他對要不要繼續這種談話，是有點躊躇的。大概是他估計聽起來多少會文明些吧，他操著流暢的英語開始說道：

「不，剛才我和庫利談的，不過是童年時候從媽媽那裡常聽到的《本生經》的故事，據說佛陀前幾世，作為菩薩，還當過金天鵝、鵪鶉、猿猴、鹿王，然後再轉生為佛陀的。我們的前世是什麼呢？我和庫利就猜想著，以此而取樂呢。庫利硬說他的前生是鹿，我的前生是猿猴。我氣壞了，我爭辯說：我的前生是鹿，庫利的前生才是不折不扣的猿猴！你們對我們是怎麼想的？」

不論祖護哪一方都會失禮，清顯和本多也就不作答，只是微微一笑。爲了轉換話題，清顯建議說，我們對《本生經》一無所知，你們能不能給我們講講其中一兩個故事呢。

「那就講講金天鵝的故事吧。」昭披耶說，「這是當菩薩時的佛陀連續兩次輪迴轉生的故事。你們知道，所謂菩薩，就是在未來悟道成佛之前的修行者，佛陀的前世就是菩薩。所謂修行就是追求無上菩提，利益眾生，修諸波羅蜜之行。不過，據說作爲菩薩的佛陀，轉生爲各種動物，以便積德行善。

「很古很古以前，有位誕生在一個婆羅門家的菩薩，娶了個同階級出身的人爲妻，生了三個女兒他就辭世了，遺囑被別的人家收養了。

「死後的菩薩就投胎轉生爲金天鵝，但牠還具備能回憶前生的智慧。不久菩薩天鵝成長起來，披上了金羽毛，成了世上美麗的丰姿。這隻天鵝一下水，牠的影子猶如月影閃爍著光輝；如若牠飛過林間，樹梢的茂葉就會像金籠子一般留出一條空隙。這隻天鵝偶爾棲息枝頭，樹枝上就像結了不合季節的黃金果實。

「天鵝知道自己的前世是人，也知道還活著的妻子和女兒們被別人收養，靠幹家庭副業勉強糊口。於是天鵝想：

「『如果把我的一根根羽毛捶打成扁扁長長的金板，就能夠賣錢。從今以後，我不妨拔下這一根根羽毛，送給我那遺留在人間可憐貧困的伴侶吧。』

「一天，天鵝從窗邊窺見昔日的妻子和女兒們的貧困生活，不禁爲哀憐之情所牽動。一方面，他的妻子和女兒們看見窗框上停落一隻金光閃閃的天鵝姿影，就吃驚地問道：

「『啊，多麼漂亮的金天鵝！你是從哪兒飛來的？』

「『我是你的丈夫，是你們的父親啊。我死後投胎轉生金天鵝，今天特地來同你們相會，我要讓你們困苦的生活變得快樂起來。』

「天鵝說著拔下了一根羽毛留給她們，就飛走了。

「就這樣，天鵝不時飛來，留下一根羽毛又飛走，從此母女的日子顯著地富裕起來了。

「有一天，母親對女兒們說：

「『禽獸的心是不可捉摸的，你們的父親——天鵝，說不定什麼時候就不會再來，我們再趁牠下次飛來的時候，把它的羽毛統統拔光。』

「『啊，媽媽太殘忍了！』女兒們驚叫起來，加以反對。可是，有一天，這個貪婪的母親把飛來的金天鵝引誘過來，雙手一把抓住牠，把牠的羽毛一根不剩地全部拔個精光。說也奇怪，拔下來的金黃羽毛漸漸變成像鶴羽毛一樣的白色。前世的妻子把已經飛不起來的天鵝裝進了一個大罐裡飼養，讓牠吃食，一心希望牠重新長出金羽毛來。可是，再長出來的羽毛都是白色的，羽毛長齊了，天鵝騰空飛起，變成光燦燦的一點白，隱沒在雲彩中，從此再也不飛回來了。

「……這就是我們從奶媽那裡聽來的《本生經》的一個故事。」

本多和清顯都覺得這個故事同他們以前聽的童話故事非常相似，不禁感到驚訝，大家的話題又轉換到議論信不信輪迴轉生的問題上了。

過去清顯和本多從沒被捲進這種議論中，他們有點不知如何是好。清顯抬起頭帶著探詢的目光望了本多一眼。一進入這種抽象的議論，生平任性的清顯必然顯示出這副無可奈何的神情；這種神情反而像用馬刺來踢馬兒似的輕輕地扎了扎本多的心，使他振作起來。

「倘使眞有輪迴轉生這等事。」本多急性子，繼續說道：「那麼它也像剛才所說的天鵝故事那樣，能具有知曉前世的智慧也很好嘛，如果不具備，一度斷掉了的精神、一度喪失了的思想，在來世也不會留下任何的痕跡，在那裡又會開始一種新的精神，一種與前世毫無關係的思想……這麼一來，在時間上並排一列的輪迴轉生的各個個體，也和分散同一時代空間的各個個體，具有同樣的意義……說起來，輪迴轉生這件事就沒有什麼意義了，不是嗎？如果把輪迴轉生作爲一種思想來考慮，不就成了一種把幾種毫無關係的思想，一包在內的思想了嗎？現在我們沒有任何前世的記憶，即使在今後也沒有必要白費力氣去努力求證這種絕無確證的輪迴轉生呀。要證明輪迴轉生，就得把前世和現世均等看待，得有個比較對照的思想立場。然而，人的思想必定偏重於前世、現世或來世的某一方，無法從站在歷史時間點的『自己的思想』領域超脫出來。佛教所說的『中道』，似乎就是這種東西。所謂『中道』，究竟是不是人所能夠掌握的有機思想，這是值得懷疑的。

「退一步說，如果把人所具有的一切思想都當作各種迷惘來考慮，那麼就得有第三種的立場，分別識別這種從前世轉到現世的輪迴轉生的生命，以及前世的妄念和現世的妄念，只有這第三種的立場才能夠證明輪迴轉生，而這對輪迴轉生的本人只不過是一個永恆的謎罷了。於是，所謂第三種立場恐怕就是悟道的立場吧。所以輪迴轉生的思想，就成了只有超脫輪迴轉生的人才能掌握。這就算輪迴轉生的思想被掌握了，那時候，輪迴轉生也早就不存在了，不是嗎？

「我們活著，是爲了擁有死後的豐富。爲安葬、爲墓地、爲墓前那束枯萎的花、爲死者的記憶、爲視線所及的近親者們的死、還爲自己死的預測……

「這樣看來，說不定死者也是爲了他們擁有生的豐富多樣吧。從死者的國度來眺望我們的市鎮，人們爲學校、爲工廠煙囱、爲不斷的死和不斷的生……

「所謂輪迴轉生，就是與我們從生的國度來看死相反，只不過是從死的國度來看生的一種表現罷了。這僅僅是一種不同角度的觀察而已，難道不是這樣嗎？」

「那麼，人死後其思想和精神還能傳給後人，這又怎樣解釋？」昭披耶冷靜地表示了反對。

本多這個青年聰明機靈，血氣方剛，他用輕鬆的口吻斷定說：

「這同輪迴轉生的問題不一樣。」

「爲什麼不一樣？」昭披耶穩重地說，「一種思想會隔代被不同的個體所繼承，這點你總得承認吧。既然如此，同一個體即使隔代繼承各種不同的思想，也是沒什麼稀奇的嘛。」

「貓和人能說是同樣的個體嗎？儘管剛才的故事談到人、天鵝、鵪鶉和鹿。」

「從輪迴轉生的思想角度來說，這些都叫做同樣的個體。儘管肉體沒有連續，只有妄念是連續著的話，把它當作同樣的個體來考慮也未嘗不可。如果不說個體而叫做『一種生命的流動』也許更合適吧。

「我失去了令人緬懷的祖母綠寶石戒指。戒指不是有生命的東西，所以不能轉世。不過，所謂喪失這件事是什麼呢。對我來說，似乎可以認爲是開始發現它存在的根據。總有一天，戒指又會像綠色的星星，在夜空的某個位置上出現的。」

說到這裡，王子不勝悲傷，突然離開了話題。

「不過，昭披耶，說不定那顆戒指是什麼生靈悄悄變成的呢。」庫利沙達王子天眞地附和著說，「於是，它就用自己的腿不知跑到哪兒去了。」

「也許如今那只戒指已經轉世變成像月光公主似的美人了。」昭披耶驀地閉鎖在自己的愛情回憶之中。「總會有人寫信告訴我她平安無恙的。可是月光公主自己爲什麼不給我來信呢？有誰會來安慰我呢？」

本多沒有留意聽，他只顧沈思昭披耶剛才所說的那番不可思議的異說。誠然，不把人看作是一個個體，而把人當作是一種生命的流動，這種觀點是可能存在的；不把人看作是靜止的存在，而把它看作是流動的存在，這種觀點也是可能存在的。那時候，正如王子所說的，一種思想可能在各個「生命的流動」中被繼承下來，這和一種「生命的流動」可能在各種思想中被繼承下來是一回事，因爲所謂生命和思想就是同一化的東西。而且，倘使從廣義來看，這種生命和思想是同一東西的哲學，那麼人們就可以把統括無數生命流動的巨大生命潮流的連環，叫做「輪迴」，這可能也是一種思想吧。

本多落入沈思。這時，清顯匯集漸漸昏黑下去的沙粒，同庫利沙達一起，專心堆起一座沙寺院。不過用沙子是很難堆成那種暹羅式的尖塔和鴟尾形的。庫利沙達巧妙地在沙裡摻了水，堆起極其纖細的尖塔，好像從女子的袖口伸出又黑又柔軟的小指那樣，小心翼翼地從濡濕了的沙堆屋脊伸出翹起的鴟尾。可是，它只在空間伸出了短暫時間，一陣痙攣翻過來似的黑沙小指，一乾之後就立即折斷了，崩塌了。

本多和昭披耶也停止了議論，把視線移向清顯和庫利沙達身上，他們兩人高高興興地忙著玩沙子，簡直像兩個小孩子。用沙堆起的寺院需要掌燈了。好不容易精雕出來的寺院正面和長窗，早已籠罩上昏暗，變成只剩下一個黑色輪廓，破碎了的白浪活像人臨終的白眼，快將在這人世間消失而閃了閃亮光，便留下了一片白色的背景，寺院變成了一幅朦朧的剪影畫。

不覺間，四人的頭上已經是一片星空。銀河清晰地橫跨在天頂上。星星的名字，本多能叫得出來的並不多。儘管如此，他還是很快就能識別出，隔著銀河的牛郎織女星，還有展開巨大翅膀爲牛郎織女做媒的鵲座北十字星。

四個年輕人頓覺波濤聲比白天更加響朗，白天看上去海和沙灘是那樣地隔閡，如今它們彼此都已融和在同樣的黑暗之中，天空閃爍的繁星增加了一種威壓感……置身這種景象之中，讓人感到彷彿身臨某種肉眼看不見的、巨大古琴似的樂器之中。

這確實是一把古琴！他們是混入琴槽裡的四粒沙子，那裡是無邊無際的黑暗世界，然而琴槽外面卻有光輝燦爛的世界。從龍角到雲角，緊繃著十三根琴弦。倘使有誰伸出潔白的手指來撥弄這琴弦，群星悠悠遠行的音樂就會使琴震響，琴槽底裡的四粒沙子也會搖動起來。

海之夜，微風輕拂。海潮的氣味、被沖到沙灘上的海藻類氣味，乘著涼風傳到年輕人赤裸的肌膚上，一股戰慄的情緒充滿了他們的全身。海風帶著潮氣浸潤在他們的肌膚上，他們反而覺得彷彿有一種火辣辣的東西噴湧上來了。

「該回去了。」清顯安然說道。

這當然意味著是催促客人回去用晚餐了。可是，本多知道，他一心惦掛的是末班火車的時間。

三十四

等不到三天，清顯就悄悄地去東京了。一返回「終南別業」，他就把那裡發生的事詳細地告訴了本多一人。洞院宮家的訂婚儀式明確宣告延期了，這當然並不意味著聰子的結婚問題發生了什麼障礙；聰子還不時接受邀請上洞院宮家，洞院宮殿下也是以慈祥的態度相待。

清顯並不滿足於這種狀態。他開始琢磨，下次無論如何，也得想方設法把聰子請到「終南別業」來過一夜。他想借助本多智慧去實現這項冒險的計畫；但是，這件事光想都覺得麻煩和困難重重。

一個夜晚，相當悶熱，令人難以成眠。清顯於睡意朦朧之中，做了一個從未曾做過的夢。他夢見自己躺在淺灘上，水是溫的，從海面上沖來的各種海藻漂流物，同陸地上的垃圾廢物堆積在一起，無法辨別，常常扎傷徒步人的腳。

……不知爲什麼，清顯竟穿上平時沒有穿過的白棉布衣裳和白棉布裙褲，扛著一支獵槍，站在野外的道路上。那是一片微微起伏的原野，並不那麼寬闊，遠方可以望見家家戶戶的房頂，也有自行車通過野外的道路。可是有一種異常沈痛的光把那裡占領了。雖然那似是夕照的最後殘光，已是無力的光亮，這光亮分不清是從天空還是從地上來，原野上起伏的草也發出綠色的光，遠去的自行車本身也發出朦朧的銀光。他忽然低頭，一看自己的腳邊，只見腳蹬的木屐那又白又粗的木屐帶、腳背上的靜脈，都奇妙而明亮地浮現出來，清晰可辨。

這時，光線忽地陰暗下來，上空一角出現了成群的飛鳥，響起陣陣的啁啾聲，向清顯頭上逼近過來。這時候，清顯向天空勾動了獵槍的扳機。他不單純是無情地射擊，他體內充滿了一股無比的憤怒和悲傷的情緒，不是衝著鳥群而是瞄準太空的巨大藍眼射擊。

於是，被擊中的鳥一齊掉落下來，叫喚和血的龍捲風把天和地相結。因爲無數的鳥一邊鳴囀一邊淌血，密集成一根大柱，無盡頭地落在一個地方，看似一道瀑布，不斷地傾瀉下來，聲音伴隨血色，像龍捲風一樣連續地吹刮著。

爾後，眼看著這龍捲風凝固起來，變成一棵參天大樹。這是一棵掛滿無數鳥屍的巨樹，樹幹也呈現出異樣的褐紅色，沒有枝葉。巨樹的形狀固定之後，鳥聲也戛然而止，四周和先前一樣，又閃亮著沈痛的光，一輛無人騎的銀白色新自行車，從野外的道上，晃悠悠地迫將過來。

他自豪地感到：自己彷彿拂除了遮蓋天日的東西。

這時，他看見一群與自己同樣是一身白色裝束的人，從遠方原野的道路上走了過來。他們嚴肅地行進，到達距他約莫三公尺遠的前方，停止了腳步。仔細端詳，一個個手裡都拿著帶有光澤的楊桐樹小枝葉的玉串。

爲了給清顯淨身，他們在清顯面前揮動著手裡的玉串，聲音清晰可聞。

清顯從這群人中突然清清楚楚地發現了學僕飯沼的面孔，他不禁大吃一驚。而且，這個飯沼還張口對清顯說：

「你無疑是個暴惡之神！」

飯沼這麼一說，不禁回顧了一下自己。不知什麼時候，一串暗紫色相間的月牙形玉項鏈，已經套在自己的脖頸上了。玉石冰涼的感觸，在他的胸肌上擴展開去，自己的胸脯也恍如一塊平滑厚實的岩石。

白衣人一回頭看了看招呼人，鳥屍凝聚的巨樹，就長出茂盛而鮮豔的綠葉來，連下面的枝椏也都覆蓋著明亮的綠葉。

……就在這時，清顯醒過來了。

這是個非同尋常的夢。他打開了許久沒有記載的「夢日記」，開始儘可能詳細地把它記錄下來。他睡醒以後，體內依然存在一種激烈的行動和火熱的勇氣。他覺得自己像剛從某個戰場上回來似的。

……要在深夜裡把聰子帶到鐮倉，拂曉時分把她送回東京，使用馬車不行，火車也不行，何況人力車更是無法辦到。無論如何也得用汽車。

就是用汽車，也不能用清顯家周圍的私家車，更不能用聰子家周圍的汽車，而必須用不認識、且不了解情況的司機駕駛的汽車。

「終南別業」雖說相當寬廣，也必須小心不要讓聰子和王子們照面。不知王子們曉不曉得聰子訂婚的情況，倘使讓他們認出聰子，肯定會種下麻煩的禍根。

要克服這些困難，無論如何也得動用本多，讓他扮演不熟悉的角色。本多爲了幫朋友的忙，答應負責把聰子帶來並送回去。

他的腦海裡浮現出一個同班同學的名字，他是富商五井家的長子，只有他擁有自己自由支配的汽車。爲此本多特地去東京，拜訪座落在曲町的五井家，請求這個朋友將他的「福特牌」汽車連同司機借用一個晚上。

這個學習常常險些不及格的遊手好閒的青年，對班上有名的耿直秀才上門託辦這件事，不覺大吃一驚。於是他不放過這個機會來充分顯示自己的富裕和尊大，他說：只要把理由講清楚，也不是不能借的。

在這個笨蛋面前，本多一反常態，怯生生地編造了一套假理由，他也感到高興。因爲是撒謊，講話難免不自然，對方卻認爲這種不自然也許是由於毫無辦法和羞愧的心情造成的。看到對方這副深信不疑的模樣，本多覺得很有意思。利用理智是那樣難以令人信服，然而利用包括虛假的熱情在內的熱情，竟能如此輕易地就讓人相信了，本多以一種令人痛心的喜悅心情凝望著這種現象。這應該是清顯眼裡的本多的另一種形象。

「我要重新估價你啊。眞沒想到你還有這種本領。不過，你保留著一種祕密主義的色彩。哪怕說出她的名字也好嘛。」

「她叫房子。」本多不假思索地把多日不見的表妹名字說了出來。

「這麼說，松枝借宿一夜，我則提供一夜的汽車囉。不過，下次考試的時候，你可得幫我的忙喲！」

五井說著，半認真地低頭施了個禮。現在他的眼睛才閃出了友情的光輝。他覺得從各種意義上來講，自己總算可以同本多的智力相等了。那種單調的人生觀得到了確認。

「歸根到底人都一樣的啊！」

他的話音裡充滿了一種安心感。本多一開始就看準了這一點。再說，託了清顯的福，本多理應得到一個十九歲的青年人誰都希望獲得的羅曼蒂克的名聲。總之，這樁交易對清顯、本多和五井三人，無論誰都是不吃虧。

由於發明了自動起動裝置，五井擁有的這輛一九一二年最新型的「福特牌」小轎車，再也不用請乘客全部下車就能起動，司機也不用撓頭了。雖是帶二段變速機的普通T型車，但噴上黑漆，車門還帶細小的紅邊，只有被車篷罩著的後座還留有馬車的影子。同司機對話，就把嘴湊近通話管，司機耳邊有一只張著的喇叭，可以傳送聲音。車頂上除了放著一個備用輪胎以外，還有行李架，是適於長途旅行用的。

司機姓森，原先是五井家的馬車把式。他向五井老爺的隨身司機學習了駕駛汽車的技術，在警察局考取行車執照的時候，他讓師傅堂堂正正地在警察局大門口等候，學科考試中途遇有不懂的問題，他就到大門口詢問，又再回去繼續寫答案。

本多深夜到五井家借了這輛小轎車，爲了不讓別人察覺聰子的身分，他計畫讓車開到軍人公寓前停下，等候聰子和蓼科乘坐人力車前來。清顯希望蓼科不要來，實際上蓼科即使想來也來不了，因爲聰子不在家期間，蓼科還有重要任務，就是要佯裝聰子一直在臥室裡睡覺的樣子。蓼科流露出擔心的神色，她絮絮叨叨地叮囑了一番，最後好不容易才把聰子託付給本多。

「在司機面前，我就一直把你叫房子了。」本多咬住聰子的耳朵悄悄地說一句。

「福特牌」小轎車出發了，震耳的聲音，劃破了萬籟俱寂的公館街的夜空。

聰子態度果敢，鎮定自如，本多頗感震驚。尤其是她身穿素白的西服，越發增添她這種果敢的氣勢。

……深更半夜同友人的情人兩人驅車兜風，本多領略到一種不可思議的滋味。夏天夜半，他只作爲友情的化身，在盪漾著女人香水芳香的不停晃動的車廂裡，和她緊緊貼身而坐。

這是「別人的情人」。而且聰子是個女人，這閃念甚至是無禮的。清顯對自己又是如此信賴，本多感到一向是他們不可思議的羈絆的清顯那種冷冽的毒素，如今前所未有地明顯恢復了。信賴與侮辱，如同薄皮手套和手，是貼得緊緊的，組合在一起的。清顯的美，使本多寬恕了他的這種侮辱。

爲了避免這種侮辱，就只有堅信自己的高潔。本多這樣做，並非由於他是個盲目的、具有舊氣質的青年，而是因爲他相信通過理智能夠做得到的。他絕不像飯沼那樣是個自慚形穢的自卑型男子；倘使自認醜陋，最後就……只能充當清顯的奴僕，此外別無他途。

當然，汽車疾馳，涼風拂亂了聰子的頭髮，可她方寸不亂。清顯的名字在他們兩人之間，自然而然地成了禁語，房子的名字卻成了小小架空的親切象徵。

……

歸途走了一條全然不同的路。

「啊，我忘了告訴清顯。」

汽車啓動不久，聰子冷不防地說了一句。可是，已經不能再折回去了。因爲夏天天亮得早，倘使不一路緊趕回東京，就沒有把握在天明之前返回家中。

「我替你轉告吧。」本多說。

「嗯……」聰子有點躊躇。最後還是下決心說，「那麼請你轉告他：前些日子蓼科見了松枝家的山田，完全了解了清顯到底是撒謊。她知道清顯佯裝掌握在手中的那封信，實際上他早就在山田的面前當場撕碎扔掉了……不過，關於蓼科嘛，請他不用擔心。蓼科已經萬念俱空，閉眼認命了……就請向清顯轉告這些吧。」

本多複述了一遍聰子的話，對這種神祕的傳話內容，他一概不問，就應承下來了。

聰子大概是爲本多周全的禮貌所打動，一改常態，變得愛說話了。

「本多，你對待朋友實在太好了。我覺得清顯有你這樣一位朋友，眞是世界上最幸福的了。我們女子就沒有一個眞正的朋友。」

聰子的目光中還殘存著放縱的火焰，然而她的頭髮卻梳理得整整齊齊，紋絲不亂。

本多默默無言。片刻，聰子低下頭來輕聲地說：

「不過，你大概會認爲我是個放蕩的女子吧。」

「可不能說這種話。」本多不由地用強烈的口吻打斷了她的話。因爲這樣一個聰子說這番話，無意間巧妙地擊中了浮現在本多腦海裡的情景，縱令本多沒有輕蔑她的意思。

本多忠實地完成徹夜接送聰子的任務，不論是抵達鐮倉把聰子交到清顯手中，或是從清顯手中把聰子接過來送回家裡，他都是毫不心慌意亂，這是他深感自豪的。心慌意亂當然不好。然而，他自己這種行爲，難道不正是一樁涉及嚴肅而危險的事嗎？

本多目送清顯拉著聰子的手從月光下的庭園，沿著樹木陰影跑向海濱的時候，他彷彿看到了自己就是這樣幫助了他們；這確實是一種罪過，而且這種罪過留下了多麼優美的背影，飄忽而去。

「是啊。我不該說這種話。我絲毫也不認爲自己所做的事是放蕩不羈。

「不知爲什麼，清顯和我明明犯了可怕的罪過，然而我們一點也沒有感到罪惡的污濁，只覺得身心無比潔淨。剛才我們看見海濱的松林，就覺得此生再也見不到這松林了；聽到松濤聲，就感到此生再也聽不到松濤聲了。這瞬間那刹那間都是那麼晴朗，我們是沒有任何後悔的啊。」

聰子一邊說一邊感到焦灼：如何才能將自己的心情一無遺漏地向本多傾訴，哪怕是觸犯了不夠謹言慎行的戒條，也希望本多能理解自己。自己每次與清顯幽會，心裡總覺得這是最後一次了。特別是今天夜裡，沈溺在寧靜的大自然中，彷彿到達了多麼可怕、多麼令人目眩的高超境界。這就像對人訴說死、寶石的光輝，或者夕照的美一樣，是至難言傳的啊。

清顯和聰子爲了躲避過分明亮的月光，在海濱到處徘徊遊蕩。深夜的海濱寥無人影，只有高高懸著破浪木的漁舟在沙灘上落下的黑影才是愜意的地方，因爲四周的月光太耀眼奪目了。船上沐浴著月光，船板也像白骨一樣。將手伸向那裡，手彷彿就能穿透月光。

迎著涼爽海風的吹拂，他們兩人很快就躲在漁舟的陰影下緊緊地擁抱了。聰子悔恨自己穿著這身平時很少穿的西服，淨閃爍著白光；她也忘了自己肌膚的潔白，恨不得早點脫掉這身白，藏身於幽暗之中。

按理說是沒有人窺視他們的，可聰子卻覺得海上盪漾的月影，像千萬隻眼睛。聰子仰望天上的雲和掛在雲端危險地眨巴著眼睛的星星。他們相互愛撫，互相親吻，更覺可愛，猶如自己飼養的小動物在互相戲耍，充滿一種有意識的後退一步的甘美。閉上眼睛的聰子想起懸掛在雲端的星星閃爍。

從那裡要達到深海般的愉悅還有一段路程。一心只想融化在黑暗中的聰子，一想到那黑暗只不過是漁舟相伴的陰影，就不免產生一種恐懼感；因爲那不是堅固的建築物，也不是岩石山的陰影，而是不久就可能出海的漁舟短暫的陰影。舟船在陸地上停留是不現實的，它那實在的影子也像是虛幻的。她有點懼怕，這艘相當古老的大型漁船，眼看著像是要從沙灘上一聲不響地滑行到海上去了。爲了追逐那個船影，爲了永遠置身在那個陰影中，自己必須變成大海。於是，聰子在沈重的充沛之中變成了海。

所有包圍著他們的萬物，諸如夜空的月光、海的閃耀、掠過沙灘上的風、遠方松林的沙沙聲……這一切都是註定要消亡的。時間薄片的對面，響起了「不」的一個巨大的聲音。大概不是松林的沙沙聲吧。聰子感到他們已被絕對不能原諒他們自己的東西所包圍、捍衛和守護著，猶如滴在盤子水面的一滴油，這油正是通過水受到保護。然而，水是黑色的、寬闊的和默默無聲的，一滴髮油就在孤寂的境界裡漂盪。

這是一種什麼擁抱式的「不」啊！對他們來說，這個「不」究竟是夜本身呢？還是即將來臨的黎明的曙光？他們兩人都無法分辨。只覺得它漸漸地逼近自己，但還沒有開始冒犯自己。

……兩人坐起身子，從漆黑中勉強地伸長脖頸，望見一輪即將消逝的明月。聰子感到懸掛在天際的圓月，就像明顯地釘在上空的自己罪惡的徽章。

四周渺無人影。兩人站了起來，取出藏在船底的衣裳。在漆黑幽暗中，他們藉助月光，彼此相凝視著；雖是短暫，但卻是認眞地凝望著。

穿好衣服，清顯坐在船舷上，搖動著腿說：

「倘使我們是一對公認的情侶，恐怕就不會這麼大膽了吧。」

「你這人眞無情啊！你的心原來就是這樣的嗎？」

聰子流露出埋怨的樣子。她的埋怨聲中，卻有一種難以名狀的齟齬滋味。因爲絕望立即迫在眼前了。聰子依舊蹲在船邊陰暗的地方。從船舷垂下來的清顯的腳背，被月光照得白亮亮，聰子把嘴唇貼在清顯的腳指尖上。

……

「也許我不該跟你談這些。不過，除了你以外，再沒有人願意聽我的傾訴了。我知道我的作爲是可怕的，但是，請你不要阻止我。因爲我明白事情總有一天會結束……在這之前，哪怕多拖一天，我也希望這樣保持下去。除此以外別無其他道路了。」

「你早就下定決心了啊。」本多不知不覺間滿懷哀切之情說道。

「嗯。早就下定決心了。」

「我想清顯也是這樣的。」

「所以，我們不應該再連累你了。」

本多產生一種不可思議的衝動，想去理解這個女子。這是一種微妙的報應，她打算把本多當作「理解深的朋友」來對待。在本多來說，他理應也有既不同情也不共鳴的理解權利。

這個充滿戀情的婀娜女子，人在自己身邊，心卻遙寄遠方，所謂理解這個女子究竟是屬於哪種類的工作……本多天生愛好推理，這個毛病又在他心中抬頭了。

車身搖晃，聰子的膝蓋好幾次晃近本多這邊，但是聰子維護自身的機敏性，極力避免兩人的膝蓋碰在一起。這種機敏讓人聯想起猶如松鼠轉動小車，令人眼花撩亂。本多心裡有點焦躁了。至少他感到在清顯面前，聰子總不會顯露出這種瞬息萬變的姿態。

「剛才你說過早已下定決心吧。」本多沒有看聰子的臉，接著又說，「這句話同你那種『事情總有一天會結束』的心情是怎樣聯繫起來的呢。待事情了結，下決心，不就晚了嗎？或許隨著下決心，事情也就了結了，不是嗎？我知道我提出的，是一個殘酷的問題。」

「你問得好。」聰子安然地答道。

本多情不自禁地凝望著她的側臉。這張美麗而端莊的側臉，顯得十分平靜。這時，聰子突然闔上眼睛，車廂裡昏暗的燈光使她那本來就很長的睫毛深深地投下了陰影。黎明前的茂密樹林，恍如纏繞的黑雲擦過窗際。

司機十分規矩，眼不瞧他們，只顧驅車趕路。車廂後座與駕駛台之間隔著的厚玻璃拉窗緊緊關閉，除非特意將嘴湊近通話管，否則兩人的談話，司機是聽不見的。

「剛才你說我總有一天能夠使事情了結，對吧。你是清顯的摯友，這樣說是很有道理的。倘使我不能活著了結這件事，我寧可死……」

也許聰子希望本多急忙否定她的這種說法，可是本多卻頑固地保持沈默，並等待著聰子下面的話：

「……總有一天時機會到來的，這一天大概不會太遠了。到那時候，我敢保證，我絕不會手軟；既然我已經嚐過生活中最幸福的時刻，我再也沒有什麼奢求了。任何美夢都有結束的時候，永恆的東西是不存在的，如果認爲這是自己的權利，豈不是太愚蠢了嗎？我和那種『新女性』可不一樣……不過，倘使眞有永恆的東西存在，那也只是現在這一時刻……我相信你總有一天會明白的。」

清顯過去爲什麼那樣害怕聰子，本多似乎明白個中原因了。

「剛才你說不能再連累我，這句話是什麼意思？」

「因爲你走正道，是位正人君子。這件事本來就不應該把你捲進來。這都是清顯的不是。」

「我不希望你把我想得那麼規矩。的確，我的家庭是最正派的。但今天晚上，我卻參與了犯罪。」

「不能這樣說！」聰子生氣似硬打斷了他的話，「這只是清顯和我兩個人的罪過。」

這番話聽起來像是庇護本多，其實卻閃爍著他人不得插足的冷峻而矜持的光芒。本多知道，聰子把這個罪過當作一座只有她和清顯居住的小小水晶離宮，這座水晶離宮小巧得甚至可以放在掌上，誰想居住也無法進去。他們靠變身才能轉眼就住進去；而且人們從外面可以細微清晰地看到他們住在裡面的情景。

聰子突然向前傾斜，本多剛想伸手扶持她的身軀，手卻觸到了聰子的頭髮。

「對不起。我那麼注意，沙子還是跑到鞋子裡。倘使沒留意，回到家裡脫鞋，管鞋的不是蓼科而是女侍，讓她看見鞋裡有沙子，她一定會懷疑，張揚出去可就太可怕啦。」

本多不懂得婦女整理鞋的時候，自己該遵守什麼規矩，所以只顧把臉轉向車窗不瞧她一眼。

車子已經開進了東京市區，天空呈現出鮮豔的藍紫色。市區的屋頂上飄忽著黎明的帶狀雲。本多一方面希望早點到達目的地，一方面卻又爲人生中難得而不可思議的一夜快將消逝而惋惜。也許是耳朵敏感的關係吧，他隱約聽見微弱的聲音，背後傳來大概是聰子把沙子從脫掉了的鞋裡抖落下來的沙子聲；本多覺得好像聽到了世界上最清晰而美妙的時鐘的音響。

三十五

暹羅王子們對「終南別墅」這段生活頗感滿意。

一天傍晚，涼風習習，四人搬出四條腿的藤椅坐在庭園的草坪上，愉快地度過了晚餐前的片刻。兩位王子在用本國語談天說地。清顯落入沈思。本多則把書放在膝上，埋頭閱讀。

「來根『彎曲』吧。」庫利沙達用日本話說。

說著他挨個給大伙遞過英國威斯敏斯特牌金嘴香菸。王子們很快就記住了學習院的這句隱語，將香菸叫做「彎曲」。學校本來是禁止吸菸的，但高等科學生只要不公開抽，學校也就睜一隻眼閉一隻眼。於是，學校半地下室的鍋爐房，就成了吸菸的地方，同學們都把這裡叫做「彎曲場」。

這樣在光天化日之下，不必顧忌別人的眼目，放肆地抽，連這煙香中也纏繞著「彎曲場」那一縷縷祕密的菸香。現在抽英國牌香菸也同往日在昏暗中面對鍋爐房的煤煙、為警戒而不斷地轉動著白眼珠的光、為能多抽幾口而不斷地忙著讓香菸亮著紅光，彼時此地這兩者結合起來，才能更增加吸菸的味道。

清顯背向大家，追望著黃昏天空中裊裊上升的煙霧，再遠眺海面上空的雲塊，其形狀破碎，變得朦朧，天空染成了一片隱隱約約的黃薔薇色，他感到那裡彷彿現出聰子的姿影。聰子的身影和她的芳香滲透到萬物之中，大自然的任何微妙變化同聰子也不是無緣了。風遽然靜止了，夏季傍晚略帶暖意的空氣輕輕地撫拂著清顯的肌膚，他感到那時候赤身裸體的聰子就迷惘地站在那裡，她的肌膚似乎直接地接觸到自己的肌膚。暮色漸濃，連披著綠色羽毛般的合歡樹樹蔭下，也飄盪著聰子的生活片刻。

本多習慣於手邊總要放著一本書，否則心裡踏實不下來。曾有一個學僕悄悄給他借來了一本禁書，是北輝次郎著的《國體論及純正社會主義》，作者年僅二十三歲，令人感到他是日本的傳奇式人物，書中過分有趣的過激內容，使本多穩重的理智產生了警惕。他並不憎恨過激的政治理想，只是因爲他不懂得發怒。讀了這本書，他感到他人的憤怒猶如嚴重的傳染病會讓人感染的，正因爲這樣，饒有興味地欣賞他人的憤怒，從良心上來說畢竟是一種沒有意思的事。

和王子們交談有關輪迴轉生，多少也給自己增添了一些知識，記得送聰子回東京的那天早晨順便回家，從父親的書架上借了一本齋藤唯信著的《佛教學概論》，這本書開頭的業感緣起論很是有趣，他不禁想起去年初冬十分熱心讀《摩奴法典》，但擔心太深入下去，會影響準備考試，也就擱下來了。

就這樣，本多把好幾本書並排擺在藤椅的扶手上，以便隨手翻閱；他最後把視線從攤放在膝頭的書上移開，瞇起輕度近視的眼睛，朝圍繞庭院西側的山崖方向望去。

天頂還很明亮，懸崖上卻已布滿陰影，眼前一片黑魆魆。覆蓋在崖頂的茂密林木之間，還能看到西邊天空交織出無數細細的白光。透過密林看見的西天恍如一張雲母紙，那是大自然畫卷盡頭長長的餘白，襯托著夏季一日彩色繽紛而熱鬧異常的大自然畫卷。

……年輕人帶著愉快卻又有愧的心情在吸著香菸。暮色蒼茫，草坪一角上的成群蚊子在飛舞。游泳過後，十分困倦，皮膚被太陽晒黑……

本多一言未發，他卻在想：今天可以算是我們青春時代眞正幸福的一天啊。

對兩位王子來說，也定會是這樣的。

很顯然，王子們看到清顯沈湎在戀愛中，卻佯裝沒有看見。同時，清顯和本多對王子們在海濱與漁村姑娘的嬉戲，也同樣佯裝不知道，而且清顯還包了一筆可觀的補償金送給了姑娘們的父親。王子們每天早晨都在山上膜拜那座鎌倉大佛，他們受到了大佛的保佑。夏季悠悠，美得越發深沈了。

男僕在陽台上出現了。他手裡端著放有信件的閃閃發光的銀盤（這男僕深感遺憾的是，這裡不同於總公館，很少有機會使用這只銀盤，他費了整整一天的工夫把銀盤擦得鋥亮，並且一直保持銀盤的亮度），向草坪這邊走了過來，最先覺察男僕到來的是庫利沙達。

他一個箭步迎上前去把信接了過來。他知道這封信是王太后陛下給昭披耶的親書時，便以詼諧而恭敬的動作把信捧在頭上，奉獻給坐在椅子上的昭披耶。

這情景，清顯和本多當然看在眼裡，但他們抑制住自己的好奇心，等待著王子們向他們述說自己洋溢的喜悅和懷念故鄉的感情。打開白色厚信紙的聲音清晰可聞，那信箋鮮艷奪目，猶如浮現在夕照中的白色羽毛令箭。清顯和本多冷不防地被一聲尖銳的驚叫嚇得趕忙站起身來，只見昭披耶倒在地上不省人事了。

庫利沙達呆若木雞，茫然地望著被兩個日本朋友照顧著的堂兄。他把掉在草坪上的信撿起來，讀罷慟哭起來，趴倒在草坪上。庫利沙達用暹羅語喋喋不休地叫喚，它所包含的意思，很難理解。本多把視線落在王太后的親筆信上。滿紙都是暹羅文，根本看不懂。他只看到信箋上端金光閃閃的皇家徽章，圖案是以三頭白象爲中心，四周配有佛塔、怪獸、薔薇、劍、王笏等，構圖十分複雜。

昭披耶被幾個人隨即抬到床上，抬起來的時候，他已茫茫然地睜開了眼睛。庫利沙達一邊嚎啕大哭，一邊跟隨在後面。

清顯和本多不了解詳情，卻已察覺傳來的是多麼不吉利的信息。昭披耶頭枕著枕頭，在漸暗的天色映襯下的那褐色臉頰上，兩隻珍珠般暗淡的瞳眸，仍然默默在凝望著天花板。過了一會兒，庫利沙達好容易才鎮靜下來，他用英語先說：

「月光公主逝世了。昭披耶的情人、我的妹妹月光公主她……既然如此，即使王太后只告訴我一個人，昭披耶就不至於受到這麼大的刺激，我以後再找機會轉告他就好了。如今王太后陛下可能是怕我受不了刺激，才直接告訴昭披耶的。這點，陛下估計錯了。或許陛下還有更深一層的考慮，要讓昭披耶拿出勇氣來面對這樣悲痛的現實吧。」

這番深思熟慮的話，不像是出自往常的那位庫利沙達王子之口。對王子們這種熱帶驟雨般的劇烈悲嘆，清顯和本多都深受感動。這令人想像到伴隨閃電雷鳴的暴雨之後，那光潤的悲傷叢林，將會更加迅速、更加繁茂地成長。

當天將晚餐送到王子們的房間裡，但兩位王子連筷子都不沾一沾。隨著時間的推移，庫利沙達王子意識到他作爲客人的義務和禮儀，把清顯和本多請來，將長長的書信內容口譯成英文讓他們兩人聽。

其實，今年春天月光公主就發病了，她的病情已經嚴重到不能親自提筆寫信，可她還是不讓別人將自己的病情告訴哥哥和堂哥。

月光公主那雙美麗而白皙的手漸漸麻痹，最後乃至不能動彈，宛如一道從窗框透射進來的冷冷月光。雖然經過英國主治醫師的精心治療，仍然無法控制麻痹擴展到全身，最後連說話也不能自如了。儘管如此，月光公主還是用她那難以轉動的舌頭，反覆請求別人千萬不要將她的病情告訴哥哥和堂哥。她大概是想讓昭披耶的心中永遠保持著他和她分別時的健康形象吧。這般情景，不禁使人們潸然淚下。

王太后陛下頻頻到病榻旁來探望月光公主，她一看見月光公主的臉，就無法控制住自己的眼淚。她聽到月光公主辭世的消息，當場就向大家宣布說：

「巴塔納迪多那邊，由我來直接通知。」

她的親筆信頭一句就是：「我告訴你一個不幸的消息，請你務必堅強地把信讀下去。」「你所愛慕的占托拉帕公主不幸逝世了。即使在病榻上她也是非常思念你的，這點在後面我會詳細地告訴你。我作爲一個母親，首先要說的，是萬事要達觀，聽從佛祖的安排，但願你能保持一個王子的自豪，勇敢地接受這個噩耗。母親能體諒你身在異國接到此噩耗的心情，但母親不能在你身邊安慰你，這是十分遺憾的。你爲人兄長，將妹妹去世的事告訴庫利沙達，要多多關懷他。我突然給你寫這封親筆信，也是相信你的剛毅精神，不會因悲傷而氣餒。而且月光公主直到彌留之際還在想念你，這是值得你安慰的。你未能見她最後一面，雖是件憾事，但你應該體諒公主的心情，她希望在你心中永遠保持著她那健美的身影……」

……昭披耶一直聆聽到全信譯完，他在床上勉強把身子支起來，對清顯說：

「我竟這樣失去理智，忽視了家母的訓誡，實在感到羞愧。不過，也請爲我想想吧。

「我先前一直想解開的謎，並不是月光公主辭世的謎。而是自從月光公主生病直到她逝世這期間，不，應該說是月光公主已經辭世之後的二十天這期間，我自然不斷地感到不安，可是眞實情況我卻一無所知，竟泰然地生活在這個虛僞的世界裡，我想解開的就是這樣一個謎啊！

「我的眼睛，能把海和沙灘的閃爍，看得那麼清楚，爲什麼就不能把這個世界底層的，不斷引起的微妙變質看透呢？世界總是悄悄地不斷變質，猶如瓶中的葡萄酒在變質一樣。可是，我的眼睛卻只能透過酒瓶，看見光燦燦的紫紅色。爲什麼我就不每天至少一回，去檢驗一下它那細微的變化呢？早晨的微風、樹梢的搖曳、小鳥的飛翔和鳴囀，我都沒有不斷地注意細看和聆聽，我只是把它作爲大自然整個生態的喜悅來接受，而沒有留意到世界那些美的沈澱物似的東西，每天都在世界底層起著質的變化。倘使某個早晨，我的舌頭能夠觸及到世界的滋味，發現它的微妙變化……啊！倘若能這樣，我肯定當場就能品味出這個世界已經變成『沒有月光公主的世界』了。」

話說到這裡，昭披耶又咳嗽了一陣，他聲淚俱下，語無倫次，話聲戛然停住了。

清顯和本多把昭披耶託付給庫利沙達，然後回到自己的臥室裡，他們兩人難以成眠。

「兩位王子現在的心情大概都想早日回國了吧。看來無論別人怎麼勸說，他們都不會留下來繼續留學了吧。」本多在只有他和清顯兩人的時候，就立即說道。

「我也這樣想。」清顯沈痛地回答。

他也受到王子們的悲傷的影響，明顯地沈浸在難以言喻的不吉利思緒之中。

「兩位王子一旦離開，只剩下我們兩人繼續留在這裡也很不自然啊。或許我父母親會到這裡一起度過夏天，不管怎麼說，我們的幸福夏天算是結束了。」清顯自言自語地說。

男人熱戀中的心，是容納不了戀愛之外的東西的；他連對他人的悲傷也失去了同情心。這點，本多看得一清二楚。但他知道，應該承認清顯這顆冰冷而堅固的玻璃心，本來就是一具純粹熱情的理想容器。

……一周後，兩位王子便乘坐英國客貨輪踏上了歸途。清顯和本多一直把他們送到橫濱；大概是暑假期間吧，沒有其他同學前來相送。只有與暹羅早有深交的洞院宮派了他的事務官前來送行。清顯同這事務官只交談了二三句話，態度顯得非常冷淡。

巨大的客貨輪離開了碼頭，送別的紙彩帶一下子就被扯斷，隨風飄走了。這時兩位王子的身影在船尾甲板上出現了。他們站在迎風招展的英國國旗旁邊，不斷地揮舞著潔白的手絹。

船已駛進大海漸漸遠去，送行的客人也全散了，最後本多不得不催促清顯回去。這之前，清顯一直佇立在反射著強烈夏季夕陽的碼頭上。他送走的並不是暹羅的王子；他感到現在正是自己的青春時代中最美好的時期，而這個美好時期，正在遙遠的大海中漸漸消失了。

三十六

……秋天來了，學校開課之後，清顯與聰子的幽會越發有限了。就是傍晚時分避開閒人的耳目散步時，蓼科也走前走後跟著。

他們連點燈夫都顧忌了。點燈夫身穿煤氣公司的立領制服，拿著一根長長的點火棍，一盞盞地把鳥居坂一角上罩著白熾罩的煤氣燈都點燃了。傍黑，這種忙碌的儀式結束之後，附近就已寥無人影。這時候，兩人才在彎曲小巷裡漫步。蟲聲四起，家家戶戶的燈火已經不再那麼明亮了。一戶沒有院門的人家，主人剛從外面回來的皮鞋聲一消失，便傳來了沈重的鎖門聲。

「再過一兩個月就將結束了。洞院宮家也不可能把訂婚日期永遠拖延下去。」聰子平靜地說，她彷彿不是在談論自己的事，「每天每天我在睡前總是想念著：明天就會結束吧，大概會發生無可挽回的事件吧。想著想著才入睡鄉。說也奇怪，竟能安然成眠。做了這樣無可挽回的事，卻還……」

「就是舉行過訂婚儀式也……」

「清顯，瞧你都說些什麼嘛。罪過太重，會把優雅的心給壓碎的。倒不如趁現在還沒走到那一步，請告訴我，往後最好還能見幾次面啊！」

「你決心以後要把我們的一切都忘掉嗎？」

「嗯，儘管現在還不知道會採取什麼樣的形式。因爲我們正在走的路，並不是路而是碼頭，總會走到盡頭，前面展現大海也是無可奈何的事啊！」

一陣思索之後，兩人也就開始談論起有關終了的事來。

兩人一談開有關這一完結的事，心情就像孩子似的沒有一點責任感，沒有可行的辦法，沒有任何準備，沒有任何解決計畫，也沒有任何對策，彷彿只有純潔的保證。儘管如此，他們一旦脫口說出「終了」這個詞，「終了」這個觀念就立即鑲嵌在兩人的心窩裡，並且鏽住再也離不開了。

他們的愛情是從沒考慮「終了」才開始，還是正因爲考慮到「終了」才開始的呢？清顯不得而知。他深入思索，就越發不明白了。倘若一聲巨雷把他們兩人當場轟成焦炭倒還好，可是，現在任何懲罰也不會從天而降，該怎麼辦才好呢？清顯深感不安。他暗自想道：「到那時候，自己還能像現在這樣熱烈地愛著聰子嗎？」

對清顯來說，這種不安還是第一次。這促使清顯去握聰子的手，聰子順從地將手伸過來；她的手指在顫抖，令人心煩，清顯立即緊緊地握住她的手掌，幾乎都要握碎了。聰子一點也沒有流露出疼痛的表情，清顯那股猛力卻有增無減。遠處二樓的燈火餘光照見聰子的眼睛隱約含著淚珠，這時候，清顯心中湧起一陣陰暗的滿足感。

他漸漸懂得，自己昔日學到的優雅是包藏著血污的實質。最容易的解決辦法，無疑是兩人相對著死，然而要達到這個目的，需要經歷最大的苦惱。連這種幽會消逝的每一瞬間，都使清顯感到，自己在她身上所犯的禁忌次數越多，就越陷入無底的深淵。他覺得罪過犯得深，似乎離開罪孽就越遙遠……到了最後，一切都是以大騙局而告終。想到這裡，他不寒而慄。

「現在我們即使走在一起，也看不見你的幸福啊。我珍惜地回味著現在每一瞬間的幸福……你是不是感到已經滿足了呢？」聰子總是用爽朗的聲調，平靜地抱怨說。

「我們太相愛了，早就打幸福的身邊走過去了。」清顯嚴肅地說。

清顯知道自己現在即使說了這種遁詞，也不再擔心話裡帶幾分稚氣了。

他們快走到六本木商店街了。冷飲店早已關上擋雨板，房檐下掛著印上「冰」字的旗幟在迎風招展，街道充滿了蟲聲，令人有點不放心。再往前走，較大的燈影投在黑暗的道路上。供陸軍部隊使用的「田邊樂器舖」，似乎有什麼緊急任務，還在加夜班。

兩人避開燈影走了過去，卻晦氣地看到玻璃窗內晃眼的黃銅的光。裡面懸掛著嶄新的喇叭，在意想不到的明亮燈光下，恍如在盛夏的演習場上閃爍著耀目的光。有人試吹那新喇叭，剛覺得鬱悶得像要爆裂，驀地又響起了潰散的刺耳聲。清顯感到這聲音是一種不吉利的徵兆。

不知什麼時候蓼科已來到了他們的身後，她對清顯悄聲地說：

「往回走吧。再往前就要惹人注目啦。」

三十七

洞院宮家對聰子的生活不加任何干涉。再說，治典王殿下本人忙於軍務，他周圍的人也不爲殿下創造與聰子會面的機會，殿下也沒有強求見面的意思。然而，這一切並不說明洞院宮家對聰子冷淡，可以說是這家結緣的一種慣例。據說周圍的人認爲：男女雙方已經訂下終身，婚前頻繁接觸反而有害無益。

另一方面，女兒如成妃子的這家，倘若門第還嫌不甚般配，那麼爲了提高當妃子的女兒的素質，還得重新積累各方面的涵養。綾倉伯爵家的教育是有傳統的，他們做好了充分準備，女兒隨時被舉薦爲妃子也不致於不好對付。這種風雅使聰子具備了當妃子的素質，隨時都能像妃子那樣作詩、揮毫和插花；就是在十二歲被舉薦當上妃子，也是絲毫用不著擔心的。

不過，伯爵夫婦注意到過去對聰子的一系列教養中只欠缺三個方面，應盡快給女兒補課；那就是妃殿下所喜愛的長歌和搓麻將，以及治典王殿下所喜歡的西方音樂唱片。松枝侯爵從伯爵那裡聽說之後，馬上聘請了一位第一流的長歌教師每天上門教授，派人將特津豐根牌留聲機、手頭的西方音樂唱片送到伯爵家，唯獨請教麻將牌老師費了一番工夫。侯爵自己本是愛好英國式撞球，而洞院宮家卻偏偏喜歡玩這種卑俗的玩意兒，眞是無可奈何。

最後派精通麻將的柳橋酒館老板娘和一個老藝妓經常到綾倉家裡，蓼科也參加其中，圍成一桌，開始教授聰子打麻將牌。這個老藝妓的出差費用，當然全部由侯爵家支付。

有了這些麻將行家，四個女人的會合理應使平日寂靜的綾倉家充滿異常的熱鬧和快樂。可是，蓼科卻非常討厭這種場面。她表面上以怕喪失體面爲由，其實是害怕這些行家的尖銳目光看透了聰子的祕密。

即使不是那樣，對伯爵家來說，這麻將會等於把松枝侯爵的密探引進了家中。蓼科這種排外的盛氣凌人態度，很快就傷害了老板娘和老藝妓的自尊心，她們的反感，不出三天就傳到侯爵的耳朵裡了。侯爵找到機會對伯爵溫和地說：

「府上的老媽子很珍視綾倉家的排場，這很好，不過，現在這種情況都是爲了適應洞院宮家的嗜好，所以希望她多少遷就點啊。柳橋這兩個女人至少感到這是一種榮譽的服務，才肯在百忙中抽出時間來呢。」

伯爵把這抗議向蓼科傳達了，蓼科的處境變得更加困難了。

老板娘和老藝妓與聰子並不是初次見面。賞花節遊園會那天，老板娘在後台忙不迭地監督和指揮，而老藝妓當時扮演了俳句家。第一次麻將會，老板娘向伯爵夫婦祝賀了小姐的訂婚，並帶來了大量的禮物。

「小姐多漂亮啊，天生就具備當王妃的氣質。這樁婚事，洞院宮殿下不知多麼滿意吶。我們能爲此效勞眞是一生中的最大幸福；當然，我們也想把它作爲一種軼事傳給我們的子孫後代。」

儘管老板娘作了這番值得稱讚的致詞，可是四人一圍坐在另一房間的麻將桌旁時，她就連那表面的臉色也收斂起來，那雙謙恭地望著聰子的眼睛偶爾也失去潤澤，露出了乾巴巴的批評底盤來。蓼科感到她們也將同樣的視線投在自己那只過時了的腰帶銀扣上，眞叫人討厭！

特別是老藝娘，她一邊搓麻將一邊若無其事地說：

「松枝家那位少爺不知怎麼樣啦。我沒見過一位少爺是那樣儀表堂堂的。」

老藝妓剛說了這麼一句，老板娘非常巧妙，神不知鬼不覺地就把舌頭轉換了。蓼科覺出這點，著實傷腦筋。儘管老板娘也許只是爲了責備老藝妓不該說這種下流的話……

由於蓼科出了主意，聰子在這兩個女人面前盡量少開口說話。這兩人對女人身體的明暗比誰都清楚，眼光比誰都銳利，聰子在她們面前過分留神，有點不開心，產生了另一種憂慮。倘使聰子顯得過分憂鬱，說不定人家就會說長道短，傳出她對這樁婚事不滿。她擔心會顧此失彼，捉襟見肘。

結果，蓼科發揮了不愧是蓼科的聰明才智，成功地中斷了麻將會。她對伯爵說：

「松枝侯爵完全輕信那些女人的讒言，他可不像個侯爵啊。那兩個女人把小姐不高興的責任硬推在我身上……爲什麼沒讓小姐高興，她們害怕承擔責任……她們肯定告了我的狀，說我這個那個盛氣凌人啦。怎麼說，這也是侯爵的一片心意嘛，可讓這些女行家出入府上恐怕名聲不好吧。再說，小姐對麻將已經基本掌握，她出嫁之後陪人家玩牌，哪怕是輸，不也更顯得可愛嗎。學麻將到此就停了吧。倘使侯爵不願停止，我蓼科就只好請假了。」

伯爵當然只好接受這個帶有威脅性的建議。

……說起來，有關信件的事，蓼科從山田管家的嘴裡聽說清顯撒謊時，就感到自己彷彿站在十字路口，猶疑不定，今後究竟充當清顯的敵對好，還是承受一切，按照清顯和聰子所希望那樣去做？最後，蓼科還是選擇了後者。

可以說，她這樣做完全是出於她對聰子眞誠的愛。同時，事到如今，倘使棒打鴛鴦硬要拆散他們，蓼科也害怕會惹起聰子的自殺。更重要的是，她認爲現在應該保密，聽任他們兩人自然發展，眞到關鍵時刻，就只好等待他們自然地斷念，這是上策。只要我絕對保密就行了。

蓼科自以爲自己深知感情的法則，存在這樣一種哲學，即不顯露的東西就等於不存在。就是說，蓼科不是背叛她的主人伯爵，也不是背叛洞院宮家或其他人，她簡直像做化學實驗那樣，一方面親手幫助做了椿情事並保證其存在；另一方面又要保持祕密，消滅痕跡，如果否定其存在就好了。當然蓼科是在度過一座危險的橋，她相信自己生在這個世界上，就是爲了充當最後給別人彌補破綻的角色。這之前，只要施以大量的恩惠，最後總是能夠使對方按照自己的話去做的。

蓼科盡量照應他們頻繁的幽會，又等待著他們的熱情衰退。她沒有察覺自己這樣會使自己變得熱情起來。對於清顯那種貪得無厭的做法，唯一的報復就是等待清顯不久再來求他：「我想和聰子分手了，請你幫我穩妥地度過這一關吧。」她就要向清顯顯示，讓他知道他自己的熱情崩潰了。但是蓼科自己已經有一半不相信這夢想了。這樣一來，首先，聰子豈不太可憐了嗎？

這個沈著的老婦人的哲學是：這個世界上不存在什麼安全的事物。這哲學從一開始就要自戒，明哲保身；然而它卻使她捨棄了自身的安全，把這一哲學當作冒險的藉口。這是根據什麼呢？蓼科不覺間變成一個難以說明的舒服的俘虜。一對美貌的青年男女，通過自己的穿針引線而得以幽會，然後自己凝望著他們那沒有希望的戀愛之火在燃燒，並且越燃越旺，這使蓼科不由得湧上了一股猛烈的痛快感。哪怕因此而換來多大的危險，她也在所不辭了。

在這痛快感中，她還感到存在著美貌的、年輕的肉體融合在一起，彷彿是一種神聖的、富於正義的、卻又是毫無道理的東西。

兩人幽會時目光的閃爍，兩人貼近時胸脯的跳動，這些都變成了一座暖爐，溫暖著蓼科那顆早已冷卻了的心；就是爲了自己，她也不能讓這火種熄滅啊。兩人幽會之前，面容由於憂傷都變得憔悴了，在相見時隱約看見對方姿影的一瞬間，卻滿面春風，容光煥發，比六月的麥穗還要燦爛……這一瞬間充滿了奇蹟，彷彿瘸子也能站立，瞎子也能重見光明。

實際上，蓼科的任務是從邪惡中保護聰子。綾倉家世代相傳古老而悠遠的優雅，不是暗示著這樣的訓戒嗎：燃燒著的東西不一定是壞，成爲歌的東西也不一定是惡。

正因爲這樣，蓼科一聲不響，彷彿在等待著什麼。也許她是在等待機會，把釋放了的小鳥重新抓回來關在鳥籠裡。這種等待，彷彿存在著一種不吉利的血污的東西。每天早晨，蓼科都精心地做一番京都式的濃妝艷抹，塗上一層厚厚的白粉，把眼皮底下的皺紋掩蓋起來，用京紅的閃光色彩將唇邊的皺紋加以掩飾；儘管經過這番濃妝的打扮，她卻回避觀望鏡中的自己，而把烏黑的視線射向空中，彷彿在探問什麼。秋天遙遠天空的光，把清澄的點滴落在她的眼裡，而且在窺視著她的臉。她彷彿心中渴望著未來……爲了重新檢查一遍自己的化妝，她拿出平時不用的老花眼鏡來，把細小的金絲鏡腳掛在耳朵上。衰老而潔白的耳朵，便馬上被金絲鏡腳的尖刺得尖辣辣的……

……進入十月，傳來了這樣的消息：訂婚儀式將在十二月份舉行。禮品目錄上提出：

一、西服料五匹；

二、清酒二桶；

三、鮮家鯽魚一盒。

這清單中後兩項沒有問題，西服料，松枝侯爵保證向五井物產公司倫敦分公司經理發一封長電報，讓他趕緊把特別訂做英國最高級的料子寄來。

一天早晨，蓼科去喚醒聰子時，聰子已經醒來，她臉色蒼白，立即支起身子，拂開蓼科的手，跑到走廊上，在快到廁所的地方，嘔吐了起來。吐出來的東西，僅把睡衣的袖子濡濕。

蓼科陪著聰子回到寢室，弄清楚緊閉的隔扇外面有沒有什麼動靜。

綾倉家的後院飼養了十幾隻雞。公雞打鳴的報時聲，幾乎震破微微發白的紙糊拉門，描繪出一幅綾倉家平常的晨景。太陽高升了，公雞鳴聲卻不停息。聰子在雄雞的鳴唱聲中，重將蒼白的臉落到枕上，合上了眼睛。

蓼科將嘴湊近她耳邊說：

「好點了嗎？小姐，這件事可千萬不能告訴任何人。弄髒了的衣服由我暗中處理，絕不能讓女僕給你梳理頭髮，今後吃喝也由我來侍候，設法不讓女侍察覺，給你端上合胃口飯食。總之，小姐要多加保重，今後最要緊的，就是按我蓼科所說的去做啊。」

聰子輕輕點了點頭，她那張美麗的臉上流淌著一道淚水。

蓼科滿心喜悅，第一，最初出現的徵兆誰也沒看到，蓼科第一個目睹；第二，這正是蓼科等得焦急的事態，自然樂意接受，雖然發生早了些。這樣一來，聰子就成了蓼科的人了。

……回想起來，對蓼科來說，這個世界要比僅僅是情念的世界更得心應手。從前聰子第一次來月經的時候，是蓼科最早發現並給予點教的。從某種意義說，蓼科不愧是個辦事熟練的沾滿鮮血的專家。伯爵夫人對世間萬事都很少關心，她是在聰子來月經兩年之後，從蓼科那裡聽說才知道的。

蓼科從不怠惰，一直關心並照顧著聰子的身體。自從聰子清早出現嘔吐現象之後，肌膚上塗抹白粉的沾著狀況、眉宇間隱藏著從遠處帶來的不快預感、飲食嗜好的變化、起居生活中反映出來的無精打采……這一個個現象得到了確證，就會毫不躊躇地果斷運動下去。

「總是關在房間裡對身體不好，我陪你出去散散步吧。」

每次蓼科這麼勸說時，大都意味著這是能夠同清顯相會的暗號。可是，在光天化日之下，晌午的時刻怎麼好出去呢？聰子有點詫異，抬起臉來，露出了探詢的目光。

蓼科的臉部表情異乎尋常，充滿的不是咄咄逼人的氣勢，因爲她知道有關國事的名譽就掌握在自己的手中。

她們兩人想從後門出去，便沿著後院走，只見伯爵夫人把雙袖交疊在胸前，正眺望著女侍在餵雞。秋天的陽光灑落在成群走動的雞的羽毛上，發出閃閃的光。晾曬場上曬乾了的白色衣物隨風飄揚，顯得非常神氣。

蓼科驅趕著聰子腳邊的小雞。聰子只顧一邊走一邊向母親微微施了個注目禮。從雞群蓬鬆的羽毛中，一步步邁出來的腳，顯得十分固執，聰子第一次感受到這種動物的敵意，彷彿這種動物和自己是基於血緣的敵意。她討厭這種感覺。有幾根雞毛白晃晃地飄落，快接近地面了。蓼科向伯爵夫人招呼說：

「我陪小姐出去散散步。」

「散步嗎？你們辛苦啦。」伯爵夫人說。

女兒的喜慶日子漸漸逼近了，連伯爵夫人都露出了沈不住氣的神色。她越來越把女兒當作客人鄭重地看待。這是公卿家的教養，女兒已經成爲皇家的人，對她是絕不責備一句的。

她們兩人一直走到龍土町的小神社，花崗岩欄杆上刻有天祖神社的字樣。她們走進剛剛結束秋祭的狹窄的神社境內，在垂著紫色帷幔的前殿，低頭拜了拜，然後聰子跟隨蓼科走進了小小神樂堂裡。

「清顯在這兒嗎？」聰子怯生生地問了蓼科一句。不知怎地，她今天被蓼科鎮住了。

「不，他沒有來。今天是我有事要同小姐談談，所以把小姐帶到這兒來了。在這裡談，不用擔心被人聽見。」

神樂堂側面橫排著二三張長條石凳，這是觀看神樂①的觀眾席。蓼科將自己的和服外套疊好放在長著青苔的石凳上，請聰子落坐在上面。

「這樣坐，就不涼了。」蓼科一本正經地開口說，「哦，小姐，到了現在恐怕也沒必要再說了，皇家比什麼都重要，這是你知道的。

「綾倉家世世代代蒙受皇恩，延續到現今第二十七代了。蓼科我對小姐說這番話，無疑是在釋迦牟尼面前說教。不過，一經皇上敕許下的婚姻，是無可奈何的，違背它就等於違背皇上，世上再沒有比這樣的罪過更可怕的了……」

然後，蓼科又滔滔不絕地細說下去，諸如自己這樣說絕不是想責備聰子以往的行爲，在這點上自己也是同樣有罪的，只是沒有暴露出來罷了。自己也覺得這是罪過，悔恨不已。但是，這也是有限度的，現在聰子既已懷孕，事情到了非結束不可的地步了。過去自己只是默默地注視著，事到如今，這樁戀愛再也不能繼續拖下去了。現在聰子必須下定決心，宣告同清顯訣別，一切聽從自己指揮行動，如此等等……她把這些事，按照順序，竭力不摻和感情地統統說了出來。

說到這裡，蓼科以爲聰子也該明白了，她一定會落入自己的圈套裡。於是，她把話停住，用疊著的手絹輕輕地揩了揩額角上冒出來的汗珠。

蓼科本來是堅持說理的，不料竟帶著幾分同情，露出悲傷的表情，連聲音都哽咽了。實際上，她發現自己並不是以眞正悲傷的感情，接觸這位自認爲比自己的親生女兒還可愛的姑娘。在可愛與可悲的感情之間，隔著一道閘門。蓼科越覺得聰子可愛，就越發要將她隱藏在自己那可怕的決斷之中，也就越發希望聰子與自己一樣感到快樂得離奇可怕。這是通過別的犯罪來拯救一種極其可怕的罪過，到頭來，兩種罪過相抵銷，兩種罪過都不復存在了。在一種黑暗中再帶上另一種人爲的黑暗，由此而招來可怕的牡丹色的曙光；而且這些都是在隱祕中進行的。

聰子沈默得太久了。蓼科不安地再次探問道：

「你都能按照我的勸告去做嗎？你是怎麼想的？」

聰子臉上毫無表情，沒有流露出半點驚訝的神態。她不知道蓼科這種誇大的說法究竟意味著什麼。

「那麼，你要我怎麼辦？你得明確說出來呀。」

蓼科環視了一下四周，認定神社前屋檐下鈴鐺發出的輕微響聲，不是人爲的，而是風刮的。神樂堂的地板下面，蟋蟀在斷斷續續地鳴叫。

「我恨不得能夠早點照顧小寶寶吶。」蓼科說。

聰子倒抽了口氣，說：

「瞧你說些什麼呀，我只有等待判刑了。」

「看你說的。就包在我蓼科身上吧。縱令祕密洩漏出去，警察是不能把小姐和我治罪的。因爲訂婚已經決定下來了，十二月舉行儀式之後，就越發安全了。這點警察也是心中有數的。

「不過，小姐，請你好好想想，假使小姐總是拖拖沓沓，這樣下去肚子大起來，皇家自不消說，社會上也都會知曉的。到時候這樁婚事一定破裂，老爺也就見不得人，只好隱身了；而且，清顯也一定會陷入困境。說實在的，松枝侯爵家本身的前途也都將要被斷送掉的，所以只好佯裝不知，除此以外就沒有別的路了。到那時候，小姐，一切都完啦，能選擇這樣的結果嗎？現在無論如何只有一條路可走了。」

「祕密總會洩露出去的，縱令警察緘口不言，也難保不傳到洞院宮家的耳朵裡，你說我還有什麼臉面嫁過去呢，還有什麼臉面去伺候殿下呢？」

「對這些謠言也用不著畏首畏尾嘛。洞院宮家會怎麼想，還不是看小姐你使什麼招數了嗎。我希望小姐作爲一個美麗而賢慧的妃子度過終生。謠言嘛，用不了多久就一定會消失了。」

「你能保證我絕對不會被判刑、不會坐牢？」

「那麼，讓我說得更具體以便你徹底了解吧。第一，警察是顧忌洞院宮家的，萬一他們了解眞相，也絕對不敢把事情公開的。假使這樣你還放心不下，我們還有辦法把松枝侯爵拉到我們這邊來，侯爵憑能說會道，什麼事情都可以壓制下去的。再說，這畢竟也是給那邊的少爺做好善後嘛。」

「啊，這可不行！」聰子叫喊起來，「唯有這點我絕不答應。我絕對不向侯爵或清顯乞憐，這樣做我不就成了一個卑賤的女人了嗎？」

「嘿，這不過是個假設嘛。第二，即令訴諸法律，我也下定決心要保護小姐。小姐就說不知道我要陰謀，上了我的圈套；你不曉得，我就讓你聞了麻藥，最後才落到這步田地的。到那時候，不管怎麼打官司，都由我一人來承擔罪過了事。」

「那麼，你是說，不論遇到什麼情況，我都不會坐牢？」

「這點，小姐儘管放心。」

蓼科雖這樣說，聰子臉上並沒有浮現出放心的表情。反而說出了一句意外的話：

「我希望坐牢。」

蓼科緊張鬆弛，笑了起來。

「簡直在說孩子話嘛。那又是爲什麼呢？」

「不知女囚犯是穿什麼樣的囚衣，我想穿上它，看看清顯還愛不愛我。」

……蓼科聽了聰子這種無理的話，不僅哭了，眼睛裡還充滿了無比的喜悅，不由得全身顫抖起來了。這兩個女人儘管身分不同，但心中強烈地蘊含著的無疑是同樣的力量，同樣的勇氣。不論是爲了欺騙，還是爲了眞實，再沒有比這個時候能如此求得等量等質的勇氣了。

蓼科覺得自己和聰子就如逆水而行的小船和流水，船速和水速的力量正好相等，小船短暫地停留在一個地方那樣，現在每一瞬間，她和聰子都迫不及待地親密聯繫在一起了。同時，兩人彼此都能理解同樣的歡樂了，宛如聽到群鳥爲了躲避暴風雨而振翅掠過她們頭頂上的歡樂振翅聲……這種感覺像是悲傷、驚愕和不安。彷彿都像卻又都不像，只好給這種粗獷的感情起個名字叫歡樂。

「總之，你願意按照我所說的去做吧？」蓼科望著聰子的臉說。在秋陽的照射下，聰子臉上泛起了一片紅潮。

「這件事，所有一切的情況，你都不要告訴清顯。當然這是指我的身體的一切情況。

「不管日後我的命運會不會像你所說的，請放心吧，絕不讓第三者插進來，我只同你商量，以便選擇我認爲最好的道路。」

聰子的話裡已經帶上了妃子的威嚴。

1 神樂，祭神的舞樂或地方神社祭神時吹奏的民間音樂。

三十八

十月初，清顯和父母共進晚餐的時候，聽說十二月份洞院宮家將舉行訂婚儀式。父母對這場訂婚儀式表示了濃厚的興趣，競相炫耀自己博聞強識，精通掌故。

「迎接事務官那天，理應使用正房，但綾倉打算使用哪一間就不知道了。」

「事務官要立正敬禮，倘使有座漂亮的洋房就再好不過了。他家只能在內客廳裡鋪上布，一直鋪到大門口來迎接。洞院宮家的事務官帶上兩名屬下乘坐馬車進來，綾倉還需要準備在大高檀紙①上寫受禮書，並用由兩根捻紙捻兒打成的紙繩繫上。事務官是穿大禮服，受禮人伯爵也必須穿爵服才行。綾倉是專家，萬事精通，這些繁文褥節就用不著我們多說了。我們只要出錢就行了。」

……這天晚上，清顯的心情總是不能平靜，眼看著自己的戀愛將要被鐵鎖鏈禁錮起來；他彷彿聽見沈重的鐵鎖鏈從地板上拖著逼近過來的聲音。敕許下達的時候曾把他煽起的那股衝動已經喪失殆盡。那時候曾是那樣地鼓舞過他，使他確信「絕對不可能」的這種白磁般的信念，如今已經布滿了細細的裂痕。昔日的決心曾帶來了強烈的喜悅，如今這一切猶如人凝視著季節結束時的悲哀。

莫非自己已經死了這條心？他自言自語。不是的。敕許雖曾一度化作力量，促使他們兩人那樣狂熱地結合在一起，然而這無非是其延長訂婚儀式的官方公報，卻令人感到這回它明顯地成了一種力量，企圖從外部把他們分割開來。如果自己盡情撲向前一種力量就好了，可是他卻不知道如何處理後一種力量。

第二天，清顯給聯絡地點軍人簡易公寓的主人掛了電話，說自己希望馬上見聰子，並請轉告蓼科。因爲囑咐傍晚以前回電話，所以清顯雖到了學校，上課卻心不在焉。放學後，蓼科從校外掛來的電話是這樣答覆的：情況你是知道的，最近十天不可能讓你們會面了。一俟有機會，會立即通知你，請你等著吧。

這十天來，清顯是在急切盼望的痛苦中度過的。他非常清楚這是一種報應，以前自己對待聰子實在太冷漠了。

秋已漸深，紅葉尚未染盡，只有櫻樹的紅黑色葉子早已凋零。清顯無心思邀請朋友來玩，星期天獨自一人度過就尤其難受；他時而眺望湖面上的浮雲投影，時而又茫然地遠眺那九段的瀑布。他驚奇不已，爲什麼流水這樣不斷傾瀉下來而流之不盡呢？他在思索順暢的流水永不休止是多麼不可思議啊。他覺得這恰似自己的感情的火花。

不如意的空虛心緒一沈積在他的體內，某些地方是灼熱的，某些地方則是冰冷的，稍微動一動身子，一股沈重的倦怠和焦躁的情緒就一起侵襲而來，像生了病似的。他獨自在寬闊的邸內漫步，走進正房後面絲柏林中的小徑。路上偶爾遇見老園丁在挖掘藤葉已轉黃的山藥。

透過絲柏林的樹梢縫隙可以窺見蔚藍的天空，偶然從樹梢上掉下來的昨夜殘留的雨滴，落在清顯的額上。連這雨滴，清顯都感到，它彷彿要穿透自己的額頭，帶來清晰而激烈的訊息，拯救自己的不安。自己是否被人拋棄、被人遺忘了呢？他只是等待，儘管沒有發生任何事情，他的心緒還是零亂如麻，彷彿無數空虛的腳步聲，交叉地通過十字路口，一種不安和疑惑在心頭上不停地上下翻滾。於是他連自己的美也忘得一乾二淨了。

……十天過去了。蓼科兌現了諾言。但她在幽會問題上的吝嗇，撕碎了他的心。

聰子到三越百貨公司定做嫁妝衣物，伯爵夫人本來打算一起去，但是感冒病倒，也就作罷，只由蓼科一人陪同前去。這就可以約清顯等候見面了。但又考慮到倘使在和服櫃台會面，難免被掌櫃看見，太煞風景。於是，便約定清顯下午三點在置有石雕獅子的入口處等候。他就是看見聰子從百貨公司出來，也要佯裝沒瞧見，然後尾隨聰子和蓼科，待她們兩人走進附近一家不顯眼的年糕小豆湯舖，聰子才隨後進去，可以在這裡談短暫的時間。人力車還停放在百貨公司門口，佯裝她們還在百貨公司裡面。

清顯從學校早退出來，在制服上再套了一件風雨衣，把領章遮蓋住，並將制服帽揣在書包裡，站在三越公司入口處的來往人流裡。聰子走出來，帶著悲哀的火辣辣眼色瞥了清顯一眼，然後走到馬路上。清顯按事先約定的，到了那家冷冷清清的年糕小豆湯舖的犄角上，同聰子面對面地坐了下來。

也許是心理作用，看起來聰子和蓼科之間似乎存在著某種隔閡。清顯還清楚地看見聰子一反往常，臉上化了濃妝，硬裝出一副健康的樣子。她說話有氣無力，頭髮也顯得特別凝重。清顯突然感到眼前展現的這幅昔日曾是色彩鮮艷的圖畫，如今已經嚴重褪了色。他覺得這十天來那樣急切地盼望著切實看到的面孔，竟然起了如此微妙的變化。

「今夜不能見面嗎？」清顯急切地問道。他預感到絕不會得到稱心如意的答覆。

「請別說這些不切實際的話啦。」

「爲什麼不實際？」

清顯的語言十分激越，內心卻是一片空虛。

聰子剛要低下頭來，眼淚已經流落下來了。蓼科顧忌周圍的客人，趕忙給聰子遞過了白手絹，推了推她的肩膀。清顯感到蓼科這個推肩膀的動作有點蹊蹺，便用銳利的目光瞪了蓼科一眼。

「幹麼用這種目光瞪著我。」蓼科的話裡充滿了不恭敬的語氣，「我豁出命來爲少爺和小姐盡心盡力，難道您就不知道？不，不僅是少爺，就連小姐也沒體察到這點。我這號人活在這個世界上還不如死了好啊。」

三碗年糕小豆湯端到桌上來了，但誰也不去動它。呈紫色的熱餡露在小漆碗蓋外面，恍如春泥露出不久又漸漸乾了。

會面是短暫的，又不能確定十天後可能再見，兩人便分手了。

這天晚上，清顯陷入無邊的苦惱之中，他一想到不知聰子拒絕夜間幽會到何時爲止，自己也就彷彿被整個世界所拋棄，在這絕望之中，唯有自己對聰子的愛才變得確實無疑。

看見今天聰子落淚，聰子的心是屬於自己，這是不言而喻的。但同時，只有心與心之間相通是無濟於事，產生不了什麼力量，這也是十分清楚的。

現在清顯抱有的是一種眞正的感情。這種感情比起過去想像的所有戀愛的感情都顯得豪放、沒有風趣、粗獷、漆黑，大概是距嫻美非常遙遠吧。這種感情無論如何也寫不進和歌裡。他第一次把這樣難看的原料變成自己的東西。

熬過了徹夜的失眠，清顯掛著一副蒼白的面孔上學了。本多立即用一種責備的目光詢問清顯。清顯對他這種容易踟躕不前的細心而溫柔的詢問，幾乎落下淚來。

「你聽我說，她再也不願和我共寢了。」

本多臉上露出童貞似的迷惑表情。

「爲什麼呢？」

「因爲已經決定十二月份舉行訂婚儀式了嘛。」

「所以就深居簡出了嗎？」

「只好這樣認爲囉。」

本多找不到任何適當的語言來安慰這位友人。感到悲哀的，是只能泛泛而談卻無法拿出親身的體驗去撫慰他。本多覺得有必要替朋友爬上樹梢，哪怕很勉強也要爬上去，鳥瞰地面，以便做出某種心理分析。

「你對我說過，你曾懷疑在鎌倉與她那樣幽會的時候，突然覺得厭倦了，不是嗎？」

「不過，那只是一瞬間的事。」

「聰子會不會是爲了再次獲得更深、更強烈的愛才採取那種態度呢？」

但是，本多以爲清顯那種自愛的幻想，這時已經成了他自己的一種慰藉。本多估計錯了。清顯對自己的美，乃至對聰子的心也已經不屑一顧了。

重要的，是他們倆不再顧忌任何人、毋需擔驚受怕，關心的只是能夠自由相會的地點和時間。他懷疑他們之間的戀愛是否已經脫離了這個世界？不然，就只能發生在這個世界崩潰的時候。

眼下最重要的，不是心情而是狀態。清顯那雙危險充血的眼睛顯得那麼疲勞，他夢見這個世界爲了成全他們，秩序崩潰了。

「要是發生一場大地震就好了。那樣的話，我就能去拯救她。爆發一場大戰就好了，這樣的話……對了，與其這樣，莫如整個國家發生一樁震撼根基的大動盪事件就好了。」

「你所說的事件，總要有人來發動啊？」本多以同情的目光注視著這個優雅的年輕人。因爲他領悟到這種場合，需要的不是挖苦，也不是嘲笑，而是鼓舞的力量。「由你來幹一場不好嗎？」

清顯臉上實實在在地露出了困惑的神色。熱戀中的年輕人哪有工夫去考慮那個問題呢。

然而，本多看到了自己的話再度在友人的眼睛裡燃起了一瞬間的破壞之光，他被這種光迷住了。彷彿狼群從眼睛清澈的神聖領域的黑暗中跑動似的。那是無法行使力量的領域，連清顯自己也無法意識到，那狂暴的靈魂瞬間疾馳的影子，剛在瞳眸中開始馳騁就結束了……

「什麼樣的力量才能打開這種棘手的僵局呢？是權力還是金錢？」清顯自言自語地說。

本多覺得松枝侯爵的公子說出這種話，未免有點滑稽，便冷冷地反問道：

「倘使是權力，你又怎麼辦？」

「就不擇手段去獲得權力唄。不過，這是需要花時間的。」

「不論是權力還是金錢，從一開始就不起什麼作用。可別忘了，你從一開始就把權力和金錢作爲抵擋不住的、不可能的對手。正因爲不可能，才使你著迷。對吧？假使是可能的話，那早就同瓦片一樣了。」

「但是，曾一度是非常可能的。」

「那是你看見可能的幻影。你看見了彩虹。除此以外你還要追求什麼？」

「除此以外……」清顯頓時語塞了。

談話中斷，從話語中，本多感到眼前展現一片無邊無垠的虛空，這是自己沒有預料到的。對此他不禁渾身戰慄，心想：「我們的交談，只不過像深夜在工地上雜亂堆放著的許多石料，當你發覺工地上空展開無邊無垠的星空是寂靜無聲的時候，你就會感到石料也只好這樣沈默不語了吧。」

下了第一節邏輯學以後，兩人沿著環繞洗血池的森林小徑漫步，便作了這番對話。第二節課的時間快到，他們便從剛才的來路折回去。映入眼簾的，是落在秋天林間小道上各種各樣的棄置物。諸如潮濕而交錯重疊布滿顯眼茶色脈絡的落葉、橡子、裂開而腐爛的青栗、煙蒂……本多發現其中有一個歪歪扭扭的、白乎乎的、病態的白手疙瘩，就駐步凝視起來。弄清楚這是一隻小鼴鼠的屍體時，清顯也蹲了下來，頭頂著透過樹梢灑落下來的晨光，在默默地仔細觀察著這具屍骸。

死去的小鼴鼠仰躺著，只有胸部周圍的毛白乎乎的很扎眼。牠全身像濕漉漉的黑色天鵝絨，紋理清晰的白色小爪皺紋上沾滿了泥土。一看便知這些泥土是爪子在掙扎時侵進去的。那張像鳥嘴般的尖嘴，向上微張，可以看見嘴的裡側，兩只精巧的門牙後面張著柔軟的薔薇色的口腔。

兩人同時回想起從前那隻掛在松枝家瀑布口上的黑狗屍體。那隻死狗，意外地享受到松枝家爲牠所做的周到超度。

清顯抓起死鼴鼠的小毛稀稀拉拉的尾巴，將牠輕輕地橫放在自己的掌心上。早已乾癟的屍體沒有給人留下骯髒的感覺。只是這卑賤的小動物那身勞累終生的肉體所顯示的命運，令人感到這是不祥之兆。那雙張開的小掌的細微造型，也是使人感到討厭的。

他又抓住鼴鼠的尾巴站起身來，順著小徑來到湖畔，若無其事地將死鼴鼠扔到湖裡。

「你幹什麼？」

對友人這種輕率的舉動，本多皺了皺眉頭，乍看這不過是一個學生的鹵莽行爲，然而本多卻從這行爲中看到了清顯內心異乎尋常的衰頹。

1 一種有皺紋的白紙。

三十九

七天過去了，第八天也過去了，可總也不見蓼科來聯繫。到了第十天，清顯就給軍人簡易公寓的主人掛了電話，對方回答說：蓼科病倒臥床不起了。又過了幾天，對方仍告訴他：蓼科還沒有痊癒。於是清顯開始懷疑：這可能是一種遁辭。

清顯冥思苦想，發了瘋似的。夜裡，他獨自走到麻布，在綾倉家附近徘徊遊盪。經過鳥居坂附近的煤氣燈下，他看到伸在燈光下的手背是蒼白的，他的心被挫傷了。他想起人們常說，臨死的病人總愛看自己的手。

綾倉家的長屋門扉緊閉。門燈昏暗，連門牌上浮現的被風化了的黑字也難以辨認。這宅邸的燈火畢竟是不足的。他知道從牆外是絕對看不到聰子房間的燈光。

這無人居住的長屋帶窗欞的窗扉，勾起了清顯對小時候的回想，他和聰子曾偷偷地跑進一個充滿霉味的黑魆魆的房間裡，他們感到害怕，抓住窗欞竭望窗外的亮光，窗欞上似乎還依然積著塵埃。那時正是五月，對門的庭院裡，悠悠綠韻恍如翻捲著綠色的波浪，令人目眩。密密的窗欞並沒有把樹林的翠綠割成一個個小塊，那是因爲他們還是小孩子，個子夠不到窗欞眺望的緣故。外面一個賣花、賣菜苗的商販剛走過去，他那叫賣聲——茄子、牽牛花……尾音拖得很長，兩人就模仿著拉長尾音叫喊，然後對笑起來。

在這座宅邸裡，清顯學到了許多東西。在他的記憶中，墨香總留下纏綿的寂寞。在他的心中，這寂寞的記憶同優雅緊緊地結合在一起。伯爵讓他看了藍紫色地和金字經文、京都皇宮式的秋草屏風……這些往事曾讓他煩惱的肉體承受著亮光，可是綾倉家一切都被埋沒在霉味和古梅園的墨香之中。如今清顯竟這樣被拒在大門之外，闊別多年之後，圍牆內那種優雅又重新恢復它的艷麗光輝，但他卻不能去觸摸它。

從圍牆外勉強看見二樓暗淡的燈光熄滅了，大概是伯爵夫婦就寢了吧。伯爵向來是早睡的。聰子大概還未成寐吧。但是，已看不見她房間的燈光。清顯沿著圍牆繞到後門，情不自禁地伸出手想去按按那曬裂了的黃色門鈴，最後他還是沒有這樣做。

他自己因沒有勇氣而挫傷了自尊心，便折回家了。

……一連數天無風的可怕日子過去了。爾後又過了好幾天。他只是爲了消磨時光才上學校，回到家裡就把學習拋諸腦後了。

爲了準備明年春天的大學考試，許多同學包括本多在內都在加緊發憤讀書，一些志願上免試保送大學的同學，則忙於體育運動。清顯與這兩類同學中的無論哪一類都無法步調一致，他越來越孤獨了；即使同學跟他搭話，很多時候他愛理不理，他與大家有點疏遠了。

一天，清顯放學回家，山田管家早就在大門口等候了。

「今天侯爵很早就回來了，他說想跟少爺玩撞球，現在正在撞球室裡等著您呢。」山田告訴清顯。

這道命令太異乎尋常，清顯心中有點發慌了。

侯爵心血來潮，少見地邀清顯打撞球，一般只限於在家進晚餐後的酒醉之餘。如今在大白天裡，父親突然有這種興致，一定是心情特別愉快，要不就是特別不好。

清顯本人白天一般也不到撞球室。於是他推開沈重的門扉走了進去，只見所有窗扉都緊閉著，斜陽透過波浪形的窗玻璃照射進來，把鑲嵌在四面牆上的大樺櫟木板照得閃閃發亮。這時候，他感到自己彷彿進入了一個陌生的房間。

侯爵低下頭，伸出了球桿，在瞄準著一個白球。看上去，他握球桿的左手手指，宛如象牙製的弦柱兀突出來了。

清顯身穿學校制服，佇立在半開半掩的房門邊上。

「把門關上！」

侯爵低頭衝著綠色球台面說了一句，臉上映著台面的綠色，所以清顯無法辨別父親的面部表情。

「你讀一下蓼科的遺書吧。」

侯爵說著勉強直起身子，用球桿尖指了指放在窗邊小桌上的一封信。

「蓼科死了嗎？」

清顯感到自己拿著信的手在顫抖，但他還是反問了一句。

「沒有死，被救活了。正因爲沒有死……更令人覺得太不像話！」侯爵說。

侯爵極力控制自己，避免走近兒子的身邊。

清顯躊躇了。

「還不快點讀！」

侯爵第一次發出了嚴厲的聲音。清顯依然佇立在那裡，開始讀起寫在長卷紙上的遺書……

遺書

……侯爵大人讀到這封長信時，蓼科可能早已離開了人世。蓼科罪惡深重，實是難以彌補，只好在這微賤之命終結之前，抱著懺悔罪過的心情，豁出命來提出一點請求，所以急切地寫了這封遺書。

由於蓼科之懈怠，綾倉家聰子小姐近來竟有懷孕之徵兆，不禁萬分恐懼。雖勸說她及早把事情處理好，然而她無論如何也不聽從，考慮到隨著時間的推移，事情勢必鬧大，只好將事情的部分原委向綾倉伯爵稟報，但伯爵只顧說：「眞糟糕、眞糟糕！」不作任何決斷，時間拖得越久，事態就越難以收拾，這關係到一國體面之大事，本來都是由於蓼科的不忠而引起的，現在蓼科只有捨身向侯爵大人稟報了。

估計侯爵大人定會大發雷霆，不過有關小姐懷孕之事，萬望侯爵賢察賢慮，予以保密爲荷。對老婦之死不必憐憫，唯盼以小姐之事爲重。蓼科在九泉之下拜託您了。斂衽再拜。

……清顯讀完信後，發現遺書中沒有提及自己的名字，這才放下心來，把瞬間體會到的卑怯也拋在一邊，暗自祈禱：但願自己這雙仰望著父親的眼睛，不被看出來是佯裝不知的。然而他覺得自己的嘴唇乾枯，太陽穴發熱並激烈地跳動著。

「讀完了嗎？」侯爵說，「『有關小姐懷孕之事，萬望侯爵賢察賢慮，予以保密爲荷』這段也讀了嗎？綾倉家和我們家之間的關係，再親也不致於親到保持這種祕密的程度，況且蓼科膽敢說出保密這種話……你有什麼要申辯，儘管說好了。就在祖父的肖像面前說吧……倘使父親推測錯誤，就向你道歉，作爲你父親，我本來就不想作這樣的推測，這實在是應該唾棄的事，應該唾棄的推測。」

侯爵這個玩世不恭的樂天派，從來不曾表現得如此可怕，又如此偉大，他背向祖父的肖像畫和日俄戰爭海戰圖站著，一隻手抓起球桿，焦躁地敲打在另一隻手的手掌上。

日俄戰役的畫是描繪日本海海戰敵前大回轉的巨幅油畫。大海暗綠色的波濤占畫面的一大半。平時在夜間，尤其是燈火不甚明亮時看這些波浪，它只不過是同黑暗的壁面連結在一起的凹凸不平的一片漆黑色。可是，白天看見的浪濤是沈重而憂鬱的茄子色，如在眼前掀起千重的海濤怒立，把暗綠之中的亮色推向遠方，一處處的浪頭飛濺起白色的浪花，而且那充滿激情的北方的海，容許一看漸漸大回轉的艦隊劈出一道光滑而寬闊的水波，其景象蔚爲壯觀。畫面上縱向聯結海面的大艦隊的煙霧全向右飄流，天空是北方五月的天，呈淡淡的嫩草色，籠罩在冷冰冰的蔚藍之中。

相比之下，身穿大禮服的祖父肖像畫，顯出他的不屈性格和和藹可親的一面。就是現在也令人感到他不是要斥責清顯，而是以溫和的威嚴，教育並啓發清顯的覺悟。清顯覺得面對這樣一幅祖父肖像畫，彷彿什麼事都可以向他坦白了。

在祖父那鼓起而凝重的眼皮、臉頰的瘊子、厚厚的下唇前，他優柔寡斷的性格，似乎可以得到有效的醫治，縱令這是短暫的。

「沒什麼可申辯的。正如您所說的……那是我的孩子。」清顯理直氣壯地說，連眼皮都不耷拉下來。

其實松枝侯爵被逼到這種田地，他的內心同他威嚴的外觀正好相反，是極其困惑的。他本來就不擅長應付這種局面，按理說此時他應該當場不停地加以嚴厲的斥責，然而他卻只能在嘴裡喃喃自語地說：

「蓼科這個老婆子一而再再而三地告狀。上回頂多是告學僕的不義，那也就罷了，這回萬沒想到竟告起侯爵家的公子……而且還成功地演出了一場死亡的戲。實在可氣！」

侯爵平時處理微妙的心理問題，總是哈哈一笑了事，如今對待同樣微妙的問題，理應大發雷霆，他卻不知如何是好。這位紅光滿面、威儀堂堂的男子，卻同其父親截然不同，那就是他連對待自己的兒子都要保持一種虛榮心，顯得感覺遲鈍而殘酷無情。侯爵就是這樣一個人，他本想來個非守舊式的發怒，結果感到這樣發怒是毫無道理的，喪失了力量。另一方面他卻又覺得發火有利的，是他距自我反省更加遙遠了。

父親的躊躇，給了清顯勇氣。這年輕人有生以來第一次吐出了最自然的語言，就如同從裂縫裡迸發出來的一股清泉一樣。

「不管怎麼說，聰子好歹是屬於我的！」

「什麼屬於你的？你再說一遍，什麼屬於你的？」

兒子把自己的怒火接了過去，侯爵感到心滿意足了。這樣一來，他就可以放心地陷於盲目了。

「事到如今還有什麼可說的。洞院宮家向聰子提親的時候，父親不是再三地問過你『有沒有什麼異議』嗎？我不是還說過『現在還可以挽回，假如你對她還有點意思，那你就直說吧』這樣的話嗎？」

侯爵的憤怒，表現在混淆使用「父親」和「我」，他爲了咒罵，使用「我」字，爲了懷柔就用「父親」，常常錯誤百出。連他拿著球桿的手不住地顫抖，也讓人清清楚楚地看到了，他沿著球台逼將過來了。清顯這才產生了恐懼感。

「那時候你是怎麼說的？啊？怎麼說的？你不是說『我對她沒有什麼意思』嗎！一個男子漢，說話要算數。你算是個男子漢嗎？我眞後悔怎麼把你培育成這樣一個懦夫，不知道你竟這樣沒有出息。你不僅染指皇上賜下洞院宮家的這門訂婚事，還使她懷了孕；敗壞家風，往父母臉上抹黑。世上還有比這更不忠不孝的嗎！要是從前，我這個當父親的，就得剖腹向皇上謝罪。你這種行爲喪盡人格，簡直是貓狗所幹的嘛。喂，清顯，你是怎麼想的？回答呀！你還想破罐破摔嗎？喂，清顯……」

父親氣喘吁吁地說了一通。清顯為了躲開父親掄過來的球桿，剛想轉身但已猝不及防，穿著制服的背上挨了沈重的一擊。他把左手繞到背後護住脊背，手上卻又挨了一棒，左手立即麻木了。侯爵再衝他頭上飛來一棒，清顯一躲閃，正要衝出大門，不料這一棒恰好打在他的鼻樑上。清顯應聲倒在椅子上，好像抱住椅子的樣子，頓時鼻孔冒出鮮血來。球桿就再也沒有追過來了。

看樣子清顯每挨一棒，就慘叫一聲。揚起了斷斷續續的叫喊聲。房門打開了，祖母和母親出現了。侯爵夫人就在婆婆的背後，戰慄不已。

侯爵手裡依然攥著球桿，氣喘吁吁，變得呆若木雞了。

「出什麼事了？」清顯的祖母說。

她的這句話，才使侯爵留意到母親的身影。可是他彷彿還不能相信母親就在面前。更沒有心思去推測大概是妻子感到事態嚴重，才去把母親叫來的。母親難得離開養老所一步，這次是沒有先例的。

「清顯竟幹出這種不體面的事，您讀了放在桌面上蓼科的遺書就明白了。」

「蓼科自盡了嗎？」

「我接到郵寄來的遺書後，立即給綾倉掛了電話……」

「哦，後來呢？」侯爵的母親邊說邊在小桌旁邊的椅子上坐了下來，然後慢慢地從腰帶裡拿出老花眼鏡來。她謹慎地將黑天鵝絨眼鏡盒打開，就像打開錢包一樣。

祖母連看也不看倒在椅子上的孫子一眼，侯爵夫人這才體察到這位婆婆的用心。這表現她決心讓侯爵負起一切責任。侯爵夫人了解這點之後，就放心地跑到清顯身邊。清顯已經掏出手絹，按住血淋淋的鼻子。沒有明顯的傷口。

「哦，後來呢？」

侯爵的母親一邊打開卷紙，一邊再次詢問了一句。侯爵心中有點氣餒了。

「我掛電話一詢問，才知道蓼科被救活了，現在正在靜養。伯爵奇怪地問我：『這事你是怎麼知道的？』看樣子他不曉得蓼科給我寄來這封遺書。我也再三提醒伯爵注意，千萬不要將蓼科服安眠藥的事洩露到社會上去。但是，不論從哪個角度來考慮，這都同我們清顯的過錯有關，所以不能光怪責對方。確實是打了一次不得要領的電話。我已經對伯爵說過，最近盡快找個機會見面，就各種事情進行商談。不管怎麼說，我們得首先確定自己的態度，否則就無法活動了。」

「這當然是……這當然是囉。」老夫人一邊看信一邊心不在焉地說。

她那肉厚光潤的額頭和宛如用粗線條一氣畫成的臉龐上，至今還殘留著當年日曬的色澤。她用剪短了的白髮隨便染成烏黑，顯得很不自然……說也奇怪，這樣一副剛健的農村式模樣，反而同這維多利亞式的撞球室很協調，彷彿是鑲嵌在裡面一樣。

「但是，這封遺書哪兒也沒提到清顯的名字嘛，不是嗎？」

「請您讀讀，所謂保密云云，一眼就能看出這是指桑罵槐……再說，清顯自己也親口供認那是他的孩子。媽，您可也抱個重孫啦；但是，是見不得人的重孫啊。」

「也許這是清顯爲了保護誰，才做的假供認吧。」

「您別爲清顯辯護啦。媽，您自己問問他就明白了。」

老夫人這才把臉轉向孫子，像對一個五、六歲孩子似的慈祥地說：

「聽著，清顯，你好好把臉轉過奶奶這邊來。好好望著奶奶的眼睛回答，這樣你就不會撒謊了。剛才你父親所說的事，是眞的嗎？」

清顯忍受著背部的疼痛，揩了揩尙未止住的鼻血，握緊沾滿血跡的手絹，轉過身來。清顯的臉面長得勻稱，才令人看得更加清楚。他胡亂地揩了揩留在玲瓏的鼻尖上的斑駁血跡。這鼻尖連同濕潤的眼睛，顯得十分稚氣，活像一隻濡濕了鼻尖的小狗。

「是眞的。」清顯用帶著鼻音的聲調回答了一聲。

然後，他趕緊用母親遞過來的新手絹按住了鼻孔。

這時，清顯的祖母彷彿用自由馳騁的馬蹄聲，巧妙地踢開所有像是秩序井然地排列著的東西，開口說話，再沒有比她的語言更明快的了。祖母是這樣說的：

「讓洞院宮家的未婚媳婦懷了孕，眞是有本事啊。現時這種事，膽小鬼是不敢幹的。這太了不起了。清顯眞不愧是你祖父的孫子。敢幹出這種事來，哪怕坐牢也是您的本願。估計不至於判死刑吧。」

母親顯得很高興的樣子。她緊閉的嘴唇鬆弛了，而且長年的積鬱獲得了解放，傳到現今侯爵這代之後積澱在這宅邸內的東西，彷彿由於她這番話而一舉被盪滌乾淨，於是她洋溢著一種滿足感。這僅是兒子一個人——即現今的侯爵一個人的過錯。祖母這番報復之音，就是針對這樣一種力量發出的，那就是這宅邸周圍的人，企圖從遠處把她的晚年重重地圍住，最終將她擠垮。她的聲音顯然是帶有那個時代的反響，就是那個現今早已被忘卻的動亂時代，誰都不害怕下獄也不怕死刑，因爲生活裡隨時都送來死亡和牢房的氣味。至少祖母她們是屬於主婦們的時代，她們在飄流著屍體的河流裡，正沈著地洗滌食具。這就是生活。而這個乍看是很柔弱的孫子，竟能巧妙地使那個時代的幻想在眼前復甦。祖母的臉上久久地浮現出陶醉的表情。侯爵夫婦對母親這番異乎尋常的談話，一時無以答對，他們從遠處直勾勾地呆望著這位老母親的臉。她作爲侯爵家的老母親是不太願意在人前拋頭露面的，但她卻是一位富於野趣的嚴厲老婦人。

「瞧您說些什麼呀。」侯爵好不容易才從恍惚的狀態中清醒過來，他有氣無力地反駁說。「這樣一來，松枝家就遭破滅啦。也對不起父親他老人家啊！」

「這倒也是。」老母親馬上回應，「你現在應該考慮的，不是斥責孩子，而是怎樣保住松枝家。國家固然重要，但松枝家也很重要。因爲我們同延續二十七代一直吃皇上俸祿的綾倉家不一樣……那麼，你認爲該怎麼辦才好？」

「只好裝作什麼事都沒發生過。從訂婚儀式到結婚典禮，都照原計畫進行，除此以外別無其他路了。」

「你下這樣的決心很好，不過，必須及早處理聰子肚子裡的孩子。倘若在東京附近解決這種事，萬一被報社發現就不好辦了。你還有什麼好的招數嗎？」

「去大阪好囉，」侯爵沈思片刻說道，「可以請大阪的森博士祕密處理。這樣就得不惜花重金了。但是，必須找個藉口把聰子很自然地送到大阪去……」

「那邊綾倉家有很多親戚，就說已經決定訂婚，讓她前去致意，這不是最好的時機嗎？」

「不過，拜會那麼多親戚，她的身子萬一被人發現反而不好……對了，我有個好主意。讓她到奈良月修寺住持尼那兒，去道別道別不是頂好嗎？那裡本來就是親王家住持的寺廟，他們具備接受道別致意的應有的排場。無論從哪個角度來看，這都沒有什麼不自然的。再說，聰子從小就得到住持尼的喜歡……所以，首先讓她去大阪接受森博士的治療，靜養一、二天，然後再去奈良好囉。也許聰子的母親也會陪同前去……」

「光這樣還不夠。」老夫人嚴厲地說，「綾倉太太畢竟是對方的人。我們這方面也必須派個人陪去，對博士處理的前前後後看出個結果呀。這種事還得派個女的……啊，都志子，你去吧。」老夫人衝著清顯的母親說。

「嗯。」

「你是負責去監視的，就不必到奈良了。看該辦的事都辦好後，你一個人早點返回東京來匯報情況。」

「嗯。」

「媽說得好，就照媽說的去辦吧。出發日期等我同伯爵商量以後再作決定，必須做到萬無一失……」

……清顯覺得自己已經退居後景了，自己的行爲、自己的愛情早已作爲死去的東西處理了，祖母和父母在自己面前，毫不介意地在詳細商量一樁殯儀的事，而不擔心他們的每句話都會落在死者的耳朵裡。不，殯儀之前，彷彿早已埋葬了什麼東西。於是，清顯感到自己是個衰竭的死者，也是個被叱責的受傷害的迷失方向的孩子。

所有一切都與行爲當事人的意志無關，也無視對方綾倉家家人的意志，就出色地被清理、被確定了。連剛才發表了一通奔放言辭的祖母，也熱衷於這項處理非常事態的十分快樂的工作。本來祖母的性格就與清顯纖細的性格完全不同。她具有一種能力，就是從不名譽的行爲中發現野性的高貴，以及爲了維護名譽而將眞正的高貴敏捷地隱藏在自己的手中。這些能力，與其說是沐浴在鹿兒島灣夏天的日光下練就的，莫如說是從祖父並通過祖父學來的。

侯爵用球桿打了清顯之後，到了這會兒才正面望著清顯說：

「從今天起你必須謹愼行事，安守學生本分，好好學習，專心準備高考。聽明白了嗎？我不再多說什麼。你能不能成爲一個眞正的男子漢，這是個關鍵的時刻……當然，絕對不許同聰子再見面了。」

「按從前的話說，這是閉門蟄居。假使學習厭倦了，可以常到奶奶的養老所來玩嘛。」祖母說。

於是，清顯知道父親現在的處境是：顧全體面，不能同兒子斷絕父子關係。

四十

綾倉伯爵是個膽怯的人，對過錯、生病、死亡這類事是極端害怕的。

清晨，蓼科沒有醒來，引起了一陣軒然大波。在她枕邊發現的遺書，立即被送到伯爵夫人手裡，然後又轉交伯爵，他用手指挾起並展開，彷彿上面沾滿了細菌似的。遺書的內容，只是寫了由於自己照顧不周，對伯爵夫婦和聰子表示歉意，並感謝他們多年的眷顧。這是一封誰看了都無所謂的簡單遺書。

夫人立即把醫師請來，伯爵當然不想去探視，只是事後從夫人那裡聽取了詳細的匯報。

「醫生說，她服了一百二十粒安眠藥，本人至今還沒清醒過來。她時而跺腳捶胸，時而全身痙攣，折騰得很厲害，不知道那個老婆子哪來這麼大的力氣。大家好不容易才把她按住，給她注射、洗胃（洗胃太可憐了，我沒有看），醫生也保證她的生命保住了。

「到底是專家，就是不一樣。我什麼也沒說，醫生嗅了嗅蓼科的氣息，馬上就推斷說：『啊，像是蒜的味道，她服了安眠藥。』」

「要多久才能治好？」

「醫生說得靜養十天。」

「這件事千萬別洩漏到社會上，家中的婦女們也要注意保密，還得拜託醫生鼎力相助。聰子現在怎麼樣了？」

「聰子悶居在房間裡，也不願去探望蓼科。看樣子，眼下她的身體說不定會出什麼毛病。自從蓼科向我們坦白這件事以後，聰子一直沒跟蓼科說話，現在突然去探視也不好意思，還是隨聰子的意志，不要去驚動她爲好。」

……五天前，蓼科沒主意了，向伯爵夫婦坦白了聰子懷孕的祕密。那時候，蓼科本以爲自己會遭到一頓嚴厲的斥責，伯爵也會狼狽周章。不料反應卻很冷淡，蓼科也就萬分焦慮，給松枝侯爵的遺書發出以後，她就吞服安眠藥了。

首先，聰子無論如何也不接受蓼科的進言，危險與日俱增，可聰子卻只顧命令蓼科不許告訴任何人，自己又總是拿不定主意。蓼科絞盡腦汁，最後她背叛了聰子，向伯爵夫婦坦白了。這對夫婦頓時嚇得目瞪口呆，他們臉上的神色就像聽到貓叼了後院的小雞一樣。

聽到這件嚴重事件後的第二天、第三天，伯爵雖然同蓼科照過面，卻無意觸及這件事。

伯爵心中無主，無所措手足。但是，自己一個人處理吧，事情又太重大，與別人商量又覺難爲情，可能的話就把它忘掉算了。夫妻商定在採取某種措施處理之前，一切都不告訴聰子。感覺敏銳的聰子再三盤問蓼科，她知道原委之後，就不同蓼科說話，而一個人閉居深閨了。家裡頓時籠罩上一種奇異的沈默氣氛。蓼科對外來的所有聯繫，都讓人謝絕，說她生病了。

伯爵連跟妻子也沒有深談這個問題。這的確是一個可怕的事態，一個急需解決的案件，可是他除了一天天拖延下去以外別無其他辦法，他倒也不是相信會出現什麼奇蹟。

然而，他的怠惰，存在一種精巧的東西。什麼事都決定不下來的時候，他確實存在著對所有決斷都不信任的情緒；但是他連一般人所說的懷疑家都不是。綾倉伯爵即使終日陷於冥思苦想，他也不願把能夠忍受的豐富感情，帶到一個解決問題的方向去。他明白憂慮就像家傳的踢鹿皮球，不論踢得多高，也會迅速落地。就算你像難波宗建①那樣，抓住鹿皮白球的紫色皮高高踢起，非常漂亮地踢過了二十多公尺的紫宸殿屋頂，博得人們的喝彩，然而皮球還是很快地落在小宮殿的庭園裡。

就趣味的好處來說，所有的解決問題都存在其不足之處，所以最好還是等待人們去承擔其趣味的壞處吧。那就必須靠別人的鞋把掉落下來的球接住。就以自己所踢的球來說吧，它一旦被踢到空中的一瞬間，就會產生一種莫測的球本身的無常性，也許會被吹刮到意想不到的地方去。

伯爵的腦海裡，向來不會浮現什麼破滅的幻影。假使獲得敕許的洞院宮家未婚媳婦身懷別人的孩子也不算是大事，那麼，這個世上就沒有什麼大事可言了。任何踢球，都不可能永遠將球留在自己手中。總會有人可以依靠的。伯爵這個人絕不會讓自己焦灼，結果卻總是使別人感到焦灼。

……蓼科自殺未遂，鬧了一場虛驚後的第二天，伯爵就接到松枝侯爵的電話。

侯爵居然已經知道這件祕密，這的確是不太可能的事。但是伯爵已經下定決心，縱令家中出了內奸，事到如今也沒有什麼驚奇的了。最可疑的內奸是蓼科，她本人昨日成天不省人事，所有合乎邏輯的猜測都變得奇怪了。

這時，伯爵從夫人那裡聽說蓼科的病情已有很大好轉，她說話了，也有食慾了，伯爵便鼓起巨大的勇氣，準備獨自到病房去探視她。

「你可以不必來了。我一個人去看望她，她或許會說眞話。」

「蓼科的房間亂糟糟的，您突然前去探望，她也很爲難的吧。先打個招呼，好讓她拾掇拾掇。」

「那也好。」

此後，綾倉伯爵等了二個小時。據說病人開始化妝了。

堂屋內特別劃出一間房給蓼科，這間房四舖席半，日照不到，一鋪上舖蓋就沒有空地了。伯爵從未到過這房間。他好容易來了，只見在舖席上專爲伯爵擺了一張椅子，舖蓋都收拾起來了，蓼科將胳膊肘架在摞成一摞的坐墊上，披著棉睡衣，迎了主人。她向主人低頭施禮，額頭正好落在這摞座坐上。儘管她的身體是那樣的虛弱，但是她爲了保護自己精心的梳妝，保護臉頰到額頭髮際抹上的厚厚一層水白粉，施禮時，她讓額頭和坐墊之間保持了些少的距離。這些伯爵都看在眼裡。

「眞不得了。得救了，實在太好啦。不用過分擔心。」伯爵開口說。

伯爵坐在椅子上，自然變成俯視病人的位置，他覺得這沒什麼不自然，不過感到心聲難以溝通了。

「您親自來，實在不敢當。我不知該怎樣向您道歉才好……」

蓼科仍然低垂著頭，掏出一張懷紙擦了擦眼角。伯爵明白，她這個動作也是爲了保護臉上的白粉。

「醫生也說了，靜養十天就能完全恢復過來。不必客氣，好好休息吧。」

「謝謝……我這樣活下來，該死不死的，實在慚愧啊。」

蓼科身披一件點綴著小菊的紅黑棉睡袍，跪坐在那裡。她的姿勢有點令人作嘔，彷彿是曾遠離人間到黃泉走了一趟再折回來的幽靈。伯爵覺得這小房間裡的食具櫥和小屜桌都骯髒得無以名狀，很不自在。一想到這些，再看看低垂著頭的蓼科，她脖頸髮際處過分塗抹了白粉，頭髮也梳理得一絲不亂，反而使人生起一種說不出來的厭煩情緒。

「其實嘛，今天我接到松枝侯爵的電話，他早已知道這件事，使我大吃一驚。我想問問你是不是還記得點什麼……」伯爵若無其事地提出了這個問題。

話剛出口，伯爵覺得有些問題自己可以找到答案了，他對預感得到答案，不免有點驚訝。這種直感，是與蓼科抬起臉的同時產生的。

蓼科的臉化妝成京都式的，比平常顯得更濃厚。嘴唇內側射出京紅的暗紅光澤，在掩埋皺紋的底白粉上再抹了一層白粉，這層白粉似乎沒有抹勻昨天服下毒素而弄得憔悴的肌膚。可以說，整個臉龐好像長了一層霉。伯爵悄悄地把視線移開，繼續說：

「你事前先給侯爵寄去遺書？」

「嗯。」蓼科仍然抬著頭，用毫無畏怯的聲調說，「因爲我真的要死，所以寄那封信拜託一切後事。」

「所有事情都寫上了嗎？」伯爵說。

「沒有。」

「還有沒寫的事羅？」

「嗯。還有許多事都沒有寫上。」蓼科爽朗地說。

---

(1) 日本平安朝（七九四～一一九二）以後，皇家貴族盛行踢鹿皮球，以飛鳥井、難波兩家爲師範。

四十一

伯爵儘管這樣詢問了，但他腦子裡並非擔心侯爵知道了不好辦，他一聽到蓼科說還有許多事都沒有寫上，就突然變得不安起來。

「你說還有沒寫的事，是指什麼呢？」

「我還能說什麼呢。剛才您問我『所有事情都寫上了嗎？』我才那樣回答的。老爺既然這樣問我，大概心裡總有些什麼事吧。」

「說話不要繞彎子嘛。我所以一個人來探望你，就是想讓你談話無所顧忌。你直說好囉。」

「還有許多事都沒有寫上。其中一件，就是八年前在北崎的家裡，從老爺那裡聽說的，我本想把它埋藏在心底死掉算了。」

「北崎？……」

伯爵聽了這個名字，不由得全身發抖，彷彿是個很不吉利的名字，因此也就明白蓼科的話的含義。雖說是明白了，卻越發感到不安，他想再次確認一下。

「我在北崎的家裡說過什麼啦？」

「那是個梅雨天的晚上，相信您不會忘記吧。那時候，小姐日漸長得聰明過人，少年老成，卻還僅僅十三歲。那天松枝侯爵難得來玩，侯爵回去之後，老爺似乎不太高興，爲了散散心您到北崎去了。當天晚上，您就對我說了些什麼。」

……伯爵知道蓼科要說什麼了。她是想抓住那時候伯爵的話柄作爲藉口，把自己的過失一股腦兒推到伯爵身上。伯爵驀地生起疑心，連蓼科服毒的事，他也懷疑起來，她眞的是想死嗎？

現在，蓼科從一摞坐墊上抬起眼來，這雙鑲嵌在抹上厚厚一層白粉的臉上的眼睛，活像在白牆上鑿開的兩個黑色箭眼兒。白牆內側的陰暗處充滿了過去，箭從幽暗的深處伸向外面，箭身披上了明亮的戶外陽光，箭頭瞄準了伯爵。

「現在怎麼還提這些事呢？那時候是開玩笑的嘛。」

「是這樣嗎？」

伯爵突然間感到那雙像射箭口的眼睛縮小了，從那裡擠出了銳利的黑道。蓼科重複說一遍：

「可是那天晚上，在北崎的家……」

……北崎。北崎。伯爵想忘卻、但總是纏繞在記憶裡的這個名字，竟由蓼科那張尖刻的嘴再三呼喊了出來。

打那以後，整整八年，從未曾再邁進過北崎的家，眼下連它的細枝末節也都歷歷在目。這是落坐在坂下的家，沒有大門也沒有門廳，卻有很寬闊的庭院，四周圍著板牆，在潮濕、幽暗、彷彿蛞蝓出入其間的廳門門前，擺放著四、五雙黑色長靴，隱約可見長靴內側的汗跡和油垢把皮革染成黃褐色的斑點，一條骯髒的寬條紋格短帶從這裡翻到長靴外側，上面寫著靴主人的名字。一陣粗魯的高歌吟唱聲一直傳到廳門處。在日俄戰爭高潮中興辦軍人公寓，這是一種安全的職業，使這家外觀顯得樸素還帶有馬廄的臭味。伯爵被帶到後面的廂房裡，彷彿走過隔離病院的走廊時連衣服袖子都生怕觸到廊柱一樣；他內心裡本來就很討厭人的汗臭一類的東西。

八年前那個梅雨的晚上，送走來客松枝侯爵之後，伯爵心情總是平靜不下來，正難於對付的時候，蓼科從伯爵的臉色上敏感地體察到他的心思，她這樣說：

「北崎說他弄到了一件很有意思的東西，很想讓您觀賞一下，爲了解悶，不如今晚去看看怎麼樣？」

聰子就寢之後，蓼科便可以自由到「親戚家串門」，夜間在外面同伯爵相會也並不困難。北崎殷勤地迎接了伯爵，端上酒，還拿出一卷古畫來，恭恭敬敬地放在桌面上。

「眞吵死人。因爲有人出征，今晚舉行餞別。您很熱吧，不過，還是把擋雨板關上好……」北崎避忌正房二樓上的軍歌和鼓掌聲，這麼說了一句。

伯爵表示同意。這樣一來，反而像被雨聲所包圍了。隔扇上的彩畫，給這個房間帶來了一種令人窒息的、被人窮追似的妖艷氣氛。房間本身就像在祕藏的珍本之中。

北崎一副正經八百、耿耿直直的樣子，他伸出了皺巴巴的手，從桌子對面解開了畫軸的紫色帶子，在伯爵面前首先展開這畫軸的溢美畫贊部分。上面引了一段無門關的公案[1]。

趙州到一庵主處探問，

咦呀咦呀！

庵主，掄起拳頭。

趙州說：水淺無處泊船，便揚長而去。

當時非常悶熱。站在伯爵身後的蓼科手拿團扇在槃動，她槃出的風也是熱的。整個房間恍如一個蒸籠，充滿了熱氣。伯爵的酒勁一上來，他只覺得後腦勺裡面淨是落雨聲，外面的世界則獲得了天真的戰爭勝利。伯爵在觀賞春畫。北崎的手突然在空中比劃，拍打了蚊子。爾後一陣道歉聲，讓伯爵受驚了。因為伯爵瞥見北崎那蒼白乾癟的掌心上沾著死蚊子的小黑點和血跡，覺得很髒。蚊子怎麼不咬伯爵呢？難道是他那樣得到所有東西的保護？

畫軸的畫，首先是從身披黃褐色衣裳的和尚，同年輕寡婦對坐在屏風前這一景開始的。畫家用俳畫(2)的筆致，畫得非常灑脫，和尚的臉部表情滑稽、魁偉而性感十足。

接著是和尚突然壓在年輕的寡婦身上企圖侵犯她；她極力反抗，衣衫下擺已經零亂了。接著又是兩人赤身擁抱，年輕寡婦的表情也緩和了下來。

和尚的臉部露出了愉悅的神色，伸出了茶巴的舌頭。畫家通過傳統畫法，用白顏料把年輕寡婦的所有腳趾都塗成白色，深深地朝內側彎曲。纏在一起的白皙大腿在顫動，彷彿被腳趾阻隔，盡力逃脫彎曲的手指的緊張和無限流逝的恍惚。伯爵覺得這個女人很勇敢。

另一方面，屏風外的小和尚，有的站在木魚上、有的站在經案上，也有的騎在別人的脖頸上，專心偷看屏風裡側。屏風倒下，狼狽的場面就由此開始了。

……伯爵看完這幅畫後，顯得無比的憂鬱。酒勁也上了腦門，心情越發平靜不下來，讓人再次端上酒來，又默默地喝了起來。

此後產生的，只能說是梅雨天的沈鬱熱氣和伯爵的厭惡感。

從這梅雨之夜再上溯十四年，伯爵夫人在懷聰子的時候，伯爵染指了蓼科。那時蓼科年過四十，這只能說是伯爵的放蕩不羈，但是不久他就收斂了。此後又過十四年，伯爵自己做夢也沒有想到要同這年過半百的蓼科再幹這等事情；而且自從發生了那晚的事以後，伯爵再也沒有跨過北崎家的門檻。

松枝侯爵的來訪、受傷害了的自尊心、梅雨之夜、北崎的廂房、酒、淒慘的春畫……這一切都一湧而上，勾起了伯爵的厭惡感。伯爵只能認爲這促使自己熱衷於敗壞自己，迫使自己幹出這種行爲來。

從蓼科的態度，看不出她絲毫的抗拒，所以伯爵也就更加厭惡了。他心想：「這個女人哪怕十四年、二十年、一百年她都打算等待下去，她時刻準備著，只要呼喚一聲，她大概都不會怠慢」……伯爵覺得對自己來說，那件事的發生純屬偶然，自己在一種苦思苦想的厭惡感中，步履蹣跚地走進了黑暗的樹蔭裡。在這樹蔭下，伯爵看到了春畫中的幽靈早已埋伏這裡等候他了。

再說，這時候的蓼科，鎮定的舉止、謙恭的媚態，不亞於任何人的閨房教養，這種矜持全部呈現在伯爵的眼前；它對伯爵來說，起了一種威脅壓力的作用，如同在十四年前一樣。

她和北崎是否事先合謀好了呢？打那以後北崎再也不露臉了。伯爵和蓼科在無言中完成了那件事。事後籠罩在黑暗和雨聲中；軍歌的合唱聲壓倒了雨聲，這回連詞句都清晰地傳到耳朵裡來了。

在戰火紛飛的戰場上，
衛國的使命等待著你。
忠勇的朋友啊，前進吧！
君國的壯士啊，前進吧！

……伯爵驀地變成了個孩子，滿腔的怒火頓時化成意欲傾訴的心情，他把對奴僕不該說的主人之間的談話，滔滔不絕地都向她坦白了出來。因爲伯爵感到自己的憤怒情緒中，充滿了祖傳的憤怒。

這天，松枝侯爵終於來訪，還撫摸了出來問候的聰子那剪理劉海髮的頭。他可能帶幾分醉意吧，在孩子的面前，竟然說了這樣的話：

「啊！阿聰長得確實很漂亮，將來成人，美得就更無法想像了。不用擔心，叔叔一定給你找個好夫婿。一切都包在叔叔身上，叔叔一定能給你找到一個天下第一的夫婿。不用你父親操心，叔叔一定給你添置金線織花錦緞，讓你的嫁妝排成百米長。添置綾倉家世世代代前所未有的豪華嫁妝……」

伯爵夫人不由地皺了皺眉頭，這時伯爵卻柔和地笑了笑。

對於羞辱報以一笑，這是他祖傳的一種反抗形式，它多少顯示了優雅的權威。然而現在，家傳的蹋球早就廢絕，給俗人們布施的誘餌也沒有了。眞正的貴族，眞正的優雅，是絕對無意去傷害它的，對充滿善意的贋品無意識的羞辱，只能報以曖昧的一笑。文化在新的權力和金錢面前，曖昧地浮現出的這種微笑，隱約地包含著一種極其微弱的神祕感。

伯爵將這些事告訴蓼科之後，沈默了一會兒。他在考慮優雅變爲報復的時候，會採取什麼辦法去報復？總不能採取公卿之流在袖裡藏熏香香氣的那種復仇方式吧。用袖子蓋住熏香，香緩慢燃燒，幾乎看不見火，就漸漸變成了灰，這個過程是靜悄悄地進行的。經過熬煉才凝結成香，這香一旦熏起來，就會將它微妙馥郁的毒素轉移到袖中，並且永遠留在那裡……

所以伯爵確實對蓼科說過，「從現在起就拜託你了。」

也就是說，聰子成年之後，結局會像松枝侯爵所說的那樣，由他來決定婚姻大事嗎？要是這樣，那就要在這樁婚姻辦成之前，找一個聰子喜歡的、又能守口如瓶的男人，在她身旁陪伴她睡覺。這男人不管是什麼身分都無關緊要，只要聰子喜歡就行，這是唯一條件。絕對不讓聰子以處女之身嫁給松枝所介紹的女婿。這樣一來，就能悄悄地以智取勝松枝。但是，這件事千萬不能告訴任何人，也不必跟我商量，這件事必須就像按照你個人意志去犯罪那樣，從頭到尾都由你一個人幹。可話又說回來，你雖算得上是個精通閨房情事的博士，然而你有把握教會聰子懂得運用這種相反的技術嗎？那就要讓那個同非處女同枕的男人，覺得這女子是個處女；相反要讓同處女共寢的男人，覺得她是個非處女。

蓼科對此作了堅定的回答：

「這還用說嗎。不管對煙花巷多麼熟悉的老手，這兩件事我都有妥善的辦法來對付，不讓人覺察出來。我也會認眞教會聰子的。不過，後面那件，究竟是爲了什麼呢？」

「那是爲了讓那個偷過未婚女子的無法無天的男人失去信心。如果他知道是個處女，搞不好，他覺得自己責任重大可就糟了。這點也靠你的本事啦！」

「我明白了。」

蓼科沒有輕輕說聲「遵命」，而是用四平八穩的回答做了保證。

……

……剛才蓼科說的，就是八年前那天晚上的事。

伯爵十分明白蓼科想說些什麼。但是，蓼科這樣精明能幹，她不可能沒有看到八年前所保證要辦的事，如今已經發生了意想不到的變化。對方是洞院宮家，雖說是由松枝侯爵從中斡旋，可這是復興綾倉家的婚姻。一切事態都與八年前伯爵在盛怒之下所估計的不同了。蓼科卻硬要按老皇曆行動，這只能認爲是故意爲之了。而且，祕密早已傳到松枝侯爵的耳朵裡。

蓼科就這樣把一切推向悲慘的結局，她是否準備把怯懦的伯爵不敢進行報復的事，堂堂正正地向侯爵家進行報復呢？抑或她不是針對侯爵家，而是不折不扣地對伯爵本人進行報復呢？關於這件事，伯爵深感內疚。不論蓼科怎麼行動，倘使她親口將八年前的枕邊密語告訴侯爵就不好辦了。

伯爵覺得已無什麼話可談了。發生的事已經發生，祕密既已落入侯爵家人的耳朵裡，自己也就不免會遭到尖刻的譏諷，只好認了。這樣一來，說不定侯爵會發揮他強大的力量，設法爲自己尋找彌補的對策呢。現在一切得全託靠別人了。

唯有一點，伯爵是一清二楚的，那就是蓼科無論口頭說得怎樣，內心卻絲毫沒有道歉的意思。這個無半點歉意而又服毒的老太婆，打扮得就像一隻掉進白粉盒裡打滾的蟋蟀，披了一件紅黑色棉睡衣跪坐在那裡。她的身影越小，就越覺得她身上充滿鬱悶，這鬱悶彷彿要蔓延到全世界。

伯爵發現，這個房間的舖席數同北崎的那間廂房一模一樣，忽然傳來了一陣沙沙的雨聲，直灌到耳底。不合季節的悶熱，像加速腐敗似地襲擊過來。蓼科又抬起那張塗得白白的臉，好像想說些什麼。電燈的亮光射入了她那乾枯的滿布縱向皺紋的雙唇內側，也映照了京都胭脂的紫紅色，還錯以爲是濕潤的口腔的充血呢。

蓼科想說些什麼呢？伯爵彷彿察覺到了。蓼科所做的，正如她自己所說的，一切都與八年前那個晚上聯繫在一起。這是不是要讓伯爵回憶起那夜才這樣做呢？……打那以後，伯爵對蓼科就不再表示關心了。

伯爵忽然像孩子似的，提出了一個殘酷的問題：

「唉，你被救活了比什麼都好……可你從一開始眞的就想死嗎？」

伯爵本以爲蓼科會惱火或哭泣，可她卻嫣然一笑。

「這個問題嘛……如果老爺叫我去死，也許我眞的就去死啦。即使現在，只要您下令，我就再死一遍好囉。當然，您現在下令了，恐怕再過八年後，您又會忘得一乾二淨……」

(1) 宋朝無門慧開評釋古人公案四十八則的書，闡明無的境界，據說這卷受到禪宗的推崇。

(2) 俳畫，含有日本俳句風趣的寫意淡彩畫或水墨畫。

四十二

松枝侯爵同綾倉伯爵會面之後，看到伯爵全然無動於衷，不禁嚇得目瞪口呆。他提出的一系列要求，伯爵全都接受了；這時候，他的情緒也就好轉過來——萬事按侯爵的意思進行。因爲侯爵夫人也陪同前往，他膽子也壯了，一切又都可以委託大阪的森博士祕密處理掉，這是難得的幸福。伯爵致意說：今後我們一切都聽從侯爵家的安排，請多關照。

綾倉家只提出一個比較實在的條件，侯爵也不能不答應了。這就是聰子離東京前夕，讓她與淸顯見一面。當然，不是希望讓他們兩人單獨會見，而是在雙方的父母陪同下照一面，以便了結一樁心事。如果這願望能夠實現，聰子保證今後永遠不再見淸顯……固然這是聰子自己的請求，但做父母的也想成全她的願望。綾倉伯爵遲疑了一下才提出了這種要求。

爲了讓這次見面顯得自然些，侯爵夫人同行是很起作用的。兒子送母親出門旅行，這是很自然的；那時候淸顯同聰子互相問候，也是順理成章。

事情就這樣決定了。侯爵聽從夫人的進言，祕密地把百忙中的森博士請到東京來，直到十一月十四日聰子啓程前一周，博士成爲侯爵家的客人，悄悄地在注視聰子，等待伯爵家一來聯繫，就可以馬上趕到。所以要做這樣的準備，乃是因爲聰子隨時都有流產的危險。一旦流產，博士就親自處理，絕對不洩露出去。還要做去大阪那種非常危險的長途旅行，博士準備乘坐另外的車廂悄悄地同行。

侯爵要如此獨占這位婦產科名醫的全部時間，隨心所欲地頤指氣使，就得花一筆巨款。如果幸運這項計畫順利進行，聰子的旅行就可以巧妙地掩人耳目。爲什麼呢？因爲一個孕婦竟敢冒險乘坐火車旅行，這是世人難以想像的。

博士穿一身英國制的西裝，無懈可擊，儼然一副紳士的派頭。然而，他軀體矮胖，總讓人覺得長相有點像掌櫃的。他診斷的時候，總是在枕上墊著一張高級的日本白紙，每診完一個患者，便將這張紙隨便一揉就扔掉，再墊上新的，這是博士獲得人們好評的原因之一。博士的態度殷勤而鄭重，臉上總堆著笑容。他的顧客許多是上層婦女，他的醫術高超，嘴巴卻像牡蠣緊緊地閉著。

博士最愛談論天氣，除此以外別無像樣的話題。雖是要麼說今天實在悶熱呀，要麼說一場風雨一場暖，卻頗能吸引人。他擅長漢詩，曾把他在倫敦的見聞，寫成二十首七言絕句並結集自費出版，取名《龍動詩抄》。他手上戴著一只三克拉大鑽石戒指。診察之前，總是要誇張地皺皺眉頭，然後將戒指脫下，往身旁的桌子上隨便一放；即使如此，卻從來沒聽說博士忘了拿戒指。他的八字鬍子，恍如雨後的羊齒，帶著一種暗淡的光澤。

綾倉伯爵夫婦覺得有必要帶聰子到洞院宮家去招呼一聲，說明聰子要外出旅行。她的身子乘坐馬車也太危險，侯爵就準備了一輛汽車，森博士借了山田的舊西裝穿上，裝扮成管家，坐在駕駛台的助手席上同行了。幸虧親王出席軍事演習，沒有在家，聰子只在門廳向妃殿下致意一番便告辭了。這趟冒險的往返，都平安無事地過去了。

十一月十四日啓程的時候，洞院宮家曾通知要派事務官前去送行，可伯爵家婉言謝絕了。這樣，一切都按侯爵的計畫順利地進行，綾倉一家和松枝母子就在新橋車站上相會了。博士當然佯裝不知道的樣子，坐在二等車廂的一個角落裡。一說去探望住持尼的這種閒散旅行，誰聽見都會覺得很體面的名目。所以侯爵爲夫人和綾倉一家預訂了一節瞭望車車廂。

新橋・下關特別快車，是上午九時半從新橋站發車，行車十一小時零五十分才抵達大阪。

由美國建築師普利詹斯設計、於明治五年興建的新橋車站，是木頭結構，外砌色澤發暗的帶斑紋伊豆石料。在十一月燦爛朝陽的照耀下，鮮明地浮現出屋簷壁帶的影子。侯爵夫人一想到此番旅行自己沒帶貼身侍女，回程得熬過孤身獨影的旅程，現在就已經有點緊張了。她同恭敬地抱著皮包坐在助手席上的山田以及清顯，幾乎沒有說一句話就到達車站了。三人從車站門口登上了高高的台階。

火車尚未進站。朝陽斜斜地照在夾於左右軌道之間寬闊的頭端呈尖形的月台上，細微的塵埃在這大片的陽光中飛舞。起程時侯爵夫人湧起一股不安的情緒，深深地嘆了好幾口氣。

「還沒見他們來，會不會出什麼事了?」夫人說。

山田一味耷拉下腦袋，眼前閃耀著白光，他只是拘謹地應了一句毫無意義的話：

「啊……」

因爲他曉得夫人是明知故問。

清顯知道母親不安，但沒有安慰她一句，反而站在稍微遠離她的地方。他覺得自己神智快將昏迷，所以採取呆然佇立的姿勢，保持著身體的平衡。他感到自己好像縱向垂直倒了下去，失去了力量，自己佇立的形象似乎被溶鑄在空氣中了。月台上冷颼颼的，他身穿胸前帶飾帶的制服，挺起了胸膛，等待的苦楚使他感到連內臟都凍冰了。

列車露出了瞭望車的車欄，宛如穿過一道光帶，莊重地從後尾駛進月台來。這時，夫人遠遠地認出在候車人群中蓄八字鬍子的森博士，也就放下心來了。她同博士約定在到達大阪之前，除非發生緊急情況，否則一切都佯裝互不相識。

山田把夫人的皮箱運到瞭望車裡，夫人在同他交待些什麼，這時清顯透過車窗目不轉睛地注視著月台，他看到綾倉伯爵夫人和聰子從人群中走過來了。聰子身穿和服，用彩虹披肩圍著和服的領子。陽光從月台頂篷一端灑落在月台上。聰子出現在月台上的時候，她的臉毫無表情，白得就像凝固了的乳汁一樣。清顯心潮澎湃，又悲傷又無比幸福。他一看見聰子在她母親的陪同下緩慢地走過來，剎那間就感到彷彿在迎接投向自己的新娘子。這儀式進行的速度十分緩慢，內心充滿憂鬱、喜悅，猶如積鬱著一滴滴疲勞的點滴。

伯爵夫人來晚了，她一登上瞭望車，沒有顧及爲她們搬運皮箱的男僕，而只顧向侯爵夫人致歉了。清顯的母親當然鄭重地還禮，不過她有點不悅，眉宇之間露出了多少的傲慢。

聰子拉著彩虹披肩把嘴捂住，始終躲在母親的背後。她同清顯一般寒暄過後，在侯爵夫人的勸坐下，馬上深深地埋在緋紅色的椅子裡了。

清顯這才明白聰子遲到的原因，她無疑在想：與其在清澄的苦湯藥似的十一月朝陽照耀下，彼此不能交談，莫如縮短告別的時間。兩位夫人交談的時間，清顯擔心自己落在低垂著頭的聰子身上的視線，變成熱烈的注視。當然，他心裡也希望是這樣一種視線。他所擔心的，是過烈的陽光會燒灼聰子脆弱的潔白。清顯知道，在這種場合下所使用的力量、所交流的感情，都必須是極其微妙的，而自己所採取的形式未免太粗魯了。他心中油然產生了一股前所未有的感情，很想向聰子謝罪。

聰子用和服裹住的身體，從頭到腳每個部位他都很熟悉。肌膚哪部分最害羞而發紅，哪部分最柔軟而鬆弛，哪個部分像被抓住的天鵝在撲翅的顫動，他都一清二楚；哪部分最容易激起喜悅，哪部分最容易引起悲傷，他也瞭如指掌。所以他了解的部分都隱約發出微光，透過衣服也能窺視聰子的身體。可是現在，也許是輕率的緣故吧，只有聰子用和服袖子護著的腹部周圍，萌生著他所不知曉的東西。十九歲的清顯缺乏對孩子的想像力，它大概是又暗又熱的血和肉緊緊包起來的形式上的東西吧。

儘管如此，清顯覺得從自己通向聰子體內的唯一東西，就是那個叫「孩子」的部分，然而不久，它將被殘酷地斷送掉，兩人的肉，又將永遠變成各自分離的肉，並且只好萬般無奈地向這種事態告別。「孩子」毋寧說就是清顯自己，他實際上並沒有具備什麼力量。猶如大家都高高興興地去參觀遊覽，而他卻挨罰在家留守，孩子留下來所感到的無限膽怯、不服氣、寂寞，使他全身戰慄。

聰子抬起眼呆望著靠月台那邊的窗口。清顯深深地感受到：她的眼睛裡占滿了來自她內部的投影，已經沒有映現自己姿影的空地了。

窗外傳來尖銳的鳴笛聲，聰子站了起來。在清顯看來，她是多麼決然地使盡全身的力氣站起來的啊。伯爵夫人連忙攙扶她的胳膊。

「火車快開車了，該下車了。」聰子聲調有點激動，聽起來帶了幾分的喜悅。清顯和他母親不得已開始匆匆對話，互相囑咐。「旅途善自珍重」、「要好生自重啊」，這是一般母子間告別的話。清顯驚訝，自己怎麼竟能如此對答如流，簡直像在演戲一樣。

清顯終於離開了母親，向伯爵夫人作了簡短的道別，然後順便稍帶似地向聰子輕輕說了聲：

「那麼，請多保重！」

清顯似乎有意帶著輕快的口吻，這也表現在他的動作上，假使他想把手搭在聰子的肩膀上也未嘗不可，可他的手頓覺麻痺，動彈不了。因爲這時他的視線正好同正面凝視著他的聰子的視線碰在一起了。

聰子那雙美麗的大眼睛的確是濕潤了。過去清顯所害怕的眼淚，距這濕潤非常遙遠；寸斷的淚珠撲簌簌地落了下來，目光直勾勾地投射過來，一副溺水者求救的樣子。清顯不由地有點畏怯了。聰子的長長睫毛，宛如蓓蕾初綻，花瓣都朝外側開放。

「你也珍重……珍重啊。」聰子以端莊的口吻，一口氣說完。

清顯像被人追趕似地從火車上走了下來。這時，只見腰間佩戴短劍、身穿帶五個扣子的黑色制服站長揚手示意，傳來了列車員再次拉響的汽笛聲。

清顯顧忌著站在身旁的山田，不住地在心中呼喚著聰子的名字。火車活像解開眼前纏線板上的線，輕輕轉動著身子徐徐地啓動了。聰子和兩位夫人最終沒有在瞭望車尾部的車欄處出現，轉瞬間車欄也遠去了。月台上只留下火車啓動時那股濃重的煙霧，從前面刮了過來，四周充滿了濃烈的煤煙味兒。不合季節的薄暮籠罩著大地。

四十三

一行人抵達大阪的第三天，侯爵夫人獨自出門，到附近郵局發了一封電報。因爲侯爵再三叮囑要專程發回一封電報。

夫人平生頭一回上郵局，一切都不知所措，便想起一位前不久過世的公爵夫人的事，這位夫人認爲錢很骯髒，一輩子也決不用手摸錢。侯爵夫人總算把這封同丈夫約定要發的暗碼電報，發了出去。電文是：

答禮已順利辦妥。

夫人切身體會到如釋重負是什麼滋味了。她發完電報旋即回到旅館，收拾行裝，由伯爵夫人送她到大阪車站，獨自登上歸程的火車。爲了送她，伯爵夫人只得暫時離開聰子的身邊，從醫院裡出來了。不消說，聰子是用假名住進森博士的醫院裡，因爲博士主張她靜養兩三天。伯爵夫人一直陪伴左右，聰子的病狀的確已經好轉；然而，她住院以來一直不言不語，伯爵夫人深感焦慮。

院方把聰子這次住院，始終作爲大事來處理，精心處置，所以待到院長允許聰子出院時，她的身體已經康復，甚至經受得起相當大的運動量。嘔吐也止住了，身心理應變得很輕鬆，可聰子還是金口難開，緘默不言。

一切按預定計畫進行，母女倆到月修寺去告別，在那裡小住一宿，然後返回東京。兩人在十一月十八日下午，乘上櫻井線火車，並在帶解站下車。這是個明媚的小陽春天氣。伯爵夫人雖還擔憂著默默無聲的女兒，但心情總算緩和下來了。

爲了不驚擾老尼姑，沒有告訴她抵達的時間。伯爵夫人託車站的人代叫人力車，車子卻遲遲不來。候車的時候，夫人不論看見什麼都覺得新鮮，她讓女兒留在高級候車室裡，任其沈湎在萬千思慮之中，而自己單獨在渺無人影的車站附近悠然漫步。

一塊豎著的告示牌立即跳入了她的眼簾，這是附近帶解寺的情況介紹，上面寫道：

> 日本最古老的安產求子祈願靈場。
> 文德、清和兩帝、染殿皇后敕願所。
> 帶解安產地藏菩薩、子安山帶解寺。

夫人首先想到幸虧聰子沒看見這些文字。過一會兒車子到來，要讓車子拉到停車場裡，避免聰子看到這塊告示牌。伯爵夫人覺得這塊告示牌在晴朗的十一月陽光照耀下，出乎意料的，上面的字就像滲了一點點的血滴。

帶解站旁邊挖了一口井，白牆，屋頂葺瓦，同一座擁有宏偉倉庫、圍上瓦頂板心泥牆的世家相對而立。倉庫牆是白色，泥牆也是白色，顯得格外明亮，無比寂靜，彷彿踏入一個夢幻的境界。

伯爵夫人在映現灰色的化了霜的道路上，艱難地行走著。她眼前的聳立在線路兩旁的枯木，向前延伸，漸漸高起，一直越過鐵路到達一座小旱橋，橋頭下展現一片美麗的黃色。這派風光吸引了她，於是她撩起衣服下擺，登上了坡道。

原來那是放置在橋頭的幾盆枝莖低垂的小菊花，它們被零亂地置在橋頭淡綠色的柳枝下。雖說是旱橋，也不過是一座馬鞍式的小木橋，橋欄上晾曬著方格花紋的棉被，棉被吸足了陽光，漸漸膨脹起來，眼看就要蠕動似的。

木橋附近有戶住家，晾曬著尿布和用細竹簽綳上的紅布。屋簷下耷拉著一串串乾柿餅，還帶著潤澤的落日般的顏色。四周渺無人影。

伯爵夫人看見兩輛黑篷車從馬路的遠方晃晃悠悠地駛過來，她連忙趕回車站去叫聰子。

……天晴氣爽，兩輛車子都卸下了車篷。車子穿過經營兩三家客棧的市街，又在田間小道行走了一陣子，爾後只顧向前方綿延起伏的群山駛去。月修寺就座落在那座山的山麓。

路旁的柿子樹果實累累，樹上只殘留著兩三片葉子。在稱得上是田的田地裡，布滿了晾曬稻子的稻架子，活像一座迷宮。先行的夫人，不時回頭看看女兒乘坐的車子。她看見聰子把疊好的披肩放在膝上，東張西望地欣賞四周的景致，也就稍稍放心了。

山路坑坑窪窪，行車比徒步還要緩慢，兩個車夫都是老頭兒，他們的走步也顯得很不穩當。夫人暗自想道：反正也沒有什麼急事，這樣慢走反而能好好地欣賞一番自然美景，倒是很愜意的。

快到達月修寺石門柱的地方，可以望及門內一條緩緩而上的坡道。透過一片白茫茫的狗尾草的草穗，窺見了蔚藍的天空和遠方低矮的起伏山巒，遠望什麼也沒有了。

「從這裡到月修寺這段路程，沿路的景色你好生記住吧。我們只要想來隨時都可以來，你今後的身分可就不可能隨意出遠門囉。」

夫人勸導女兒，她的聲音蓋過了車夫們的對話。車夫們終於把車子停了下來，揩了揩汗珠。聰子沒有回答，只是無精打采地報以微笑，輕輕地點了點頭。

車子又啓動了。是斜坡路，車子行駛比先前還要緩慢。一進入門內，頃刻古樹亭亭如蓋，陽光的照射已不那麼強烈，不至於使人汗流浹背了。

方才停車時，夫人聽見了合乎季節的、白日唧唧的蟲鳴聲，如今還隱約縈繞在耳旁，恍如耳鳴一樣。不大一會兒，她的眼睛又被路旁左側累累柿子的鮮艷色彩吸引過去了。

陽光把柿子照得耀眼奪目，一枝小椏上結著一樹柿子，一方在另一方投下了黑黑的影子。其中一棵樹，幾乎所有枝椏上都結滿了紅色的小果，它又不同於花，殘存的枝葉迎風微微搖晃，伸向蒼穹的累累柿果，恍如一顆顆大頭釘，鑲入一動不動的蔚藍天空。

「爲什麼看不見紅葉呢，啊？」

夫人像隻伯勞鳥，向坐在車後的聰子搭話。聰子沒有回答。

路旁連紅葉也已稀少了，盡是西邊蘿蔔地和東邊竹叢的綠色，格外顯眼。陽光撒在蘿蔔地茂盛而錯錯落落的蘿蔔綠葉上，落葉也是層層疊疊，濃淡有致。西邊隔著池沼開始展現一排藤蔓籬牆，藤蔓結著紅色的果實，從籬牆上可以望見大池沼的沈澱物。一走過這裡，道路旋即陰暗下來，駛進了古杉參天的林蔭道。普照大地的陽光也只能透過樹縫篩落在樹下草叢的矮竹上，其中一棵突出的矮竹格外耀眼輝光。

夫人頓時感到一股寒氣滲透全身，她不再等待聰子的回話，就向車子後邊的聰子打了個披披肩的手勢。她再次回過頭去，眼角裡映現出披肩展開的彩虹。她完全明白，聰子雖沒言聲卻順從了。

兩輛車子通過黑漆門柱之間的時候，道路的四周確實充滿了皇宮內苑的氣氛。夫人來到這裡，才第一次看到紅葉，不禁驚嘆不已。

黑門內這幾棵已經染上色的紅葉，雖說不上是艷麗，但進到深山裡，那凝結了的黑紅，給夫人以一種難以淨化的所謂罪過的印象。它突然像把錐子扎在夫人的心坎上，引起了夫人的不安，因爲她正在考慮著後邊的聰子的事。

紅葉後面的纖細松樹和杉樹，不足以遮擋開闊的天空，透過從樹木罅隙承受著從天空灑落下來的淡光的紅葉，把伸展的繁枝茂葉映襯得恍如鬖鬡的朝霞。從枝椏下仰望天空，那些黑紅色的纖黑葉子，葉尖銜著葉尖，宛如給上空鑲上一道胭脂紅的花邊。

來到綿延鋪石路的盡頭，就是可以望見正門的平唐門，伯爵夫人和聰子在門前下了車。

四十四

夫人和聰子自去年同上京的住持尼見面以來，整整一年過去了。首先接待她們的是月修寺的一老，她說，住持尼多麼盼望她們的這次造訪。說話間，由二老攙扶著住持尼走進母女倆守候所在的十鋪席房間。

伯爵夫人把聰子即將結婚的事告訴了老尼，住持尼說：

「恭喜恭喜！下次上這裡來，得安排你住寢殿啦！」

寺廟裡的寢殿是專爲接待皇族而設置的。

聰子來到這裡，不能老是保持沈默，儘管少言寡語，畢竟是應對自如，看上去她還是帶有憂愁和羞怯的一副表情。當然，住持尼謹言慎行，她對此絕不會露出詫異的神色。伯爵夫人則極力讚揚擺設在中院裡的幾盆漂亮的菊花。

「這是村裡的栽菊法，每年都得這樣帶著它們前去講經，倒是蠻嚴格的。」

住持尼說著，就順著栽菊法的話題讓一老作了一番說明，諸如這是紅白相間的大朵菊單株盆栽法、那是黃色管狀菊的單株盆栽法等等。

過了一會兒，住持尼親自陪同她們母女倆前往書院。

「今年的紅葉姍姍來遲啊！」

住持尼一邊說一邊讓一老把拉窗打開，眼前展現一片枯乾的草坪和布置假山的美麗庭院。好幾棵大楓樹婷婷立在那裡，每棵楓樹只有樹頂染紅了，順著下枝有層次地呈現出杏黃色、黃色、淺綠色，依次暗淡下去。樹梢上的紅色，恍如凝結的血塊呈現黑紅色。山茶花也已經綻開。庭院一角上，彎彎曲曲的光滑百日紅枯枝的光澤，反而顯得格外的美。

她們又折回十鋪席房間。住持尼和夫人又海闊天空地閒聊了一陣，冬季日短，不覺已是黃昏。晚餐是豐盛的祝賀宴席，喜慶的紅小豆飯也端了上來，一老和二老都努力殷勤款待，可是席間卻始終引不起興致來。

「今天皇宮舉行火祭[1]呢。」

住持尼僧這麼一說，一老旋即講述了當年她在宮中幫佣時所見所聞的宮中行事，諸如把高冒火舌的火盆擺在正中央，宮中女官念誦咒文等等，邊講邊模仿了一遍。

那是每年十一月十八日舉行的古老儀式，在皇上面前焚燒火盆，把火燒得熾旺，讓火舌直衝天花板，身著白色和裝禮服的宮中女官，在念誦：

「燒啊！燒啊！火神啊！精靈啊！火神啊！蜜柑、饅頭，我想要……」

然後把投在火中燒得差不多的蜜柑和饅頭取出，奉獻給皇上。模仿這種宮中的祕事，本是很不鄭重的，也許是住持尼體諒了一老想在宴席上製造一種熱鬧氣氛的心意吧，她沒有責備一老。

……月修寺的夜晚來得特別早，五點左右就把大門關得嚴嚴實實。晚餐過後不久，大家就各自回到了寢室歇息。綾倉母女被領到客殿，她們倆原定逗留到明天下午，然後乘坐明晚晚班車返回東京。

剩下母女倆的時候，夫人本想提醒聰子，她今兒整天都顯得特別憂傷，未免有點失禮，可又體察自到大阪以來聰子的心情，也就欲言又止，早早就寢了。

在黑暗中，月修寺宮殿的拉窗呈現肅穆的潔白色，十一月夜間的寒氣，彷彿把拉窗紙的每道纖維都滲進了白霜，紙做的拉手上的十六瓣菊花和雲朵圖飾，白裡透亮，清楚地浮現了出來。柱子上隱釘的裝飾鐵片，是六朵菊花繞著桔梗的圖案，把暗黑高處的各個要點都釘住。這是一個沒有一點風絲的夜晚，連松濤聲也聽不見，卻能感受到外面深山老林色澤濃重的自然景象。

夫人覺得，不管怎樣已經一無漏洞地完成了無論是對自己還是對女兒來說都是痛苦的任務，今後的情況會慢慢好轉起來的。她雖覺察到身旁的女兒難以成眠，可她自己很快就進入夢鄉了。

夫人一覺醒來，身旁不見女兒的身影。拂曉時分，昏昏暗暗，她伸手一摸，床鋪上疊放著整整齊齊的睡衣。她心頭一驚，轉念又想：女兒大概是解手去了吧，先等等再說。這時候，她的胸口突然感到一陣冰涼像痲木了似的。於是她跑到廁所，女兒不在。周圍的人似乎還沒起床，天空微微透露出一片藍色。

這時，她聽見遠處的廚房裡傳來了聲音，便走到了廚房。早起的侍者一見夫人的姿影，就趕忙跪下施了個禮。

「看見聰子了嗎？」夫人問。

侍者戰戰兢兢，一味搖頭，一問三不知，拒絕嚮導。

夫人漫無目標地走到了寺院的走廊上，恰巧碰見已經起床的二老，就坦率地說出了事情的經緯。二老大吃一驚，旋即領路到處尋覓。

遠遠映現出走廊盡頭的大雄寶殿裡搖曳著的燭光，一般是不會有人這麼早就來做佛事的。只見佛前點燃了兩支帶花車圖案的花燭，聰子就坐在佛壇前。夫人從來沒見過聰子這樣的背影。聰子自己已經削髮。她將削下的頭髮供在經案上，手持念珠，一心在禱告。

「你已經削髮了啊！」夫人說著一把抱住了女兒。

「媽媽，我已經沒有別的路可以走了。」

聰子這才眼望著母親，開口說了一句。她的瞳眸裡搖曳著小燭的光，白眼珠上已經映出了黎明的白光。夫人從沒見過女兒眼裡竟射出這樣可怕的曙光。繞在聰子手指上的一顆顆水晶念珠，也映射出如同聰子眼裡一樣的白光。在意志的極限上喪失了意志的這許許多多冰冷的念珠，一顆顆都滲出了黎明的曙光。

……二老急匆匆地向一老一五一十地報告了事情的始末。二老完成任務後便退了下去。一老陪伴綾倉母女前往住持尼的寢室，一老在隔扇外面揚聲說：

「您起床了嗎？」

「嗯。」

「請原諒。」

一老打開隔扇，只見住持尼端端正正地坐在褥子上。伯爵夫人吞吞吐吐地說：

「其實是聰子的事，她剛才在大雄寶殿裡，自己把髮削了……」

住持尼透過隔扇向外面望去，視線落在聰子那面貌全非的容顏上，並沒有露出半點驚愕，說道：

「果然不出所料，我早已估計到她會這樣做的。」……說罷，她像想起什麼似地呀的一聲，說：這裡面一定有種種原因，請伯爵夫人回避一下，讓聰子一人留下盡情地傾訴。夫人和一老按住持尼所說，退了下去，房間裡只留下了聰子一人。

……這期間，一老就是陪侍留下來的伯爵夫人。夫人連早餐也一點不沾，一老察覺她的心事，可是要排遣她的苦惱選擇什麼樣的話題才好呢？一老也束手無策了。過了好長時間，才有了住持尼的傳話。於是夫人來到女兒聰子的背後，洗耳恭聽住持尼的話。竟然出乎意料，住持尼說聰子明確表示了遁世之志，月修寺準備接納她爲弟子。

打剛才起夫人就獨自思索著各種彌補的對策。她心想：聰子雖早已下決心削髮爲尼，如果能夠說服她改變主意，經過數月或半年頭髮還是會長出來的，這幾個月就可以以聰子旅途生病爲由，暫且推遲婚期，就便藉助伯爵和松枝侯爵的說服力量，也許可以使聰子翻然悔悟。她的這種心計，就是聽了住持尼的話以後，豈止沒有衰減反而越發熾烈了。一般來說，入佛門當弟子必須遵循的程序是：一年修行，然後在舉行得度式上削髮。不管怎麼說，一切都涉及聰子的頭髮留長的情況如何而定。倘使聰子早些轉意……夫人心中湧起了一種十分奇妙的想法，也許還可以戴上精巧的假髮度過訂婚的時期呢。

夫人早已下定決心，先把聰子留下，自己盡早返京，以便考慮善後的對策。於是，她對住持尼致意說：

「承您進言，由於這是旅途上突然發生的事情，恐怕會拖牽洞院宮家，我想立即回京和丈夫商量一下再來，這期間，聽子就拜託給您啦。」

聽子聽了母親這番話，眉毛動也不動，夫人感到連同自己女兒說話也都有所忌諱了。

---

① 陰曆十一月在神社前焚火祭祀。

四十五

綾倉伯爵從返抵家中的夫人那裡聽說了這樁事的變故之後，他無所作爲，耽擱了一周，結果惹怒了松枝侯爵。

松枝家一直以爲聽子早已回家，而且即時到洞院宮家報告返京了。對侯爵來說，這件事也是不應有的疏忽。在夫人返京並匯報了情況以後，侯爵知道計畫已萬無一失地完成，就對其後的事態進展持絕對樂觀的態度。

綾倉伯爵只是泰然置之。因爲他覺得，相信所謂「悲慘的結局」的人都是多少帶低級趣味。這種事是絕對不能相信的。同悲慘的結局相對，還有所謂假寐。坡度小而漫長的斜坡，即使似乎在向未來的方向無限地滑落，可是對球來說，墜落是常態，沒有什麼可大驚小怪的。動輒或憤怒或悲傷，就如同抱著某種熱情，渴望著老練的心所犯的過失一樣；然而伯爵絕不渴望什麼老練。

唯有拖延是上策。接受時間微妙的蜜的滴落般的恩惠，遠勝於接受所有果斷中隱藏著的鄙俗。不論任何重大事件，只要擱置下來，那麼從擱置中就自然會產生利害，這樣總會有人站到自己一邊。這就是伯爵的政治學。

生活在這樣一位丈夫的身邊，夫人在月修寺所感到的不安也就一天天地變得淡薄了。這種時候，幸虧蓼科不在家，沒人輕舉妄動，不致於捅出什麼漏子。蓼科得到伯爵的關照，一直在湯河原進行溫泉治療，以康復病後的身子。

一周後，侯爵打聽到了這件事，伯爵再也無法隱瞞下去了。松枝侯爵在電話裡聽說聰子還沒有回家的一瞬間，不覺倒抽了一口氣，他心中頓時產生了一種聚集所有不吉利的預感。

在夫人陪同下，侯爵立即造訪了綾倉家。開始，伯爵只含含糊糊，做了曖昧的回答。最後，松枝侯爵了解了眞相，火冒三丈，就用拳頭擊打起桌面來了。

……這裡是綾倉家唯一的一間洋式房間，是用十鋪席寬的和式房間改造而成的，很不雅觀。在這間洋式房間裡，這兩對夫婦露出了交往多年從不曾表現過的赤裸裸的表情。

儘管如此，兩個夫人各自背過臉，只顧窺視著自己的丈夫。兩個男人面對面地互相對峙著。不過，伯爵常常把頭耷拉下來，他那雙放在桌布上的白皙小手，就像古裝偶人的手。而侯爵的臉卻漲得通紅，他心底裡儘管缺乏一種堅定的、精力充沛的保證，卻氣得眉宇間露出了青筋，彷彿是一副凶神惡煞的鬼臉。在兩個夫人的眼裡，伯爵顯然沒有勝利的希望。

事實上，是侯爵首先大發雷霆。他動怒的時候，連自己也感到自己一切都處在強者的地位，太盛氣凌人就太不好意思了，再沒有誰比眼前的這個敵手更衰落更弱小的了。他的臉色很差，好像發黃的象牙浮雕；稜角清晰而端莊的臉龐，浮現出說不清是悲傷還是困惑的表情。他沈默不語。他那雙動不動就把眼皮耷拉下來的眼睛，是深深的雙層眼皮，越發顯得深陷下去，充滿了一種寂寞感。直到現在，侯爵才感到這簡直是一雙女人的眼睛。

伯爵把身子斜靠在椅子上。侯爵彷彿迎著亮光，清清楚楚地看到在他那副慵懶的、無可奈何的表情中，飄逸出一種侯爵的血統中絕對找不到的優雅，那種古典纖弱的優雅，是一副受傷了的樣子。恍如一隻骯髒透頂的白羽毛的死鳥。這死鳥生前或許鳴囀委婉動聽，可如今牠的肉卻不香了，歸根到底是一隻不能食用的死鳥。

「這事情是可嘆又可悲啊。對皇上、對國家都無地自容喲。」

侯爵不管三七二十一，連珠炮似地大發了一通脾氣。然而他感到這憤怒的繩索也很危險，眼看就要斷了。伯爵絕無心論理，絕不訴諸行動，對他大發雷霆是徒勞的。豈止如此，侯爵漸漸發現自己越發火，其激情反而越向自己發洩回來。

伯爵並不是一開始就有這種企圖。他穩如泰山，不論事態發展到何等可怖的結局，他都保持不動搖的立場，把它原封不動地推回給對方，這倒是千眞萬確的。

說起來，正是侯爵本人拜託伯爵給自己的兒子進行文雅的教育。引起這次禍端的，肯定無疑是清顯的肉體。究其原因，也可以說是清顯身心自幼受到綾倉家的毒害，而成爲其罪魁禍首的，正是侯爵本人。如今在千鈞一髮的時候，又毫無預見，強把聰子送往關西，也還是侯爵本人……這樣看來，侯爵的火氣，也就等於向自己發洩了。

最後，侯爵陷入不安，極度勞頓，全然沈默下來。

房間裡的四個人好像在修行，長時間保持著沈默。後院傳來了白日的公雞啼鳴聲。窗外，初冬的松樹迎著寒風搖曳著那神經質的針葉的光。家人可能發覺會客室裡的空氣非同尋常吧，全家鴉雀無聲。

綾倉夫人終於開腔了。

「是我沒有把事情辦好，眞不知該怎樣向松枝先生道歉才好。事情既成這樣子，我覺得最好還是早日設法讓聰子回心轉意，使訂婚儀式也能夠順利進行。」

「頭髮怎麼辦？」松枝侯爵馬上反駁說。

「這個嘛，可以馬上訂做一個質量好的假髮，以掩人耳目……」

「假髮？我沒有想到這點。」

趁還沒讓大家張嘴說話，侯爵便稍稍地揚起欣喜的聲音。

「的確，我們沒有注意到這點。」侯爵夫人連忙隨和丈夫說。

爾後，大家迎合侯爵的興頭，大談起假髮的話題來。客廳裡這才開始揚起了笑聲。這個絕妙的建議，像一塊扔過來的小肉片，由四個人爭搶起來。

四人並不是都同樣相信這個妙案的；至少綾倉伯爵是毫不相信這種東西會有什麼效果。在不相信這點上，也許松枝侯爵也是一樣的。不過，侯爵卻能裝出一副威風，煞是相信的樣子。所以，伯爵也趕忙仿效這種威風。

「縱令年輕的王子多少有點懷疑，也不至於去摸聰子的頭髮吧。」侯爵邊笑邊不自然地放低聲音說。

短暫的時間裡，四人圍繞著這種虛僞，變得和睦起來。這種場合最需要的，是不久便明白的這樣一種有形的虛僞。聰子的心，誰也不在意；只有她的頭髮，才關係到國家的大事。

松枝侯爵的先父，曾經以可敬可畏的膂力和熱情，爲建立明治政府做出了貢獻，因而獲得了侯爵家的名譽，如今先父在天之靈若知道侯爵爲這區區女子的假髮絞盡腦汁，該不知多麼失望啊。這樣微妙而陰濕的騙術，絕不是松枝家家傳的技藝；毋寧說，這是綾倉家的玩意兒。過去松枝家一味傾心於綾倉家的優雅和美的死亡的虛僞特質，如今他們不管願意不願意都落到充當綾倉家夥伴的窘境。

儘管如此，如今並不存在的假髮，只不過是與聰子的意志無關的夢中假髮而已。不過，倘使能夠順利地套上假髮的話，原先一度是七零八碎的拚畫，就能夠變成天衣無縫、玲瓏剔透的完整作品了。因此，一切都涉及到一個假髮，侯爵熱衷於這個念頭。

大家都忘我地在互相議論這個看不見的假髮。爲了舉行訂婚儀式而套大垂髮假髮，平時則用束髮假髮。套假髮隨時都可能被人發現，聰子入浴時也不能把假髮摘下來。

人人心中都在想像著聰子肯定要套上的假髮的形象：那假髮比眞髮更加光潤而流麗，猶如射干果那樣黑。這是無理強迫接受的王權，浮游在空中的黑色髮結的空虛形狀，以及艷麗的光澤，光天化日之下浮現出來的夜間精髓……把應該位於它之下的臉，一個美麗而悲傷的臉鑲嵌上去，這是多麼困難啊。四人未必沒有想到這點，但都極力佯裝沒有想到的樣子。

「這回務必請伯爵採取斷然的態度說服她。勞駕夫人再跑一趟，內人也再次陪同前往。我本來也應該前去，不過……」侯爵拘泥於體面，說，「如果我去，怕惹人注目，懷疑出什麼事啦，我還是不去吧。這次旅行要絕對保密，內人不在，我對外界就說她生病，敷衍過去。而且，我在東京還可以活動，設法祕密尋找一個手藝高明製作精巧假髮的師傅。萬一新聞記者聞到風聲，可就不得了。這點就請包在我身上吧。」

四十六

母親再次收拾行裝準備外出，清顯感到十分驚訝。母親沒說上什麼地方，也沒說幹什麼事情，她只交代她外出旅行的事不要往外洩露。清顯直覺地感到聰子身邊準是發生了非同尋常的事態。可是，山田總是在自己周圍監視著，實在無計可施。

綾倉夫婦和松枝夫人抵達月修寺時，遇上了令人震驚的事態。聰子早已剃髮爲尼了。

……如此匆忙削髮爲尼，其原委如下：

那天早晨，住持尼聽了聰子的全部傾訴之後，立時領悟到只有讓聰子出家這條路了。住持尼作爲肩負保護具有皇家傳統的寺廟的身分，她理應以皇上旨意爲至高無上，現在事態卻發展成一時違逆皇上。縱令如此，除此就沒有別的保護皇上的辦法了。於是，她打定主意，斷然接受了聰子爲弟子。

住持尼知道他們欺瞞皇上的計畫，就不能置之不理；她知道這是表面裝得華美，實則不忠，就不能視而不見。

這樣，平時謹言愼行的纖弱老尼也表現出了威武不能屈的覺悟來。她本來哪怕敵視現世的一切，也要默默地保護天皇的神聖，如今卻下了決心背逆皇上的命令。

聰子親眼目睹住持尼的這番決心，她終於重新宣誓捨棄塵俗，這件事她是經過深思熟慮的，但沒想到住持尼竟讓她如願以償。聰子遇上神佛了。住持尼以仙鶴般的眼睛，一眼就看穿了她這份堅定的決心。

舉行得度式之前，本來需要修行一年，然而事情到了如此田地，不論是住持尼還是聰子都一致認爲要提前「落髮」了。不過，要在綾倉夫人回來之前完成這項儀式，這是連住持尼也未曾考慮過的。這位住持尼心想：至少要讓清顯對這殘留的黑髮惋惜一番。

聰子非常著急。每天她都像孩子要點心吃似的，要求住持尼爲她「落髮」。住持尼終於執拗不過她，就這樣說道：

「落髮後就再也不能見清顯了，你不後悔嗎？」

「不後悔。」

「如果你已經決定不再在這個塵世上同他相見，是可以削髮的，不過，到時後悔就莫及了。」

「我不後悔。我絕不再在這個塵世上同他相見了。我已經鄭重地同他道別了。所以請您……」聰子以清晰而堅定的口吻說。

「果眞這樣，明早就爲你削髮吧。」

住持尼又給她留下一天的考慮餘地。

綾倉夫人沒有回來。

這期間，聰子主動置身於寺廟的修行生活。

法相宗這宗派本是教學性質，重學而不重行，特別是具有國家祈願寺的強烈性質，不收施主。正像住持尼平時開玩笑所說的「法相宗裡沒有什麼值得『感謝』那樣，在祈求彌陀本願的淨土宗興起之前，是沒有「値得感謝」的感激眼淚的。

大乘佛教本來沒有什麼像樣的戒律，寺內的條例，頂多援用小乘戒。尼姑庵則要遵守梵罔經的菩薩戒，即從殺生戒、盜戒、淫戒、妄語戒直到破法戒等四十八戒，戒律一應俱全。

當然修行比戒律更嚴峻。這幾天來，聰子早就把法相宗的根本法典《唯識三十頌》和《般若心經》背熟了。她早早起床，在住持尼念經之前，就把大雄寶殿打掃乾淨，然後誦經，學經文；她已經拋開客人的身分，受住持尼委託擔任指導的一老也變了一個人似地突然嚴格起來。

舉行得度式那天早晨，聰子淨身後，穿上黑僧衣，在大雄寶殿裡手持念珠，雙掌合十。住持尼用剃刀先剃了一刀，然後交給了一老，一老用熟練的動作接著剃削；這時，住持尼念誦《般若心經》，二老也隨和念誦。

觀自在菩薩。
行深般若波羅蜜多時。
照見五蘊皆空。
度一切苦厄……

聰子閉上眼睛，也和著念誦起來。她感到自己的肉體像一艘船，船艙的貨物漸漸被卸去，船錨被拋棄，乘著沈重而豐富的誦經聲的浪波在盪漾。

聰子依舊閉著眼睛。清晨的大雄寶殿冷颼颼的，活像一座冰窖。自己漂泊無著，但周圍都凝結著純潔的冰。忽然從庭院裡傳來了一陣陣伯勞鳥的啁啾鳴囀，這冰面像閃電似的龜裂了，可裂縫很快又彌合，變得平滑無瑕了。

剃刀在聰子的頭上精細地移動。有時像小動物銳利的小門牙在啃咬，有時像悠閒的草食動物用雅緻的白齒在咀嚼。

頭髮一把一把地掉落下來，聰子有生以來未曾體味過的一種清澄明澈的冰涼滲入了她的頭部。把自己和宇宙相隔的那頭充滿溫熱、煩惱和憂鬱的黑髮被剃去了，頭蓋周圍展現了一個新鮮而冰冷的、不曾有人觸摸過的清淨世界。頭剃光了，肌膚裸露，宛如塗上了一層薄荷，展現出銳利而冰冷的部分。

頭的冷氣，像寒月又像死寂的天體的肌膚，讓人彷彿直接接觸到宇宙的浩氣。頭髮恍如塵世本身，漸漸脫落，落到無限的遠方。

頭髮就是某種東西的收穫。黑髮可以把噎人的夏天日光充分地吸收過來，如今黑髮被剃，脫落在聰子的體外。不過，這是一種徒勞的收穫。因爲那樣一頭烏亮的黑髮，脫離身體的刹那間，變成了醜陋的頭髮的形骸。過去它是屬於她的肉體，如今她的內部和與美相關的東西，一無遺漏地都被扔到體外，彷彿手、腳從人體脫落似的，聰子的現世在剝離……

聰子的腦袋留下一片青痕的時候，住持尼憐憫似地說：

「出家之後的再出家是很重要的。如今的覺悟，眞使我欽佩哩。今後只要潛心修行，你一定會成爲尼姑中的閃光。」

……以上就是聰子迅速削髮的來龍去脈。綾倉夫婦和松枝夫人對聰子這種轉身雖有點震驚，但仍然沒有灰心；因爲還有餘地，可以用假髮來補救。

四十七

三個造訪者中，唯有綾倉伯爵始終保持溫文爾雅的風度，他若無其事，向聰子和住持尼慢條斯理地閒聊起來，連一句敦促聰子轉意的話也沒說。

松枝侯爵每天都發來電報催問事情的結果，最後綾倉夫人只好哭著哀求聰子，可是毫無效果。

到了第三天，綾倉夫人和松枝夫人委託給留下的伯爵一人之後，就返回東京。伯爵夫人由於憂心過度，一回到家就病倒了。

此後一週，伯爵一人留在月修寺，無所事事。因爲他害怕回到東京。

伯爵一句也沒有規勸聰子還俗，住持尼也就放鬆了警惕，並安排時間給聰子和伯爵單獨兩人在一起。但是，一老還是暗中監視他們父女倆。

父女倆總是默默無言，在廊沿充滿冬日陽光的地方相對而坐。透過枯枝的縫隙可以望見蔚藍的天空和掛在天邊的雲朵，百日紅的枝頭上飛來了鶲鳥，在嘎嘎地啼鳴。

父女倆沈默了好久。最後，伯爵討好似地露出了微笑，這麼說道：

「因爲你的關係，爸爸今後也不能過多地在人前露面啦。」

「請你原諒。」聰子不滲入任何感情，平淡地回答了一句。

「這個院子裡飛來了各色小鳥啊。」

過了一會兒，伯爵又說。

「嗯。是飛來了各色的鳥。」

「今早我也出去散步了。鳥兒在啄食柿子，只見熟透了的柿子墜落在地，卻不見有人去撿呢。」

「嗯。是沒人去撿。」

「大概也該下雪了吧。」伯爵說。

聰子沒有回答。父女倆又把目光移向庭院，沈默了下來。

伯爵一無所獲，翌日早晨終於離開了月修寺。松枝侯爵迎接了歸來的伯爵，他已經不生怒了。

這天是十二月四日，距訂婚儀式只剩下一週了。侯爵祕密地把警察總監請到宅邸裡來，他企圖借助警察的力量把聰子搶回來。

警察總監向奈良的警察下達了祕密指令，可是要踏入皇院寺院，又擔心會引起同宮內省的糾紛，儘管皇上每年只撥給這個寺院不到千元，旁人卻不能染指。所以，警察總監親自帶著便衣隨從非公開地到關西去造訪了月修寺。住持尼從一老手裡接過他們的名片看了看，連眉毛也不動一動。

警察總監受到了茶水的招待，他同住持尼攀談了約莫一個小時，被她的威嚴所鎮住，只得告辭了。

松枝侯爵使盡了所有招數，最後只剩下向洞院宮家探詢解除婚約這一條路了。洞院宮家經常派事務官到綾倉家，每回都遭到綾倉家難以想像的應對而有點迷惑不解。

松枝侯爵把綾倉伯爵請到宅邸裡來說明原委，面授機謀：設法弄一張國醫診斷書給洞院宮，證明聰子患「嚴重神經衰弱症」，以造成這件事是洞院宮家和松枝、綾倉兩家之間的絕密事宜，讓洞院宮明辨這是祕密的事情，出於信賴而緩和一下洞院宮的怒氣。在社會上則放出風聲，給人造成這樣一種印象，即由於洞院宮家突然提出毫無道理的解除婚約，聰子厭世而遁入空門。這種本末倒置的做法，即使洞院宮家會招來一些埋怨，但可以保住其面子和威嚴；同時對綾倉家來說，儘管名聲不佳，卻也能博得社會的同情。

不過，事情不能做得太過分。做得過分，綾倉家會贏得更多的同情，洞院宮家就會被迫對這種無緣無由的社會輿論壓力做出必要的解釋，甚至不得不將聰子的診斷書公諸於眾。最重要的是，對新聞記者不要暴露洞院宮家解除婚約和聰子削髮爲尼的因果關係，只把這兩樁事件擺出來，將時間先後錯開就行。儘管如此，新聞記者還是想要了解事情的眞相，屆時就佯裝很難過，暗示一下因果關係，請他們不要報導出去。

這樣商量妥後，侯爵旋即給小津腦科醫院小津博士掛電話，請他立即祕密到松枝侯爵家出診。小津醫院對涉及這種顯貴突然提出的要求，確是能很好保守祕密的。博士很晚才到達，這期間，在留下來的伯爵面前，侯爵早已隱藏不住內心的焦灼。但是在這種情況下，他又不能派車去接博士，也就只好傻等了。

博士一到，就被引進洋房二樓的小客廳裡。暖爐的火燒得紅彤彤的，侯爵作了自我介紹，然後介紹了伯爵，就向博士勸煙。

「病人在哪裡？」小津博士問道。

侯爵和伯爵面面相覷。

「其實，病人不在這裡。」侯爵回答。

小津博士一聽說要當場爲連面也沒有見過的病人寫診斷書，頓時變了臉色。比事情本身更使博士動怒的，是他從侯爵的目光裡，發現侯爵似乎認爲博士一定會寫這份診斷書的。

「爲什麼要提出這種無禮的請求？是不是把我也看成是那種用錢就能使喚的幫閒醫生呢？」博士說。

「我們絕對沒有意思要把大夫看成是那類人啊。」侯爵拿下了叼在嘴邊的雪茄，在房間裡徘徊了一陣子，從遠處凝望著博士在暖爐火光照耀下的胖乎乎的臉在顫動，他又以十分平靜的聲音說：「爲了讓皇上放心，才需要呈獻這份診斷書的呀。」

……松枝侯爵把診斷書拿到手後，馬上詢問了洞院宮的方便時間，午夜趕去拜訪了洞院宮。幸好年輕的治典親王去參加聯隊的演習沒有在家。特別是侯爵要求直接拜見治久親王殿下，所以妃殿下也退席了。

洞院宮一邊勸菸，一邊神采飛揚地談起了今年在松枝家賞花的樂趣。他們許久沒有這樣對談了，侯爵首先談了一九〇〇年奧林匹克運動會在巴黎舉行時的一些往事，還談到那個「設有三鞭酒噴泉之家」的情況，以及當時的種種佳話，談興甚濃，讓人感到彷彿這人世間就沒有什麼煩惱的事。

然而，侯爵心裡明白，儘管洞院宮是一派威風凜凜的風采，其內心也是不安和恐懼，在等待著侯爵把事情抖落出來。有關幾天後就將舉行訂婚儀式的，洞院宮自己不想主動先說任何一句話。他漂亮的斑白鬍子，沐浴著燈影，就像承受著陽光的稀疏樹林，在嘴角上不時地透出無所適從的影子。

「說實在的，夜間來拜訪……」侯爵恰似一隻悠閒的小鳥，一直朝鳥巢裡輕捷地飛去一樣，他特意輕巧地轉入正題，「我是前來向您報告一件不祥的事，眞不知該怎麼說才好。綾倉家的小姐腦子得病了。」

「啊？」洞院宮驚呆了。

「綾倉又有綾倉的考慮，他一直隱瞞了這件事，同我也沒有商量，爲了維持體面，暗地裡把聰子送去當尼姑了。時到今天，他也還沒有勇氣來向殿下坦白地說出這個情況。」

「這是怎麼回事？事到如今……」

洞院宮殿下緊咬嘴唇，鬍子依然按嘴唇的形狀伏貼在上面，眼睛直勾勾地盯著伸向暖爐邊的鞋尖。

「這是小津博士開具的診斷書。日期是一個月以前了，綾倉連這個也瞞著我。我沒有照料到，才發生了這種事，眞不知道該怎麼道歉才好……」

「有病那是沒法子的啊，可是爲什麼不及早告訴我們呢？去關西旅行是不是也與這件事有關呢？怪不得來辭行的時候，她的臉色很不好，內人還爲她擔心吶。」

「直到現在我才聽說，她的腦子患病，從今年九月份起，她就有種種奇特的動作。」

「這樣的話，也就毫無辦法囉。明早得趕緊進宮，晉謁皇上表示歉意；還不知皇上會說些什麼呢。到時想呈上這份診斷書讓皇上過目，能借用一下吧？」洞院宮說。

洞院宮沒有提到治典親王一句話，表現了他心靈的高潔。侯爵畢竟是侯爵，這段時間他目不轉睛地在注視著洞院宮的表情變化。他只覺得洞院宮臉上彷彿有一股陰暗的波濤在悠盪怒立，眼看快要平靜下來，浪波又深深地陷沒下去，爾後又洶湧而上。幾分鐘之後，侯爵覺得可以放心了，最可怕的瞬間過去了。

……這天夜裡，侯爵和洞院宮再加上妃殿下商談了善後對策，一直談到夜半更深，侯爵才離開宅邸。

翌日早晨，洞院宮正準備進宮的時候，恰巧治典親王從演習場回來了。洞院宮陪著治典親王到一室裡，將事情明白地告訴了他。這個青年十分威武，臉上沒有露出一絲不安的神色，他只說聲：「一切聽從父王的安排。」豈止沒有動怒，就連半點埋怨情緒也沒有流露出來。

通宵的演習，他已十分困頓，送走了父王之後，就匆匆地回到寢室裡。妃殿下估計兒子大概未能成寐，便前來看望他。

「昨晚松枝侯爵來報告了吧？」治典親王抬起眼睛問了母親一聲。他徹夜未眠，眼睛有點充血，目光卻一如往常，顯得非常堅定，毫無畏縮的樣子。

「是啊。」

「不知爲什麼，我想起了老早以前在宮中發生的一件事，那時候我還是個少尉。這件事，我記得曾告訴過您吧。我進宮晉謁的時候，在宮中走廊上偶然遇見了山縣元帥。我清楚地記得，這是在皇上外居室的走廊上。元帥大概是剛拜謁完畢退出的時候。他跟往常一樣，在普通軍服上再披了一件寬領外套，深戴軍帽，雙手隨便揣在外套的口袋裡，好像要拔軍刀的樣子，從昏暗的長廊上走了過來。我立即讓路，立正向元帥敬了個禮。元帥從軍帽帽沿下，用絕無笑意的銳利目光，向我瞥了一眼。元帥並非不認識我，他卻有點不高興，忽然把臉扭過去，沒有還禮，就那樣傲慢地聳聳披著外套的肩膀，從走廊上走過去了。

「不知爲什麼，現在我又想起這件事來。」

……報紙報導「洞院宮家因故」解除了婚約，大家盼望已久的祝賀訂婚儀式也告吹了。家中發生的任何事情，都不告訴清顯。清顯看到這篇報導以後，這才知道發生了這件事情。

四十八

這件事公開之後，侯爵家對清顯的監視更嚴了，連上學也由管家山田跟隨監護。不了解內情的學友對這種像對待小學生般的過分做法，不禁瞠目而視；而且，以後但凡清顯在場，侯爵夫婦絕對不談這件事的任何情況。松枝家裡，所有人都裝得好像沒有發生過任何的事情一樣。

這件事在社會上轟動一時。學習院裡一些相當人家的公子，對事情眞相了解甚少，有人居然向清顯徵詢對這件事的感想：

「社會輿論似乎都同情綾倉家，但我認爲這事件傷害了皇族的尊嚴。所謂聰子腦子有病，不是後來才知道的嗎？爲什麼事前就不知道呢？」

清顯愕然，不知如何回答才好。這時，本多從旁解圍說：

「生病嘛，症狀出現之前當然不知道囉。算了吧，別像女學生那樣盡愛閒言碎語啦。」

但是，這種「男子漢」式的僞裝，在學習院裡是行不通的。第一，因爲從門第來看，本多家還不具備資格足以充當消息靈通人士，來對這樣的會話作出像樣的結論。

「她是我的表妹啊。」「他是我伯父愛妾生的孩子啊。」諸如此類的話，要麼誇耀自己多少同犯罪或醜聞有點沾親帶故的血緣關係，同時通過這事件，顯示自己毫無受到傷害，從而誇耀自己品德高貴，對事件漠不關心，擺出一副冷漠的面孔，如果不能透露出一點與社會上有形無形的傳聞殊異的內幕消息，就沒有資格算是消息靈通人士。在這學校裡，十五六歲的少年之間也流傳著這樣一些話，諸如：「爲了這件事，內大臣大傷腦筋，昨晚掛電話來同家父商量」啦，或「內務大臣所以說得了感冒，是因爲進宮晉謁天皇時，慌慌張張，踩空了馬車的踏板，扭傷了」等等。

但是，說也奇怪，在這次事件中，清顯長期以來的祕密主義大概是奏效了吧。沒有朋友知道他和聰子之間的關係，也沒有人了解松枝侯爵怎樣同事件發生關係。只有個相當於綾倉家親戚的公卿華族一再主張：聰子美麗而聰明，她的腦子根本不可能會得腦病。然而，這反而成了爲自己的血統辯護，招來別人的冷笑。

所有這一切，當然在不斷地刺傷清顯的心。比起聰子本身承受著被人公開的不名譽，自己沒有受到人們的指責，即使暗地裡受了傷，也不過是一個卑怯者的煩惱而已。學友們一談到這件事、談到聰子的時候，他就感到宛如在一個空氣清新的早晨，透過二樓教室的窗口，可以眺望到嚴冬遠山的冬雪，它就像聰子那光輝而潔白的身影，又遠又高，在眾目睽睽下默然地矗立在那裡。

遠山山巔光燦燦的雪白，只映現在清顯的眼睛裡，只照射在清顯的心靈上。由於她一身承受著罪過、不名譽和瘋狂，所以她早已變成一身潔白。而自己呢？

有時候，清顯眞想大聲疾呼，四處坦白自己的罪過；倘使這樣，聰子那可貴的自我犧牲也就化爲無了。哪怕讓聰子白白犧牲，也能排除良心上的沈重負擔，這是眞正的勇氣，還是默默忍受著現在相當於俘虜般的生活才是正確的耐勞？這就很難明確地加以區分了。但最令人難以忍受的，就是縱令心靈上積鬱的苦惱是多麼沈重，他卻無所作爲，一聲不吭地待著。這也就使父親和一家人的希望都得到了滿足。

對過去的清顯來說，無爲和悲愁是最親近的生活因素。如今享受這種生活，不知那份對它不厭倦的涵養和能力都丟到哪兒去了？這如同漫不經心地把雨傘落在別人的家裡一樣。

眼下，清顯希望能強忍住悲傷和無爲。可是他沒有這份耐心，所以他要爲自己創造希望。他思忖著：

「所謂她神經錯亂的風傳，簡直是不值一提的捏造，這樣的事無論如何是不能相信的。這樣看來，也許她的遁世和落髮不過是一種僞裝呢；也許聰子只是爲了逃避嫁到洞院宮家所採取的權宜之計，也就是說，她是爲了我才下定決心扮演這齣戲的。要是這樣，在社會上的謠傳平息之前，兩人各處一方，只要兩人同心協力，保持沈默就行了。她連一張明信片都沒有寄來，這種沈默不正是清楚地說明這個問題了嗎？」

倘使清顯還相信聰子的性格，那麼他馬上就會覺察到這種事是不可能的。假使聰子的剛強只不過是昔日清顯的儒怯所描繪出來的幻影，那麼打那以後的聰子便是在他的懷抱裡融化了的白雪。清顯只顧一往情深地認定這是一種眞實，相信過去讓這種眞實成立起來的虛幻是永恆的。這時，他把希望寄託在欺瞞上。

於是，這種希望就落下卑俗的影子。倘使他想把聰子描繪得很美，那麼在這美的境界裡，就沒希望的餘地。

優美而可憐的夕陽，不知不覺間把他那顆堅固水晶般的心也開始染紅了。他想把優雅的情趣施給別人，環視了一下四周。

有個同學是門第相當古老的侯爵的兒子，外號叫「妖怪」。傳說他得了痲瘋病，不過，學校也不至於讓一個痲瘋病患者上學的。他肯定原先得過別的什麼傳染病。頭髮脫落一半，臉色灰黑，暗淡無光，背駝，經過特別批准，他可以在教室裡戴帽；由於帽子深戴，沒有人見過他的眼睛長成什麼樣。他不斷地抽鼻涕，發出了像煮沸了什麼似的聲音。他跟誰都不言語，休息時間就抱著書本，到校園盡頭，坐在草坪上讀書。

當然，清顯本來和這位同學不同學科，彼此不曾說過一句話。可以說，倘使清顯是在校生中的美的總代表，那麼同樣是侯爵的兒子，他卻代表著醜陋、影子和悲慘。

這「妖怪」常去的草地，是一片灑滿冬天陽光的枯草地，雖很暖和，可誰都躲開這塊地方。清顯走過去，在「妖怪」近旁一坐下，「妖怪」就把書合上，緊張地站了起來，像要準備隨時逃跑的樣子。沈默中，只聽見他抽鼻涕的聲音，就像拖著鎖鏈所發出的聲音。

「你經常讀什麼書？」美貌的侯爵兒子問道。

「啊……」

醜陋的侯爵兒子把書藏在身後，清顯一眼看到書脊上印有列奧巴爾達[1]的名字。他迅速隱藏的時候，燙金的封面瞬間在枯草之間閃爍著微弱的金光。

「妖怪」不同清顯搭話，清顯把身子挪到稍遠的地方，連沾在羅紗制服上的許多枯草也沒有拂掉，就在地面上支起一隻胳膊肘躺了下來，伸長了雙腿。他馬上看到對面有「妖怪」的身影，「妖怪」蹲在那裡心情似很不好，剛把書打開又合上。清顯感到在他的身上彷彿看到了自己的不幸的漫畫。他不溫文爾雅了，心裡有點生氣了。溫暖的冬天，陽光充滿了強加於人的恩惠。這時，侯爵的醜陋兒子，其姿態發生了變化，漸漸地鬆弛了下來。他把彎曲著的腿，怯生生地伸展開，支起同清顯相反的胳膊肘，歪著腦袋，聳起肩膀，身體的角度也和清顯一模一樣，其形態宛如一對石雕的獅子狗。「妖怪」把帽子深戴到齊眉處，他在帽檐下的那張嘴唇，看起來雖不像在笑，但至少他是正當試著露出詼諧的表情，這是確實無疑的。

侯爵美貌的兒子和侯爵醜陋的兒子形成相對稱的一對，抗衡著清顯的反覆無常的優雅或憐憫。「妖怪」既不動怒，也不感恩，而是盡量驅使正確像原形般的自我意識，總之描畫出一種對等的形象。倘若看不見臉面，從制服上衣的裝飾線到褲子的下擺，兩人躺在明朗的枯草地上，形成了美妙的對稱。

「妖怪」對清顯的試圖接近，採取了一種充滿親近感的完全拒絕。但是，清顯被拒絕了，他反而漸漸逼近優雅。

從附近的射箭場傳來了發射箭乾脆而清晰的弦音，彷彿凝結在嚴冬的風裡；還傳來了比這更平等的、擊鼓般擊中靶子的箭聲。清顯感到自己的心已經失去了銳利的白箭翎子了。

---

[1] 列奧巴爾迪（一七九八～一八三七），義大利詩人。

四十九

學校一放寒假，用功的同學早就著手準備畢業考試，清顯對書本卻連摸也不願摸一下。明年春天畢業後，打算報考大學夏季入學考試的人，除了本多之外，班上還有不到三分之一的同學。大多是利用不考試的特權，有的準備入東京帝大招生不滿的許多學科，有的就打算念京都帝大或東北帝大。清顯大概也不顧父親的意見如何，選擇了不考試的道路。如果念京都帝大，那麼距聰子所在的寺廟就近了。

這樣，眼下他只好聽其自然，委於光明正大的無爲了。十二月份內下了兩場大雪，積雪甚厚。就是下雪的早晨，他也沒有洋溢出孩子般的快活情緒。他拉開了窗簾，眺望中之島的雪景，也提不起興致來，總是待在被窩裡。有時候他也在邸內散步，藉以報復一下山田對他的監視，尤其是在朔風呼嘯的夜晚，他讓走路不靈便的山田手拿電筒照路，自己則把外套領子豎起，把下巴頦埋在衣領裡，邁著急促的步子，恨不得馬上登上紅葉山。夜間，森林的茂葉風聲瑟瑟，時而還傳來了貓頭鷹的叫聲。他用火速的步伐，登上腳下不平坦的山路，不禁湧上一陣快感。邁下一步時，腳下彷彿踩中一種軟體生物似的黑暗，他恨不得把這黑暗踩碎。冬夜，密布的繁星在紅葉山頂上空閃爍發光。

在這緊迫的時候，有人給侯爵家送來了一份報紙，上面刊登了飯沼的文章。侯爵對飯沼的忘恩負義十分憤怒。

這是一份右翼團體出版的、份數不多的報紙。在侯爵看來，這份報紙是用類似恐嚇的手段，以揭露上層社會的醜聞爲能事的。事發之前，飯沼落魄潦倒，甚至到侯爵家來討錢，他怎麼連招呼也不打就寫出這樣的文章呢？侯爵更覺得他這種行爲是一種公然的挑釁，是忘恩負義！

文章的格調，像是出自憂國之士之手，冠以「松枝侯爵不忠不孝」的標題，文章責問：此次，促成這樁婚姻的，實際上是松枝侯爵。皇族的婚姻之所以由皇族典範加以詳盡規定，是因爲關係到皇位繼承的順序問題。雖說這是事後才曉得，可松枝侯爵竟敢介紹一個神經不正常的公卿家小姐，乃至已獲敕許，快將舉行訂婚儀式之際，事態敗露，婚事告吹，而侯爵本人卻慶幸自己沒在社會上敗露自己的名聲，還恬不知恥，這是莫大的不忠。豈止如此，就是對維新元勳的上代侯爵來說，也是不孝之極。

儘管父親憤怒，清顯讀這篇文章的時候，首先得到的印象是：這篇文章是由飯沼署名，他明知清顯和聰子的戀愛始末，卻佯裝相信聰子的腦病，如此等等，讓人抱有種種疑問，現在也不知飯沼住在哪兒，他甘冒忘恩負義的罪名，寫出這篇文章，這分明是在悄悄地告訴清顯他之所在，分明是一心爲了讓清顯閱讀才寫的，不是嗎？至少這篇文章含有這樣的教訓，那就是暗示：清顯可別像父親侯爵那個樣子啊！

清顯馬上懷念起飯沼來了。他感到再次接觸那樁拙笨的愛情，並去揶揄它，對眼下的自己來說，這是最大的安慰。在父親盛怒的時候去見飯沼，會把事情越弄越麻煩的。再說，他懷念飯沼的感情，還不至於到了不顧一切非見不可的地步。

也許見蓼科更容易些。自從蓼科自殺未遂以來，清顯對這個老媽子產生了一種莫名的憎恨，這個女人既然能通過一封遺書，在父親面前把自己出賣了，她也就肯定具有這樣一種性格：可以一個不漏地出賣由她牽線的相會的人們，並以此爲樂。人世間有的人精心栽花的目的，竟只是爲了在花開後摘取花瓣，清顯學習了這種人。

一方面，父親侯爵幾乎沒有同兒子說上一句話。母親也追隨父親，只想讓兒子銷聲匿跡。

實際上，威怒的侯爵有點膽顫心驚。大門增派了一名巡警，衛門也新增設了兩名巡警加以守衛。然而，打那以後沒人到侯爵家來施行威脅，或前來尋釁。飯沼的言論並沒有掀起什麼公開的波瀾，這年也就到年終歲暮了。

聖誕節前夕，兩家洋人客戶照例寄來了請柬。接受這家的招待，勢必得罪另一家。所以索性兩家都不去，並向兩家的孩子們贈送禮物，這是侯爵家向來的做法。今年，不知爲什麼，清顯很想在西方人家庭的團圓氣氛中舒舒心，他拜託母親去跟父親說項，父親卻不允許。

據說父親不允許的理由，是應邀前往客戶的家裡參加招待會，有失侯爵家公子的體面，且不說這樣做勢必得罪另一家。這件事暗地表明，父親在保持清顯的體面上還抱有疑念。

歲暮侯爵家爲使除夕這一整天不拾掇房屋和不大掃除，所以近幾天都忙於一點點地收拾和清理。清顯無事可做，只覺今年又快結束，痛苦的思緒在心中絞動，他越發感慨萬千，今年正是他那一去不復返的生涯達到頂峰的一年。

清顯離開人們忙碌勞動的宅邸，獨自到湖上划船，山田追來，說要陪他去，清顯卻狠狠地拒絕了。

小船壓倒枯葦敗荷，緩緩地往前划行，幾隻受驚的水鴨騰空飛起。牠們拚命地振翅飛翔，轉眼就飛到冬天晴朗的高空，清晰地浮現出扁平的小腹，看上去牠們滴水不沾的柔軟羽毛，像絹似的亮光閃閃。牠們的影子從蘆葦叢上斜斜地掠過了。

映在湖面上的藍天和白雲，色調特別灰冷。清顯用槳划破的水面，展開遲鈍而沈重的波紋。清顯感到異常奇怪，這沈重的、暗黑的水所要傾訴的東西，無論是在玻璃晶體般的冬日空氣裡，或是在雲層中，或是在其他地方都是不存在的。

他把槳放下，停歇片刻，又回頭張望正房大廳那些忙碌勞動的人們的姿影，他們恍如遠方舞台的演員。瀑布還沒有結冰，傳來了尖銳的傾瀉聲。瀑布是在中之島的另一邊，所以看不見；透過枯枝可以隱約望見遠方紅葉山北側殘留著的污穢的殘雪。

不一會兒，清顯把小船拴在中之島的小湖岔處的木樁上，然後登上中之島的頂端。松樹已經變色了。三隻鐵鶴中把尖嘴伸向青空的兩隻，恍如尖利的鐵箭頭搭在弓弦上衝向了嚴冬的天空。

清顯很快就發現了一處枯草地充滿了溫煦的陽光，他便仰躺在那裡。這樣一來，誰都看不見他，他可以變成完美無缺的孤身一人了。他感到枕在後腦勺的雙手指尖，還留下剛才划槳的冰冷而麻木的感覺，突然心中又湧起一陣不願在人前露出的慘痛感慨，他的心靈在呼喚：

「啊！……『我的年華』將快流逝了，快將流逝了，就隨同一片雲朵一道飄逝了！」

清顯心中不斷地湧現不怕殘忍的誇張語言，好像在鞭打著眼下自己的處境。這些語言，正是清顯過去曾全然把它作爲對自己的一種禁忌。

「一切都將陷入痛苦。我已經喪失了陶醉的工具。可怕的明晰在支配著眼下的世界，那種可怕的明晰度，活像用指甲一彈，整個天空就用纖細的玻璃晶體來回應一樣……而且，寂寥是那樣的熱。那種熱就像沈澱的熱湯，不經多次吹涼是無法入口的，它總是擺在我的面前。這厚實的白色湯盤端上來了，其厚度有如坐墊，骯髒、遲鈍！是誰爲我訂了這份湯呢？

「只剩我孤身一人了，對愛慾的渴望……渺小的自我陶醉，渺小的自我辯護，渺小的自我欺騙……對喪失了的時間和失去了的東西的急切懷念，年華的虛度，歲月的蹉跎，青春無情的流逝，對毫無成就的人生的忿懣……一個人的房間。孤身送走的日日夜夜……絕望地與世界和人間隔離……呼喚，聽不見的呼喚……表面的榮華……空虛的高貴……這就是我啊！」

……他聽見頭上響起振翅聲，那是棲息在紅葉山枯枝上的成群烏鴉，一齊發出了無可奈何的打呵欠似的聲音，向安置先祖陵墓的山丘方向飛去了。

五十

歲月嬗變。新春伊始，宮中照例舉行吟詩會。清顯打十五歲起，就隨同綾倉伯爵前去參加這種吟詩會；每年一次，這是昔日伯爵對清顯的一種優雅的教育方法。本以爲今年沒有消息了，豈料這次的參觀許可證通過宮內省發下來了。今年伯爵厚著臉皮也充當吟詩會的陪伴者，顯然這是由於伯爵能說會道，善於應對吧。

松枝侯爵看見兒子出示的許可證上四名聯名陪伴人中列上了伯爵的名字，便皺起了眉頭。他又清楚地看到了優雅的頑固和優雅的厚顏。

「既然是例行的盛會，那就去吧。假使今年不去，人們就會以爲我們家和綾倉家之間發生了不和。那個問題嘛，我們的方針本來就是，我們家和綾倉家之間沒有任何糾葛嘛。」侯爵說。

清顯很熟悉這種例年舉行的儀式，能前去參加，他是高興的。在這種場合下，侯爵更憑添幾分威風，而且可以認爲是再合適不過的了。現在觀看處於這種狀態的伯爵，也不過是一種痛苦罷了。清顯的心情是，想清清楚楚地飽覽一番那曾經一度留在自己心靈上的詩的殘骸。所以他覺得只要到那裡去，就能夠懷念聰子。

清顯壓根兒不把自己看作是刺傷松枝這個頑固家族的指頭的「優雅的刺」了；他也並不認為自己是那家族一隻堅硬的手指頭。他相信過去自己身上存在的優雅，如今已經乾枯，靈魂也荒蕪了，成為詩歌原素的那份流麗的悲傷已經蕩然無存，只覺得一股空虛的風吹遍了自己的體內。他從未曾感到自己像現在這樣遠離了優雅，甚至遠離了美。

但是，也許所謂自己變成眞正的美就是這麼回事吧。它是這樣令人無所感，也無所陶醉，連眼前看得十分清楚的苦惱，也無法相信那就是自己的苦惱；自己的痛苦，也不認為是現實中的痛苦。所謂變成美，這與痲瘋病人的症狀很類似。

清顯早已沒有照鏡子的習慣，他沒有發覺刻在自己臉上的憔悴和憂傷，成為一副不折不扣的「被愛情折磨的年輕人」的畫像。

有一天，獨自用晚餐時，清顯看見餐桌上一個小小的雕花玻璃杯裡裝滿了略微發黑的胭脂紅液體，也懶得探問一下侍女那是什麼，自己估計是葡萄酒，便將它一飲而盡。酒後，舌頭上留下了一種異樣的感覺，好一陣子還飄逸著一股陰鬱、滑溜的餘味。

「這是什麼？」

「是鱉的鮮血。」侍女答應，「上面吩咐，只要少爺不問就不許主動告訴。廚師說，為了給少爺增加活力，特地從湖裡捕來做菜肴的。」

這種令人不快的滑溜東西通過胸口時，清顯不由地回憶起童年時代的往事，他不知被僕人嚇過多少回，再次看到了令人討厭的鱉的幻影：鱉從昏黑的湖裡探出頭來窺視著他。鱉埋身於湖底微溫的污泥中，不時撥開腐蝕時間的夢和惡意的水草，浮到半透明的湖水上；長期以來，牠們一直凝眸注視著清顯的成長，如今這束縛突然被解除，鶩被宰殺了，他卻在不知道的情況下喝了牠的鮮血。於是，彷彿有一種什麼東西頓時結束了，恐怖和順地在清顯的胃囊裡開始起變化，變成一種未知的、不可測的活力。

……按慣例，吟詩會的吟詠，首先由地位低者開始吟詠預選的詩歌，爾後順次到地位高者。通常最初的吟詠者從標題開始朗讀，接著讀官位姓氏；從第二個吟詠者起就不念標題，而直接朗讀官位姓氏，然後吟詠正文。

綾倉伯爵擔任光榮的講師。

天皇、皇后倆陛下，還有東宮殿下都出席了。大家在聆聽伯爵那柔和、美妙而清朗的吟詠聲。這聲調裡，毫無罪過的顫音，甚至明朗得有點悲切，他一首接一首地朗讀下去。速度之緩慢，令人聯想到宛如神官穿著黑鞋一步一步登上重新沐浴著冬日陽光的台階。這聲調裡沒有任何性的香氣。那裡靜悄悄的，連一點咳嗽聲都聽不見，只有伯爵的聲音占據了這沈默的空間。就是這種時候，在聲音超過語言之前，人們還是不堪忍受肉體的戲耍；只有一種帶著明顯悲愁的不知羞恥的優雅，像畫卷中的雲霞，從伯爵的喉嚨裡飄盪出來，在場上繚繞回旋。

臣下的詩歌都只是吟詠一遍，東宮殿下的詩歌則要說明：「……如此御詩，請允許再誦一遍。」然後又吟詠了一遍。

皇后的御詩需要合誦三次，頭一句由朗誦師朗誦，從第二句開始由合誦全體人員齊誦。吟詠皇后的御詩時，其他皇族和臣下自不消說，連東宮殿下也都得起立恭聽。

今年吟詩會上吟詠的皇后御詩，的確是一首優美而高雅的佳作。清顯一邊起立洗耳恭聽，一邊悄悄地仔細觀察，只見伯爵那雙又白又小的女人一般的手，拿著沈重的高級詩箋。這些詩箋是紅梅色的。

儘管這是在發生了那樣震撼世俗的事件之後，清顯從伯爵的聲調裡仍然察覺不出帶絲毫的顫慄和畏縮，更不用說父親從塵世中失去了女兒的悲傷了。所以他已不驚愕了。這只不過是優美、無力、明澄的聲音在奉獻。即使就這樣再過千年，伯爵也只能像奉獻美妙歌聲的小鳥。

吟詩會終於進入最後階段。也就是說，該到吟詠天皇的御作了。

朗誦師畢恭畢敬地走到聖上眼前，拿起放在御硯蓋上的御詩，合誦了五遍。

伯爵的聲音顯得更加清晰：

「……如此聖詩，請再賜誦一遍。」

這期間，清顯戰戰兢兢地仰望著龍顏，腦子裡頓時充滿了往事的回憶，幼時蒙先帝撫摸過頭，當今皇上龍體比先帝羸弱，他即便聽了別人吟詠自己的詩，也沒有流露任何自豪的表情，而且像冰一般的冷漠——這是不可能的——彷彿聖上對自己潛藏著憤怒，他有點恐懼了。

「我冒犯聖上。罪該萬死。」

清顯彷彿要倒在模糊而充滿高雅的香氣氛圍之中，一陣說不清是快慰還是顫慄突然流遍了全身。

五十一

進入三月，畢業考試已迫在眉睫，同學們都忙於複習功課，唯獨清顯超然自若，對任何事物都失去興趣。

本多雖願意幫助清顯學習，可又顧慮會遭到清顯的拒絕，也就作罷了。他知道清顯最討厭「煩人的友情」。

這時候，清顯的父親突然規勸清顯上牛津的馬頓單科大學，父親說：這是一所創立於十三世紀的名牌大學，特別是有主任教授的門路，入學比較容易，但必須通過學習院的畢業考試。顯然，這是侯爵看到了即將獲得從五位官銜的兒子一天天蒼白衰頹的模樣，才想出這種拯救兒子的辦法。這種拯救辦法來得太唐突，反而引起了清顯的興趣。他暗自決定表現出樂意接受父親這個要求的樣子。

過去他和普通人一樣也憧憬過外國，如今他的心卻在執著日本最纖細最美的一點上；即使打開世界地圖，莫說遼闊的海外各國，就連塗上紅色像小蝦米般的日本，他也是感到低級庸俗的。他所了解的日本，原是一個最碧綠的、不定形的、充滿霧一般朦朧的、哀傷情調的國家。

父親侯爵還讓人在撞球室的一面牆上，張貼了一幅大世界地圖。因爲父親覺得這樣才顯得有氣派，雄偉。然而，地圖上冰冷而平板的海，並沒有激盪清顯的心。復甦過來的，只是鎌倉夏夜的海，它本身彷彿有體溫、有脈搏、有血潮和呼嘯，活像一隻巨大的黑獸。他感到無比煩惱和震驚。

清顯沒對別人說過，他經常眩暈，還不時輕度頭痛，不眠的次數變得越來越多了。夜間在寢室裡，他拉開了一幕幕大小巨細的想像。想像明天就會接到聰子的來信，信中與他商量私奔的日子和地點；想像在某個無人知曉的鄉村小鎮，在屹立著一幢倉庫式銀行建築的街道拐角處，迎接了聰子，並將她緊緊地摟在自己懷裡。但是，就在這想像的背後，彷彿貼上了冰冷而易破的錫紙，不時透露出背後的蒼白痕跡來。清顯的淚珠濡濕了枕頭，深夜裡他不知徒勞地呼喚了多少遍聰子的名字。

這時候，聰子突然在夢和現實的分界線上清清楚楚地出現了。清顯的夢，早已不是記在夢日記裡編織出來的客觀故事了。只是願望與絕望相互碰撞，夢和現實互相抵消，而且界線就像岸邊的汀線那樣不固定，從光滑的沙灘退下的海水的水鏡上，突然映現出聰子的臉，再沒有比這更美、更悲愴的容貌了。這副臉像金星似的高雅，在閃爍著亮光，可清顯一把嘴唇靠近，旋即消逝了。

他想逃出這裡的想法與日俱增，在他心中形成了一股難以抗拒的力量。一切事物、時間、清晨、白天、黃昏和天空、樹林、雲彩、北風……都在宣告絕望，而不確定的痛苦卻又不斷地在折磨著他。不管什麼事，他都想親手抓住哪怕很少然而是確實的東西；哪怕隻言片語，也是想聽聽聰子親口說出確實無疑的話。假使說話不合適，只見一面也好。他想她想得幾乎發狂。

另一方面，社會上的流傳迅速地平靜下來了。在敕許下達後即將舉行訂婚儀式的前夕，所發生的解除婚約這種前所未有的不祥事態，漸漸地被人遺忘了。社會上將憤怒轉移到對海軍的收賄問題上。

清顯終於下決心離家出走。但是，他被監視，連一個零用錢也沒有，這樣他謀得自由所需的金錢一分也沒有。

本多聽說清顯要借錢，不禁大吃一驚。在他父親的允許下，本多在銀行有些許存款，自己可以自由支配，他便全部取出來借給了清顯。他沒有問清顯任何一句有關錢的用途。

本多把錢拿到學校親自交給了清顯，那是二月二十一日早晨的事。天氣晴朗，卻是個嚴寒的早晨。清顯把錢接到手，懦怯地說：

「離上課還有二十分鐘，你就送送我吧。」

「上哪兒去？」本多吃驚地反問了一句。因爲他知道大門早已被山田看守得很嚴密了。

「到那邊去。」清顯指了指森林那邊，微笑地說。

許久沒有看見摯友的臉上恢復了活力，本多快活地凝望著他。可他臉上反映出來的，不是紅暈，而是顯得緊張而蒼白的瘦削面容，有如春天凝結的一層薄冰。

「你的身體不要緊嗎？」

「有點感冒。不過，沒關係。」

清顯一邊回答一邊領先快活地行走在森林的小徑上。本多很久沒有看見摯友這樣輕盈的步伐了。這種步伐所向，本多已經猜出幾分，但並沒有說出口來。

朝陽萬紫千紅的光芒，略帶暗紅地照射在沼澤地上。池沼地的冰面這裡那裡都漂浮著雜亂的木排。兩人一邊望著這些景致，一邊穿過小鳥啁啾鳴囀的森林，來到了學校土地的東邊終端。打這裡起是一道緩坡，一直展到東邊工廠街的盡頭。這一帶周圍圍上了編得很粗糙的鐵絲網，以替代圍牆。孩子們經常從鐵絲網的破口，悄悄地鑽了進來。鐵絲網外面是一段雜草叢生的斜坡，在與馬路接壤的低矮石牆處，還有一道矮柵欄。

兩人來到這裡就停下了腳步。

右側是通往學習院的院線電車道，眼下充分沐浴著朝陽的工廠街，家家戶戶的房頂上呈鋸齒形的石板瓦在熠熠生光，各式各樣的機械早已交響轟鳴，發出了海潮般的聲音。煙囪悲愴地聳立著，冒出的煙雲從屋頂上掠過，把夾雜在工場附近的貧民街的晾曬場都遮陰了。有的人家把裝點著許多盆景的高台從屋頂上伸了出來。有些地方不斷地閃爍著什麼，在忽明忽滅。有的是電線桿上的電工腰間佩帶的鉗子，有的是化學工廠窗口透出夢幻般的火焰……這邊的轟鳴聲剛停下，那邊鐵錘敲打鐵板發出的尖銳聲又噹噹地響起來，震耳欲聾的響聲此起彼伏。

遠方懸掛著晴朗的太陽。眼皮底下展現一條沿學校的白色道路，清顯快將從這裡逃跑，矮屋檐的影子鮮明地投在道路上，幾個孩子在踢著石子嬉鬧。一輛鏽得不再發光的自行車通過了那裡。

「那麼，我走了。」清顯說。

這顯然是「出發」的語言。友人說出這樣符合青年人充滿朝氣的話，本多把它銘記在心上。清顯連書包都放在教室裡，只穿制服和外套，外套上縫上成排的櫻花金扣，他把外套衣領敞開，顯得非常瀟灑，可以看見稚嫩的喉核、海軍式的立領和純白的進口細線，還有柔嫩的皮膚。清顯的臉掩映在制帽檐的陰影下，含著微笑。他用戴著皮手套的一隻手，弄彎了破鐵絲網一部分，企圖側著身子鑽過去……

……清顯失蹤的消息立即傳到松枝家，侯爵夫婦驚慌失措。還是祖母的主意拯救了這個混亂的局面。

「這不是明擺著的事嗎？清顯本人那樣願意出國留學，所以放心吧。他好歹打算出國，出國前要去向聰子告別吧。如果他事先告訴你們要上哪兒，肯定會被你們阻撓，也就只好不言一聲就走了。只能這樣認爲了。不是嗎？」

「可是，我認爲聰子不會見他的。」

「要是她不肯見，他也就會死了心再回到家裡來吧。對青年人嘛，就讓他自己去闖，你們管得太嚴，才會產生這種局面的。」

「發生了那等事，當然就要嚴加管束囉，媽媽！」

「所以這回出走也是當然的。」

「不管怎麼說，這等事千萬不能洩露出去，得趕緊告訴警察總監，請他祕密尋找吧。」

「什麼尋找不尋找的，他的去向本來很清楚嘛。」

「要早點把他抓回來……」

「那樣做就錯了。」老母親怒目而視，放開了嗓門大聲說，「那樣做就錯了！要是那樣做，就不定就會鑄成不可挽回的錯誤！

「當然，爲提防萬一，悄悄讓警察去尋找還是可以的。一查到清顯的住處，立即報告就行了。不過，已經知道清顯的目的和去向，就讓警察遠遠監視，不要讓他察覺出來。這回不要束縛他的自由行動，只要遠遠注視就行了。一切都得穩重行事。爲了不使事態擴大，除此以外別無他路了。現在如果失策，就會把事情鬧大的啊。我先明確講這些吧。」

……二十一日晚上，清顯在大阪飯店歇宿。第二天，一大早就離開飯店，乘坐櫻井線火車到了帶解站，下車後在帶解鎮上一家名叫「葛屋」的商人旅館訂了一個房間。訂好房間之後，馬上叫來一輛人力車，向月修寺奔去。人力車急馳在月修寺門內的坡道上，到達平唐門，清顯下了車。

門廳的白色紙拉門關閉著，清顯從門外揚聲招呼。一個男侍從寺院裡走了出來，詢問了姓名和來意，然後讓他稍候，不一會兒一老出現了。可是，一老絕無意讓他進門，只傳達說：住持尼說不見客，況且弟子是不能會客的。她的話斬釘截鐵，把清顯擋了回去。清顯估計到會遭到這樣的接待，也就不再執意強求，暫且返回旅館。

他把希望寄託在明天。他獨自仔細地琢磨：第一次失敗似乎是由於乘人力車直接到了正門，用心太不周了。這是由於求見心切，想爭取早點見到聰子。既然會見聰子是自己的一個願望，那麼不管見到不見到人，至少應該在大門前棄車步行前去才是。無論如何也必須進行某種修行。

旅館的房間很髒，飯菜也不可口，夜間冷颼颼的。但與在東京不同，一想到這裡是緊靠近聰子所生活的地方，心裡就感到莫大的安慰。這天晚上，他難得睡了個好覺。

翌日二十三日，清顯覺得渾身充滿了力氣，上午一次，下午又一次，兩次讓人力車在門前等待，自己下車踏上通往廟宇的長長道路，前去叩訪。寺廟的人那種冰冷的接待，依然不變。歸途中，清顯咳嗽了，胸口隱隱作痛，回到旅館也不敢入浴了。

從這天晚餐開始，飯菜格外好，招待也有了明顯的變化。在鄉間旅館來說，這未免過分了；連住房也硬要他搬到最高級的房間。清顯追問女侍，女侍卻不回答。最後女侍拗不過清顯的刨根問底，終於把謎底解開了。據女侍說，今天他不在時，當地警察來查詢過有關他的情況，並告訴旅館說：這是一位身分高貴人家的少爺，必須鄭重地接待，並囑咐警察來調查過的事，對他本人也必須絕對保密。還說，他一步出旅館，你們就必須立即向警察報告，說罷就走了。清顯了解到這番情況，暗自想道：必須從速行事，內心不由地焦灼起來。

第二天二十四日早晨，一覺醒來，覺得很不舒服，腦袋昏昏沈沈，身體倦怠無力。但是，為了會見聰子，他就得經受越來越多的修行和甘冒越來越大的苦難，除此以外別無其他辦法。所以他連人力車也不租，徒步從旅館走到寺院，將近走了一日里①地的路程。幸虧是個大好的晴天，但是步行起來也是蠻費勁的，他咳嗽越發厲害，不時感到胸口疼痛，胸腔底裡彷彿沈澱了沙金。他站立在月修寺的門廳時，又被一陣劇烈的咳嗽所侵擾。出面接待的一老，還是無動於衷，重複了同樣的話而加以謝絕。

又過了一天，二十五日，清顯因受風寒，發燒了。今天他本想休息，但還是叫了一輛車，驅車前往。清顯遭到了同樣謝絕，又折了回來。他的希望開始落空了。他在發燒，還是苦思冥想，卻無計可施。他終於拜託旅館掌櫃的，給本多發了一封電報：

速來，拜託了。我住櫻井線的帶解蓠屋。切勿告知我父母。松枝清顯。

……於是，他熬過了難以成眠的一夜，迎來了二十六日的早晨。

1 一日里約等於三．九公里。

五十二

這天，雪花在大和原野飛舞，飄落在一片黃色的狗尾草地上；說它是春雪嗎，又顯得太淡。雪花飄忽而降的情狀，恍如無數的羽蟲在漫天飛舞。天空陰沈下來。這時候，飄雪和天色混然一體，在微弱的陽光照射下，這才知道原來是紛紛揚揚的細雪。寒氣比平日下雪天更凜冽逼人。

清顯依然頭枕枕頭，思索著可以向聰子表示自己的無上眞誠。昨夜他終於求助於本多，本多今天肯定會趕來的；憑藉本多的友誼，或許能打動住持尼的心。不過，在這之前，有些事應該提前做，有些事應該嘗試一下。就是說不要藉助任何人的幫助，獨自獻出自己最後的誠意。回想起來，自己還不曾有一次機會，向聰子表白自己的這份誠意；也許是由於自己儒怯，過去失去了這種機會。

現在，自己能做的只有一件事，那就是病越重就越要冒病修行，這是既有意義，又有力量。聰子對這般誠意也許有所感應，也許沒有感應。但是，事到如今，即使不能期待聰子的感應，對自己來說，不修行到那步自己也無法舒心。無論如何也得見聰子一面，這種渴望第一次占據了他的整個靈魂。不久，這個靈魂也開始活動，彷彿要超脫他的渴望和目的了。

然而，他的肉體偏全力以赴，與這彷徨無著的靈魂相對抗。發燒與痛楚，猶如在他的全身縫進了沈重的金絲，他感到自己的肉體彷彿被編織成錦繡。四肢肌肉無力，要是舉起一隻胳膊，裸露的肌膚就立即起雞皮疙瘩，胳膊本身變得比一只裝滿水的吊桶還沈重。咳嗽痛得越發鑽心，恍如流動著墨汁似的天際，不斷傳來遠雷般的轟鳴。他連指尖上的力氣都喪失了，只有一種眞摯的病熱流貫慵懶而無可奈何的肉體。

他內心一味呼喚著聰子的名字。時間白白地流逝了。直到今天，旅館的人才發覺他病倒，連忙爲他加暖房間，事事照料周全。可是，他堅決拒絕爲他請護士和醫生。

到了下午，清顯吩咐叫車子的時候，女侍躑躅不前，趕緊告訴旅館老板。旅館老板前來做說服工作，清顯爲了在旅館老板面前顯示自己的康健，便不用別人的攙扶，自動站立起來，穿上了學校制服和外套。車子來了。他把旅館侍者硬塞給他的毛毯包裹住膝蓋便出發了。儘管全身裹得嚴嚴實實，還是覺得非常冷。

透過黑色車篷的縫隙，隱約看見雪片飄舞進來，清顯驀地想起了去年與聰子兩人乘車在雪中賞景的一幕幕難以忘懷的往事，心情很是不舒暢。事實上他的胸口在陣陣絞痛。

他蹲在搖晃的昏暗中，忍受著頭痛的折磨，自己也變得厭煩起來了。他掀開前面的車篷，用圍巾把鼻嘴捂住，發熱而濕潤的目光在追望著車外移動的景色，這樣才好受些。讓他聯想起充滿痛苦的內心的任何一件事，他都討厭至極。

車子穿過帶解鎮上一個個狹窄的十字路口，向遠方鎖在薄霧中半山腰的月修寺奔去，路經田野無盡的平坦道路。細雪無聲無息地飄落在留下稻架稻茬的田地上、桑田的枯枝上，還飄落在夾在其間的令人悅目的綠油油冬菜田上，以及池沼中帶著紅色的枯蘆葦和香蒲穗上……但積雪不厚。飄落在清顯膝間毛毯上的雪花，沒等看到它化成水珠就消融了。

剛覺得天空恍如水一般瀉下一片茫茫的白色，卻原來是從上空照射下來的稀薄陽光。在陽光下，雪花越發輕盈得像灰一樣飄飄忽忽。

到處都是枯萎的狗尾草，它們迎著微風在搖曳。沐浴著微弱陽光的、彎曲而下垂的芒穗軟毛，也在閃爍著弱光。原野盡頭低矮的群山朦朦朧朧，反而在遙遠的天際襯出一片清澄的藍色，可以望見遠山山頭上的白雪熠熠生輝。

清顯只覺腦子在嗡嗡作響，面對這派自然風光，他想到自己實際上已有幾個月沒看到外界的自然景物了。這裡確是一個寂靜的地方。也許是由於車子的搖晃和沈重的眼皮在作怪，把這派景色歪扭和攪亂了。儘管如此，多日以來他是在懊惱和悲傷的、沒有規律的日子中度過，所以他覺得很久沒有看見這般清晰明亮的景致了。而且那裡是渺無人影。

車子已經快到半山腰，月修寺坐落在竹叢環抱之中。寺院門內斜坡的左右兩側勁松林立，格外醒目。清顯看見田間迂迴之路的遠方只豎立著兩根石柱的門，他突然被一股痛切的思緒所侵擾了。

「就坐著車子進大門，直到門廳還有三百多公尺的路程，倘使繼續乘車前往，恐怕今天聰子也絕不會見我吧。或許寺院現在正發生微妙的變化呢。一老說服住持尼，住持尼終於心軟，也許準備今天我冒雪前來的話，就會讓我和聰子見一面呢。假使我乘車進去，對方的心有所感應，說不定又起微妙的逆轉，決定不讓我見聰子呢。我最後努力的結果，開始在她們的心上會產生什麼樣的結晶呢。現實是：如今在聚攏著許多肉眼看不見的薄片，編成一把透明的扇子。只要稍不留神，扇軸脫落，扇子的薄片就會七零八落地四散……退一步說，倘使今天就這樣乘車長驅直至門廳，聰子也不見面，那時候我肯定會自責的。不夠誠意。不管多麼吃力，下車步行而來，這種旁人不知的至誠也許會打動她，說不定她會見我呢？……對。我不應該留下不夠誠意的悔恨，不豁出命來是見不了她的，這種思緒一定能夠把她推舉到美的頂峰，我就是爲此才到這裡來的。」

這究竟是合情合理的想法，還是發燒而浮現出來的一種妄想，他已經分不清了。

他從車上下來，讓車子在門前停候，自己徒步登上門內的斜坡路。

天空又稍許放晴，雪花仍在薄日下飛舞。路旁灌木叢中傳來了像是雲雀的啁啾鳴囀。夾雜在路旁松林中的枯萎櫻樹上長了青苔，混雜在灌木叢中的一棵白梅綻開了花朵。

這是第五天的第六次拜訪，按理說沒有什麼可值得他去觀賞的景色了。然而今天，他從車上下來，像踩棉花似地邁著不穩定的腳步行走，用發燒的眼睛環顧了四周，又覺得夢幻般的清澄，一切都變了樣子，往日見慣了的景色也突然顯得格外新鮮，甚至令人感到毛骨悚然，彷彿今天才第一次看到似的。這時候，一陣陣寒顫像銳利的銀箭，不斷地射向他的脊背。

路旁的羊齒草、紫金牛的紅果、隨風搖曳的松葉尖、桿青葉黃的竹林、茫茫的狗尾草、一條冰凍了的留下車轍的白色道路延伸其間，彷彿融化在前方杉樹叢林的黑暗中。每個角落都是寂靜無聲，都是十分明晰，世界都是帶著無以名狀的悲愁，在這樣一個純潔的世界中心，毫無疑問，聰子的存在就像一尊小小的純金佛像，隱匿在這中心的深處、深處、最最深處，悄然無息。但是，如此晴朗、如此陌生的世界，究竟是我們住慣了的「這個人間世界」嗎？

走著走著，清顯覺得上氣不接下氣，苦痛難受，便在路旁的石頭上坐了下來。儘管相隔好幾層衣衫，石頭的冰冷還是立即觸到了肌膚。他猛咳了一陣子，他發現吐在手絹上的痰呈現鐵鏽的顏色。

咳嗽好不容易停息下來，他掉轉頭去，眺望著疏林那邊，只見遠處聳立著的山和覆蓋在山頂上的白雪。他咳得滿眼淚水，看起來白雪也濕潤了，更加耀眼奪目。這時，清顯驀地憶起十三歲那年，自己手牽春日宮妃裙裾時的往事，那時候他抬頭望見春日宮妃黝黑頭髮下掩映著晃眼的白皙脖頸。那白皙如今仍朦朧地呈現在眼前。那正是他在人生道路上，第一次嚮往的令人銷魂的女人的美。

天空又轉陰，飄落的雪花漸漸變密了。他脫下皮手套，伸開掌心去接受飄落的雪花。雪花落在灼熱的掌心上立即消融了。這雙美麗的手一點也不髒，連一個水泡也沒有。清顯不由地想道：自己在這一生中，終於把這雙優美的手保護住了，決不讓它沾上泥土、血跡、汗水等等污穢的東西。這是一雙只在表達感情的時候才使用的手。

……他終於站了起來。

他擔心，就這樣沈溺在雪中，是不是還能夠掙扎走到寺院呢。

不久，便走到杉樹叢林中，風越刮越冷，風聲在耳邊呼嘯而過。透過杉樹縫間可以望見水色一般的冬季天空。在天空底下，開始看見冰冷的滿池子漣漪的池沼；通過這裡再往前走，便是鬱鬱蔥蔥的老杉，飄落在身上的雪花也變得稀疏了。

清顯只顧一步步地往前行走，除此以外別無他思。他的往事回憶已經全部崩潰，剩下的只是一點一點地逼近未來的白嫩皮膚，並且一點一點地把它剝去。

不知不覺已經走過了黑門，平唐門便近在眼前了。門檐上菊花形的瓦片，覆蓋著一層白雪。

……清顯癱倒在門廳拉門前的時候，又劇烈地咳嗽起來，以致連求見的力氣都沒有了。一老走出來，撫摸了他的背部。他似夢非夢地，恍恍惚惚地覺得，眼下是聰子在撫摸著自己的背部，便頓時泛起一種無以名狀的幸福感。

一老一如往常，口頭雖然沒有當場拒絕，卻把清顯撂在一邊，自己走進了屋裡去。清顯等待了好久，幾乎可以說是永遠地等待著。等待的時候，眼前呈現了一種霧一般飄忽的東西，他感到苦痛和淨福朦朧地融爲一體。

傳來一陣婦女慌張的對話聲。聲音消失後，又過了一段時間，出現在他面前的依然是一老一個人。

「你們見面不合適。不管你來多少趟都一樣。我讓寺院裡的人送你，請回去吧。」

於是，清顯在身強力壯的寺院男僕攙扶之下，迎著紛飛的雪花，回到了車子裡。

五十三

二月二十六日深夜，本多抵達帶解，到了葛屋看見清顯一副非同尋常的病態，本想立即把他帶回東京，可是病人執意不肯。傍晚請鄉間醫生來診斷，結果醫生說這是肺炎的徵兆。

清顯希望本多明天無論如何也要去造訪月修寺，無論如何也要親自去見見住持尼，懇請她改變主意。清顯說：說不定住持尼接受第三者的請求，倘使住持尼答應的話，就將我的病體運到月修寺去吧。

本多開始反對這樣做，最後還是接受了病人的要求，推遲到明天才出發。不過，他與清顯講好了條件：無論如何自己也要親自去見見住持尼，竭力爭取實現清顯的願望，但清顯必須保證，萬一住持尼不答應，那麼清顯同自己一起馬上回到東京。當天晚上，本多徹夜侍候清顯，替他更換胸前的濕敷布。在旅館昏暗的煤油燈下，可以看見清顯那白嫩胸脯的一面由於冷敷而變得微微發紅。

三天後就要畢業考試了。本多的雙親當然反對兒子在這種時刻出外旅行，不過父親讀了清顯發來的電報，沒問什麼，首先就說「去吧」，母親也順從父親的意思。本多感到了意外。

本多大審判官曾經與非終身審判官頃刻間被勒令退職的舊友們共同進退，但結果沒能達到目的，所以他是想教育兒子要懂得友情是多麼可貴。本多在前往帶解的列車上，也專心致志地複習，準備考試。來到這裡後，他徹夜看護清顯，間歇他也在一旁翻開了一本邏輯學筆記。

在煤油燈昏黃如霧的光圈之中，被兩個年輕人的心所擁抱的兩種鮮明對照的世界的影子，突出地露出了它的尖端來。一個是爲戀愛而病倒，一個是爲牢固的現實而學習。清顯是沈溺在似夢非夢的混沌愛情海洋裡，腿腳被海藻糾纏，在掙扎著游泳。本多則是腳踏實地，夢想著要建立一座實實在在的、井井有條的理智建築。一個是苦於發燒的年輕人的頭腦，另一個則是冷靜的年輕人的頭腦，兩人的腦袋在早春的寒夜裡，在一間舊旅館的房間裡互相貼近，各自被自己世界最終時刻的到來所束縛。

此時此刻，本多才痛切地感到絕不能把清顯腦子裡的東西變成自己的東西。清顯的軀體橫躺在自己的眼前，可他的靈魂早已異處馳騁了。他不時在夢幻中呼喚著聰子的名字，臉上泛著紅潮，毫無憔悴的樣子，毋寧說比平日還顯得充滿活力，宛如把火放在象牙的內側，美極了。但是，本多知道哪怕是一指也不能觸摸其內部。因爲有這樣一種情念，就是自己無論如何也不能成爲其化身。不，應該說自己是不能化爲任何一種情念的，不是嗎？自己缺乏一種允許情念滲透到內部的素質，儘管自己富於友情，也懂得眼淚，可是爲了眞正獲得「感受」，似乎還欠缺點什麼。爲什麼自己能夠在內外都專心致志地保持著井然的秩序，而不能像清顯那樣，在體內蘊蓄著火、風、水、土等四大不定形的物質呢？

……本多又把視線轉回到密密麻麻的、字跡工整的筆記本上。

「亞里士多德的形式邏輯學，統治了中世紀末葉的歐洲學術界。按時代說，可分爲兩個時期：首先是《古邏輯學》時期，以《奧爾格濃》中的《範疇論》、《命題論》爲其祖述；其次，《新邏輯學》時期，十二世紀後半葉，可以說是用拉丁語翻譯的《奧爾格濃》的全譯本爲其端倪……」

他不能不感到這樣的文字，宛如風化了的石灰，從自己的腦子裡被一一剝落了。

五十四

聽說寺院的清晨來得特別早，本多拂曉便從假寐中醒來，匆匆吃罷早餐，叫了車子準備出發。

清顯從被窩裡抬起濕潤的眼睛，腦袋依然枕在枕頭上，只是眼神好像在說：拜託你了。它刺痛了本多的心。這之前，本多只是想：姑且先到月修寺走一趟試試。但是，他的心情還是傾向於把病重的清顯盡早帶回東京。看見清顯這雙眼睛之後，他就想無論如何也得竭力讓清顯和聰子相會一面。

幸好這天早晨春意盎然。本多抵達月修寺，發現在打掃衛生的寺院男僕遠遠看見了自己的身影，便趕緊跑回寺內。本多明白了，他身穿跟清顯一樣的學習院制服，引起了對方的警惕。出來接待的尼姑態度生硬，還沒通報姓名就想把他拒之門外。

「我叫本多，是松枝的朋友，現在爲了松枝的事，特地從東京趕來，請求見見住持尼，請你稟報一下可以嗎？」

「請稍候片刻。」

本多在門廳的門框邊等待了很長時間，他在盤算著假使遭對方拒絕，自己該找什麼藉口對付呢？良久，剛才那位尼姑出現了，她把本多引到客廳裡，這是出乎意料的。儘管希望甚微，卻還是有點頭緒了。

接著，又讓本多在客廳裡等候了好長時間。拉門緊閉，望不見庭院，只聽見黃鶯啁啾。拉門的把手貼上了剪紙畫，模模糊糊地現出了菊花和雲彩的圖飾。壁龕裡的花瓶，插著油菜花和桃花。油菜花的黃色，帶有濃烈的鄉村風韻。含苞待放的桃花蓓蕾，從色澤暗淡的桃枝和淺綠的葉子縫間探出頭來。隔扇都是無花紋的白淨一色。那裡豎立著一扇有來頭的屏風，本多不由地靠近過去，仔細地觀賞了一番。這是一扇古色古香的屏風，上面的圖案是狩野派畫風，很有日本畫的色彩。

屏風圖案所畫的季節，從右手的春天庭園開始，一群貴族在栽有白梅和松樹的庭園裡遊樂，絲柏薄板編的籬笆內側皇宮的一角，從金色的叢雲中露了出來。移向左邊，畫了各式各樣毛色的馬駒在躍動，池沼不覺間已變成了良田，村姑娘們正在插秧。小瀑布分成兩段從金黃色的彩雲深處傾瀉下來，池邊的草漸漸轉成墨綠，帶來了夏天的信息。貴族們聚集在池畔，豎起了獻神的白幣，祓除六月的不祥，男僕和紅衣侍者在旁侍候。在紅牌坊下，從鹿遊逛的神苑可以看見武官攜弓帶箭，拽著一匹白馬走了出來，忙不迭地在籌備祭祀。看著看著，紅葉已經倒映在池子裡。時令已近冬日草木枯萎的季節了。在耀眼金光的雪中，人們開始獵鷹。竹林裡鋪滿白雪，從竹子與竹子的縫隙間，可以望見金色的天空在閃閃爍爍。鑽進枯萎的蘆葦叢中的白獵犬，正衝著一隻野雞在狂吠。野雞脖頸上的紅毛有點像箭，飛向冬日的天空。人們手上的獵鷹正虎視眈眈地盯著這隻野雞飛去的方向……

看罷這扇古色古香的屏風圖案，本多回到了座位上，住持尼還是沒有露臉。剛才那位尼姑端來了一個托盤，上面放著點心和茶，並告知本多住持尼一會兒就出來。

「請隨便用點兒吧！」

桌面上擺放了一個帶有貼花的小盒子，無疑是寺院的尼姑手製的；手工不甚精緻，說不定這是出自聰子那尚未嫻熟的手製品呢。小盒子四周貼著許多花紙，盒蓋上鼓起的貼花，色調確是宮廷式的。那種過分的華美，簡直令人透不過氣來。貼花圖案，是一個赤身的孩子在追捕雙雙飄舞的紫蝴蝶和紅蝴蝶，這孩子是用白皺綢貼成的，他五官端正，胖乎乎的，活像宮廷的偶人。本多覺得，自己走過了早春寂寞的田園，又爬上荒涼的、冬木林立的坡道，就這樣造訪了月修寺。如今自己坐在月修寺昏暗的客廳中央，彷彿第一次接觸了猶如熬糖果般濃重的女人的甜美滋味。

傳來了衣服的窸窣聲，一老攙扶著住持尼的身影投在拉門上了。本多立即正襟危坐，心頭怦怦地跳動不已。

按說住持尼已是高齡，她卻穿著一身紫色法衣，露出光潤的小臉，像是一尊黃楊木雕，清晰可辨，哪兒也沒有留下年齡的灰塵。住持尼笑容可掬地落坐下來，一老在她身邊伺候。

「聽說你是從東京趕來的，是嗎？」

「是的。」

一來到住持尼面前，本多一時說不出話來了。

「他說他是松枝的同學。」一老補充了一句。

「說起來，松枝少爺也夠可憐的，不過……」

「松枝在發高燒，躺在旅館裡。我接到他的電報，趕到這兒來了。我今天就是代表他來請求您的。」

本多這才滔滔不絕地述說了一番。

本多感到，一個初臨法庭的年輕律師大概也就是這種心情吧。審判官必須不加斟酌，只是陳述主張、辯護、作證。他是從自己與清顯的友情說起，接著談到清顯現在的病況，並說清顯爲了見聰子一面，哪怕豁出性命來也在所不辭，甚至說清顯萬一有個三長兩短，月修寺方面也會留下遺恨的。本多的話充滿了激情，他的身體也發熱起來，儘管身處微寒的寺院一室，可他感到自己的耳朵在發燒，腦子彷彿也在燃燒。

看樣子，他的話打動了住持尼和一老的心，兩人都沈默下來，緘口不語了。

「請體諒我的立場。我同情我的朋友松枝的困難處境，借錢給他，他就是拿了這筆錢出來的。旅途上松枝竟患了重病，我對他的雙親是深感有責的。您們也許會認爲，既然如此，應該及早把病人帶回東京。從常識上說，我也這樣認爲。但是，我又覺得我應該做好心理準備，哪怕將來會遭到他雙親的怨恨，也要接受松枝的囑託前來請求您，但願您能滿足他的願望。從松枝的雙眼，可以看出他的心情，他死也要見一面的呀；所以我要努力滿足他的願望。假使您看到他那雙眼睛，我想您也一定會動心的。在我看來，不能忽視眼下滿足松枝的願望，比醫治他的病更重要啊。也許這是不吉利的話，但我總覺得松枝的病怕是好不了啦。我好歹把他臨死前的這種願望向您轉達了，只盼您發發佛祖大慈大悲的心，讓他和聰子只見這一面吧……難道您無論如何也不能答應嗎？」

住持尼依然默不作聲。

本多擔心再說下去，反而會影響住持尼改變主意，儘管他心潮澎湃，可還是噤口不言了。

冷颼颼的房間寂然無聲。從雪白的拉門透進了霧一般朦朧的光。

這時，本多彷彿聽見一陣竊笑聲，微弱得幾乎像紅梅的綻開聲從不遠的地方，或從走廊的一角傳來；要麼就是相隔一房間的地方，但絕不是僅隔一面隔扇的地方傳來。他馬上又想了想，似乎是少女的竊笑聲；本多沒有聽錯的話，這分明是從春寒的空氣中傳來的歔欷。這歔欷比硬壓下去的嗚咽還急促，嗚咽消失後的餘韻在微暗中迴盪，恍如斷弦了似的。於是，本多覺得所有這一切都像是他耳朵瞬間產生的錯覺。

「的確，我的話說得太嚴厲了。」住持尼終於開口說話了。「也許，你以爲是我不允許他們兩人見面吧。其實，這是無法以人的力量來阻止的，不是嗎？本來嘛，聰子已經在佛祖面前發過誓，她絕不在這個人世間再見俗人了，所以佛祖才安排不讓他們見面的。說實在的，少爺也著實太可憐啦。」

「那麼，您還是不答應囉？」

「是啊。」

住持尼的回答具有無比的威嚴，這是無法推翻的。這種「是啊」的斷然拒絕，具有一種把天空撕裂的力量，猶如輕而易舉地撕開絹子一樣。

……接著住持尼又轉向落入沈思的本多，用悅耳的聲音談了許多尊貴的話。對本多來說，這些話他怎麼也聽不進去；眼下他只因爲不想看到清顯的失望，不由得不肯告辭。

住持尼開始談到因陀羅網的故事。因陀羅是印度的神，這神靈只要把網撒開，所有人，在這人世間所有有生命的東西，統統都要落網，無法逃脫。所有生靈都是掛在因陀羅網上的存在。

事物一切都根據因果法則繁衍生息，名之曰緣起。因陀羅網也就是緣起。

那麼，法相宗月修寺的根本法典，就是唯識開祖世親菩薩的《唯識三十頌》。唯識教義上有關於緣起問題，就是取自賴耶緣起說，形成其根本的東西就是阿賴耶識①。說起來，所謂阿賴耶是梵語ALAYA的譯音，也可以譯作「藏」，因爲其中包藏著一切活動結果的種子。

我們的眼、耳、鼻、舌、身、意等六識之深處，另有第七識，叫「末那識」，即具有自我意識。它的更深處，阿賴耶識，正如《唯識三十頌》所寫的那樣：

這意思是說：因果關係猶如水之激流，在不斷相互轉換，永無休止。這個識，正是有情的總報果體。從阿賴耶識的變換無常觀發展而來的無著《攝大乘論》，就時間問題展開了獨特的緣起說。號稱阿賴耶識和染污[2]法的同時互更因果，指的就是這個。唯識說只指現在的一剎那，諸法存在（這實際上不過就是識而已），認爲一剎那過去便消失而變成無。所謂因果同時，即阿賴耶識和染污法同時存在於現在的一剎那，互爲因果，這一剎那過去，雙方都變成無，下一個剎那又重新產生另一個阿賴耶識和染污法，互爲因果。存在者（阿賴耶識和染污法）通過每個剎那的消失，時間便因而成立。由於一個個剎那的不斷出現又消失，因而產生了時間的連續性。打個比喻說，這種狀況就是點和線的關係……

……住持尼所敘說的深奧教義，本多彷彿漸漸地可以接受了。可話又說回來，這種場合並沒有振奮他的探求精神，驟然間一大堆難懂的佛教用語向他劈頭蓋腦地傾瀉而來，什麼時間的經過包含在必然之中，什麼無始以來相繼而起的因果，同時又互爲因果，說明通過乍看似是矛盾觀念的操作，反而產生時間這東西的因素……本多對各種難懂的思想產生了疑問，然而此刻他又哪有心思顧得上去請教呢。再說，住持尼每講一段話，一老都一一隨聲附和：「是這樣啊！」「是啊！」「的確是啊！」聽起來眞是煩人，令人焦急。本多心上只留下剛才住持尼提到的《唯識三十頌》和《攝大乘論》的書名了。他想：留待他日慢慢研究之後，再提出質疑好了。本多沒有覺察到住持尼所說的這一番話是不切實際的議論，從多麼遙遠的地方，卻又是多麼周密地照出了眼下的清顯和自己的命運，好像天心的月照亮了池子一樣。

本多道謝之後，便匆匆地告別了月修寺。

①佛語，指精神的根基。即積累經驗，形成個性，或成爲所有心靈活動的根源。
②佛語，指由於煩惱而污染了清淨的心。

五十五

在返回東京的列車上，清顯那副痛苦的模樣，使本多難過極了。本多恨不得盡快到達東京，他也顧不上學習了。清顯那樣盼望的幽會未能如願以償，反而得了重病，就這樣躺在臥舖上被送回東京。本多看見他這般情狀，後悔萬分，心如刀絞。他不禁想道：那時候，自己協助他出走，果眞是一個摯友應該採取的行動嗎？

清顯迷迷糊糊，似睡非睡。本多睡眠不足，頭腦反而更清醒，他任憑一幕幕往事交替地出現在腦際。這些回憶中，月修寺住持尼的兩次宣講佛法，是以截然不同的印象分別浮現出來的。前年秋天，她第一次宣講的佛法，是說喝骷髏水的故事；後來，本多把這個故事比作談戀愛，倘使能把自己內心的本質和世界的本質牢固地聯結在一起，那該多麼精彩啊。打那以後，他從學習法律到閱讀《摩奴法典》，連輪迴轉生思想也涉獵了。今早聽了她第二次宣講的佛法，他感到那把唯一能解開難解謎底的鑰匙，隱隱約約地在他的眼前搖晃，同時他也覺得那謎底充滿了過於難解的飛躍，越發深奧而難解了。

火車將在次日早晨六時才到達新橋站。夜已深沈，車廂裡乘客的鼾聲此起彼落，夾雜在列車的轟鳴之中。本多坐在清顯對面的下舖上，準備徹夜不眠地看護清顯。本多打開臥舖的簾子，觀察清顯任何細微的變化，以便隨時應付。他透過玻璃，在眺望窗外夜間的原野。

原野黑魆魆一片。夜空昏暗，山嶺的輪廓也模糊不清了。列車明明在運行，人們卻感到彷彿漆黑的景色沒有移動。沿途不時出現一些小小的火焰或小小的燈光，恍如黑暗中綻開了鮮艷的花朵；然而，它並不能成爲什麼方向的標誌。轟鳴聲彷彿不是列車運行發出的聲音，而是圍繞這運行在鐵軌上小小列車的無邊黑暗的轟鳴。

白天整理行裝準備離開旅館的時候，清顯大概是從旅館老板那裡借來的筆墨紙張吧，他把寫好的粗糙信箋交給了本多，託付本多交給他的母親侯爵夫人。本多小心翼翼地把它收藏在制服的內兜裡。此時無事，他便將這封信掏了出來，借助昏暗的燈光閱讀起來。鉛筆的字跡顫顫巍巍，不像是清顯平素的字體。往常他的字跡雖然稚拙，卻很大方，蒼勁有力。

母親大人：

我有件東西想送給本多。那就是放在我抽屜裡的夢的日記。本多很喜歡這樣的東西。因爲別人讀來也沒有什麼意思，所以請務必送給本多。

兒清顯上

一目瞭然，他顯然是用無力的手書寫的。看樣子他準備把這封書信當作遺囑了。但是，假使眞的是寫遺囑，那麼對母親總該多少寫些眷戀的話啊；可清顯卻只是託辦事務性的事。

聽到病人痛苦的呻吟，本多立即將紙條藏好，爾後挪到對面的臥舖，凝視著清顯的臉。

「怎麼啦？」

「胸口痛。痛得像刀扎一樣。」

清顯喘著氣，斷斷續續地說了一句。本多無所措手足，只有用手輕輕摩挲他喊痛的左胸下方的部位。昏暗的燈光，隱約照在清顯那極端痛苦的臉上。

這張臉由於痛苦而扭曲了，卻顯得艷美到極點。痛苦給了他從未有過的朝氣，給了他臉龐以青銅般的威嚴輪廓。那雙美麗的眼睛含滿了淚水，痛苦可怕地爬到他的眉毛根上，緊鎖的眉頭反而顯得更加威武；在它的襯托之下，黑眸閃爍的光輝更添增幾分悲愴。勻稱的鼻翼在搧動，彷彿渴望得到空中的什麼東西。從高燒而乾枯了的嘴唇，露出了前齒，閃爍的光，就像珠母貝內側的光彩。

不一會兒，清顯的痛苦減輕了。

「能睡嗎？還是睡一覺好啊。」本多說。

本多懷疑，眼下看到清顯的痛苦表情，是不是他已在這個世界的盡頭，看到了不能看的東西，感到高興才露出了這副表情呢？本多妒忌起摯友看到了他不能看的東西來了。這種妒忌，滲透在微妙的羞愧和自責之中。本多輕輕地搖了搖頭。他深感不安，擔心悲傷會麻痹他的頭腦，乃至像蠶抽絲一樣把連自己也不清楚的感情也抽了出來。

看上去像入睡了短暫時間的清顯，突然睜開眼睛，緊緊地握住了本多的手，一邊說：

「剛才我做夢了。還會再見面的。一定還會再見面的，在瀑布下……」

本多尋思：清顯的夢準是飄泊到自家的庭院去了，夢中無疑是在描繪著侯爵家那寬闊庭園一角上的九段瀑布的景致。

……回到東京的兩天之後，松枝清顯便辭世了。年僅二十歲。